Peter Christian

Mr. Triple-B
- Die Invasion -

Roman

TWENTYSIX
Der Self-Publishing-Verlag

TWENTYSIX – Der Self-Publishing-Verlag

Eine Kooperation zwischen der
Verlagsgruppe Random House und
BoD – Books on Demand

Herstellung und Verlag:
BoD – Books on Demand, Norderstedt.

ISBN: 978-3-7407-3128-1

*Für die Schafe hinter dem Haus.
Eure Lebhaftigkeit war immer eine
willkommene Abwechslung.*

Vorwort

Einen ausgewachsenen Roman zu schreiben, bedeutet nicht einfach eine Menge Worte aneinander zu reihen. Viel mehr ist es ein richtiges Projekt, das sich nicht an einem Tag erledigen lässt. Umso wichtiger ist es, tatkräftige Unterstützung zu bekommen.

Mein Dank geht dabei zunächst an den Heiligen Geist, der mir manchen wertvollen Gedanken geschenkt hat. Dazu geht mein Dank an Tatjana, die mich immer wieder motiviert hat, das Buch mit Hochdruck weiter zu schreiben.

Ein weiterer Dank geht an die h+s Veranstaltungen GmbH für das durchführen eines Literaturwettbewerbs zum Thema »Macht«. Auch wenn mein eingereichter Beitrag keinen Preis abräumen konnte, so ist daraus letzten Endes dieses Buch entstanden. Außerdem danke ich Nora sowie der Familie Theobald, die mir wertvolles Feedback zur ersten Version des Buches gegeben haben. Eure Vorschläge haben dieses Werk ein ganzes Stück besser gemacht.

Zuletzt möchte ich Herr B. Bogenberger danken, der mir ein vorzeitiges Ende des Referendariats bescherte. Er hat nicht nur den Titel des Buches inspiriert, sondern auch ermöglicht, dass dieses Buch entstanden ist. Als Jung-Lehrer hätte ich vermutlich keine Zeit dafür gefunden.

Nun hoffe ich, alle die meinen trockenen und teilweise skurilen Humor lieben, werden von diesem Buch nicht enttäuscht sein. Um den Figuren genügend Glaubwürdigkeit zu verleiten, konnte ich mich nicht vollständig austoben. Ich bin mir aber sicher, ihr werdet trotzdem auf eure Kosten kommen. Mich persönlich begeistert die Geschichte und ich hoffe euch begeistert sie auch. Daher wünsche ich gute Unterhaltung mit den vorliegenden Seiten.

Peter Christian

Ein undankbarer Auftraggeber

»Hey Alex, was macht das Arschloch in dir?« eröffnete Felix das Gespräch.

Ich war seine direkte Art zwar gewohnt, doch diese Frage konnte ich nur mit einem verdutzten Blick erwidern.

»Ja, ich meine das ernst. Du solltest das Arschloch in dir ein bisschen besser pflegen.«

»Was zum Geier meinst du damit? Ich bin eigentlich ganz froh, von den Leuten nicht als Arschloch bezeichnet zu werden«, verteidigte ich mich.

»Genau darum geht es. Du bist ein wenig zu brav. Zumindest für das, was in nächster Zeit auf dich wartet.«

»Ich wüsste nicht, was das sein soll. Du könntest ruhig ein wenig deutlicher werden.«

»Nein, lieber nicht, manchmal ist es besser, man weiß nicht, was auf einen zukommt. Nur soviel: Achte bei den großen Entscheidungen mehr auf dich und lass dich nicht davon beeinflussen, was die Anderen von dir erwarten. Sei einfach mal richtig egoistisch. Nicht immer, aber du wirst wissen wann es notwendig ist.«

Mit diesem rätselhaften Hinweis verabschiedete sich Felix und verschwand genauso schnell wie er aufgetaucht war. Perplex stand ich im Flur, wobei mir tausend Fragen in den Kopf schossen. Was wollte mir Felix sagen? Warum war er mir überhaupt begegnet? Wieso stand ich überhaupt hier auf dem Flur? Schnell schüttelte ich die Unsicherheit ab und holte mir einen Kaffee aus dem Automaten. Zurück im Büro stellte ich den Becher auf den Schreibtisch. Direkt neben den ersten Becher, der noch gut gefüllt war. Nein, einen Kaffee wollte ich mir definitiv nicht holen. Das fiel auch Karin auf, die von ihrem Bildschirm aufschaute.

»Na Alexander, du scheinst heute ja noch ganz schön was

vor zu haben, wenn du so viel Kaffee bunkerst«, meinte sie mit einem Grinsen.

»Klar, unser Zeitplan ist sehr eng, da möchte ich heute auf jeden Fall noch einen großen Schritt nach vorne machen«, erklärte ich.

Dabei überspielte ich gekonnt meine Unsicherheit.

»Ob viel Kaffee da der richtige Weg ist, wage ich ja zu bezweifeln. Jetzt warst du schon eben auf Toilette und nach den zwei Tassen musst du sicher gleich wieder«, mischte sich Claus in das Gespräch ein.

»Das könnte schon passieren, doch solche Probleme kannst du ruhig mir überlassen, ich werde sie schon irgendwie lösen können«, beendete ich das Gespräch.

Eigentlich war ich ganz dankbar, dass mich Claus daran erinnerte, weshalb ich das Büro verlassen hatte. Allerdings wollte ich mir eine Diskussion mit ihm ersparen, da er ohnehin immer behauptete alles besser zu wissen. Nachdem sich Karin und Claus wieder ihre Bildschirmen zugewandt hatten, machte auch ich mich wieder an die Arbeit. Weit kam ich dabei jedoch nicht, denn schon nach kurzer Zeit unterbrach mich das Telefon. Nach einem kurzen Monolog von meinem Chef schaute ich verblüfft auf den Hörer.

»Was ist denn mit dir los? Du siehst aus, als hättest du gerade mit dem Präsidenten der Vereinigten Staaten gesprochen«, kommentierte Claus meine offensichtliche Verwunderung.

»Du bist ganz nahe an der Wahrheit. Herr Berlaid hat gerade angerufen. Er will mich dringend sprechen. Keine Ahnung um was es geht, aber ich mache mich lieber mal auf den Weg.«

Ich legte den Hörer zurück auf seinen Platz und ging wie mechanisch zur Türe. So wirklich hatte ich noch nicht realisiert, was hier vor sich ging. Nur wusste ich, dass es eine schlechte Idee war den Chef warten zu lassen. Daher stand ich keine fünf Minuten später bereits acht Stockwerke und drei Flure weiter in der Tür seiner Sekretärin. Gerade als ich mich ordnungsgemäß anmelden wollte, trat ein gut gelaunter Herr Berlaid aus seinem Büro. Er strecke mir die Hand zum Gruß entgegen und wechselte drei Worte mit seiner Vorzimmerdame, während ich in sein Büro trat. Ich folgte seiner Aufforderung, mich zu setzen, wobei ich immer noch nicht realisiert hatte, was hier gerade vor sich ging. Eigentlich passte mir das gut, denn so blieb jegliche Nervosität aus. Herr Berlaid schien das aber ohnehin nicht zu beachten, denn er stieg mit besänftigenden Worten in das Gespräch ein.

»Zunächst möchte ich Sie beruhigen, Herr Thiersen. Solch spontane Termine bedeuten zwar häufig negative Nachrichten, bei Ihnen ist dies jedoch nicht der Fall«, eröffnete er das Gespräch.

»Danke für diese Zusicherung, Sie beseitigen damit tatsächlich letzte Zweifel. Nun können Sie sich jedoch sicherlich vorstellen, dass mich der Grund für unser Treffen stark interessiert.«

»Natürlich und den sollen Sie auch erfahren, Herr Thiersen. Ich möchte heute mit Ihnen über eine mögliche Beförderung sprechen.«

»Eine Beförderung?« brach es aus mir heraus. Zur Erklärung schob ich eine Frage hinter her: »Ist das so geheim, dass solch ein kurzfristiges Treffen notwendig ist?«

»Eine gute Frage, die ich ganz klar mit 'Ja' beantworten kann. Wann immer Stellen im Management vergeben werden, ist die größtmögliche Geheimhaltung vorgeschrieben. Wenn Sie die Stelle antreten, werden Sie genauer darüber informiert werden, auch über die Gründe dieser Regelung«, eröffnete mir mein Chef.

»Wie ich sehe, soll es für mich hoch hinausgehen. Um

welche Stelle handelt es denn konkret?« wollte ich wissen.

»Es geht um eine Stelle im mittleren Management. Salopp gesagt werden Sie Vorgesetzter meiner Position.«

»Das kann man wohl als einen ganz ordentlichen Aufstieg bezeichnen. Was verschafft mir denn die Ehre, diesen Posten angeboten zu bekommen?«

»Nun, Sie sind ein zuverlässiger und belastbarer Mitarbeiter, der seine Aufgaben immer zu meiner vollen Zufriedenheit erledigt hat. Daher habe ich ganz klar Sie für diese Stelle empfohlen«, versicherte mir mein Gegenüber.

Allerdings kamen mir seine Worte verdächtig vor, denn immer wenn er seine Mitarbeiter in hohen Tönen lobte, führte mein Vorgesetzter etwas im Schilde. Daher versuchte ich Ihm ein paar zusätzliche Informationen zu entlocken.

»Ihr Lob ehrt mich und ebenso bin ich erfreut, solch eine Stelle angeboten zu bekommen. Doch auch wenn ich mich in die Gefahr begebe, als unverschämt neugierig zu gelten, würde mich noch interessieren, warum Sie nicht selbst für diese Stelle vorgesehen sind.«

»Keine Sorge, wir sind hier, um genau solche Fragen zu klären. Mit Ihrem Aufstieg werden noch andere Personen auf der Karriereleiter nach oben klettern. So ist angedacht, dass auch ich innerhalb der Führungsebene aufsteige. Ich wäre dann als Mitglied des Vorstands weiterhin ihr Vorgesetzter. Daher würde es mich sehr freuen, wenn Sie diese Stelle antreten, da ich unsere gute Zusammenarbeit gerne weiterführen möchte.«

»Danke für ihre Offenheit, Herr Berlaid. Jetzt verstehe ich, warum Sie mich für diese Position vorgeschlagen haben. Allerdings sollte ich für eine endgültige Entscheidung noch wissen, welche Aufgaben mich im Management erwarten.«

»Zunächst kann ich Ihnen versichern, dass Sie adäquate

Möglichkeiten zur Einarbeitung angeboten bekommen. Ebenso sind Sorgen bezüglich der Anforderungen nicht angebracht. Immerhin habe ich Sie vorgeschlagen, da ich der festen Überzeugung bin, dass Sie der geeignete Mann für diese Aufgabe sind«, ermutigte mich mein Chef mit einem freundlichen Lächeln.

Mir kam die ausweichende Antwort von Herrn Berlaid seltsam vor. So versuchte ich noch ein paar Informationen mehr zu bekommen.

»Selbstverständlich bewerte ich die von Ihnen vorgebrachten Punkte sehr hoch. Darüber hinaus möchte ich mir dennoch gerne selbst einen ersten Eindruck von den anstehenden Herausforderungen machen.«

»Eben diese Sorgfalt und der damit verbundene Drang Risiken zu minimieren schätze ich sehr an Ihnen, Herr Thiersen. Um ehrlich zu sein, hatte ich solch eine Anfrage erwartet. Herr Dr. Swanbal, der die Position aktuell begleitet, erklärte sich bereit, Ihnen nächste Woche genaue Einblicke in seine Arbeit zu gewähren. Wenn es für Sie in Ordnung ist, leite ich Ihnen den Termin weiter. Dort sind dann auch alle weiteren Informationen hinterlegt, die Sie wissen müssen.«

Ich zögerte kurz, denn irgendwie ging mir das Alles viel zu schnell. Heute noch normaler Software-Entwickler und nächste Woche im Management. Allerdings kannte ich auch die Spielchen der hohen Herren. Würde ich den Termin absagen, hätte ich nächsten Monat keinen Job mehr. Da diese Aussicht nicht wirklich zu einer Ausschüttung von Glückshormonen bei mir führte, nahm ich das Angebot an.

»Sehr gut, ich wusste, Sie würden mich nicht im Stich lassen. Ich werde Ihnen dann gleich den Termin per E-Mail schicken. Bitte achten Sie darauf, dass niemand von diesem Treffen erfährt. Generell haben Sie absolutes Stillschweigen über Ihren anstehenden Aufstieg zu wahren«, klärte mich Herr Berlaid auf, bevor er sich von mir verabschiedete.

Noch im Vorzimmer, kamen mir die Worte von Felix wieder in den Sinn. Das war wohl die große Entscheidung von der er gesprochen hatte. Ja, als Arschloch würde ich Herr Berlaid einfach abblitzen lassen und das Angebot ablehnen. Nur, hatte ich diese Wahl überhaupt? Als einfacher Angestellter war ich ohnehin nur ein Bauer im Schachspiel der Mächtigen. Damit hatte ich mich jetzt schon seit vielen Jahren abgefunden. Warum eigentlich? Vielleicht war es endlich an der Zeit aus dem Schachspiel auszusteigen. Offen blieb nur die Frage, was danach kam. Bei einem anderen Unternehmen anzufangen und sich wieder als Spielfigur der Mächtigen zu verdingen? Das war auch keine Lösung. Nein, ich wollte den Job im Management nicht. Ich wollte mein einfaches, gemütliches, langweiliges Leben als Software-Entwickler behalten. Mein Leben in dem ich kaum Erfahrungen mit 'Sex and Crime' machte, weil ich mich von Gewalt so gut es ging fern hielt und sich Frauen so gut es ging von mir fern hielten. Genau dieses triste Leben hatte ich lieb gewonnen. Genau dieses triste Leben sollte jetzt umgekrempelt werden. Genau das wollte ich nicht. Blieb nur noch die Frage offen, wie ich aus der Nummer ohne Schaden heraus kommen konnte. Das Arschloch in mir zu pflegen mochte dabei hilfreich sein, es ist aber definitiv nur ein Teil der Lösung. Wie ich den anderen Teil finden konnte, das wusste ich beim besten Willen nicht. Vor allem, weil ich mit niemandem über die anstehende Beförderung reden durfte. Genau das wurde jetzt zum Problem, weil ich mittlerweile vor meiner Bürotür stand. Gerade als ich die Klinke hinunter drückte, kam mir in den Sinn, wie ich den Besuch beim Chef begründen könnte.

»Puhh, das war vielleicht ein sinnloser Termin«, ließ ich auf der anderen Seite der Türe verlauten.

»Warum, was war den los?« fragte Claus.

»Ach, es war das übliche Gerede. Ich wäre ein ganz hervorragender Mitarbeiter und würde positiv unter allen anderen auffallen. Ich solle doch auf alle Fälle so weiter machen und er würde sich für einen Bonus einsetzen. Warum er genau jetzt darauf kam, mich so zu loben weiß ich nicht. Vermutlich war es eine Motivationsrede, wie sie jeder Mitarbeiter irgendwann über sich ergehen lassen muss«, gab ich als Inhalt des Gespräches vor.

»Also ich würde mich freuen, wenn der Chef mich persönlich lobt. Das ist ja schon was Besonderes«, verkündete Karin.

»Mag sein, nur halte ich es für unfair, dass lediglich ich für einen Bonus bekommen soll. Wir arbeiten als Team und ihr macht eure Arbeit mindestens genauso gut wie ich. Außerdem muss ich beim Chef immer so geschwollen reden, da hab ich echt keine Lust drauf«, gab ich zu bedenken.

»Weißt du Alexander, genau die beiden Eigenschaften haben dir wohl das Lob eingebracht. Du kannst du dich gut ausdrücken und bist ein sehr fleißiger Kerl«, lobte Karin meinen Einsatzeifer und schob noch eine Erklärung hinter her: »Ich kann mich an sehr viele Tage erinnern, an denen ich länger als üblich im Büro geblieben bin. Deinen Feierabend habe ich trotzdem nicht miterlebt.«

»Bevor ich ein Problem nach Hause trage und dann die ganze Nacht nicht ruhig schlafen kann, arbeite ich eben ein wenig länger, um es zu lösen. So würden sicherlich viele Mitarbeiter handeln. Warum also sollte ich ein explizites Lob verdient haben?« fragte ich in die Runde.

»Ganz einfach, während ich vier Wochen brauche, bis meine Programme einwandfrei laufen, bis du in zwei

Wochen fertig. Ich kann mir schon vorstellen, dass so etwas dem Chef gefällt.«

»Ich würde als Chef aber auch die Familienverhältnisse meiner Mitarbeiter berücksichtigen. Da du Zuhause von Mann und Kindern beansprucht wirst, bist du in der Abendgestaltung festgelegt«, erklärte ich Karin meine Position.

»Ja, du würdest das tun. Darum bist du aber auch kein Chef und vielleicht ist das auch ganz gut so«, mischte sich Claus wieder in das Gespräch ein.

»Das ist wohl wahr. Es ist einer der Gründe, warum ich kein Chef bin und auch kein Chef sein möchte. Ärgerlich ist dann nur, wenn einem ein entsprechender Posten angeboten wird.«

»Hey Alexander, erst gibt es ein Bonus, dann gleich einen Chef-Posten, was kommt als nächstes?« witzelte Claus.

In diesem Moment wurde mir bewusst, dass ich mich verplappert hatte. Von meiner Beförderung durfte schließlich niemand etwas wissen. Daher versuchte ich das Gespräch in eine andere Richtung zu lenken.

»Mir ging es nicht um ein konkretes Angebot. Ich hab mich nur gefragt, was passieren würde wenn ich so einen Posten angeboten bekäme.«

»Naja, du bist schon ein angenehmer Kollege. Zum Chef würde dir noch ein wenig mehr Arschloch in dir fehlen«, gab Claus seine Einschätzung zum Besten.

»Erst Felix, jetzt auch noch du, scheinbar sollte ich tatsächlich an meinem Ego arbeiten«, kommentierte ich diese Aussage.

»Felix? Du meinst diesen Physiker aus der Hardware-Abteilung drüben im Neubau?« wollte Karin wissen.

»Genau diesen Felix traf ich neulich auf dem Flur. Dabei hat er mir genau das Selbe erzählt wie Claus gerade«, antwortete ich.

»Das ist ja spannend. Vor allem wo wir uns gar nicht abgesprochen hatten. Da fällt mir ein: Woher kennst du Felix eigentlich?« fragte Claus.

»Ich kennen ihn von einem Workshop, den wir letztes Jahr gemeinsam bestritten. Wir haben uns auf Anhieb gut verstanden und tun das bis heute noch«, klärte ich meine Kollegen auf.

»Ich kenne ein paar Leute aus der Hardware-Abteilung. Die sind eigentlich alle sehr umgänglich«, brachte sich Karin in das Gespräch ein.

»Das glaube ich gerne, ich bereue die Teilnahme an dem Seminar überhaupt nicht«, schloss ich unser Gespräch ab.

Gerade als ich mich wieder meiner Arbeit zuwenden wollte, kam die versprochene E-Mail von Herrn Berlaid. Das Treffen mit Herr Dr. Swanbal aus dem Management sollte schon Dienstag nächster Woche statt finden. Mir blieb also nicht mehr viel Zeit, eine Strategie zu überlegen, wie ich die Beförderung ausschlagen konnte, ohne meinen Job zu verlieren. Kein einfaches Unterfangen, vor allem, weil ich nebenbei noch meine eigentliche Arbeit machen musste. In diese war ich auch bald so vertieft, dass ich gar nicht bemerkte, wie die Zeit verging. Plötzlich wurde ich aus meiner Konzentration gerissen, als mich Karin ansprach.

»Wir würden jetzt zum Mittagessen in die Kantine gehen. Kommst du mit?«

»Geht gerne schon mal vor. Ich will erst noch diesen Block hier fertig stellen. Wenn ich jetzt eine Pause mache, muss ich mich anschließend neu eindenken.«

»Aber nur, wenn du versprichst, morgen wieder mit zu kommen«, sagte Claus in trotzigem Ton.

»Das ist in Ordnung, mit dieser Bedingung kann ich leben«, gab ich zurück.

Schon widmete ich meine ganze Aufmerksamkeit wieder dem Bildschirm. Erst als meine Kollegen bereits aus der

Pause zurück waren, stellte sich bei mir der gewünschte Fortschritt ein.

»Puh, das war länger als ich dachte. Jetzt wird es aber höchste Zeit, dass ich in die Kantine gehe«, ließ ich verlauten.

»Das würde ich auch sagen. Du musst dich sowieso beeilen, sonst hat die Kantine zu, bis du kommst«, gab Karin zu bedenken.

Ohne den Kommentar aufzunehmen machte ich mich auf den Weg durch das Gebäude. Die Auswahl an Gerichten war mittlerweile zwar stark eingeschränkt, ein Teller Würstchen mit Kartoffelsalat konnte ich jedoch noch ergattern. Außerdem hatte ich zu dieser Zeit kein Problem einen freien Platz zu finden, da in der Kantine nicht mehr allzu viel los war. So setzte ich mich an einen Fensterplatz. Ich ließ den Blick über die Dächer der Stadt schweifen und nahm, in Gedanken versunken, ein paar Gabeln meines Essens zu mir. Allzu lange blieb ich jedoch nicht allein, denn wortlos setzte sich jemand neben mich. Ich nahm ihn zunächst nur beiläufig wahr, zu sehr kreisten meine Gedanken um die Herausforderungen bei der Arbeit. Erst als er mich ansprach, wurde mir klar, wer sich neben mich gesetzt hatte.

»Was macht das Leben, das Universum und der ganze Rest?« eröffnete Felix das Gespräch.

»Felix?« brach die Verwunderung aus mir heraus. »Was machst du den hier?« schob ich noch hinterher.

»Ich bin hier aus dem selben Grund wie du: Zur Nahrungsaufnahme«, erklärte Felix platt.

Ich musste erst meine Verwunderung abschütteln, bevor ich einen sinnvollen Gedanken fassen konnte.

»Nein, das meinte ich nicht. Eigentlich bin ich einfach nur verwundert wie oft wir uns heute getroffen haben. Heute morgen auf dem Flur und jetzt in der Kantine. Es scheint fast, als würdest du mich verfolgen.«

»Vielleicht tue ich das«, meinte Felix mit einem zweideutigen Lächeln.

Ich wusste nicht so recht, was ich darauf antworten sollte. Auf der einen Seite rief der Gedanke verfolgt zu werden, Unbehagen bei mir hervor. Auf der anderen Seite musste Felix einen guten Grund für so ein Verhalten haben. Vermutlich war es aber einfach nur Zufall, dass wir uns heute so oft begegnet waren. Bevor ich nach einer passenden Reaktion suchen konnte, führte Felix das Gespräch fort.

»Weißt du, ob ich dich verfolge oder nicht spielt eigentlich keine Rolle. Viel wichtiger ist, was bei dir passiert. Wie war deine Unterredung mit Herr Berlaid?«

»Jetzt wirst du mir aber unheimlich. Woher weißt du davon?«

»Das ist einfach: Seine Sekretärin hat es geschafft ihren Rechner zu schrotten. Das passiert bei der des Öfteren. Als du aus dem Raum kamst, lag ich gerade unter dem Schreibtisch und hab den neuen PC angeschlossen.«

»Gibt es eigentlich irgend etwas in diesem Unternehmen, dass du nicht mitbekommst?« wollte ich wissen.

»Mit Sicherheit, nur darfst du mich danach nicht fragen, denn davon weiß ich ja nichts«, erklärte mir Felix mit einem breiten Grinsen.

»Die Sache mit meiner Beförderung hast du aber sicher schon erfahren?«

»Das wusste ich schon vor einiger Zeit. Der Swanbal hat unterwegs sein Notebook fallen lassen. Da musste ich die Daten auf den neuen Rechner überspielen. Dabei bin ich auf die Information gestoßen.«

»Wo du ohnehin schon davon weißt, würde mich interessieren, wie du über dem Vorschlag denkst.«

»Ich halte nichts davon«, war die knappe Antwort von

Felix.

»Dürfte ich erfahren warum nicht?« setzte ich nach.

»Ganz einfach: Für solch einen Job liebst du deine Freizeit zu sehr. Außerdem liegt deine Begabung im Programmieren, nicht darin irgendwelche Zahlen hin und her zu schieben.«

»Wow, Felix, ich hätte nicht gedacht, dass du mich schon so gut kennst. Ich habe nämlich wirklich kein Bock auf die Stelle. Nur werden sie mich rauswerfen, sollte ich ablehnen«, brachte ich meine Sorgen zum Ausdruck.

»Es ist ein scheiß Gefühl, sich wie der Spielball des Managements zu fühlen«, brachte Felix meine Situation auf den Punkt.

»Das stimmt wohl. In den Augen der Mächtigen bin ich nur eine Figur, mit der sie machen können, was sie wollen.«

»Nun, du lässt mit dir ja auch alles machen. Vielleicht solltest du etwas rebellischer werden.«

»Mich gegen den Willen der Manager zu stellen und die Mächtigen zu verärgern wäre für meine Karriere sicherlich nicht zuträglich.«

»Na und? Wenn du mit deinem Leben zufrieden bist, brauchst du keinen beruflichen Aufstieg mehr. Wovor hast du denn Angst? Vor der Macht der Mächtigen? Selbst der Vorstand hat nur begrenzt Macht«, führte Felix seine Sicht der Dinge aus.

»In jedem Fall reicht ihre Macht bis zu mir. Sollte ich immerzu meinem Chef widersprechen, so wir er mir das Leben zumindest sehr schwer machen. Er kann mich ohne Weiteres in eine andere Abteilung versetzten oder mich nur in die schwierigsten Projekten stecken. Er hat also durchaus Macht über mich.«

»Zumindest wenn du das als Macht bezeichnen magst.«

»Was soll es denn sonst sein?« fragte ich irritiert.

»Das ist hier nicht die Frage«, antwortete Felix.

»Warum denn nicht? Was soll denn sonst die Frage sein?«

»Ganz einfach, die Frage lautet: Was ist Macht?« klärte mich Felix auf.

»Jetzt hast du mich tatsächlich kalt erwischt«, musste ich zugeben, »Über diese Frage habe ich bisher noch gar nicht nach gedacht.«

»Das solltest du zügig nachholen. Es wird dir helfen standhaft zu bleiben, wenn die Stunde der Entscheidung gekommen ist.«

»Bis dahin wird mir Herr Dr. Swanbal seine Aufgaben im Unternehmen vorstellen«, klärte ich mein Gegenüber auf.

»Na dann viel Spaß, der Kerl ist eine echte Schlaftablette. Nach Möglichkeit würde ich den Termin sowieso absagen. Irgendeine Ausrede wird dir sicher einfallen«, riet mir Felix.

»Der Zug ist wohl abgefahren, ich habe bereits zugesagt.«

»Vielleicht ist es gar nicht schlecht für dich ein wenig Manager-Luft zu atmen. Genieße den Ausblick von dort oben, du wirst nicht oft die Chance dazu haben.«

»Außer ich finde den Job doch ganz attraktiv und nehme das Angebot an«, meinte ich mit einem verschmitzten Lächeln.

»Eher friert die Hölle«, kommentierte Felix spitz meine Aussage.

Anschließend stand er auf, um sich zu verabschieden.

»Ich würge das Gespräch ungern ab, aber ich muss heute noch ein paar Rechner zusammenbauen.«

Er schnappte sich seinen Teller und verschwand im irgendwo. Ich blickte ihm nach und fragte mich, wie er so schnell aus meinem Blickfeld verschwinden konnte. Überdeckt wurde meine Verwunderung jedoch von einer Frage: Was ist Macht? Dieser wollte ich auf jeden Fall nachgehen. Immerhin konnte sie auch meine Einstellung zum Job im

Management beeinflussen. Immerhin sollten Manager mehr Macht besitzen als die normalen Angestellten. Nur, worin zeigte sich das? Vielleicht konnte ich bei Dr. Swanbal erste Hinweise auf die Antwort bekommen. Tatsächlich stellte sich in diesem Moment eine gewisse Vorfreude auf dem Termin ein. Ob Schlaftablette oder nicht, ich musste mir auf jeden Fall ein paar gute Fragen ausdenken. Außerdem musste ich mir noch eine Begründung ausdenken, warum ich nächste Woche einen ganzen Tag nicht im Büro sein würde. Wobei das die kleinste Herausforderung war.

»Ach ja, während ihr in der Kantine eure Pause genossen habt, bekam ich noch einen Anruf vom Chef. Ich soll Dienstag an einem ganztägigen Workshop teilnehmen«, schob ich im Büro als Begründung für meine anstehende Abwesenheit vor.

»Vielleicht war das der Grund für sein Lob vorhin«, kommentierte Claus.

»Bestimmt, nach so vielen ermutigenden Worten kann man ja schwer ablehnen«, pflichtete Karin bei.

»Kann gut sein, bei unseren Zeitplan würde ich den Workshop wirklich gerne verschieben. Nur würde ich mich damit sicher ziemlich unbeliebt beim Chef machen«, schloss ich das Gespräch ab.

In den nächsten Tagen nutzte ich jede freie Minute, um mich auf das Treffen mit Herr Dr. Swanbal vorzubereiten. Jede Idee und jede Frage tippte ich sofort in meine Notizen-App. So machte ich mich am Dienstag gut gelaunt auf den Weg zu meinem Chef. Dieser erwartete mich bereits auf dem Flur.

»Sehr schön, Herr Thiersen, ich wusste sie würden pünktlich erscheinen. Herr Dr. Swanbal hat sein Büro im Neubau. Lassen Sie uns gleich aufbrechen, er erwartet Sie bereits.«

Ich folgte Herr Berlaid den Flur entlang, durch einen Übergang in den Neubau und anschließend mit einem Aufzug einige Stockwerke nach oben. Als sich die Türen des Aufzugs öffneten, betraten wir Regionen, von denen ich bisher überzeugt war, ich würde sie nie zu Gesicht bekommen.

Mein Chef steuerte zielstrebig ein Eckbüro an. Während wir den Gang entlang gingen, lies ich meine Blicke schweifen und bemerkte einen ungeheuren Luxus, der von Bildern, Wänden und dem Teppichboden ausging. Wenn schon der Flur so nobel ausgestattet war, was würde mich dann erst in einem dieser Büros erwarten? Diese Frage wurde mir sogleich beantwortet, denn Herr Berlaid öffnete die Türe des Eckbüros. Selbstbewusst begrüßte er meinen heutigen Gastgeber.

»Guten Morgen Herr Dr. Swanbal, danke dass Sie sich für meinen Mitarbeiter Zeit genommen haben. Das hier ist Herr Thiersen, wie ich Ihnen bereits mitgeteilt habe.«

»Guten Morgen Herr Berlaid, guten Morgen Herr Thiersen. Für Interessenten an der Arbeit im Management nehme ich mir sehr gerne Zeit. Setzen Sie sich doch, Herr Thiersen«, bot mir der Manager an.

Er zeigte dabei auf eine Eckgarnitur aus teurem Leder, die von einem Glastisch ergänzt wurde.

Während sich mein Chef verabschiedete, setzte ich mich auf die Couch und nahm die Ausstattung des Büros in Augenschein. Das großzügig dimensionierte Büro war mit teuren Designer-Möbeln ausgestattet, die Wände zierten Bilder bekannter Maler und der Ausblick alleine war es wert hier zu arbeiten.

»Schauen Sie sich ruhig um, dann erkennen Sie bereits ohne Erläuterungen von meiner Seite einen wichtigen Grund im Management zu arbeiten«, eröffnete mein Gegenüber das Gespräch.

»Das ist wohl wahr, diese Aussicht ist einfach fantastisch«, brachte ich meine Bewunderung zum Ausdruck. Nach einer kurzen Pause fügte ich noch hinzu: »Es scheint mir in Ihrer Position aber auch wichtig zu sein, sich am Arbeitsplatz wohl zu fühlen. So vermute ich, Sie verbringen einen Großteil ihres Tages in diesen Gefilden.«

»Sie wollen also direkt mit den herausfordernden Fragen einsteigen. Das gefällt mir, Sie kommen gleich zum Thema. Diese Eigenschaft werden Sie in Ihrem künftigen Berufsumfeld benötigen. Allerdings trifft Ihre Vermutung bezüglich der Arbeitszeiten nicht die Wahrheit. Es gibt durchaus Tage an denen ich nach Hause komme wenn meine Frau schon schläft, doch ist das sicherlich nicht der Alltag. Ebenso darf ich des Öfteren die Welt erkunden, wenn Konferenzen anstehen bleibt meist noch etwas Zeit die fremde Stadt zu erkunden.«

»Vielen Dank, Herr Dr. Swanbal, für Ihre ehrliche Antwort. Wie ich Ihren Ausführungen entnehme sind Sie sehr zufrieden mit ihren Arbeitsbedingungen. Nun habe ich jedoch noch kein Bild von Ihren Aufgaben in diesem Unternehmen.«

»Natürlich, eine sehr berechtigte Frage«, pflichtete mir der Manager in verdächtig freundlichem Ton bei, um anschließend mit seiner Ausführung zu beginnen: »Ich bin für die strategische Planung des Produktportfolios zuständig. Meine Aufgabe besteht, grob umrissen, daraus einen Fahrplan für unsere Dienstleistungen zu erstellen. Dazu habe ich Zugriff auf verschiedene Umfragen und marktspezifische Untersuchungen. Daraus entnehme ich was unsere Kunden in den nächsten Monaten und Jahren wünschen. Es ist eine sehr herausfordernde und spannende Aufgabe. Man muss immer am Puls der Zeit bleiben und darf keine Veränderung verschlafen.«

Die Redeflut und der Unterton meines Gegenüber brachten mich zum Zweifeln an seinen Aussagen. Dennoch wollte ich das Thema vertiefen.

»Das hört sich durchaus interessant an. Bei diesem Umfang an Aufgaben wird Ihr Einfluss auf die Strategie des Unternehmens sicherlich groß sein?«, fragte ich den Manager.

»Leider kann ich hier nicht klar mit ja oder nein antworten. Natürlich gebe ich Impulse und berate Vertrieb und Entwicklung. Jedoch betreffen meine Ausführungen nicht direkt die Mitarbeiter. Alles was ich tue und sage wird durch andere Bereiche des Managements gefiltert und bewertet. Natürlich haben meine Aussagen Gewicht und meine Kollegen im Management schätzen meine Arbeit sehr, weshalb ich durchaus für einen Wechsel der Strategie verantwortlich sein kann. Dabei ist durchaus Möglich, dass aufgrund meiner Empfehlung Arbeitsplätze wegfallen oder neu geschaffen werden.«

»Gibt es auch Situationen, in denen Sie persönlich über Mitarbeiter entscheiden?«

»Nein, ich stehe keinem Bereich direkt vor. Bei meiner Position handelt es sich daher um eine reine Stabsstelle. Allerdings pflege ich sehr gute Beziehungen zu den anderen Mitarbeitern im Management. Daher kann ich sehr wohl Einfluss nehmen, sollte ich der Meinung sein, eine Schlüsselposition sei falsch besetzt«, kläre mich Herr Dr. Swanbal auf.

»Wie mir scheint ist die Vernetzung innerhalb des Managements sehr gut und sehr wichtig. Macht das den Reiz dieser Position aus?« wollte ich wissen.

»Das ist eine sehr gute Frage. Ohne Zweifel müssen Sie in meiner Position ein Team-Player sein. Nur gemeinsam mit dem Rest des Managements können Sie solch ein großes Unternehmen erfolgreich führen. Daher ist meine Argumentation in jedem Meeting sehr gut vorbereitet. Das schafft Vertrauen und damit die Möglichkeit wirklich

Einfluss zu nehmen«, führte der Manager aus.

»Ihren Ausführungen zur Folge treffen Sie zwar keine direkten Entscheidungen, geben aber durchaus Empfehlungen ab. Der Einfluss, den Sie dabei nehmen können, ist nicht unerheblich. Daher würde mich ein Abriss über den Prozess Ihrer Meinungsfindung interessieren.«

»Selbstverständlich, wenn Sie in meine Fußstapfen treten, müssen Sie schließlich wissen, was Sie erwartet. Daher geben ich Ihnen gerne Auskunft. So sollten Sie zunächst bedenken, dass wir nur Umsatz generieren können, wenn wir Produkte verkaufen. Sind unsere Abnehmer zufrieden, da wir genau das liefern was sie wünschen, so werden sie sicherlich wieder bei uns kaufen. Es ist daher sehr wichtig die Wünsche der Kunden zu kennen und zu berücksichtigen. Damit ist die Meinung der Kunden die wichtigste Basis für meine Empfehlungen. Keine Sorge, Sie müssen nicht jeden Tag mit unzähligen Einkäufern unserer Kunden telefonieren. Für diese Aufgabe haben wir speziell Personal eingestellt. Dieses liefert Ihnen bereits gut aufgearbeitetes Material. Nun heißt es noch, die Trends des Markts zu kennen und schon können Sie fundierte Empfehlungen für die Strategie des Unternehmens erstellen.«

»Halten Sie regelmäßig Rücksprache mit den Mitarbeitern des Unternehmens, um heraus zu finden welche Probleme beim Umsetzen von Kundenwünschen auftreten können?«

»Wissen Sie, die Mitarbeiter sehen immer nur das Schlaglicht ihrer aktuellen Arbeit. Sie haben keinen Blick auf das große Ganze. Ihnen fehlt die Weitsicht. Dennoch sind sie das Kapital unseres Unternehmens, denn sie stellen unsere Produkte her«, wich Herr Dr. Swanbal meiner Frage aus.

»Bei letzterer Aussage stimme ich Ihnen voll und Ganz zu. Zu Bedenken gilt es jedoch, dass viele Mitarbeiter über den Tellerrand der ihnen aufgetragenen Arbeit hinaus blicken. Damit können sie wichtige Hinweise zu Entwicklungen und Trends in der Branche geben«, erwiderte ich.

Diese Aussage machte Herrn Dr. Swanbal sichtlich nervös. Er rang um eine Antwort, holte mehrmals Luft, stockte dann jedoch. Mir war die Situation peinlich, denn ich wollte den Manager nicht in Erklärungsnot bringen. Außerdem fürchtete ich, eine unangebrachte Frage gestellt zu haben, was einen schlechten Eindruck hinterlassen würde. Ich überlegte schnell, wie ich die Situation noch retten konnte. Immerhin saß ich einem sehr einflussreichen Mann gegenüber.

»Bei genauerer Betrachtung Ihrer vorherigen Argumentation muss ich meine Frage zurück ziehen. Sie haben ja bereits Ihre Gründe erläutert«, klärte ich diese unangenehme Situation.

Sicherlich erleichtert sagte Herr Dr. Swanbal: »Wissen Sie Herr Thiersen, meine Argumentation mag sich Ihnen nicht sofort erschlossen haben, da wir bisher nur die graue Theorie betrachtet haben. Gerne zeige ich Ihnen meine Arbeit an einem konkreten Beispiel. Anschließend werden Sie meine Wege zur Entscheidungsfindung besser verstehen.«

Allzu viel Sinn sah ich zwar nicht in diesem Vorschlag, da ich den Job ohnehin nicht machen wollte. Dazu hatte mich das bisherige Gespräch mehr gelangweilt als informiert. Dennoch stimmte ich dem Vorschlag zu. Schon alleine aus Angst den Manager zu verärgern.

»Sehr gerne nehme ich Ihr Angebot an. Aus der Praxis heraus ergibt sich mit Sicherheit eine ganz neue Sicht auf Ihre Arbeit«, log ich mein Gegenüber an.

»Selbstverständlich, da haben Sie vollkommen Recht«, pflichtete mir Herr Dr. Swanbal bei.

Er erhob sich vom Sofa und bat mich zum Schreibtisch.

»Ich habe für heute extra einen zweiten Büro-Stuhl kommen lassen. Sie müssen also nicht stehen, sondern können angemessen Platz nehmen«, teilte er mir mit.

Während ich Platz nahm, entsperrte mein Gastgeber seinen Rechner und holte aus einer Schublade ein paar Ausdrucke, die er mir reichte.

»Sie halten die Ergebnisse unserer letzten Umfrage unter unseren größten Kunden in den Händen. Dort finden Sie jeweils zunächst die gestellte Frage, um anschließend einen Einblick über die Antworten zu bekommen. Mehr werde ich Ihnen vermutlich gar nicht erklären müssen. Ich bin mir sicher Sie werden schon bald die Aussage der Umfrage erfasst haben«, fügte er erklärend hinzu.

Ich nickte mit dem Kopf, um meinem Gastgeber Zustimmung zu signalisieren und warf anschließend einen Blick auf die Ausdrucke. Leider fehlte mir jedoch die Zeit, den Papieren einen Sinn abzuringen, denn schon lenkte Herr Dr. Swanbal meine Aufmerksamkeit auf den Bildschirm seines Rechners. Dort waren unfassbar viele Zahlen in einer riesigen Tabelle dargestellt, die mir der Manager im Eiltempo erklärte. Da ich seinen Ausführungen nicht folgen konnte, konzentrierte ich mich darauf, zu bekannten Stichworten möglichst viele Fragen zu stellen. Die Antwort bestand jedes Mal aus einem Bombardement aus Informationen. Eine kleine Verschnaufpause schaffte nur ein eingehender Anruf, den mein Gastgeber nach Rücksprache auf den Lautsprecher schaltete. Anschließend folgte erneut ein Exkurs über Zahlen, Umfragen und Interpretationen. Da ich auch dieses Mal nicht folgen konnte, überkam mich mit der Zeit eine große Müdigkeit. Ich stellte weniger Fragen und musste mir das Gähnen mühsam verkneifen. Daher war ich heil froh, als die Mittagszeit anbrach.

»Durch Ihre aufmerksame Art, haben Sie sicherlich bereits einen tiefen Einblick in meine Arbeit erhalten. Bevor ich Sie jedoch aus meiner Obhut entlasse, möchte ich Sie, passend zur Uhrzeit, zum Essen ins Restaurant einladen«, bot mir Herr Dr. Swanbal an.

Sofort stimmte ich dem Vorschlag zu. Besser als hier am Schreibtisch einzuschlafen war es allemal.

Mit dem Aufzug ging es in den obersten Stock des Hochhauses, das weit über die Dächer der Stadt ragte. Dort ermöglichte eine raffinierte Anordnung der Tische die freie Sicht auf die Stadt von jedem Platz aus. Allzu lange konnte ich den Ausblick jedoch nicht genießen, denn schon wurde die Speisekarte gereicht. Dabei war ich überrascht von der gebotenen Vielfalt. Von einfachen Gerichten wie Schnitzel mit Pommes Frites über eine Suppe mit Miesmuscheln bis hin zu Hummer gab es für jeden Geschmack das passende Angebot.

Da ich Experimente in meiner Situation für unangebracht hielt, bestellte ich Jägerschnitzel mit Klößen. Herr Dr. Swanbal schien sichtlich erstaunt über meine zurückhaltende, konservative Bestellung zu sein, verkniff sich allerdings einen Kommentar.

Während wir auf die Lieferung des Essens warteten, schweiften meine Blicke durch den Raum. Dabei wurde mir der Luxus bewusst, den Mobiliar und Dekoration ausstrahlten. Nun begriff ich die Verwunderung meines Gegenüber. In der Welt der Manager musste alles vom Feinsten sein. Da passte Jägerschnitzel einfach nicht hinein. Auf der Karte stand es daher wohl eher als Platzhalter, denn als ernsthaftes Angebot. Irgendwie fühlte ich mich hier deplatziert. Ich war zu normal für diesen Ort. Viele leere Worte zu machen und Hummer zu essen, das war also die Welt der Mächtigen. Vielleicht hatte Felix recht, so mächtig schien mir Herr Dr. Swanbal nicht zu sein. Wobei er durch seine Beziehungen eine ganze Menge zu Bewegen schien. Konnte man ihn also doch als mächtig bezeichnen? In Gedanken versunken blickte ich aus dem Fenster. Meinem Gastgeber schien das Schweigen jedoch nicht zu behagen. Er versuchte sich in ein wenig Small-Talk.

»An solch einem klaren Tag ist die Aussicht von hier oben besonders schön, finden sie nicht Herr Thiersen?«

»Die Aussicht ist wirklich fantastisch. Man kann über die ganze Stadt blicken«, entgegnete ich.

Meine Gedanken waren dabei an einem ganz anderen Ort. Statt über die Aussicht sinnierte ich über Macht, Manager und viele Gründe diesen Job abzulehnen. Meinem Gegenüber schien das jedoch herzlich egal zu sein. Er führte das Gespräch einfach fort.

»Sehr schön finde ich vor allem, dass wir auf unsere Konkurrenz hinab blicken.«

Da ich seine Worte gar nicht wahrnahm, nickte ich einfach nur zustimmend.

»Als wir das Gebäude planten, boomte der Markt. Leider ist das Geschäft seither zurück gegangen. Uns geht es aber immer noch gut. So konnten wir im letzten Quartal ganze 200 neue Stellen schaffen. Der Umsatz stieg knapp im zweistelligen Prozentbereich, was in der heutigen Zeit wirklich beachtlich ist«, klärte mich mein Gastgeber über die Bilanz des Unternehmens auf.

Wieder nickte ich nur zustimmend.

Meinem Gegenüber schien mein Desinteresse an seinen Ausführungen weiterhin nicht zu bemerken. So begann er einen Monolog, in dem er unablässig Zahlen, Daten und Fakten zum Unternehmen aufzählte. Seine Redeflut endete erst, als unser Essen verspeist war. Bevor er sich von mir verabschiedete hatte er noch eine Überraschung parat.

»Um Ihnen zu ermöglichen erste Kontakte zu knüpfen würde ich Sie nächste Woche gerne mit auf eine Konferenz nehmen. Dort lernen Sie allerdings nicht nur viele bekannte Größen aus der Software-Branche kennen, Sie lernen ebenso einen sehr angenehmen Aspekt der Arbeit in meiner Position kennen.«

»Sehr gerne nehme ich diese Einladung an«, gab ich von mir, ohne die Tragweite meiner Zusage wirklich begriffen zu haben.

»Das freut mich sehr, Sie werden diese Entscheidung nicht bereuen. Ebenso werden Sie es nicht bereuen ins Management aufzurücken.«

Er verabschiedete sich noch mit knappen Worten und verschwand in Richtung Aufzug. Ich folgte Ihm mit großzügigem Abstand. Auf dem Weg nach unten wurde mir bewusst, dass ich schon fest auf der Position von Herr Dr. Swanbal verplant war. Damit würde es kein einfaches Unterfangen werden, aus der Nummer heraus zu kommen. Wobei ich mich fragte, warum der Kerl seinen Job überhaupt so dringend los werden wollte. Eine Begründung fand ich zwar nicht, dafür jedoch eine zweite Überraschung. Als ich mein Büro betrat, fand ich Karin und Claus eng umschlungen auf ihrem Schreibtisch sitzend vor. Claus drückte ihr sanft einen Kuss auf die Wange während sich seine Hände im Dekolletee der weit aufgeknöpften Bluse bewegten. Sie schienen so sehr mit sich selbst beschäftigt zu sein, dass sie mich zunächst gar nicht bemerkten. Ich schloss geräuschvoll die Türe hinter mir und betrachtete die Szene. Im ersten Moment verstand ich auch noch gar nicht, was hier vor sich ging. Das Bild, das sich mir bot, musste erst seinen Weg durch die Windungen meines Gehirns finden. Am Ziel angekommen wurden meine Gedanken dann noch sortiert und interpretiert, bevor ich endlich begriff was hier gerade passierte. Ich räusperte mich laut, um mir Aufmerksamkeit zu verschaffen. Aufgeschreckt blickten mich die beiden an.

»Claus! Was machst du da?« entfuhr es mir.

»Ich, ähm, ich...«, versuchte sich Claus zu erklären, während er sich von Karin löste.

»Es war meine Schuld«, nahm Karin ihren Kollegen in Schutz.

»Mir ist eigentlich ziemlich egal, wer hier Schuld hat. Du bist verheiratet, Karin!« musste ich meinem Unmut Luft machen.

»Solltest du nicht auf einem Workshop sein?« ging Claus in den Angriff über.

»Der ist zum Glück schon vorbei, sonst hätte ich diese Katastrophe wohl nicht mehr verhindern können«, gab ich zurück.

»Streitet euch nicht, es war wirklich meine Schuld«, beharrte Karin auf ihrer Aussage und ließ auch gleich eine Erklärung folgen: »Ich wollte Claus eigentlich nur ein paar Fragen stellen und als er so liebevoll vor mir stand überkam es mich.«

»Puh, naja, dann bin ich ja froh, dass ich rechtzeitig gekommen bin. Wer weiß, was sonst mit deiner Ehe passiert wäre.«

Karin schaute betroffen auf die Tischplatte, während Claus an seinen Schreibtisch zurückkehrte.

»Wir sind alle nur Menschen und wir machen alle Fehler. Wichtig ist nur, dass wir daraus lernen«, versuchte ich die Laune meiner Kollegen etwas zu bessern.

So wirklich gelang mir das jedoch nicht, denn es trat beklemmendes Schweigen ein. So blieb mir nur zu hoffen, dass sich die Stimmung mit der Zeit aufhellen würde und schon bald wieder das sonst übliche freundschaftliche Miteinander möglich war. Danach sah es auch aus, denn zum Abschied hatte Karin schon wieder einen netten Gruß für uns Beide auf den Lippen. Umso überraschter war ich, als uns Karin am nächsten Tag ihre unerwartete Entscheidung mitteilte.

»Ich dachte nicht, jemals so etwas tun zu müssen, doch sehe ich keine andere Möglichkeit. Ich habe heute morgen beantragt in eine andere Abteilung versetzt zu werden«, eröffnete sie uns.

Während ich diese Aussage erst einmal verdauen musste, war Claus erstaunlich gefasst.

»Karin, ich verstehe ja, dass du die Ereignisse möglichst rasch hinter dir lassen möchtest, aber ich finde das wirklich eine Überreaktion. Ich meine wir sind jetzt schon wirklich lange zusammen und hatten nie Probleme. überlege es dir doch bitte noch einmal«, versucht er unsere Kollegin umzustimmen.

»Ich habe die ganze Nacht darüber nachgedacht. Vielleicht sind wir auch schon zu lange zusammen in einem Büro. Auf jeden Fall ist meine Entscheidung gefallen und ich werden den Antrag nicht mehr zurück ziehen.«

»Ich finde diese Entscheidung sehr schade, kann sie auf der anderen Seite jedoch gut verstehen«, versicherte ich meiner Kollegin und fügte noch hinzu: »Um den Abschied etwas hinaus zu zögern würde ich mich freuen, wenn wir uns zumindest in der Mittagspause ab und an treffen könnten.«

»Wir werden sehen. Eigentlich wollte ich mit meinen neuen Kollegen essen gehen, damit ich sie schneller kennen lerne«, kündigte Karin an.

Claus holte daraufhin tief Luft, vermutlich um unschöne Worte von sich zu geben. Er reagierte jedoch auf meinen bösen Blick und schluckte seinen Unmut hinunter. So blieb mir Gelegenheit ein paar besänftigende Worte an Karin zu richten.

»Das kann ich gut verstehen«, pflichtete ich ihr bei.

Eigentlich hoffte ich, mit meinen Worten die Situation beruhigen zu können. Statt einem normalen Büro-Alltag vergruben sich alle jedoch hinter ihrem Monitor und gingen Schweigend ihrer Arbeit nach. Erst als sich Karin verabschiedet hatte, musste sich Claus Luft verschaffen.

»Ich finde Karin übertreibt es total. Sie könnte ja ruhig noch mit uns reden«, brach es aus ihm heraus.

»Ich kann sie durchaus verstehen. Sie muss sich und ihre Familie in Zukunft vor solchen Zwischenfällen schützen.«

»Dann hätte sie sich besser überlegen sollen wen sie heiratet. Wenn bei ihr in der Beziehung alles super laufen würde, dann wäre sie bestimmt nicht so über mich hergefallen.«

»Ich kann und will nicht beurteilen was gestern hier los war. Vermutlich ist eine Situation entstanden in der Karin ihre Gefühle nicht mehr unter Kontrolle hatte. Eine Wiederholung möchte sie um jeden Preis verhindern, das kann ich durchaus nachvollziehen.«

»Nur bestraft Karin mit ihrem Verhalten ja nicht nur mich, sondern du leidest ja auch darunter, obwohl du direkt gar nichts damit zu tun hast«, beschwerte sich Claus.

»So ganz unschuldig war ich ja nicht. Immerhin kam ich gerade rechtzeitig ins Büro um den Vorfall zu klären«, gab ich zu bedenken.

»Gerade noch rechtzeitig? Du hättest dir ruhig eine halbe Stunde mehr Zeit lassen können, dann wäre die Nummer gelaufen gewesen. Wir hätten unseren Spaß gehabt und niemand würde sich mehr darum kümmern«, beschwerte sich mein Kollege.

»Bisher war mein Bild von dir durchaus positiv, Claus. Geht es allerdings um Sex, scheinst du jegliche Moralvorstellung über Bord zu werfen.«

»Ach Alexander, du hast einfach keine Ahnung von Frauen. Die sind auch nicht so sauber wie sie dir immer glaubend machen wollen. Im Endeffekt denken die auch immer nur an das Eine.«

»Ich mag zwar kein Frauenversteher sein, deine Aussage ist aber trotzdem quatsch. Zumindest Karin ist eine sehr verantwortungsvolle Person.«

Da Claus wohl kein Interesse an einer langen Diskussion hatte, murmelte er etwas vor sich hin und verstummte für den restlichen Tag. Erst zum Feierabend wandte er sich wieder mir zu.

»Na du bist ganz schön hart im Nehmen. Erst der Workshop heute morgen und jetzt noch ordentlich Überstunden.«

»Es gibt da noch einen Fehler, den ich noch beheben will. Allerdings hält der sich ziemlich hartnäckig. Ich habe aber schon eine Idee, wie ich ihn los werde. Wenn ich damit durch bin, machte ich auch Feierabend«, erwiderte ich.

»Na dann noch ein frohes Arbeiten«, verabschiedete er sich von mir.

Vertieft in die Arbeit, bemerkte ich gar nicht, wie die Zeit verging. Erst am späten Abend schaltete ich meinen Rechner aus. Gerade als ich zu meiner Jacke griff, öffnete sich die Bürotüre. Zu meiner Überraschung betrat Felix den Raum.

»Hallo Alex, ich wollte auf dem Weg nach Hause noch schnell vorbei schauen. Wie war dein Besuch beim Swanbal?« eröffnete er mir.

»Hi Felix, was machst du um diese Uhrzeit denn noch hier?« antwortete ich mit einer Gegenfrage.

»Ich wollte dich nicht bei der Arbeit stören, daher bin ich bis jetzt hier geblieben.«

»Tut mir leid, wenn ich deinen Worten nicht ganz folgen kann. Wenn ich es richtig verstanden habe, war dir klar, dass ich gerade aufbrechen wollte. Nur, woher solltest du das wissen?«

»Mach dir darum keinen Kopf, Alex. Erzähl mir lieber, wie es im Reich der Manager war.«

»Dort gab es verschwenderischen Luxus und viel heiße Luft um nichts«, fasste ich meine Erfahrungen zusammen.

»Wie mir scheint hast du immer noch keinen Bock auf den

Job im Management.«

»Na ja, der Blick aus dem Büro von Herr Dr. Swanbal war schon super. Alleine dafür wäre es fast eine Überlegung wert den Job anzunehmen.«

»Das meinst du jetzt nicht wirklich ernst«, fragte Felix mit besorgter Mine.

»So ein bisschen frage ich mich schon, warum du mir den Aufstieg ins Management unbedingt ausreden willst«, bemerkte ich.

»Es gibt einen Grund. Den wirst du aber erst verstehen, wenn du weißt, was es bedeutet Macht zu besitzen.«

»Dieser Frage werde ich nächste Woche weiter nachgehen. Herr Dr. Swanbal möchte mich auf eine Konferenz mitnehmen. Ich bin schon sehr gespannt, was mich dort erwartet«, eröffnete ich meinem Gegenüber.

»Auf jeden Fall kannst du dort mit deiner Hausaufgabe weiter machen«, meine Felix.

»Welche Hausaufgabe denn?« wollte ich wissen.

»Gerade hast du sie selbst erwähnt. Du sollst herausfinden, was es mit der Macht auf sich hat.«

»Das hatte ich mehr aus Herausforderung und nicht aus Aufgabe angesehen. Da mich das Treffen mit Herr Dr. Swanbal nicht viel weiter gebracht hat, wäre die Konferenz tatsächlich eine zweite Chance.«

»Das ist eine gute Einstellung. Versuche dort möglichst viele Kontakte zu knüpfen. Mehr Tipps kann ich dir leider nicht mitgeben.«

»Die Anregung nehme ich gerne auf. Allerdings wundert mich deine Einstellung zur Konferenz. Sonst hast du ja immer versucht mich von Veranstaltungen des Managements fernzuhalten.«

»Eigentlich liegt das nur daran, dass du ein wenig Abwechslung brauchen kannst. Mir geht es übrigens ganz ähnlich, bei mir sorgt eine Fortbildung in den nächsten

Tagen für frischen Wind. Du hast also ein wenig Ruhe vor mir. Genau darum muss ich jetzt aber los, meinen Koffer packen.«

Ich schloss mich Felix an und ging in den überfälligen Feierabend. Nach solch einem langen Arbeitstag kam ich am nächsten Morgen etwas später als üblich ins Büro. Somit war es für mich nicht verwunderlich, dass Karin bereits dort war. Verwunderlich war lediglich, dass sie damit beschäftigt war, Umzugskartons zu packen.

»Manchmal geht es tatsächlich schneller als gedacht. Ich habe heute meinen neuen Platz zugewiesen bekommen. Dort werde ich schon heute anfangen«, erklärte mir Karin.

Da ich zunächst nicht wusste, was ich auf diesen Schock antworten sollte, war ich ganz froh, dass mein Gesichtsausdruck die Bestürzung schon zur Genüge zum Ausdruck brachte. Zumindest fügte meine Kollegin noch einige Worte hinzu.

»Ich weiß, es ist sehr schade. Wir waren ein gutes Team und ich habe gerne mit euch zusammen gearbeitet. Außerdem bin ich dir zu viel Dank verpflichtet. Immerhin hast du den Mut aufgebracht mich vor einer riesigen Dummheit zu bewahren. Nach dem Vorfall kann ich aber einfach nicht mehr mit Claus zusammen arbeiten. Das wirst du sicherlich verstehen.«

Ich setzte mich auf meinem Stuhl und wusste nicht so recht was ich sagen sollte. Das so ein Wechsel schnell gehen könnte, war mir bewusst. Nur das hier ging mir jetzt doch ein bisschen zu schnell. Irgendwie kam mir die Geschichte komisch vor. Daher beschloss ich ein paar Fragen zu stellen, auch wenn das nach den einfühlsamen Worten von Karin nicht so recht passte. So schluckte ich den Kloß in meinem Hals hinunter, um meinen Zweifeln in knappen Worten Luft zu verschaffen.

»In welcher Abteilung bist du denn in Zukunft untergebracht?« wollte ich wissen.

»Ich gehe in die Hardware-Abteilung. Da hatte ich mich schon vor einiger Zeit vorgestellt. Eigentlich wollte ich erst zum Ende unseres Projekts wechseln, doch das habe ich jetzt einfach vorgezogen«, klärte mich Karin auf, während sie weiter ihren Schreibtisch ausräumte.

»Könnte es der Zufall fügen, mag es möglich sein, dass du ein Kollege von Felix wirst«, bemerkte ich.

»Es ist ein Felix bei mir im Team, ob es dein Freund ist, kann ich aber noch nicht sagen. Das kann ich ihn aber erst nächste Woche fragen, der ist gerade auf einem Lehrgang.«

»Da musst du nicht mehr fragen. Es kann sich nur um meinen Felix handeln. Der hat sich nämlich gestern von mir verabschiedet, weil er auf eine Fortbildung ist«, erklärte ich.

Auf diese Aussage von mir reagierte Karin nicht mehr, da sie zu sehr damit beschäftigt war, ihren Umzugskarton zu packen. Da sie außer ihrem Büro-Material nicht viel zu verpacken hatte, wandte sie sich schon einen Augenblick später mir zu.

»Du könntest mir einen riesigen Gefallen tun und mir helfen den Karton an meinen neuen Arbeitsplatz zu tragen. Dann muss ich nicht lange auf den Hausmeister warten.«

Um die gemeinsame Zeit noch etwas zu verlängern stimmte ich zu. Allerdings verfluchte ich diese Entscheidung kurz darauf, da der Karton schwerer war, als vermutet. Außerdem ging Karin mit strammem Schritt voran, weshalb ich ganz außer Atem war, als wir nach längerem Fußmarsch durch unzählige Flure endlich das neue Büro von Karin erreichten. Dort angekommen verabschiedete sie sich sehr herzlich von mir. Ich kehrte in mein Büro zurück, wobei ich immer wieder auf den leeren Schreibtisch starrte. Irgendwie konnte ich es noch nicht fassen, dass Karin nicht mehr bei uns im Team war. Da war es auch keine Hilfe, als Claus das Büro betrat.

»Oh, hat Karin schon aufgeräumt. Die scheint ja auf einen schnellen Wechsel in eine neue Stelle zu hoffen«, meinte er.

»Nein, sie hat aufgeräumt, weil sie ab heute kein Mitglied mehr in unserem Team ist«, klärte ich meinen Kollegen auf.

»Was? Du willst mich doch verarschen. Das glaube ich erst, wenn es mir der Chef sagt«, entgegnete mir Claus.

Gerade als ich antworten wollte, klopfte es an der Tür. Herr Berlaid betrat den Raum und hatte eine äußerst attraktive Dame im Schlepptau.

»Guten Morgen meine Herren«, begrüßte er uns, »wie sie sicherlich schon erfahren haben, arbeitet Frau Karin Messler ab heute nicht mehr in ihrem Team. Jedoch habe ich keine Mühen gescheut, schnell einen Ersatz zu organisieren. So wird Frau Sabrina Dormass die Vakanz füllen. Sie ist schon einige Zeit bei uns im Unternehmen, daher dürfte die Einarbeitung leicht fallen. Alle weiteren Details besprechen sie aber am Besten mit ihr persönlich.«

Schon war unser Chef wieder verschwunden. So übernahm Sabrina die weitere Vorstellung selbst.

»Hallo ihr Beiden, ich bin Sabrina und schon ganz gespannt auf die Zusammenarbeit mit euch«, begrüßte sie uns in selbstbewusstem Ton.

Mit sehr zuvorkommenden Worten antwortete ihr Claus: »Wir freuen uns immer über neue Leute in unserem Team. Ich bin mir sicher, wir werden super zusammen arbeiten. Übrigens können wir den Schreibtisch gerne umstellen, wenn du ihn an einer anderen Stelle haben willst. Ach ja, das ist Alexander und ich bin Claus.«

Er sprang auf und streckte Sabrina die Hand zum Gruß aus. Während unsere neue Kollegin die freundliche Geste erwiderte, schaute er viel sagend in ihre Augen. Als mir Sabrina aus Höflichkeit auch die Hand reichte, wurde sie von Claus sehr genau gemustert.

»Es freut mich euch kennen zu lernen, jetzt muss ich aber noch einmal los, der Umzugsservice wartet in meinem alten Büro«, verkündete Sabrina und verschwand aus der Türe.

Kaum hatte sie das Büro verlassen, teilte mir Claus seine Einschätzung der neuen Kollegin mit.

»Hui, die ist aber heiß. Ich hoffe die benötigt eine sehr intensive Einarbeitung«, ließ er verlautbaren.

»Die Art der Einarbeitung solltet ihr lieber in einer eurer Wohnungen ausleben«, kommentierte ich seine Aussage.

»Wie schön, dass du mich unterstützt. Sabrina wird das sicherlich auch tun. Man, heute ist mein Glückstag. Wow, irgendwie vermisste ich Karin schon gar nicht mehr. Die Oberweite von Sabrina lässt mich alles Andere glatt vergessen.«

»Wenn ich an unseren Zeitplan denke, wäre es mir lieber, du würdest aufhören in Sabrinas Ausschnitt zu schauen und dich statt dessen mehr auf deinen Arbeit konzentrieren.«

»Komm schon Alex, wir können einen Kompromiss eingehen: Ich schau nicht mehr in ihren Ausschnitt, sondern auf ihre langen, blonden Haaren oder in die hübschen, grünen Augen.«

»Oh je, ich dachte ich hätte es mit einem erwachsenen Menschen zu tun.«

Gerade als ich das gesagt hatte, ging die Türe auf und Sabrina kam mit ihrem Notebook unter dem Arm ins Büro.

»Keine Sorge, ich bin 26 und damit erwachsen genug«, kommentierte sie meine Aussage.

»Nein, Alexander meinte nicht dich. Wir haben uns gerade über etwas anderes unterhalten.«

»So, über was habt ihr euch denn unterhalten?« fragte Sabrina spitz.

»Ich kritisierte das Verhalten eines Team-Kollegen, der seine Prioritäten entsprechend einem Jugendlichen in der Pubertät setzt«, klärte ich Sabrina auf.

»Oh, du meinst bestimmt Claus. Danke für den Hinweis, dann werde ich wohl besser etwas Abstand halten, um den Kerl nicht auf falsche Gedanken zu bringen«, erwiderte Sabrina.

Claus warf mir einen bösen Blick entgegen, der seine Wirkung voll entfaltete. So bekam ich ein schlechtes Gewissen, da ich Claus nicht so direkt angreifen wollte. Krampfhaft überlegte ich, wie ich die Situation klären konnte.

»Nein, so schlimm ist es wirklich nicht. Die Umstellung innerhalb des Teams führt eben zu Irritationen und damit zu manch unangemessenem Verhalten«, versuchte ich den Unmut von Claus abzuwenden.

»Wie wenn mich ein neues Mädel im Büro gleich komplett durcheinander bringen würde«, widersprach dieser.

»Och, Claus, du wärst nicht der Erste, dem das passiert. Ich glaube bei der Einarbeitung halte ich mich besser an Alex. Der scheint mir vernünftiger zu sein«, meinte Sabrina.

Mir passte diese Aussage überhaupt nicht. Nicht nur, dass ich wohl einige Zeit in die Einarbeitung der neuen Mitarbeiterin investieren musste, Claus war auch noch wütend auf mich. Mir kam jedoch nichts in den Sinn, das ich dazu sagen konnte. So nahm ich das Schicksal schweigend hin. Da auch Claus außer einem leisen Grummeln nichts zu sagen hatte, versank unser Büro in geschäftiger Stille. Erst am späten Nachmittag, als ich gerade Feierabend machen wollte, meldete sich Sabrina.

»Hey Alex, kannst du mir vielleicht helfen? Ich bekomme

einfach keinen Zugang zum Intranet. Ich habe auch schon versucht bei der Hotline anzurufen, da ist um die Zeit aber niemand mehr da«, eröffnete sie mir.

»Ja, du musst dabei ein paar Kniffe beachten«, erklärte ich. Sabrina räumte ihren Bürostuhl für mich und schaute mir über die Schulter, während ich mich mit ihrem Notebook beschäftigte. Claus beäugte uns kritisch, bevor er kurze Zeit später seine Sachen packte und verschwand. Er war sichtlich frustriert, dass sich Sabrina nicht an ihn wandte. So machte er seinem Unmut Luft, indem er die Türe geräuschvoll hinter sich schloss. Ich ignorierte das kindische Verhalten meines Kollegen und konzentrierte mich statt dessen auf das Problem von Sabrina. Dieses war schwieriger zu lösen als gedacht, weshalb die Lösung einige Zeit in Anspruch nahm.

»Mein Rechner scheint ja eine harte Nuss zu sein. Kann ich dir zur Motivation etwas Gutes tun und einen Kaffee holen?« fragte Sabrina nach einiger Zeit.

»Ein so freundliches Angebot kann ich nicht ausschlagen«, stimmte ich zu.

Schon war Sabrina aus der Tür, um gleich darauf mit zwei gefüllten Bechern zurück zu kommen. Als ich mich für den Kaffee bedankte, trafen sich unsere Blicke. Sabrina schaute mir tief in die Augen.

»Komm Alex, trink den Kaffee aus und dann sehen wir mal, was der Abend noch so mit sich bringt.«

Ihr Lächeln machte unmissverständlich klar, worauf sie anspielte. Diesem geballten weiblichen Charme hatte ich nicht viel entgegen zu setzen. Daher schüttete ich den Kaffee in mich hinein. Kaum war der Becher leer, wurde ich schläfrig. Ich schaffte es gerade noch, den Becher auf den Schreibtisch zu stellen, dann sackte ich auf dem Stuhl zusammen.

Ich erwachte mit höllischen Kopfschmerzen auf einer

harten Liege. Mit großer Anstrengung öffnete ich die Augen, um in die Dunkelheit des Raumes zu starren. Mein Schädel drohte zu platzen, als ich versuchte, mich aufzurichten. So blieb ich auf dem Rücken liegen und versuchte meine Gedanken zu sortieren. Während sich die Kopfschmerzen langsam legten, ordneten sich meine Gedanken zu einem Wort: Gefangen. Ich riss die Augen auf und schüttelte alle Schmerzen ab. Ich war gefangen! Schnell sprang ich auf. Dabei hatte ich meine Kräfte jedoch überschätzt. Meine Knie gaben nach, weshalb ich auf den Boden sank. Mit Mühe zog ich mich an der Liege nach oben. Schwer atmend setzte ich mich auf die harte Matratze. In meinem Zustand war an Flucht nicht zu denken. Erst recht nicht mehr, als die schwere Eisentüre der Zelle geräuschvoll geöffnet wurde. Eine Taschenlampe wurde mir mitten ins Gesicht gerichtet. Geblendet vom hellen Schein kniff ich meine Augen zusammen.

»Endlich ist der Kerl wach. Ich dachte schon, das wird gar nicht mehr«, vernahm ich eine Stimme.

»Selbst wenn, der ist doch noch total fertig. So können wir den unmöglich zum Chef bringen«, antwortete ein zweiter Kerl.

»Warum nicht? Wenn der Chef mit ihm durch ist, wird es ihm sowieso noch schlechter gehen«, erwiderte der Andere.

»Hey, du bist immer zu einem Scherz aufgelegt. Folter ist bisher nicht angeordnet, der Chef muss was Spezielles mit ihm vor haben.«

»Ob speziell oder nicht, ich hab kein Bock mehr noch länger zu warten. Wir nehmen den Typen jetzt einfach mit.«

Zwei mächtige Arme packten mich und schleppten mich aus der Zelle. Ich wurde durch unzählige Flure geführt, bis wir einen unscheinbaren Raum erreichten, der als Besprechungsraum eingerichtet war. Dort wartete ein ganz in Schwarz gekleideter, groß gewachsener Mann auf mich.

»Nimm Platz, Alexander«, bot er mir in freundlichem Ton an.

Dem Angebot folgend setzte ich mich auf den nächst besten Stuhl. Der unbekannte Mann fuhr sich schnell durch die silbergrauen Haare, als ob er seine Frisur zurecht machen wollte. Anschließend setzte er sich mir gegenüber an den großen Tisch.

»Wie schön, dass wir uns nun persönlich kennenlernen. So ist die Zeit reif, dich in mein Team aufzunehmen. Ich hoffe, du weißt diese Ehre zu schätzen.«

Ungläubig schaute ich meinem Gegenüber ins Gesicht. Was wollte dieser Kerl eigentlich von mir? Von welchem Team sprach er? Sollte ich in Zukunft etwa für ihn arbeiten?

»Wie mir scheint, bist du unvorbereitet zu unserem Treffen gekommen. Das gefällt mir gar nicht. Da ich dich jedoch gut gebrauchen kann, verzichte ich heute mal auf die verdiente Strafe.«

Die Augen meines Gegenüber funkelten in knalligem Rot, um seinem Unmut Nachdruck zu verleihen. Dennoch erklärte er in ruhigem Ton, worum es ihm ging.

»Wie du eigentlich wissen solltest, arbeitest du in Zukunft als Spion für mich. Eine größere Ehre, als Teil der Mannschaft des mächtigen Mr. Triple-B zu sein, gibt es nicht. Das sollte dir immer bewusst sein.«

Die Worte meines Gegenüber verfehlten komplett ihr Ziel. Statt einer Aufklärung der Situation hatte ich jetzt noch weniger Ahnung, um was es ging. Weder war mir dieser Mr. Triple-B ein Begriff, noch bezweifelte ich, einen sinnvollen Spion abzugeben. Meine andauernde Irritation musste ich dabei gar nicht in Worte fassen, sie war allzu gut in meinem Gesichtsausdruck abzulesen.

»Ja, ja, du wartest auf deinen ersten Auftrag. Solch eine Motivation mag ich. Daher will ich dich nicht länger auf die Folter spannen. Obwohl ich Folter eigentlich ganz gerne mag«, mein Gegenüber grinste hämisch bei diesem Wortspiel. Er machte eine kurze Pause, bevor er fortfuhr: »Gut, deine erste Mission ist einfach: Finde heraus wo der Maulwurf wohnt.«

»Der Maulwurf?« fragte ich noch mehr verwirrt.

Der Kerl ging aber gar nicht mehr auf meine Frage ein.

»Was sitzt du hier noch herum? Los, an die Arbeit!« brüllte er mich an.

Zögerlich stand ich auf. Ich überlegte kurz, ob ich noch eine Frage stellen sollte. Dazu kam es allerdings nicht mehr, denn einer der Wachen schob mich aus dem Raum.

»Mann, du hast ja Nerven. Die Geduld vom Chef so sehr zu strapazieren, das hätte ganz anders enden können«, klärte mich der Kerl auf.

»Nun ja, das war auch nicht wirklich meine Absicht. Allerdings hätte der Chef ruhig ein bisschen genauer mit seiner Aufgabe sein können. Maulwürfe gibt es eine ganze Menge, da bräuchte ich schon einen Tipp, wo ich den richtigen finden kann«, erläuterte ich mein Problem.

»Oh je, welchen Schlaukopf hat sich der Chef da an Land gezogen. Du kennst nicht mal den einen einzigen Maulwurf? Den mächtigsten Kerl des Planeten, der im verborgenen das Schicksal der Menschheit lenkt. Den kennst du nicht?«

Um nicht als völliger Idiot da zu stehen, erwiderte ich: »Natürlich weiß ich von ihm. Allerdings kenne ich ihn nicht persönlich. Sonst könnte ich ja schon sagen, wo er sich aufhält.«

»Was auch immer. Du wirst von uns kontaktiert, wenn wir die Informationen brauchen. Viel Erfolg!«

Mit diesen Worten stieß mich der Kerl unsanft in einen

Kleinwagen. Dort saß Sabrina am Steuer, die mich freundlich begrüßte.

»Hey Alex, du tapferer Held. Vielen Dank für deine Hilfe. Als Belohnung steht dir noch eine Nacht mit mir zu.«

Da ich zu müde war, um Sabrina zu widersprechen, fuhren wir Beide zu ihr nach Hause. Allzu aufregend wurde die Nacht jedoch nicht. Kaum hatte ich mich auf das Bett gelegt, schlief ich ein.

Als ich am nächsten Morgen aufwachte, war von Sabrina weit und breit nichts mehr zu sehen. Ein Blick auf die Uhr eröffnete mir den Grund: Es war bereits halb Zehn. Ich sprang aus dem Bett und machte mich direkt auf den Weg zur Arbeit.

»Ach, schafft es unser Frauenversteher doch auch mal ins Büro«, lästerte Claus.

»Ja, nach dem langen Tag gestern wollte ich es heute mal ruhiger angehen lassen. Es ist immerhin Freitag«, rechtfertigte ich meine Verspätung.

Auf dem Weg zu meinem Schreibtisch kam ich bei Sabrina vorbei.

»Hey Alex, ich habe versucht dich zu wecken, aber da war nichts zu machen«, flüsterte sie mir zu.

Ich nickte anerkennend und schenkte ihr ein Lächeln.

»Oh, die beiden Turteltauben sind wieder vereint. Wenn ihr flirten wollt, kann ich gerne raus gehen«, bemerkte Claus spitz.

Ich beschloss meinen Kollegen einfach zu ignorieren und setzte mich statt dessen an meinen Schreibtisch. Dort erinnerte mich mein Rechner an die anstehende Konferenz. Schon am Montag würde der Flieger gehen. Daher musste ich am Wochenende meine Koffer packen. Gerne hätte ich heute früher Feierabend gemacht, um mein Gepäck zusammen zu stellen, jedoch hielt mich meine Arbeit gefangen. So hatte sich Claus schon verabschiedet, als ich in das verdiente Wochenende aufbrechen wollte. Bevor ich mich verabschieden konnte, sprach mich Sabrina an.

»Alex, ich schulde dir immer noch eine Nacht mit mir. Leider bin ich am Wochenende nicht Zuhause. Wir müssen das auf nächste Woche schieben.«

»Zumindest Anfang nächster Woche bin ich auf einem Lehrgang. Wir werden uns noch etwas in Vorfreude üben müssen.«

»Ach ja, die Konferenz. Eine wichtige Veranstaltung. Vergiss nicht deinen Auftrag. Du wirst dort große Fortschritte machen.«

Irritiert schaute ich Sabrina an. Woher wusste sie von der Konferenz? Dem einzigen, dem ich davon erzählt hatte war Felix. Ob die Beiden irgendwie unter eine Decke steckten?

»Jetzt schau nicht so, für Mr. Triple-B zu arbeiten hat viele Vorteile. Du wirst das noch sehr zu schätzen wissen. Nächste Woche werde ich dir noch mehr Annehmlichkeiten zeigen«, meinte Sabrina mit einem süßen Lächeln im Gesicht.

Ich riss mich von ihrem Blick los, verabschiedete mich kurz, um aus der Türe zu verschwinden. So hübsch Sabrina war, so nett sie sich gab, irgendetwas tief in mir, warnte mich vor dem Mädel. Dazu gehörte auch, dass sie unbedingt mit mir ins Bett steigen wollte. Gerade mit mir, um den Frauen bisher einen großen Bogen machten. Nein, hier lief irgendwas falsch. Grund dafür dürfte dieser dubiose Mr. Triple-B sein, für den ich angeblich jetzt arbeitete. Wenn ich nur wüsste warum. Vielleicht konnte Felix etwas Licht ins Dunkel bringen. Der redete genauso in Rätseln wie Sabrina. Gut möglich, dass er auch für Mr. Triple-B arbeitete. Bevor ich mich jedoch mit ihm verabreden konnte, musste ich die Konferenz hinter mich bringen. Da ich keine Ahnung hatte, was auf mich zukommen würde, verbrachte ich das Wochenende vorwiegend damit, Dinge in meinen Koffer zu packen, um sie anschließend wieder auszupacken. Erst am Montag, kurz bevor mein Taxi zum Flughafen ging, hatte ich meinen Koffer schließlich fertig gepackt. Am Flughafen wartete bereits Herr Dr. Swanbal auf mich.

»Gut, dass Sie pünktlich sind, Herr Thiersen. Es ist heute mal wieder nur ein Schalter beim Check-In offen, wir müssen uns auf eine längere Wartezeit einstellen. Das muss aber kein Nachteil sein, denn so kann ich Sie vorab bereits auf die Konferenz einstimmen«, begrüßte mich der Manager.

Anschließend überschüttete er mich mit einem Redeschwall, über Ablauf, Gepflogenheiten und allen Details zu den weiteren Teilnehmern. Beim Start der Maschine war meine Konzentration nicht mehr vorhanden, nach zwei Stunden Monolog fiel es mir schwer wach zu bleiben. Daher war ich froh, als die Stewardess das Essen servierte und damit Ruhe einkehrte. Selbst nach dem Essen blieb es ruhig, da Herr Dr. Swanbal sein Notebook auspackte. Erst kurz vor der Landung verschwand der Rechner von meinem Nebensitzer wieder in seiner Tasche. Um sich während dem Landeanflug zu beschäftigen, überschüttete er mich erneut mit Worten. Das hielt bis zum Hotel an.

Dort zog ich mich direkt in mein Einzelzimmer zurück. Da ich noch nicht einschlafen konnte, schaltete ich den Fernseher ein. Gelangweilt zapte ich durch die Kanäle, um bei einem Nachrichtensender hängen zu bleiben. Dort warnte eine äußerst attraktive Dame vor einem Hurrikan, der sich auf Florida zu bewegte. Ein Blick aus dem Fenster zeigte mir jedoch eine sternenklare Nacht. Daher lenkte ich die Aufmerksamkeit lieber auf die knapp gekleidete Wetter-Fee, als auf ihre Ausführungen.

Am nächsten Tag fuhren wir bei bestem Wetter zum

Konferenzzentrum, weshalb ich keinen Gedanken mehr an die Unwetter-Warnung verschwendete. Im Konferenz-Zentrum angekommen wurden wir sehr freundlich begrüßt. Der Weg zu unseren Plätzen war schnell gefunden, weshalb ich mich gut gelaunt und voller Neugierde auf den ersten Vortrag freute. Allerdings ebbte mein Interesse an der Veranstaltung schnell ab, als unablässig unvorstellbar viele Zahlen an die Wand geworfen wurden. Offenbar sollte damit gezeigt werden, in welche Richtung sich der Markt in den nächsten Jahren entwickeln würde. So sehr ich mich jedoch bemühte, konnte ich der Veranstaltung keinen Sinn abringen. So war ich froh, als nach einer Stunde die erste Pause ausgerufen wurde. Um einem Monolog von Herr Dr. Swanbal zu entgehen, machte ich mich schnell auf den Weg, um einen Kaffee zu holen. Auf dem Weg zur Theke lauschte ich den Gesprächen der anderen Besucher und überlegte, wie ich in eine der Diskussionen einsteigen konnte. Tatsächlich traf ich auf eine kleine Gruppe aus drei hochrangigen Managern, die sich über die personelle Entwicklung in ihren Firmen unterhielten. Ich gesellte mich dazu und hörte zunächst einen Moment zu, bevor ich mich einbrachte.

»Sind Sie sicher, dass solch eine Vorhersage, wie sie im ersten Vortrag getroffen wurde, rechtfertigt Mitarbeiter zu entlassen?« fragte ich in die Runde.

»Es geht dabei nicht alleine um Zahlen, die Entwicklung geht schon lange in die Richtung«, antwortete mein Gegenüber, dessen Namensschild ihn als Herr Johnsum ausgab.

Auch Herr Lindmal kommentierte meine Aussage: »Es gibt in Indien viele gute Programmierer. Dazu arbeiten die für den halben Lohn. Da muss sich einfach etwas beim Personal tun.«

»Haben Sie nicht Sorge um den Kunden-Support. Kein

Mitarbeiter am Stammsitz kennt das Programm, daher muss jede Anfrage des Kunden über Indien laufen. Bedenken Sie den zeitlichen Nachteil, der dadurch entsteht«, gab ich zu bedenken.

»Support hin oder her, wenn die Zahlen nicht stimmen sind wir einfach weg vom Fenster«, prophezeite Herr Mahlström als vierter im Bunde.

»Bezieht sich das jetzt nur auf Ihren Arbeitsplatz oder auf die ganze Firma?« wollte ich wissen.

»Sie stellen ja Fragen, Herr Thiersen! Es weiß doch nun wirklich jeder wie es läuft: wenn die Zahlen nicht stimmen entlässt der Vorstand das Management und dann schmeißt halt jemand anders die Leute raus. Ein Global-Player geht so schnell nicht bankrott, nur als Manager muss man gut aufpassen, um nicht unter die Räder zu kommen«, klärte mich Herr Mahlström auf.

»Danke für ihre ausführliche Antwort. Es tut mir leid, wenn ich Sie mit meinen Fragen irritiere, jedoch bin ich erst neu ins Management eingestiegen. Daher konnte ich noch keine Erfahrungen sammeln.«

»Na dann müssen Sie aber schnell lernen, die Arbeit hier ist gnadenlos«, lies Herr Johnsum verlauten.

Gerade als ich darauf Antworten wollte, läutete ein Gong den nächsten Vortrag ein. Während meine anderen Gesprächspartner auf schnellstem Wege ihre Plätze aufsuchten blieb Herr Lindmal noch kurz bei mir stehen.

»Wenn Sie wünschen können wir uns in der nächsten Pause treffen. Ich kann ihnen sicherlich gute Tipps für den Start mitgeben«, bot er seine Hilfe an.

»Vielen Dank für Ihr Angebot, das ich gerne annehme. So würde ich vorschlagen, wir treffen uns an der Kaffee-Ausgabe.«

»Sehr gerne, Herr Thiersen«, bestätigte mein Gegenüber den Treffpunkt.

Als ich neben Herr Dr. Swanbal Platz nahm, hatte der Vortrag bereits begonnen. Wie erwartet drehte sich auch dieser um unfassbar viele Zahlen, denen ich erneut keinen Sinn abringen konnte. So war ich froh, als die nächste Pause eingeläutet wurde. Ohne Umwege ging ich zur Kaffee-Ausgabe. Voller Erwartungen begrüßte ich Herrn Lindmal. Dieser stieg direkt mit einer Frage in das Gespräch ein.

»Wie lange sind Sie denn schon im Geschäft?«

Ich überlegte kurz, was ich darauf antworten sollte. Da mir die wahre Geschichte jedoch zu lange und umständlich erschien, schob ich eine alternative Antwort vor.

»Genau genommen ist diese Konferenz meine erste Amtshandlung.«

»Ein guter Einstieg ins Geschäft. Herzlich willkommen in der Welt der Manager.«

Herr Lindmal klopfte mir auf die Schulter, als wollte er mir Mut machen, mich dem neuen Job zu stellen.

»Sie meinen damit sicherlich die Welt der verlorenen Freizeit und schlaflosen Nächte«, kommentierte ich die Aussage meines Gegenüber.

»Freizeit wird überbewertet. Mal ehrlich, was bewegen Sie in Ihrer Freizeit? Um etwas zu reißen benötigen Sie entweder Geld oder die richtigen Beziehungen. Beides bringt der Beruf mit sich, nicht die Freizeit«, gab Herr Lindmal zu bedenken.

»Sie meinen also, alle Strapazen, die meine neue Position mit sich bringt, werden durch die damit erlangte Macht gerechtfertigt?«

»Wenn Sie es als Macht bezeichnen möchten, kann ich Ihnen nur zustimmen.«

»Für mich gibt es keinen besseren Begriff. Immerhin sind es mächtige Menschen, die unsere Welt prägen können.«

»Das hört sich durchaus plausibel an. Für tiefgreifende

Diskussionen zu dem Thema muss ich Sie aber an einen Freund verweisen.«

»Neue Kontakte schaden nie, ich wäre dankbar wenn Sie den Kontakt herstellen könnten«, versicherte ich meinem Gegenüber.

Ohne weitere Worte zog Herr Lindmal seine Visitenkarte aus der Tasche. Auf die Rückseite schrieb er eine E-Mail Adresse.

»Sagen Sie ihm Grüße von mir«, meinte er als er mir die Karte reichte.

»Vielen Dank Herr Lindmal für den Kontakt. Gerne würde ich Ihnen jetzt eine meiner Visitenkarten geben, doch diese sind noch nicht aus dem Druck gekommen.«

»Das können Sie auf der nächsten Konferenz nachholen, Herr Thiersen. Die Welt der Manager ist klein. Wir werden uns sicherlich bald wieder sehen.«

Gerade als ich mich von meinem Gegenüber verabschieden wollte, trat ein sehr nervöser Herr Dr. Swanbal zu uns.

»Hallo Herr Lindmal«, begrüßte er knapp meinen Gesprächspartner.

Er schnappte nach Luft, bevor er sich an mich wandte, um den Grund der Hektik zu nennen.

»Eben wurde im Saal eine Hurrikan-Warnung ausgesprochen. Alle weiteren Veranstaltungen wurden abgesagt. Herr Thiersen, wir müssen unverzüglich zurück ins Hotel.«

Im Taxi telefonierte Herr Dr. Swanbal hektisch mit verschiedenen Reisebüros. Schließlich ließ er sich beruhigt in den Sitz fallen.

»Ich habe noch für heute einen Rückflug bekommen. Wir haben allerdings nur zehn Minuten im Hotel, ich hoffe das genügt für Sie«, informierte er mich.

Da ich noch gar nicht dazu kam, meinen Koffer auszupacken, war ich innerhalb kürzester Zeit bereit zum Check-

Out im Hotel. Mein Begleiter erschien kurz nach mir an der Rezeption, weshalb es ohne größere Verzögerung weiter zum Flughafen ging. Hektisch bahnten wir unseren Weg durch die Menschenmassen, warteten eine gefühlte Ewigkeit in der Schlange am Check-In Schalter, hasteten durch die Sicherheitskontrolle, um gerade noch rechtzeitig zum Boarding am Gate zu sein. Müde sank ich im Flugzeug in meinen Sitz. Da die Strapazen der letzten Stunden auch bei meinem Begleiter deutliche Spuren hinterlassen hatte, blieb mir auf dem Rückflug ein ermüdender Monolog erspart. Selbst beim Verlassen des Flugzeugs war er erstaunlich wortkarg. So verabschiedete er sich nur knapp von mir und verschwand aus meinem Blickfeld. Kaum Zuhause überlegte ich mir, wie es wohl weiter gehen würde. Offiziell sollte die Konferenz drei Tage dauern. Konnte ich die zwei verbleibenden Tage frei machen? Selbst wenn es mir möglich gewesen wäre, entschied ich mich dagegen. Immerhin hatten wir einen engen Zeitplan zum Abschluss des Projekts. Daher machte ich mich am nächsten Morgen auf die gewohnten Weg ins Büro. Dabei brachten meine Kollegen ihre Freude über meine verfrühte Rückkehr zum Ausdruck.

»Weißt du Alex, ich hab mir schon gedacht, dass du es ohne uns einfach nicht aushalten würdest«, scherzte Claus.

»Hey Alex, super, dass du schon wieder da bist. Ich kann bei der Einarbeitung nämlich deine Hilfe gebrauchen«, verkündete Sabrina.

»Ach, da hätte dir sicherlich auch Claus alle Fragen beantworten können«, meinte ich.

Sabrina schien das jedoch anders zu sehen. Sie stellte mir immer wieder Fragen, wobei sie auffällig häufig Blickkontakt mit mir suchte. Was sie damit bezweckte, wurde deutlich, als sich Claus in den Feierabend verabschiedete. Kaum hatte er die Tür hinter sich geschlossen, wandte sich

Sabrina mir zu.

»Hey Alex, es ist so schön, dass du wieder hier bist. Ich habe dich wirklich vermisst.«

Skeptisch blickte ich zu ihr hinüber. Irgendwie konnte ich ihre Ausführung nicht folgen. Nein, viel mehr konnte ich ihren Ausführungen keinen Glauben schenken. Sabrina schien meine Skepsis jedoch zu ignorieren. Um ihren Worten Nachdruck zu verleihen, kam sie zu mir hinüber und legte ihre Arme um mich.

»Komm Alex, lass uns zu mir nach Hause fahren. Da können wir unsere Zweisamkeit besser genießen.«

Ich tauchte unter ihren Armen hinweg und ging auf die andere Seite meines Schreibtisches.

»Um ehrlich zu sein finde ich es besser, wenn wir den Abend heute getrennt verbringen.«

»Wie kannst du nur so etwas sagen? Ich bin eine attraktive Frau, du musst einfach mit mir kommen.«

»Das mit der attraktiven Frau kann schon sein, aber ich hab anstrengende Tage hinter mir. Ein wenig Ruhe wird mir gut tun«, gab ich vor.

Sabrina bewegte sich auf mich zu.

»Das ist mir egal. Du wirst jetzt mit zu mir kommen und mit mir Sex haben!«

Ich wich instinktiv zurück.

»Du kannst mir nicht entkommen«, drohte Sabrina.

Immer schneller kam sie auf mich zu. Ich ging immer noch Rückwärts, wobei ich meinen Gang beschleunigte. Allzu weit kam ich damit jedoch nicht, denn ich stolperte über meine eigenen Füße und ging zu Boden. Mit einem Sprung setzt sich Sabrina auf mich. Sie packte mich am Hals.

»Du wirst jetzt mit mir kommen. Ich will Sex mit dir!« schrie sie mich an.

Ich versuchte mich aus ihrer Umklammerung zu befreien, hatte aber keine Chance gegen das Mädel. Ihre Arme waren wie ein Schraubstock, der meinen Hals immer fester zudrückte, bis ich keine Luft mehr bekam. Kraftlos sackte ich zusammen und gerade als ich mit meinem Leben abschließen wollte, flog die Türe auf. Aus dem Augenwinkel sah ich einen Gegenstand durch den Raum fliegen. Getroffen sackte Sabrina zusammen. Während ich hustend und mit geschlossenen Augen auf dem Boden liegen blieb, betrat jemand den Raum. Er zog Sabrina weg von mir und kniete sich neben mich.

»Ist mir dir alles in Ordnung?« fragte eine mir gut bekannte Stimme.

Ich nickte, ein Wort brachte ich nicht heraus.

Der Kerl setzte mich auf den Stuhl und legte meine Füße hoch. Langsam spürte ich, wie meine Kräfte zurück kamen. Ich öffnete die Augen und blickte in das Gesicht von Felix.

»Felix, was machst du denn hier?« brach es aus mir heraus.

»Dein Leben retten«, war seine simple Antwort.

Entsetzt sprang ich auf.

»Was? Mein Leben retten? Ich also, wieso denn mein Leben retten?« stotterte ich irritiert.

»Weil du dich mit gefährlichen Leuten einlässt.«

Felix zeigte auf Sabrina, die immer noch regungslos auf dem Boden lag. In ihrem Rücken steckte ein Dartpfeil. Offensichtlich hatte dieser das Mädel nieder gestreckt. Ich schüttelte den Kopf, als ich verstand was hier passiert war.

»Hey Alexander, du solltest nach Hause gehen und dich ein wenig ausruhen. Pflege das Arschloch in dir, du wirst es nächste Woche gebrauchen können.«

Anschließen schob er mich auf den Flur. Ich schüttelte mich von Kopf bis Fuß, um in die Realität zurück zu kehren. So machte ich mich auf den Weg zur Bushaltestelle. Gerade als ich den Zebrastreifen über die Hauptstraße betrat, sah ich aus dem Augenwinkel eine dunkle Limousine heran rasen. Ich konnte mich nur mit einem beherzten Sprung nach vorne davor retten, angefahren zu werden. Schnell drehte ich mich um und überzog diesen unverschämten Fahrer mit einer Reihe an Flüchen. Dies brach ich jedoch sofort wieder ab, denn der Wagen hatte mit quietschenden Reifen gewendet und kam erneut direkt auf mich zu. Wieder konnte ich mich nur mit einem Sprung retten. Als die Limousine mit qualmenden Bremsen zum stehen kam und die Scheibe des Beifahrers herunter gelassen wurde, ahnte ich, dass es die Insassen wohl nicht sonderlich gut mit mir meinten. Während ich so schnell es ging zur Bushaltestelle lief, feuerte der Beifahrer aus einer schallgedämpften Pistole auf mich. Ich rannte im Zick-Zack über den Weg, hechtete mich über eine kleine Mauer, wobei mich eine Kugel am Bein streifte. Ich lehnte mich an die Mauer und hielt mir das Bein. Der stechende Schmerz war kaum auszuhalten. Ich biss die Zähne zusammen, rang den Schmerz nieder und lief zur Haltestelle. Dort fuhr gerade ein Bus vor, in den ich hinein sprang. Endlich in Sicherheit suchte ich mir schwer atmend einen Sitzplatz. Als ich an der Haltestelle vor meinem Haus ausstieg, wähnte ich mich in Sicherheit. Eine Fehleinschätzung, wie sich herausstellte. So schlich sich von hinten eine schwarz gekleidete Person an. Ich entdeckte den Kerl erst, als er direkt hinter mir war. Bevor ich reagieren konnte, schlug er mich mit einem Hieb nieder.

Ich erwachte mit höllischen Kopfschmerzen auf einer harten Liege. Mit großer Anstrengung öffnete ich die Augen, um in die Dunkelheit des Raumes zu starren. Mein Schädel drohte zu platzen, als ich versuchte, mich aufzurichten. So blieb ich auf dem Rücken liegen und versuchte meine Gedanken zu sortieren. Irgendwie kam mir das alles bekannt vor. Diese Liege, diese Dunkelheit, diese Kopfschmerzen. Nur die Platzwunde an meinem Kopf war neu. Ich berührte die Stelle mit meiner Hand, wobei mich ein stechender Schmerz durchzuckte. Schnell zog ich meine Hand zurück. Während ich ruhig liegen blieb, fragte ich mich, wann wohl dieses Mal die beiden Wächter vorbei kommen würden. Tatsächlich musste ich gar nicht auf sie warten, denn schon öffnete sich die schwere Eisentüre. Wieder wurde mir eine Taschenlampe mitten ins Gesicht gerichtet. Wieder gab es eine banale Konversation zwischen den zwei Soldaten. Wieder schleppten mich zwei mächtige Arme aus der Zelle und bis in den bekannten Besprechungsraum. Dort wartete bereits Mr. Triple-B auf mich.

»Da ist ja mein Meisterspion. Es ist gut dich wieder zu sehen. Ich hoffe du hast uns von neuen Erkenntnissen zu berichten«, eröffnete er das Gespräch.

Ich kramte in meinem Gedächtnis, konnte mich jedoch nicht daran erinnern, was meine Aufgabe war. So zuckte ich nur mit den Schultern.

»Was soll das jetzt heißen«, fuhr mich mein Gegenüber an, »ich erwarte einen ausführlichen Bericht und zwar sofort!«

»Wissen Sie, ich war auf einer Konferenz in Florida. Dort habe ich mir zusammen mit vielen mächtigen Leuten langweilige Vorträge angehört«, erklärte ich verlegen.

Die Konferenz war das einzig besondere Ereignis in meinem Leben, weshalb ich hoffte ihn mit meinem Bericht zufrieden stellen zu können. Tatsächlich verschwand das wütende Funkeln aus den Augen von Mr. Triple-B.

»Viele mächtige Leute, das klingt interessant. Erzähle mir mehr davon.«

»Anwesend waren Manager aus der ganzen Welt. Vermutlich kamen sie alle aus der IT-Branche. Ganz sicher bin ich mir aber nicht...«

Mr. Triple-B unterbrach mich: »Langweile mich nicht mit

sinnlosen Details. Komme auf den Punkt!«

Da ich absolut nicht wusste, worauf mein Gegenüber hinaus wollte und meine Kopfschmerzen das Nachdenken erschwerten, sah ich keine Möglichkeit ihn zufrieden zu stellen. Irgendwas musste ich aber von mir geben, denn Mr. Triple-B erwartete nun einmal eine Antwort. Darauf warten wollte er auch nicht, das konnte ich in der aufsteigenden Wut in seinen Augen erkennen. Da mir nichts Besseres einfiel, führte ich meinen Bericht von der Konferenz fort.

»Die Manager kamen aus der ganzen Welt. Sie alle lenken große Unternehmen. Daher besitzen sie sehr viel Macht.«

»Du erzählst Unsinn!«

Die Augen meines Gegenüber funkelten in knalligem Rot. Wutentbrannt setzte er seine Ausführt fort: »Manager haben keine Macht. Sie sind nur Marionetten. Wirkliche Macht hat nur der Maulwurf. Du machst ihn für mich ausfindig und zwar jetzt!«

Vor Wut schäumend gab er seinen Wachen ein Handzeichen. Darauf rammte mir einer der Soldaten mit voller Wucht seine Faust in den Magen. Ich ging zu Boden und rang hustend nach Luft.

»Das ist, was mit unzuverlässigem Personal passiert. Hüte dich, ich gebe dir noch eine Chance den Maulwurf ausfindig zu machen. Versagst du, werden unbeschreibliche Schmerzen dein Lohn sein. Jetzt bringt ihn weg, er verschwendet meine Zeit!« befahl Mr. Triple-B.

Unsanft hoben mich die Wachen vom Boden auf. Sie schleiften mich aus dem Raum bis zum Ausgang.

»Du wirst von uns kontaktiert, wenn wir die Informationen brauchen. Noch einmal solltest du den Chef nicht enttäuschen«, meinte einer der Soldaten, als er mich in eine dunkle Limousie stieß.

Ohne ein Wort von sich zu geben brachte mich der Fahrer

bis vor meine Haustüre. Da ich auch nicht in der Stimmung für Konversationen war, stieg ich wortlos aus. In meiner Wohnung angekommen, fiel ich direkt ins Bett. Sofort schlief ich ein und wurde am nächsten Morgen unsanft durch meinen Wecker aus dem Schlaf gerissen. Ich schüttelte mir den Schlaf aus dem Körper, wobei ich mich fragte, ob die Begegnung mit Mr. Triple-B nur ein schlechter Traum war. Die Schmerzen im Bauch sowie die Platzwunde am Kopf sprachen jedoch eine eindeutige Sprache. Genau genommen fühlte ich mich einfach schrecklich. Eigentlich war ich alles andere als in der Lage, ins Büro zu gehen. Trotzdem fühlte ich mich dazu verpflichtet, bei der Arbeit zu erscheinen, denn wir hatten einen engen Zeitplan für unser Projekt. Auf dem Weg zur Arbeit fragte ich mich, wie sich wohl das Wiedersehen mit Sabrina gestalten würde. Mir jagte ein kalter Schauer den Rücken hinunter. Vielleicht würde sie heute vollenden, was sie gestern nicht geschafft hatte. Vielleicht wäre Felix heute zu beschäftigt, um ihn noch einmal zu retten. Vielleicht würde Sabrina schon auf mich warten, um mich zur Strecke zu bringen, bevor Claus zur Arbeit kam. Panisch sprang ich an der nächsten Haltestelle aus dem Bus. Schnell schaute ich mich um. Wo nur sollte ich hin laufen? Wohin sollte ich fliehen? Plötzlich klopfte mir jemand von hinten auf die Schulter. Ich zuckte zusammen, mein Herz raste als ich herum wirbelte.

»Ist mit dir alles in Ordnung?« fragte Karin.

Ich starrte mein Gegenüber eine ganze Zeit lang an. Mir ging einfach nicht in den Kopf, was hier gerade vor sich ging.

»Karin, Karin, was machst du denn hier?« stammelte ich schließlich.

»Ich steige hier um, die letzten zwei Haltestellen fahre ich doch immer mit deinem Bus. Normal passt der Anschluss ganz gut, aber heute habe ich den Bus verpasst. Mich wundert nur, dass du hier ausgestiegen bist. Ist mit dir alles in Ordnung, Alexander?«

»Ich, ähm, na ja, es war ein langer Tag gestern. Daher bin ich ziemlich müde. Also, ähm da bin ich wohl im Bus eingeschlafen und hatte gedacht, ich wäre zu weit gefahren«, behauptete ich.

»Das muss dir doch nicht peinlich sein. Wir sind alles nur Menschen und machen mal Fehler. Ist ja nicht schlimm, der nächste Bus kommt ja schon«, beruhigte mich Karin.

Zusammen legten wir den restlichen Weg zur Arbeit zurück. Mir war das gar nicht recht, denn so blieb mir keine Möglichkeit wieder um zu kehren. Was auch immer mich im Büro erwarten würde, ich musste mich stellen. Zögerlich verabschiedete ich mich von Karin. Langsam ging ich dem Flur entlang, in der Hoffnung, Felix könnte auftauchen. Gemeinsam mit ihm hätte ich sorglos das Büro betreten können. Außer ein paar unbekannten Mitarbeitern begegnete mir jedoch niemand. So stand ich unschlüssig vor der Bürotüre. Ich atmete tief ein und öffnete die Türe einen kleine Spalt. Da von Sabrina weit und breit nichts zu sehen war, stieß ich einen Seufzer der Erleichterung aus. Beruhigt setzte ich mich an meinen Arbeitsplatz. Kaum hatte ich Platz genommen, krabbelte Sabrina unter ihrem Schreibtisch hervor.

»Ach Schatz, schön dass du da bist. Ich hab gar nicht bemerkt, wie du ins Büro kamst. Ich musste nämlich gerade mein Netzwerkkabel umstecken. Bis Claus kommt, haben wir doch noch eine halbe Stunde, das reicht für eine Runde Sex«, begrüßte sie mich.

Ich wurde kreidebleich. Mein schlimmster Alptraum hatte sich soeben erfüllt. Während sich Sabrina ihr Oberteil auszog, versuchte ich einen klaren Gedanken fassen. Als sie mit ihrer Hose fort fuhr, griff ich zum Telefon.

»Gute Morgen Herr Berlaid, tut mir Leid wenn ich Sie störe. Jedoch würde ich mit ihnen gerne über meinen möglichen Aufstieg sprechen, bevor meine Kollegen ins Büro kommen.«

»Selbstverständlich Herr Thiersen, kommen Sie gerne vorbei, ich habe aktuell Zeit«, erwiderte mein Chef.

Sabrina hatte sich bereits ihrer gesamten Kleidung entledigt, als ich aufsprang.

»Leider muss ich dringend zum Chef. Wir müssen das auf Später verschieben«, sagte ich auf dem Weg nach draußen.

Schnell hastete ich den Gang entlang. Erst im Aufzug atmete ich erleichtert auf. Ich hatte zwar keine Ahnung, was ich Herrn Berlaid erzählen sollte, jedoch war jeder Ort besser als mein Büro.

Einge Stockwerke weiter oben traf ich Herrn Berlaid, der mit seiner Sekretärin im Gespräch war.

»Genau, Frau Weißbach, so werden wir den Vorgang abschließen können. Falls Sie noch weiteren Input benötigten, können Sie mich fragen«, erklärte er der älteren Dame.

Anschließend wandte er sich an mich.

»Kommen Sie gerne zu mir ins Büro, dort können wir in aller Ruhe über Ihr Anliegen sprechen.«

Auffällig gut gelaunt bot er mir einen Sitzplatz an.

»Herr Thiersen, es freut mich, dass Sie Initiative zeigen und auf mich zukommen. Sollten Sie nach dem Besuch bei Herrn Dr. Swanbal sowie der Konferenz noch weitere Fragen haben oder mir gar Ihre Entscheidung mitteilen möchten, so können Sie das sehr gerne tun.«

»Zunächst möchte ich mich bei Ihnen bedanken, für die Möglichkeit einen so detaillierten Einblick in die Arbeit von Herr Dr. Swanbal zu erhalten. Dadurch wurde meine Entscheidungsfindung maßgeblich beeinflusst«, sagte ich.

Eigentlich wollte ich damit nur Zeit gewinnen, um mir ein

paar Fragen an Herrn Berlaid zu überlegen. Mein Gegenüber nahm die Aussage jedoch anders auf.

»Ich entnehme Ihren Worten eine große Begeisterung für die Arbeit im Management. Mir scheint, Sie sind bereit, die Aufgabe zu übernehmen. Ich verstehe auch, dass Sie nicht zögern, denn solch eine Chance erhält man nicht alle Tage. Mit Ihren Einverständnis werde ich Herr Dr. Swanbal sogleich über Ihre positive Entscheidung informieren. Sie haben sicherlich Verständnis, dass wir Sie nicht sofort in Ihr neues Amt einführen können. So müssen noch kleine Vorbereitungen getroffen werden. Dabei handelt es sich jedoch um reine Formalitäten. Ich werde das sofort mit Herr Dr. Swanbal besprechen.«

Noch bevor ich antworten konnte, griff mein Chef zum Telefon. Ausschweifend wie üblich informierte er sein Gegenüber über meine Zusage. Damit war mein Aufstieg ins Management also zementiert, ohne dass ich eine Chance auf Widerspruch hatte. In Gedanken versunken nahm ich gar nicht mehr wahr, was Herr Berlaid mit dem Manager besprach. Mich beschäftigte einzig die Frage, was aus mir jetzt wohl werden würde. Diese ganzen Zahlen, mit denen auf der Konferenz um sich geworfen wurde, diese ganzen Diagramme, mit denen Herr Dr. Swanbal arbeitet, das Alles interessierte mich kein Stück. Ich wollte einfach Software-Entwickler bleiben.

»Sehr schön Herr Thiersen, Sie haben es sicherlich mitbekommen: Herr Dr. Swanbal möchte Ihnen morgen persönlich zu Ihrer Entscheidung gratulieren. Ich stelle Ihnen den entsprechenden Termin ein«, holte mich mein Chef aus meinen Gedanken.

»Ich, ich«, um Fassung ringend log ich meinem Gegenüber vor, »Tut mir Leid, ich bin noch ganz ergriffen, von dieser weitreichenden Entscheidung. Ich werden mein Glück wohl erst fassen können, wenn ich den Posten tatsächlich besetze.«

Ferner von der Wahrheit konnte meine Aussage gar nicht sein. So war ich einfach nur geschockt und traurig, dass ich mich von meinem Chef so hatte überrumpeln lassen. Ich rang mit Tränen der Enttäuschung, verabschiedete mich knapp und machte mich zurück auf den Weg ins Büro. Von einem Alptraum in den Nächsten. Mein Besuch bei Herr Berlaid war definitiv zu kurz. Sicherlich war Claus noch nicht zur Arbeit erschienen. Daher musste ich irgendwie mit Sabrina fertig werden. Auf der anderen Seite war an einem Tag wie heute alles egal. Warum sollte ich mich also nicht auf Sabrina einlassen? Selbst wenn jede einzelne Zelle meines Körpers dieser Idee widerstrebte, zu verlieren hatte ich ohnehin nichts mehr. Bereit, jede Schandtat über mich ergehen zu lassen, betrat ich das Büro. Verdutzt blickte ich auf die Szene, die sich mir bot. Überall auf dem Boden verstreut lagen Kleider. Es waren jedoch nicht alleine Frauenkleider. Zu sehen war allerdings niemand. Einen Moment stand ich in der Türe, um meine Eindrücke zu verarbeiten. Da klärte sich auf, was hier vor sich ging. Ein zartes Stöhnen drang unter Sabrinas Schreibtisch hervor. Claus war wohl doch schon zur Arbeit erschienen. Ich beschloss kurzerhand die Beiden in Ruhe zu lassen und ging mir einen Kaffee holen.

Nachdem ich den Becher gemütlich ausgetrunken hatte, kehrte ich ins Büro zurück. Dort saßen sowohl Sabrina als auch Claus brav an ihren Plätzen. Es schien, als wäre nie etwas zwischen ihnen gewesen. Ich verkniff mir einen spitzen Kommentar und konzentrierte mich lieber auf meine Arbeit. Dabei achtete ich jedoch streng auf die Uhr, denn ich wollte unbedingt vor Claus in den Feierabend gehen. Daher verabschiedete ich mich früher als üblich von meinen Kollegen.

Zuhause angekommen, erinnerte ich mich an das morgige

Treffen mit Herr Dr. Swanbal. Da ich bei dem Manager einen guten Eindruck hinterlassen wollte, legte ich mir einen Anzug für den nächsten Tag bereit. Dabei rutschte die Visitenkarte von Herrn Lindmal aus der Hosentasche und segelte zu Boden. Augenblicklich kam mir das Gespräch mit dem Manager wieder in den Sinn. Von einem mysteriösen Informanten hatte dieser gesprochen. Voller Neugierde setzte ich mich an meinen Rechner, um eine E-Mail an diesen zu schreiben. Dies war jedoch nicht ganz einfach, da mir schon die Anrede Kopfzerbrechen bereitete. So hatte Herr Lindmal keinen Namen aufgeschrieben. Aus der angegebenen E-Mail Adresse konnte ich ebenfalls keinen Namen ableiten. Nach einigem Nachdenken schrieb ich schließlich:

Sehr geehrte Dame, sehr geehrter Herr,
ich habe ihre E-Mail Adresse von Herrn Lindmal erhalten,
von dem ich Sie sehr herzlich grüßen soll. Wir haben uns
gestern intensiv mit der Frage auseinander gesetzt, was
das Wort Macht bedeutet. Er selbst konnte mir nur bis zu
einem gewissen Punkt helfen und verwies mich daher an
Sie. Ich würde mich über die Möglichkeit freuen, mit Ihnen
die offenen Fragen diskutieren zu können und verbleibe
mit freundlichen Grüßen
Alexander Thiersen

Nachdem ich die E-Mail noch fünf mal gelesen und schließlich für gut empfunden hatte, schickte ich sie mit pochendem Herzen ab. Irgendwie kam mir diese ganze Sache unheimlich vor. Ich hoffte inständig, dass dieser Informant eine vernünftige Person war und kein Schwerverbrecher, der auf diesem Wege neue Opfer suchte. Meine Zweifel wurden jedoch zerstreut, als ich schon kurz darauf die Antwort las:

Hallo Herr Thiersen,
da ich von Herr Lindmal vorab informiert wurde, erwarte-
te ich bereits Ihre Kontaktaufnahme. Jedoch werde ich Sie
nicht persönlich treffen können. Daher verweise ich Sie an
einen Experten auf diesem Gebiet. Selbst wenn eine
Kontaktaufnahme mit ihm nicht einfach ist, da er keinen
offiziellen Besuch empfängt. Erschwerend kommt hinzu,
dass er tief unter der Erde in einem alten Bunkersystem
wohnt. Es existiert jedoch ein Zugang von der Oberfläche,
den ich Ihnen auf der Karte im Anhang markiert habe.
Ergänzt wird diese durch einen Plan des Tunnelsystems,
auf der ein sicherer Weg vermerkt ist. Bitte beachten Sie
jedoch, dass ich keinerlei Garantien für die Richtigkeit
übernehmen kann. Sie handeln auf eigene Gefahr!
Ihr möglicher Gesprächspartner ist lediglich als 'der
Maulwurf' bekannt und wurde von meinen Informanten als
die mächtigste ihnen bekannte Person bezeichnet. Ich
kann Sie daher nur ermutigen dem Maulwurfhügel einen
Besuch abzustatten.
Grüße
Bob der Buddler

P.S: Sie müssen mir auf diese Nachricht nicht antworten,
ich weiß um Ihren Dank.

Erfreut über die schnelle Reaktion überflog ich die
Antwort, nur um sie gleich darauf noch einmal Wort für
Wort zu betrachten. Ungläubig starrte ich in meinen Bildschirm. Was wollte dieser Kerl von mir? Sollte ich tatsächlich eine Bunkeranlage stürmen? Ich? Der ich gerade mal
eine Stirnlampe und Wanderschuhe besaß, aber weder die
Ausrüstung noch Ausbildung um in einen Bunker einzu-
dringen. Gut, ich hatte schon die eine oder andere Höhlen-

wanderung mit gemacht, Erfahrung mit dunklen, engen Gängen besaß ich daher. Außerdem war es vielleicht gar nicht so schlimm wie es sich anhörte. Wobei ich mich auf der anderen Seite fragte, ob ich jemandem mit dem Namen Bob der Buddler wirklich trauen konnte. Mit kritischem Blick nahm ich den Text noch einmal in Augenschein. Dabei blieb ich an einem Wort hängen: Maulwurf. Ich zuckte zusammen. Plötzlich kam mir Mr. Triple-B wieder in den Sinn. Maulwurf, genau von diesem Kerl hatte Mr. Triple-B gesprochen. Den Aufenthaltsort sollte ich heraus finden. Genau das hatte ich getan. Daher musste ich gar nicht in die Bunkeranlage eindringen. Das könnte ich den Leuten von Mr. Triple-B überlassen. Zumindest wenn mich Bob der Buddler nicht hinters Licht führen wollte. Da ich den Zorn von Mr. Triple-B nicht unnötig auf mich ziehen wollte, beschloss ich am Wochenende einen Ausflug zur Bunkeranlage zu machen.

Davor musste ich allerdings noch ein Treffen mit Herr Dr. Swanbal hinter mich bringen. Daher machte ich mich am nächsten Tag im feinen Anzug auf den Weg zu ihm. Nach einer freundlichen Begrüßung ging der Manager direkt in einen Monolog über. Anschließend schickte er mich bei seiner Assistenz vorbei. So wirklich wusste ich zwar nicht, was ich dort sollte, doch Frau Welster war bestens informiert.

»Guten Tag Herr Thiersen, es freut mich sie im Management begrüßen zu dürfen. Herr Dr. Swanbal bat mich, Ihnen die weiteren Schritte zu erklären. Haben Sie einen Moment Zeit dafür?« klärte mich die attraktiven junge Frau auf.

»Vielen Dank für die herzliche Begrüßung, Frau Welster. Für Sie nehme ich mir gerne Zeit«, erwiderte ich die Freundlichkeit.

»Vielen Dank für Ihr Kompliment, Herr Thiersen. Ich habe

selten so freundliche Menschen bei mir«, gestand mein Gegenüber mit einem Lächeln.

»Ist es wirklich so schlimm?« wollte ich wissen.

»Schlimmer als alle Erzählungen. Alles muss sofort passieren, jeder ist der wichtigste Mensch der Welt. Kompromisse gibt es nicht. Da erfrischt solche eine nette Seele, wie Sie es sind.«

Ich wurde rot im Gesicht, da ich es nicht gewohnt war, solch nette Worte aus dem Mund einer äußerst attraktiven Frau zu hören. Frau Welster schien meinen Gemütszustand nicht verborgen geblieben zu sein.

»Ich möchte Sie jetzt nicht weiter in Verlegenheit bringen. Daher kommen wir lieber zum geschäftlichen Teil. So habe ich für Dienstag ein Seminar für Neulinge im Management gebucht. Hier, ich habe Ihnen einen Flyer mit dem Programm und einigen Hinweisen vorbereitet. Die eigentliche Übergabe des Postens wird jedoch bereits am Montag um 10:00 Uhr stattfinden. Zunächst werden Sie dem Vorstand vorgestellt und von diesem offiziell als Nachfolger für Herrn Dr. Swanbal bestätigt. Anschließend wird Sie Herr Dr. Swanbal in seinem Büro empfangen. Von ihm werden Sie dann in Ihre zukünftigen Aufgaben eingeführt. Demnach wird Mittwoch Ihr erster echter Arbeitstag sein. Haben Sie dann noch irgendwelche Fragen zum Ablauf?«

Ich warf einen Blick auf die Flyer, wobei mir bewusst wurde, dass heute mein letzter Tag im Büro war.

»Ja, eine Frage hätte ich noch: Gibt es schon einen Nachfolger für mein Team. Immerhin müsste ich meine Arbeit ja heute noch übergeben.«

»Tut mir Leid, dazu weiß ich nichts. Ich bin mir aber sicher, dass Herr Berlaid daran gedacht hat. Natürlich kann ich ihn gerne anrufen und nachfragen, wenn Sie möchten.«

»Nein, nein, ist schon in Ordnung. Sie haben vermutlich Recht. Er wird sicherlich daran gedacht haben.«

»Ich denke auch, darum müssen Sie sich keine Gedanken machen. Es wird für Sie ohnehin noch genügend Dinge zum Bedenken geben. So ein Wechsel in das Management ist schließlich eine ganz schöne Umstellung«, gab Frau Welster zu bedenken.

Diese Aussage traf mich wie ein Schlag ins Genick. Ich hatte tatsächlich keine Ahnung, was mich in meinem zukünftigen Job erwartete. Wie konnte ich mich von Herrn Berlaid nur überrumpeln lassen? Irgendwie wurde ich das Gefühl nicht los, es gab gar kein Arschloch in mir. Wütend über mich selbst, musste ich mit einem Kloß im Hals kämpfen.

»Ist mit Ihnen alles in Ordnung?« fragte mein Gegenüber in fürsorglichem Ton.

Ich schluckte den Kloß hinunter und antwortete: »Ja, alles gut. Ich habe nur eben einen Blick auf den Flyer geworfen. Das kann ich aber auch in Ruhe bei mir im Büro tun.«

»Ich werde Sie nicht vertreiben, ich bin gerne in netter Begleitung.«

Bei der Aussage schenkte mir Frau Welster ein bezauberndes Lächeln. Mir wurde ganz warm ums Herz und ich konnte nicht anders als es zu erwidern. Ich überlegte, was ich auf diese nette Geste sagen sollte. Mir kam aber wirklich nichts in den Sinn. Bevor ich ich wieder rot wurde, oder irgendwelchen Unsinn stammeln konnte, beschloss ich den Rückzug anzutreten.

»Das ist sehr freundlich, doch möchte ich wirklich nicht länger Ihre Zeit in Anspruch nehmen.«

Wir verabschiedeten uns ausgiebig, bevor ich mich auf den Weg ins Büro machte. Meine Ankunft dort verzögerte sich allerdings, denn als ich aus dem Aufzug ausstieg, passte mich Felix ab.

»Hey Alex, schick angezogen heute. Es ist wohl dein erster Tag im Management«, scherzte Felix.

»Nicht ganz, der wird erst am Montag sein«, klärte ich mein Gegenüber auf.

»Du machst Scherze?« fragte dieser besorgt.

»Ich wünschte es wäre ein Scherz. Herr Berlaid hat mich überrumpelt und mich in den Job gedrängt. Keine Ahnung, warum das jetzt plötzlich so schnell gehen musste.«

»Scheiße Alex, so etwas darfst du nicht mir dir machen lassen. Komm, ich lad dich auf einen Kaffee ein, wir haben einiges zu Besprechen.«

Ich folgte Felix in die Cafeteria. Dabei fragte ich mich, was für eine Moralpredigt dort wohl auf mich warten würde. Allerdings wusste ich schon selbst, dass bei mir einiges schief gelaufen war. Immerhin wollte ich nie ins Management. Trotzdem war ich genau dort angekommen. Einen Weg zurück gab es nicht, weshalb ich einfach nur Vorwürfe in großer Zahl erwartet. Eigentlich musste ich mir das nicht antun. Bevor ich jedoch Widerspruch einlegen konnte, hatten wir uns bereits in der Cafeteria niedergelassen. Felix suchte einen etwas abgelegenen Platz in einer Nische aus.

»Jetzt muss du mir erst einmal erzählen, wie dich der Berlaid überrumpelt hat«, eröffnete Felix das Gespräch.

»Du weißt doch sonst immer alles. Da kann ich mir das unnötige Geschwätz sicher sparen«, gab ich genervt zurück.

»Ja, vielleicht weiß ich tatsächlich was gestern passiert ist. Trotzdem will ich es von dir noch einmal hören.«

»Felix, du wirst mir immer ein Rätsel bleiben. Also gut, dann erzähle ich es halt. Eigentlich bin ich nur zum Berlaid, weil mich Sabrina bedrängt hat. Irgendwo musste ich hin und mir ist halt nichts Besseres eingefallen. Der Berlaid dachte dann, ich würde kommen um den Job im Management anzunehmen. Er hat dann gleich den Swan- bal über meine Zusage informiert, obwohl ich nie eine

Zusage gemacht habe.«

»Genau das wollte ich hören. Wenn du nie eine Zusage gemacht hast, dann musst du den Job auch nicht antreten.«

»Bist du verrückt? Der Swanbal bringt mich um, wenn ich jetzt einen Rückzieher mache und der Berlaid wird ihm dabei helfen«, urteilte ich.

»Die bringen dich nur um, wenn du dich umbringen lässt. Alex, es ist wirklich wichtig, dass du den Aufstieg ins Management abbläst«, beschwor mich Felix.

»Warum sollte ich eigentlich? Mein neues Büro, meine Sekretärin und das neue Gehalt gefallen mir sehr gut.«

»Die fehlende Freizeit gefällt mir aber gar nicht gut. Ich brauche ich die nächste Zeit nämlich inklusive Freizeit.«

»Du brauchst mich?« fragte ich.

»Genau, ich brauche dich. Genau genommen braucht dich die Welt, die Menschheit und die Regierung.«

»Jetzt höre auf Unsinn zu reden, du machst mir Angst.«

»Vielleicht gibt es auch allen Grund dazu. Alex, in der Welt geht etwas vor sich. Etwas, das die ganze Welt verwüsten kann.«

»Mag sein, nur was habe ich damit zu tun? Bis auf die Beförderung läuft in meinem Leben alles normal.«

»Klar, Alex. Du wirst jeden Tag von deiner Kollegin erwürgt.«

»Siehst du Felix, noch ein Vorteil des neuen Jobs: Ich bin Sabrina los.«

»Ich bin jetzt absolut nicht zum Scherzen aufgelegt. Du musst diesen Job absagen, sonst gibt es bald keine Kaufhäuser mehr in denen du dein Manager-Gehalt ausgeben kannst.«

»So schnell geht die Welt nicht unter. Außerdem muss ich zugeben, je mehr ich darüber nachdenke, umso mehr gefällt mir der neue Job. Er bringt nämlich Abwechslung in den Alltag.«

»Du kannst dir auch eine Freundin suchen, dann hast du genug Pepp in deinem Leben«, konterte Felix.

»Ich kann mich auch in den Garten setzten und warten, bis mich ein UFO entführt. Die Wahrscheinlichkeit ist größer als eine Freundin zu finden«, gab ich zurück.

»Mach niemals Scherze über UFOs«, sagte Felix mit ernster Miene, »du weißt nie, wer gerade mithört. Anktanische Kommandanten sind sehr schnell beleidigt und die Folgen wirst du nicht überleben.«

»Äh Felix, ich glaube du hast zu viel Science-Fiction-Filme geschaut. Komm mal wieder in die Realität zurück.«

»Realität? Was ist schon Realität? Denk mal darüber nach. Am Besten, nachdem du herausgefunden hast, was es mit der Macht auf sich hat.«

»An der Macht bin ich dran. Da kann ich dir schon bald neue Erkenntnisse weiter geben«, kündigte ich an.

»Zumindest wenn dir der neue Job noch Zeit lässt, neue Erkenntnisse zu sammeln. Wobei mir da gerade eine Idee kommt«, gab Felix von sich.

Bei dieser Aussage verwandelte sich sein nachdenklicher Blick in ein Grinsen. Mein Gegenüber schien tatsächlich einen Plan entwickelt zu haben. Prinzipiell hielt ich das für eine gute Sache, nur irgendwie fürchtete ich, der Plan würde ein Haken haben. Etwa, dass ich kündigen und bei der Konkurrenz anfangen sollte. Meine Befürchtung war jedoch völlig unbegründet.

»Pass auf Alex, vermutlich wird der der Job im Management sogar ganz gut tun. Dort musst du nämlich das Arschloch in dir trainieren, um zu überleben. Nur der Zeitpunkt ist unpassend. Wir müssten einfach deinen Einstieg ins Management ein paar Wochen nach hinten schieben. Nachdem du die Welt gerettet hast, ist eigentlich egal was du anstellst«, erklärte mein Gegenüber.

»Keine Ahnung, ob das funktioniert. Immerhin war es dem

Berlaid extrem wichtig, das so schnell wie möglich über die Bühne zu bringen. Außerdem wird der Vorstand schon am Montag über meinen Aufstieg entscheiden«, wandte ich ein.

»Kein Problem, dann wird der Vorstand eben entscheiden, dass du dein aktuelles Projekt noch zu Ende machen wirst. Wobei, besser wäre, sie vertagen die Entscheidung einfach, das müsste sich auch machen lassen.«

»Wenn du das meinst.«

»Na klar! Das Duo des Grauens, Berlaid und Swanbal, werden zwar kotzen, weil sie auf ihre Beförderung warten müssen, aber so ist das Leben. Um Sabrina musst du dir außerdem keine Sorgen machen. Die hat mit Claus eine neue Spiel-Puppe gefunden.«

Mit offenem Mund saß ich Felix gegenüber. Wie wollte er bitteschön den Vorstand beeinflussen? Woher wusste er von Sabrina und Claus? Warum sollte der Plan überhaupt funktionieren?

»Super, damit sind die Probleme gelöst. Nur eines noch: Sollte dich jemand fragen, du willst unbedingt ins Management aufsteigen«, schloss Felix seine Ausführung ab.

Er stand auf und verabschiedete sich mit einem knappen: »War nett mit dir zu plaudern, doch ich hab zu tun.«

Ich saß noch eine ganz Zeit in der Cafeteria und schüttelte ungläubig meinen Kopf. Was auch immer Felix vor hatte, es entzog sich meiner Vorstellungskraft. Eigentlich war das auch völlig egal, ich kam in seinem Plan ohnehin nur als Statist vor. Genau wie ich für Herrn Berlaid nur eine Statist war. Ja, mein Chef konnte einfach mit mir machen, was er wollte. Ob sich daran seine Macht zeigte? Oder war ich einfach nur ein Idiot, mit dem man machen konnte, was man wollte? Vielleicht sollte ich tatsächlich mal das Arschloch in mir pflegen. Ich musste mein Leben wieder selbst in die Hand nehmen! Ich stand auf und rückte meinen Anzug zurecht. Ja, ich musste die Statistenrolle verlassen. Genau das stand für das Wochenende an. Ich würde dem Maulwurf einen Besuch abstatten, daran gab es keinen Zweifel mehr. Mit schnellen Schritten machte ich mich auf den Weg zurück ins Büro. Dort angekommen ignorierte ich den knutschenden Kneul aus meinen Kollegen und machte mich statt dessen direkt daran, meine Tour zum Maulwurfhügel zu planen. Das stellte sich als schwierig heraus, da der Eingang laut Karte in einem dichten Waldstück, abseits offizieller Wege lag. Daher lieferten selbst die einschlägigen Karten-Dienste im Internet keine Hilfe zur Orientierung. Lediglich einen kleinen Wanderparkplatz spürte ich auf. An eine Bushaltestelle in der Nähe war gar nicht zu denken. Ich musste mir also irgendwie ein Auto besorgen. Ich blicke von meinem Bildschirm auf und sah Sabrina, die mittlerweile wieder an ihrem Schreibtisch saß. Mit einem Mal kam mir eine Idee in den Sinn. Allerdings zögerte ich kurz. Ich konnte Sabrina doch nicht nach ihrem Auto fragen. Warum denn nicht? Ich hatte auch schon einen Plan, wie ich sie überzeugen konnte, es mir zu überlassen. So schrieb ich ihr eine E-Mail.

Hallo Sabrina,
ich schreibe dir eine Mail, weil ich ein wichtiges Anliegen habe, vom dem Claus jedoch nichts mitbekommen darf. Die Mission von unserem Chef stellt mich vor eine Herausforderung. Um meinen geheimen Auftrag zu erfüllen, muss ich eine verdecke Operation in einem abgelegenen Eck der Stadt durchführen. Dazu benötige ich jedoch ein Auto. Da du sicherlich großes Interesse an einem Erfolg der Mission hast, gehe ich davon aus, du wirst mich unterstützen. So würde ich mir gerne dein Auto für diesen Teil der Mission leihen. Vielen Dank im Voraus dafür.

Während ich die Zeilen tippte, grinste ich in mich hinein. Der Plan gefiel mir sehr gut, vor allem weil er nichts mit dem Leben eines braven Softwareentwicklers zu tun hatte. Er war frech, brillant und ging sogar auf. Kaum hatte ich die Mail abgeschickt, schaute Sabrina zu mir hinüber. Ich nickte ihr zu, woraufhin sie ihren Autoschlüssel aus der Handtasche holte und auf ihren Tisch legte.

Hallo Alex,
natürlich werde ich dich unterstützen. Das Auto parkt in der Tiefgarage P2.34, nimm den Schlüssel unauffällig von meinem Platz.

Nachdem ich die Mail von Sabrina gelesen hatte, zwinkerte ich ihr zu, während ich innerlich beinahe explodierte vor Stolz. Es war einfach schön das innere Arschloch zu pflegen.

Ausflug ins Zentrum der Macht

Direkt nach dem Feierabend machte ich mich mit Sabrinas Auto auf den Weg in den Wald. Ohne Probleme fand ich dort den anvisierten Parkplatz. Ebenso problemlos führe mich die Kompass-Funktion meines Smartphones zur beschreiben Position. Ich stand vor dem Eingang des Tunnelsystem und blickte auf eine schweren Eisentüre, die in massive Betonwände eingefasst war. Eine kurze Suche nach alternativen Einstiegsmöglichkeiten blieb erfolglos. Es gab weder Lichtschächte noch Auslässe einer Lüftungs-anlage. Ich musste mit dieser Türe vorlieb nehmen. In der Hoffnung, sie irgendwie aufbrechen zu können, nahm ich die Türe näher in Augenschein. Dabei bemerkte ich, dass sie hervorragend in Schuss war. Die Klinke ließ sich ohne Probleme und ohne Quietschen nach unten drücken und an der Türe selbst war kein Rost zu erkennen. Leider war der Riegel des Schlosses in einem ebenso guten Zustand, weshalb ich keine Möglichkeit sah gewaltsam zu öffnen. Ohnehin war Gewalt nicht so meine Domäne, weshalb ich mich zu einem anderen Vorgehen entschloss. In meinem vornehmen Anzug machte ich mich auf den Weg zurück in die Stadt, wo ich den nächsten Schlüsseldienst ansteuerte. Dort brachte ich ein erfundenes Problem vor.

»Vor einigen Tagen ist der Vater meiner Frau verstorben, daher sind wir dabei den Haushalt aufzulösen. Jedoch können wir einen großen Teil des Kellers nicht betreten, da eine schwere Eisentüre den Zugang versperrt. Wir haben mittlerweile das ganze Haus durchsucht und keinen passenden Schlüssel gefunden. Gibt es eventuell eine Möglichkeit die Türe zu öffnen, ohne sie massiv zu beschädigen?« behauptete ich an der Theke.

»Um was für ein Schloss handelt es sich denn?« wollte der

Mitarbeiter wissen.

Kurzerhand zog ich mein Mobiltelefon aus der Tasche und zeigte ihm die Bilder, die ich von der Türe gemacht hatte. Mein Gegenüber betrachtete die Bilder sehr genau.

»Sie haben Glück, diese Art Schlösser kenne ich. Die bekommen Sie ziemlich einfach auf. Ich gebe ihnen hier einen universalen Schlüssel, der funktioniert sicherlich. Nur ein wenig Geduld sollten Sie mitbringen.«

Er holte aus einer Schublade im Schrank hinter sich eine stabiles, seltsam gebogenes Stück Draht sowie ein Schloss hervor. Damit demonstrierte er den Einsatz des Werkzeugs. Anschließend lies er mich ein wenig das Schlösserknacken üben. Schnell entwickelte ich ein gutes Gefühl für den Umgang mit dem Dietrich. So bezahlte ich das gute Stück und verabschiedete mich. Bevor ich jedoch zum Bunker-Eingang zurück kehrte, bereitete ich mich Zuhause auf die Tour vor. Wanderstiefel, Rucksack, Pausenbrot sowie die ausgedruckte Karte der Bunkeranlage wanderten in den Kofferraum. Natürlich durfte auch mein gerade erworbenes Einbruchswerkzeug nicht fehlen. In gemütlicher Wanderkleidung machte ich mich am Abend schließlich auf den Weg. Bei Nacht konnte ich mich ungestört an der Türe zu schaffen machen und innerhalb des Bunkers spielte es ohnehin keine Rolle zu welcher Tages- oder Nachtzeit ich unterwegs war.

Mit meinem Leihwagen erreichte ich bei Dämmerung den Wanderparkplatz. Nur kurz danach stand ich vor der schweren Eisentüre. Tatsächlich schaffte ich es, das Schloss ohne große Mühen zu knacken, so dass der Eingang offen lag. Mit einem mulmigen Gefühl schaute ich in den Korridor vor mir und fragte mich, ob ich dieser Aufgabe wirklich gewachsen war. Immerhin hätte ich mit Leichtigkeit Mr. Triple-B informieren können. Seinen Leuten wären mir dann zur Hilfe geeilt, um die Arbeit für mich zu erledigen. Ich müsste dem Trupp nur folgen. Zumindest so stellte ich mir das vor. Genauso stelle ich mir vor, was wohl passieren würde, wenn ich Mr. Triple-B informieren würde und die Anlage leer wäre. Nein, das Risiko war groß. Ich durfte Mr. Triple-B nicht noch mehr verärgern, denn das hätte ich sicherlich nicht überlebt. Außerdem ging es hier weniger um eine Aufgabe. Viel mehr wartete eine Herausforderung auf mich. Da ich mich in meinem Leben schon genug um Herausforderungen gedrückt hatte, musste ich diese Chance einfach wahr nehmen. So nahm ich meinen ganzen Mut zusammen und trat in die Dunkelheit des Durchgangs.

Der Korridor führte in leichtem Gefälle hinab in eine große Halle. Dort drang Wasser ein, das sich über die Jahre zu einem ausgedehnten See gesammelt hatte. Auf feuchten, rutschigen Steinen balancierte ich zum Ufer. Vorsichtig hielt ich meine Hand ins Wasser. Erschrocken zog ich sie sofort wieder zurück. Das Wasser war eisig kalt. Obwohl der See nicht allzu tief schien, das kalte Wasser machte eine Durchquerung unmöglich. Mir blieb nichts anderes übrig, als mich am Ufer vorsichtig von Stein zu Stein zu hangeln, immer darauf bedacht auf dem glitschigen Untergrund nicht abzurutschen. Nicht immer gelang mir das. Ein paar Mal rutschte ich ab, stieß mir Knöchel, Steißbein und den linken Arm. So erreichte ich die andere Seite mit einigen blauen Flecken und einer dreckigen Hose. Dazu kam noch eine herbe Enttäuschung. Statt vor einem Durchgang stand ich vor einem großen Berg aus Steinen und Geröll. Ich musste zwangsläufig nach einem alternativen Weg suchen. Daher setzte ich meinen Weg entlang des Ufers fort. Schließlich erreichte ich einen großen Felsbrocken, der den weiteren Weg versperrte. Dieser reichte bis in den See hinein, weshalb der einzige Weg vorbei durch knietiefes Wasser führte. Hier gab es definitiv kein Weiterkommen. Je mehr ich den massiven Felsen untersuchte, umso deutlicher wurde mir das. Frustriert drehte ich um und kehrte zum versperrten Durchgang zurück.

Meine Blicke schweiften über den Berg aus Geröll. Schließlich fasste ich Mut und setzte einen Fuß auf den Kies. Mühsam stieg ich nach oben. Obwohl ich immer wieder abrutschte und damit eine Menge Schotter ins Wasser drückte, gelang es mir schließlich einen großen Stein zu erklimmen. Erleichtert atmete ich durch. Es war schön, zumindest für kurze Zeit festen Grund unter den Füßen zu haben. Ich schüttelte mir den Staub von den Schuhen, wobei der Stein beängstigend wackelte. Schnell sprang ich seitlich in den Schotter. Gerade noch rechtzeitig, denn schon löste sich der Fels und rutschte mit Getöse den Abhang hinunter. Ich folgte dem Stein, wobei ich am Ufer einen Stein zu fassen bekam. Daran zog ich mich seitlich weg vom Geröll. Gerade noch rechtzeitig erreichte ich sicheren Grund, denn hinter mir ging eine mächtige Lawine ins Wasser. Die folgende Flutwelle erfasste mich und riss mich mit. Panisch griff ich nach einem spitzen Stein, um nicht ins tiefe Wasser gerissen zu werden. Mit aller Kraft zog ich mich an dem Felsen heraus.

Völlig durchnässt setzte ich mich ans Ufer. Schwer atmend und vor Kälte zitternd saß ich dort. War diese Aktion doch zu viel Herausforderung für mich? Sollte ich nicht lieber abbrechen, bevor es mich das Leben kostete? Nein, denn dazu war mein Leben zu sehr aus den Fugen geraten. Ich hatte einen Job in Aussicht, den ich nicht machen wollte. Ich hatte einen Auftrag von Mr. Triple-B, dessen Sinn ich nicht kannte. Ich hatte eine Höhle vor mir, die ein Tor zu einem anderen Leben sein konnte. Vorsichtig erhob ich mich. Aufgeben konnte ich nicht. Ich hatte die Herausforderung angenommen, jetzt musste ich sie auch meistern.

Ich blickte auf den Geröllhaufen. Tatsächlich waren durch die Lawine genug Steine abgerutscht, um einen Durchgang unter der Decke frei zu machen. Ich kletterte also zum zweiten Mal den Kies empor. Oben angekommen reichte der Platz, um gebückt über das Schotterfeld zu gehen. Dabei wurde der Durchgang immer schmaler, bis er in eine enge Felsspalte mündete. Ich zögerte kurz und fragte mich, ob ich überhaupt in die Spalte passte. Allerdings gab es keine Alternative, weshalb ich mich in den Durchgang presste. Ich kroch über spitze Felsen, stieß meinen Kopf an harten Stein, bis mich am Ende der Spalte ein niedriger Stollen erwartete. Ein Wasserlauf bedeckte den steinigen Boden des steil nach unten führenden Ganges, weshalb sich meinen Schuhen kaum Halt bot. Auf allen Vieren kroch ich den Stollen hinab, wobei ich mehrfach ausrutschte und mir einige Blessuren zuzog. Nach einer schier unendlich langen Tortur über nasses Gestein und Geröll quetschte ich mich schließlich durch eine weitere Felsspalte nach draußen.

Ich erreichte einen Steg aus Metallgitter, der sich Rechts wie Links in der Dunkelheit verlor. Bevor ich den Weg fortsetzte, streckte ich mich. Es tat gut, endlich wieder aufrecht stehen zu können. Selbst wenn jede Stelle meines Körpers schmerzte, wollte ich mir keine Pause gönnen. Immerhin hatte ich noch einen weiten Weg vor mir. So versuchte ich im fahlen Schein meiner Stirnlampe den Verlauf des Stegs zu ergründen. Ich lehnte mich über das Geländer und blickte in die Tiefe. Dabei verlor sich der Lichtkegel in der Dunkelheit der großen unterirdischen Halle. Es gab wirklich keinen Punkt, an dem ich mich hätte orientieren können. Nach einem tiefen Seufzer entschied ich schließlich dem Steg in linker Richtung zu folgen. Keine schlechte Entscheidung, denn schon nach einigen Metern erreichte ich eine Treppe, die hinab in die große Halle führte. Kurz entschlossen nahm ich den Abstieg in Angriff.

Unten angekommen entdeckte ich in einem Eck kleine Lichter, die weiß und rot blinkten. Mit schnellen Schritten durchquerte ich die Halle, bis ich vor einem Kontrollfeld stand. Dieses nahm ich näher in Augenschein. Der Beschriftung zu Folge konnte man damit das Licht und die Lüftungsanlage des Bunkers steuern. Nach längerer Inspektion betätigte ich einige Knöpfe, woraufhin ein dutzend Scheinwerfer und Leuchtstoffröhren angingen. Die Halle wurde taghell ausgeleuchtet und ich musste meine Augen zusammen kneifen. Es dauerte einen Moment, bis ich mich an das grelle Licht gewöhnt hatte. Anschließend fiel mein Blick zunächst auf das Steuerpult. Dabei bemerkte ich, dass dieses in hervorragendem Zustand war. Es war wohl regelmäßig im Einsatz. Ich zuckte zusammen. Sollte dieses Pult häufig im Einsatz sein, könnte jeden Moment eine Patrouilliere erscheinen. Vielleicht wurde die Steuerung sogar überwacht. In dem Fall hätte ich mich durch das Einschalten der Beleuchtung verraten. Mit pochendem Herzen ließ ich meine Blicke durch die Halle huschen, um mich orientieren zu können. In der kurzen Zeit entdeckte ich mehre Luftschächte, die auf Bodenhöhe in die Wände eingelassen waren. Ich verzichtete auf eine genauere Analyse und schaltete hastig das Licht aus.

Als die Beleuchtung erloschen war, atmete ich auf. Zum ersten Mal gab mir die Dunkelheit ein Gefühl der Sicherheit. Dieses hielt jedoch nur kurz an, denn ich hörte schwere Schritte im Gang hinter mir, die näher kamen. Scheinbar wurde das Kontrollfeld tatsächlich überwacht, denn die Geräusche deuteten auf zwei Soldaten hin, die schon bald die Halle erreichen mussten. Ein Rückzug zum höher gelegenen Steg war definitiv nicht möglich. Dazu

war die Treppe zu weit entfernt. Es gab auch keine Fels-
vorsprünge, hinter denen ich mich hätte verstecken
können. Mit pochendem Herzen ließ ich meinen Blick
durch die Dunkelheit streifen. Plötzlich kam mir der
entscheidende Gedanke. Ich hastete zum nächsten Luft-
schacht und konnte tatsächlich die Abdeckung zur Seite
heben. Mit den Füßen voraus kroch ich hinein und plat-
zierte das Gitter wieder an seinem ursprünglichen Platz.

Unmittelbar danach wurde die Halle mit großen Taschenlampen erkundet. Ich kroch ein ganzes Stück in den
Schacht hinein, um dem Schein der umher schwenkenden
Lichtkegel zu entgehen. Erfolgreich konnte ich mich dabei
vor den Blicken der Soldaten verstecken. Entspannung
stellte sich jedoch nicht ein, denn schon wurde die
Beleuchtung der Halle eingeschaltet. Schnell kroch ich
noch tiefer in den Schacht, immer mit den Füßen voraus.
Plötzlich hielt ich inne, da meine Füße in der Luft hingen.
Unter mir fiel der Schacht steil nach unten ab. In der Hoffnung den Schacht bald wieder verlassen zu können,
verharrte ich zunächst in dieser Position. Diese Hoffnung
wurde jedoch zerschlagen, als sich Stimmen meinen
Versteck näherten. Scheinbar begann das Sicherheitsperso-
nal damit die Luftschächte zu inspizieren. Zumindest war
das aus ihrer Unterhaltung zu entnehmen.

»Da ist doch bestimmt wieder eine Ratte über die Kontrollen gelaufen. Das war beim letzten Mal doch auch so«,
grummelte einer der Soldaten.

»Klar, die Pfütze vor der Kontrolle kommt sicher auch von
der Ratte. Da hat die wohl hin gekotzt«, bekam er als
Antwort.

»Ach was, hier tritt schon immer Wasser ein. Da würde ich
mir keinen Kopf machen. Die Spur führt rüber zum
Lüftungsschacht. Ein Eindringling könnte sich doch überhaupt nicht durch das Gitter pressen. Es muss eine Ratte

sein.«

Weiter konnte ich der Unterhaltung jedoch nicht lauschen, denn ich ließ mich so leise es ging den Schacht hinab gleiten. Auch wenn das Ziel meiner Reise unbekannt war, besser als von diesen beiden Jungs aufgegriffen zu werden schien es allemal. Die Rutschpartie startete mit einem halben Meter freien Fall, der in einem scharfen Bogen in eine Schräge überging. Zwar konnte ich den Bogen nutzen, um meine Geschwindigkeit etwas zu verringern, durch die abfallende Schräge beschleunigte ich jedoch sehr schnell. Mir gefiel das gut, denn so entfernte ich mich schnell von den Wachen oben in der Halle. Der rasanten Fahrt geschuldet, bemerke ich jedoch zu spät die Abzweigung, auf den ich zu rauschte. Erschreckend schnell kam er näher. Da ich viel zu schnell war, um die Kurve zu nehmen, krachte ich mit einem lauten Knall durch das dünne Blech des Lüftungskanals.

Ich landete auf einer Konstruktion aus Metallstreben, die eine Decke aus Rigipsplatten trugen. Ganz ruhig blieb ich dort liegen, denn ich rechnete jeden Moment mit einem Trupp Soldaten, die unter mir auftauchten. Da ich allerdings keine Geräusche vernehmen konnte, kroch ich in eine der Ecken. Dort befand sich eine Luke als Ausstieg. Vorsichtig öffnete ich die Klappe. Dabei war mir das Glück wohl gesonnen, denn unter mir befand sich ein Spind. Ich kletterte auf den Schrank und schloss die Luke hinter mir. So leise wie möglich hangelte ich mich nach unten. Gerade als meine Füße den Boden berührten, hörte ich Stimmen vor der Türe. Ohne Chance zu fliehen, blieb mir nur eine Möglichkeit: Ich quetschte mich in den engen Metallspind.

»Die sollten wirklich mal an der Lüftung arbeiten. Die gibt mittlerweile solche Schläge von sich, da könnte man meinem jemand bricht durch den Kanal.«

»So laut war die Anlage noch nie. Außerdem meinten die Jungs von oben, es gebe einen Eindringling.«

Anschließend verstummten die Soldaten. Ich hörte, wie ein Gewehr entsichert wurde. Anschließend flog die Tür auf. Hecktische Schritte waren im Raum zu hören.

»Nein Mike, hier ist nichts. Wie ich gesagt hab.«

»Hmm, sieht sauber aus, aber vielleicht versteckt sich der Kerl in einem der Schränke.«

»Bist du bescheuert? Die sind doch viel zu klein dafür. Glaube mir, an der Lüftung stimmt was nicht.«

Ich zuckte zusammen, als ein Fuß gegen den Metallschrank trat. Ich biss mir auf die Lippen, um einen Schrei zu unterdrücken.

»Hier ist niemand. So eine Scheiße. Die ganze Zeit nur Fehlalarm, das geht mir echt auf den Sack. So eine Aufregung und alles für die Tonne.«

Mit einem lauten Knall flog die Türe zu. Ich verweilte noch eine ganze Zeit in meinem Versteck, bevor ich vorsichtig die Türe meines Verstecks einen Spalt öffnete. Erst als ich sicher war, alleine in dem Raum zu sein, verließ ich den Spind. Ich lauschte an der Türe nach draußen, um eventuelle Geräusche von dort wahr zu nehmen. Nachdem absolut nichts zur hören war, öffnete ich die Tür minimal und spähte nach draußen. Im fahlen Licht einer Leuchtstoffröhre erblickte ich einen kurzen Gang, an dessen Ende eine Treppe nach unten führte.

Da niemand zu sehen war, wagte ich einen Schritt nach draußen zu machen. Auf Zehenspitzen schlich ich zur Treppe. Um auf den Metallstufen keine Geräusche zu machen, zog ich kurzerhand meine Schuhe aus. Am anderen Ende erreichte ich einen langen Flur, mit unzähligen Türen. Schnell schlich in von Tür zu Tür und legte mein Ohr an das kalte Metall, um hinein zu horchen. Lediglich aus einem Raum traten keine Geräusche. Vorsichtig drückte ich die Klinke hinunter. Ich starrte in völlige Dunkelheit. Ich huschte in den Raum und schloss die Türe hinter mir.

Im Schein meiner Stirnlampe suchte ich Wände und Boden ab. Tatsächlich entdeckte ich einige massive Metallkisten auf dem Boden. Es schien sich um einen Lagerraum zu handeln, denn die Kisten enthielten Camping-Geschirr, Schlafsäcke und Zeltplanen. Außerdem entdeckte ich einen kleinen Monitor, der in die Wand eingelassen war. Dieser zog mich magisch an. Ich berührte den Bildschirm mit meinem Zeigefinger. Der Monitor leuchtete auf und zeigte eine aufgeräumte Oberfläche zur Steuerung verschiedener Funktionen. Das gezeigte Bild kam mir dabei sehr vertraut vor. Die Schaltfläche »Info« zeigte warum: Die Software war von meiner Firma entwickelt worden. Genau genommen hatte ich sogar daran mitgearbeitet. Damals sollte ich eine versteckte Funktion zur Türsteuerung integrieren. Warum, das konnte ich damals wie heute nicht sagen. So waren die Wände aus massiven Beton, weshalb es hier sicherlich keine geheime Türe gab. Ich fragte mich wirklich, was meine Funktion bewirken würde, weshalb ich kurzerhand beschloss es aus zu probieren. So wischte ich über den Bildschirm, betätigte einige Schaltflächen und erreichte die versteckte Kontrolle. Diese war jedoch durch ein Passwort geschützt. Da wir bei der Auslieferung von Software immer ein Standard-Passwort verwenden, versuchte ich mein Glück damit. Tatsächlich konnte ich damit die Türsteuerung aktivieren. Neugierig drückte ich die Schaltfläche zum Öffnen. Völlig verdutzt schaute ich zu, wie die Rückwand des Raumes lautlos zur Seite glitt. Sie gab den Weg in einen Seitenstollen frei.

Ich ging den Stollen entlang, wobei ich vorsichtig um jede Ecke spähte. Am Ende des verschlungenen Pfades erreichte ich schließlich das oberen Ende einer langen Metalleiter. Die Leiter führte tief ins Herz der Anlage, weshalb es sich um den richtigen Weg handeln musste. Also nahm ich einen großen Schluck Wasser aus meiner Flasche, prüfte den Sitz von meinem Rucksack und machte mich auf den Weg nach unten. Da die kalten Metall-Stufen der Leiter ganz schön an meiner Kondition zehrten, blieb ich auf halber Strecke einen Moment stehen um zu verschnaufen. Schwer atmend fragte ich mich, was dort unten wohl auf mich warten würde. Ob ich überhaupt eine Chance hatte, mit dem Maulwurf zu reden? Würde er mich freundlich empfangen oder als Eindringling gleich abführen lassen? Selbst wenn er mir eine Audienz gewährte, was konnte er mich schon sagen? Würde ich überhaupt den Maulwurf treffen oder wartete dort unten ein Hinterhalt auf mich? Egal, was auch immer am Ende der Leiter auf mich warte- te, zurück konnte ich ohnehin nicht mehr. Mit meinen Kräften war ich längst am Ende und dort oben wurde ich als Eindringling gesucht. Mir blieb einfach nur übrig zu hoffen, dass der Maulwurf ein netter Kerl war. Diese Vorstellung kam mir zwar mächtig naiv vor, eine andere Wahl hatte ich allerdings nicht. Daher setzte ich mit einem Seufzer meinen Weg nach unten fort.

Am Ende meiner Klettertour stand ich in einem breiten Gang, der sich zu beiden Seiten in einer leichten Biegung verlor. Ich folgte dem Gang auf der linken Seite, um nach einem längeren Fußmarsch wieder vor der Leiter zu stehen. Daraus zog ich die erstaunliche Erkenntnis, dass es sich um einen Rundgang handelte. Leider brachte mich dieses Wissen nicht weiter. Ich machte mich noch einmal auf den Weg. Diesmal leuchtete ich die Wände links und rechts mit der Stirnlampe aus. Tatsächlich bemerkte ich auf halber Strecke eine Reflexion aus einer der Wände. Bei genauer Betrachtung entdeckte ich ein Steuertableau, das in die Wand eingelassen war. Ohne zu zögern berührte ich es mit dem Finger. Zu meiner Überraschung lief darauf die selbe Software als oben im Lagerraum. Mit Leichtigkeit navigierte ich durch die Oberfläche zur Türsteuerung. Das Passwort war ebenfalls schnell eingegeben und so glitt schon bald ein Teil der massiven Felswand nach unten. Es versank vollständig im Boden und gab damit den Durchgang frei. Bevor ich die Türe durchschritt hielt ich kurz inne. Nun war es also soweit. Nur noch wenige Schritte, dann würde ich dem Maulwurf gegenüber stehen. Was mich in diesem Raum wohl erwarten würde?

Mein Herz begann zu rasen. Was wäre, wenn er ungebetene Gäste nicht leiden konnte? Für jemanden wie ihn, der in einer militärischen Anlage wie dieser wohnte, wäre es sicherlich kein Problem mich zu beseitigen. Was, wenn er gar nicht so nett wäre wie ich ihn mir die ganze Zeit vorgestellt hatte? Hier unten, viele Meter unter der Erde galten sicherlich ganz andere Gesetze als in der Welt über uns. Je mehr sich meine Gedanken in Wahnvorstellungen verstrickten, umso stärker wurde mein Wunsch einfach zu verschwinden. Jedoch würde der Rückweg mehr Kraft verschlingen als ich in der Lage war aufzubringen. Daher rang ich meine Ängste nieder und durchschritt die Türe. Meine Nervosität stieg ins Unermessliche, als ich das Zentrum des Maulwurfhügels betrat. Mein Herz raste, als ich Schritt um Schritt weiter in den Raum eindrang. Schlagartig blieb ich stehen. Vor mir erstreckte sich eine riesige Videowand, so groß wie die Front zweier Wohnblocks. Es flimmerten Bilder von dutzenden Überwachungskameras und Aufklärungssatelliten über die Bildschirme. Ständig wechselten die Szenen, ich wurde mit Reizen völlig überflutet. Mit offenen Mund stand ich im Raum, unfähig mich zu bewegen. Eine ganze Zeit stand ich einfach nur an meinem Platz und starrte auf die Videowand. Vermutlich wäre ich noch eine Ewigkeit hier gestanden, wenn mich nicht eine Stimme aus meinen Gedanken gerissen hätte.

»Hallo Alexander, willkommen im Maulwurfhügel. Schön dass du den Weg zu mir gefunden hast. Allerdings ist meine Gastfreundschaft wesentlich besser als ihr Ruf. Du hättest ruhig den Vordereingang nehmen können«, begrüßte mich der Maulwurf in freundlichem Ton.

Er saß auf einem gemütlichen Bürostuhl vor einem Steuerpult. Über dieses gab er unablässig Kommandos. Obwohl er sich zur Begrüßung mir zugewandt hatte, hüpften die Finger der linken Hand weiter über das Pult. Ich ging einige Schritte auf ihn zu, zögerte dann jedoch. Irgendwie fühlte ich mich ertappt. Ja, ich hatte viele Mühen auf mich genommen, um hier her zu kommen. Ja, ich wollte genau mit dieser Person sprechen. Trotzdem kam durch die Begrüßung ein mulmiges Gefühl auf.

»Dein schlechtes Gewissen ist unnötig. Du bist hier willkommen. Genau genommen habe ich schon auf dich gewartet. Bevor wir reden muss ich noch was regeln. Geh solange nebenan Duschen, neue Kleider liegen im Regal«, beruhigte mich der Maulwurf.

Er deutete hinter mich, wo ich tatsächlich eine Türe fand, die in einen Nebenraum führte. Während ich unter der Dusche stand, schossen mir tausend Fragen durch den Kopf. Warum erwartete mich der Kerl bereits? Woher kannte er meinen Namen? Was meinte er mit dem Vordereingang? Warum waren keine Bodyguards zu sehen? Was genau spielte sich auf den Bildschirmen ab?

In Gedanken versunken zog ich die frischen Kleidungsstücke an, die mir wie maßgeschneidert passten. Als ich nach draußen trat, hoffte ich inständig darauf, wenigstens ein paar Antworten zu bekommen. Die Chancen standen gut, denn der Maulwurf erwartete mich bereits. Er bot mir einen Sitzplatz auf einem gemütlichen Sofa an, während er sich in einen Sessel setzte. Kaum hatten wir Beide Platz genommen, stieg der Maulwurf ohne Umschweife ins Gespräch ein.

»Ich habe nur wenig Zeit zum reden. Daher frage ich ganz direkt: Warum kommst du zu mir, Alex?«

Ich zögerte kurz mit meiner Antwort, da mich die Frage irritierte. Noch bei der Begrüßung hatte er erwähnt, mich zu erwarten, wozu also diese Frage. Wenn er wirklich der Maulwurf war, sollte er den Grund ohnehin wissen. Hatte ich es vielleicht mit einem Double zu tun? Gut möglich, dass der echte Maulwurf verschwand, während ich duschte. Vielleicht war die Frage auch nur ein Test, um heraus zu finden, ob ich eine Gefahr darstellte. Um der Sache auf den Grund zu gehen, beschloss ich eine ehrliche Antwort zu geben.

»Es ist eine Frage, die mich umtreibt«, entgegnete ich, »Diese konnte mir jedoch niemand zufriedenstellend beantworten. Über einige Umwege wurde mir schließlich empfohlen Ihnen einen Besuch ab zu statten, um eine adäquate Antwort zu bekommen. Nun hoffe ich die Mühen des Weges werden sich bezahlt machen.«

»Lass die höfliche Anrede weg, die braucht unnötig Zeit. Hier unten tickt die Uhr sehr schnell, daher sag mir doch einfach, um was es bei der Frage geht.«

»Gerne werde ich das tun. Davor würde mich aber noch interessieren, woher du meinen Namen kennst.«

»Schau nach da drüben«, erwiderte mein Gastgeber und zeigte auf die Videowand, »mir entgeht nicht viel von dem was auf der Welt passiert.«

»Ja, das klingt einleuchtend. Aber warum wirst du dann als Maulwurf bezeichnet, wo die doch bekanntlich blind sind?«

»Keine Ahnung, ehrlich. Vermutlich, weil ich wie ein Maulwurf im Dunkeln lebe.«

»Das klingt, als würdest du nie nach draußen kommen. Ist

das der Preis, für die Macht, die du besitzt?« fragte ich mein Gegenüber.

Mir kam die Vorstellung sehr bedrückend vor. Den ganzen Tag unter der Erde zu wohnen, ohne die Sonne, die Natur und andere Leute um sich zu haben. Genau darum wollte ich den Job im Management nicht machen, egal wie viel Macht er mit sich brachte. Genau diesen Gedanken fügte ich noch an, da mein Gegenüber nur mit einem Stirnrunzeln auf meine Frage antwortete.

»Irgendwie kommt mir das Leben eines Managers in den Sinn. Der hat zwar viel Macht, muss im Gegenzug jedoch auf einen großen Teil seiner Freizeit verzichten. Bei dir scheint das noch extremer zu sein. Es hört sich an, als bist du den ganzen Tag nur damit beschäftigt, Menschen zu befehligen. Daher musst du ganz schön viel Macht haben.«

»Das stimmt nicht. Ich geben den Leuten nur Empfehlungen. Als mächtig würde ich mich nicht wirklich bezeichnen«, erklärte mir der Maulwurf.

»WAS?« platze es aus mir heraus, »Ich reiß mir den Arsch auf und gehe durch den Vorhof der Hölle und das alles für nichts? Das kann nicht wahr sein!«

»Nein, der Weg war nicht umsonst. Du bist hier, um herauszufinden, was es mit der Macht auf sich hat. Ich bin hier, um dir zu sagen: Macht lässt sich nicht mit drei Worten erklären. Ich selbst halte mich nicht für mächtig. Es gibt aber einige Leute da draußen, die das anders sehen. Es gibt Leute da draußen, die auf eine Chance warten, die Macht an sich zu reißen.«

»Was meinst du damit?« frage ich irritiert.

»Ich habe eine Menge Geld und ich habe eine Menge Wissen. Außerdem behaupte ich jetzt einfach mal ganz arrogant, dass ich jeden Tag die Welt verändere. Für Außenstehende mag es aussehen, als hätte ich viel Macht. Das zieht Neid und Gier auf sich. Vor allem von Kreaturen, die es im Leben zu nichts gebracht haben«, erklärte der Maulwurf.

»Mir stellt sich jetzt die Frage, was einen wirklich mächtigen Menschen dann ausmacht.«

»Gegenfrage: Warum sollen Manager und Politiker mächtig sein?«

»Sie entscheiden über das Schicksal vieler Menschen. Ob das der Manager ist, der über seine Mitarbeiter bestimmt, oder ein Politiker, der das Schicksal eines ganzes Land lenkt, beide geben vor wo es lang geht.«

»Denk einen Schritt weiter: Beide geben den Weg vor, den andere gehen müssen. Damit haben sie die Freiheit zu entscheiden, wo es langgeht. Sie müssen aber mit den Konsequenzen leben. Diktatoren stellen sich gerne als allmächtig dar, weil sie sich nicht für die Folgen ihrer Handlungen interessieren. Bis sie beim nächsten Putsch umgebracht werden. Ich könnte hier unten auch tun und lassen was ich wollte. Nur sind die Geheimdienst der Nationen wachsam, daher muss ich mich zurückhalten, um nicht aufzufallen. Außerdem geht es mir nur gut, wenn es der Welt gut geht. Genau dann bekomme ich nämlich genug Ressourcen um angenehm leben zu können.«

Gerade als ich das Gespräch fortsetzen wollte, deutete mein Gegenüber auf die Videowand, auf der ein rot blinkendes Licht das Eingreifen des Maulwurfs forderte.

»Ich muss das Gespräch leider abwürgen, die Arbeit ruft. Komme bitte so bald wie möglich wieder, es gibt wichtige Dinge zu besprechen. Außerdem darfst du absolut niemandem von diesem Treffen erzählen. Das Wohl der ganzen Menschheit hängt daran«, ermahnte mich mein Gegenüber mit ernster Miene.

Schnell stand er auf und ging hinüber zum Steuerpult. Nach ein paar Eingaben drehte er sich noch einmal zu mir um.

»Gehe rechts dem Gang entlang, nach einigen Schritte kommt links ein Gang. Am Ende findest du einen Aufzug, der dich nach Oben bringt. Bis bald und denk dran: Dieses Treffen hat nie statt gefunden.«

Der Maulwurf wandte sich der Videowand zu, die seine ganze Aufmerksamkeit forderte. Ich blickte ebenfalls auf die bewegten Bilder, konnte jedoch keinen Zusammenhang herstellen, zu schnell wechselten die Szenen. Vor meinen Augen verschwammen die Bilder. Um den Maulwurf nicht länger zu stören beschloss ich, den Rückweg anzutreten. Wie von meinem Gastgeber beschrieben erreichte ich nach wenigen Schritten einen langen Korridor. Verblüfft stand ich vor dem Zugang. Ich war mir absolut sicher, dass er vor meinem Gespräch mit dem Maulwurf noch nicht existierte. In dieser Welt hier unten schienen andere Gesetzte zu gelten als an der Oberfläche. Illusionen und Wirklichkeit waren kaum zu unterscheiden. Was ist Realität? Diese Frage hatte Felix vor einiger Zeit gestellt. Eine gute Frage, die hier im Maulwurfhügel relevanter war als irgendwo anders.

In Gedanken versunken schritt ich den Gang entlang, an dessen Ende sich ein Fahrstuhl befand. Die Türen öffneten sich von selbst, als ich näher kam. Kurz zögerte ich, bevor ich einen Fuß in die Kabine stellte. Wo würde mich dieser Fahrstuhl wohl hinbringen? Was, wenn die Freundlichkeit vom Maulwurf nur gespielt war und ich am Ende in der Folterkammer enden würde? Ich rang die Zweifel nieder und stieg ein. Für einen anderen Rückweg hatte ich ohnehin keine Kräfte mehr. Ich musste dem Maulwurf wohl oder übel vertrauen. Mit pochendem Herzen stand ich in der Kabine, während der Fahrstuhl in gemächlichem Tempo viele Stockwerke nach oben fuhr. Der Aufzug entließ mich der unterhalb einer alten Industrieanlage. Ich schaute mich um und erblickte im Schein meiner Stirnlampe eine Türe, die ins Treppenhaus führte. Zwei Stockwerke weiter oben, gelang ich durch eine Seitentür nach draußen. Dort erblickte ich am Horizont die ersten Strahlen der Morgensonne, die gerade aufging. So empfing mich die normale Welt mit einem wunderbaren Lichtspiel.

Einige Momente bliebt ich stehen, um das Schauspiel zu bewundern. Schließlich riss ich mich los und kramte mein Handy aus dem Rucksack. Immerhin hatte ich keine Ahnung wo ich war und wie ich zur nächsten Bushaltestelle kam. Dabei musste ich feststellen, in einem Gewerbegebiet ab vom Schuss gelandet zu sein. Tatsächlich war die nächste Haltestelle über zwei Kilometer entfernt. Dazu konnte ich keine Angaben darüber finden, wann dort der nächste Bus fuhr. Mangels sinnvoller Alternativen blieb mir aber keine Möglichkeit, als mein Glück zu versuchen. So überquerte ich den großzügigen Hof der Anlage, trat durch das offene Tor nach draußen und fragte mein Smartphone nach dem weiteren Weg. Mein elektronischer Wegweiser führte mich auf verworrenem Pfad um einige Ecken. Um die richte Abzweigung zu finden, war mein Blick mehr auf den Bildschirm meines mobilen Begleiters gerichtet, als auf die Umgebung. Daher bemerkte ich auch nicht, wie sich von hinten zwei Personen näherten. Mit festem Griff packten sie mich an den Armen. Sie zerrten mich um die nächste Hausecke, wo eine dunkle Limousine parkte. Sie stießen mich auf die Rückbank des mir wohl bekannten Gefährts. Dort blieb ich alleine liegen. Da der Bereich des Fahrers mit einer Glasscheibe abgetrennt war, konnte ich nicht fragen, was hier los war. Ich richtete mich auf und versuchte panisch die Türe zu öffnen, allerdings ohne Erfolg. Ebenso waren die elektrischen Fensterheber außer Betrieb. Es gab kein Entkommen, ich war definitiv gefangen. Gerade als ich darüber nachdachte, die Scheibe einzuschlagen, hörte ich ein Zischen, wie wenn irgendwo

Druckluft ausströmte. Schnell schaute ich mich um, konnte jedoch nicht herausfinden, woher das Geräusch kam. Viel Zeit konnte ich in die Suche auch nicht investieren, denn mich überkam eine große Müdigkeit.

Ich erwachte mit höllischen Kopfschmerzen auf einer harten Liege. Mit großer Anstrengung öffnete ich die Augen, um in die Dunkelheit des Raumes zu starren. Mein Schädel drohte zu platzen, als ich versuchte, mich aufzurichten. So bliebt ich auf dem Rücken liegen und versuchte meine Gedanken zu sortieren. Irgendwie kam mir das alles bekannt vor. Diese Liege, diese Dunkelheit, diese Kopfschmerzen. Nur die Platzwunde an meinem Kopf fehlte. Während ich ruhig liegen blieb, fragte ich mich, wie lange ich dieses Mal wohl auf die beiden Wächter warten musste. Die Antwort bekam ich, als gerade in diesem Moment die schwere Eisentüre geöffnet wurde. Wie immer wurde mir eine Taschenlampe mitten ins Gesicht gerichtet. Wie immer gab es eine banale Konversation zwischen den zwei Soldaten. Wie immer schleppten mich zwei mächtige Arme aus der Zelle und bis in den bekannten Besprechungsraum. Aufgeregt lief Mr. Triple-B dort auf und ab.

»Wir sind kurz vor dem entscheidenden Schlag. Es ist alles vorbereitet. Jetzt brauchen wir nur noch deine Informationen. Erzähle uns, was du weißt«, sprach er mich an.

Ich schaute den Kerl verwundert an. Was war vorbereitet? Wollte er nicht eigentlich wissen, wo sich der Maulwurfhügel befand? Sollte ich das wirklich verraten?

»Was soll das? Warum zögerst du? Muss ich die Informationen erst aus dir heraus prügeln?« fuhr mich mein Gegenüber an.

Seine Augen funkelten wutentbrannt in tiefem Rot. Seine Hände zitterten. Mir lief eine kalter Schauer den Rücken hinunter. Mir schien als würde das Böse in Person vor mir stehen. Angst hatte mir der Kerl schon bei den letzten Treffen eingeflößt, doch diesmal war es anders. Dieses Mal zeigte er sein wahres Gesicht: Mr. Triple-B schien direkt der Hölle entsprungen zu sein. Mein Leben war in akuter Gefahr. Diesem Kerl hatte ich alles zugetraut. Schlimm genug, denn mir kamen einfach keine passenden Worte in den Sinn.

»Ich, ich...«, stotterte ich.

Mehr konnte ich jedoch nicht von mir geben, da ich von Mr. Triple-B unterbrochen wurde.

»Meine Geduld ist endgültig am Ende! Mit dir ist nichts anzufangen. Ich habe es auf die nette Tour versucht, doch die scheint dir nicht zu liegen. Das macht nichts, ich werde meine Informationen schon noch bekommen«, schrie mich der Kerl an.

Er gab ein Zeichen, woraufhin einer der Soldaten seine Faust in meinem Bauch rammte. Ich ging zu Boden und rang hustend um Luft. Doch ließ die Wache nicht ab von mir. Der Soldat zerrte mich auf einen der Stühle. Diesen drückte er so nah an den Tisch, dass ich nur noch mit größter Mühe atmen konnte. Ich presste meine Augen zusammen und hoffte einfach nur irgendwie zu überleben. Plötzlich packte jemand meine linke Hand. Er stach eine Spritze hinein, wobei ich keine Ahnung hatte, was hier vor sich ging. Statt einer Aufklärung wurde ich wortlos aus dem Raum gezerrt. Vor der Türe stieß mich der Kerl unsanft in einen Kleinwagen. Dort saß Sabrina am Steuer, die mich freundlich begrüßte.

»Schön dich wieder zu sehen, Alexander. Selbst wenn der Chef mit deinen Leistungen nicht zufrieden war, ich glaube fest an dich. Ich weiß, du bist der Schlüssel zum Erfolg. Allerdings hast du einen langen Tag hinter dir. Daher bringe ich dich lieber gleich nach Hause. Für Sex wirst du sowieso zu müde sein. Außerdem wird Claus eifersüchtig, wenn ich mir dir schlafe, das würde nur Ärger geben.«

Verdutzt schaute ich Sabrina an. So wirklich konnte ich ihre Worte nicht einsortieren. Genauso konnte ich nicht einsortieren, warum sie in ihrem Auto saß. Dieses sollte eigentlich immer noch im Wals parken. Allerdings war ich zu müde, um ausgeklügelte Theorien zu entwickeln. Viel wichtiger war, dass mich Sabrina tatsächlich bis vor meine Haustüre brachte. Eine kurze Verabschiedung später war ich wieder alleine. Ich schleppte mich die Treppe hinauf in meine Wohnung und fiel direkt ins Bett.

Viel zu früh holte mich mein Wecker am nächsten Morgen aus dem Schlaf. Schlagartig wurde mir bewusst, dass schon wieder Montag war. Dazu ein sehr wichtiger Montag, es sollte immerhin mein erster Tag im Management werden. Leicht nervös und im besten Anzug gekleidet machte ich mich auf den Weg zur Arbeit. Pünktlich um zehn Uhr meldet ich mich bei Herrn Berlaid an.

»Hallo Herr Thiersen, Sie kommen pünktlich wie die Uhr. Auf Sie ist einfach Verlass, das gefällt mir an Ihnen«, begrüßte mich dieser mit einem großen Lob.

Mein Chef war sichtlich gut gelaunt. Kein Wunder, schließlich war er der eigentliche Gewinner des Spiels. Für mich spielte das aber ohnehin keine Rolle mehr, die Würfel waren gefallen. Jetzt musste ich nur aufpassen, nicht von der anlaufenden Maschinerie überrollt zu werden. Im Schachspiel der Mächtigen würde ich heute vom Bauern zum Läufer aufsteigen. Ob ich dadurch mehr Macht erhalten würde? Seit dem Treffen mit dem Maulwurf mochte ich daran zweifeln. Meine Gedanken schweiften ab, als ich an das erlebnisreiche Wochenende zurück dachte. Daher nahm ich auch nur nebenbei wahr, wie Herr Berlaid zum Telefon griff.

»Hallo, Rainer. Ja, Herr Thiersen ist pünktlich erschienen und freut sich schon auf die neue Herausforderung.«

Er wartete die Antwort seines Gegenüber ab, bevor er fortfuhr: »Ja, natürlich. Wir kommen gleich vorbei.«

Nachdem er aufgelegt hatte, sprach er mich an: »Herr Dr. Swanbal erwartet uns. Es gibt noch ein paar kleinere Dinge zu besprechen.«

Schon stand mein Chef in der Türe. Er gab mir nicht einmal die Möglichkeit irgendwie zu reagieren. So folgte ich ihm schweigend in die oberen Etagen des Neubaus. Ich bemühte mich um einen freundlich, freudigen Blick, was mir durchaus schwer fiel. In mir tobte eine Schlacht. Auf der einen Seite kam eine willkommene Abwechslung in mein Leben. Auf der anderen Seite erlebte ich gerade das Ergebnis der mangelhaften Pflege meines inneren Arschlochs. Ja, mir fehlte es definitiv an Standhaftigkeit. Genau darum konnte Herr Berlaid mit mir machen was er wollte und dieser Mr. Triple-B ebenfalls. Genau darum würde ich Herrn Dr. Swanbal das Gefühl geben, mich wirklich auf diesen Job zu freuen. Nur warum eigentlich? Er hatte seine Beförderung ohnehin sicher, eigentlich konnte ich machen was ich wollte. Der Plan gefiel mir so gut, dass ich ihn direkt umsetzte. Kaum im Büro des Managers, bot uns dieser ein Glas mit Champagner an. Ich lehnte dankend ab.

»Trinkt ihr Beiden nur mal das Zeug alleine. Ihr habt schließlich etwas zu feiern, im Gegensatz zu mir«, meinte ich mit emotionsloser Stimme.

Statt einer Antwort bekam ich ein volles Glas in die Hand gedrückt. Herr Dr. Swanbal schien meine Aussage komplett zu ignorieren. Ich überlegte kurz, ob ich ihm das Glas einfach über den Kopf schütten soll, entschied mich allerdings dagegen. Immerhin musste mich der Kerl noch einarbeiten, da wollte ich es mir nicht mit ihm verscherzen. Während ich die nächste Chance suchte, mein neues Selbstbewusstsein auszuleben, hob Herr Dr. Swanbal sein Glas in meine Richtung.

»Auf Ihre hervorragende Entscheidung, Herr Thiersen! Sie werden diesen Schritt nicht bereuen, das kann ich Ihnen jetzt schon versprechen.«

Dann prostete er mir zu und trank sein Glas mit einem Schluck aus, um es gleich mit neuem Champagner zu füllen. Ich überlegte, was ich mit dem Inhalt meines Glases wohl machen sollte. Trinken wollte ich es nicht, denn zu feiern gab es bei mir nichts. Plötzlich kam mir eine Idee. Schnell verließ ich das Büro, um bei meiner zukünftigen Assistenz anzuklopfen.

»Hallo Frau Welster. Wir feiern gerade meinen ersten Tag im Management. Daran sollen Sie natürlich auch Teil haben. Daher bringe ich Ihnen ein Glas Champagner vorbei.«

Nachdem sich das Mädel sehr, sehr herzlich bei mir bedankt hatte, wechselten wir ein paar nette Worte, bevor ich wieder in mein zukünftiges Büro zurückkehrte. Dort waren die Beiden immer noch mit dem Champagner beschäftigt, weshalb sie mich gar nicht zu vermissen schienen. Tatsächlich kam es mir vor, als würde ich die Feierlaune der Beiden stören, denn nachdem sie die Flasche geleert hatten, standen Herr Berlaid und Herr Dr. Swanbal plötzlich in der Türe.

»Bei uns steht eine vorbereitende Besprechung für die Vorstandssitzung an. Daher müssen wir bereits jetzt los. Die Sitzung selbst findet um 14:00 Uhr statt. Sie erreichen das Konferenz-Center mit dem Taxi. Frau Welster wird Ihnen sicherlich behilflich sein die Anfahrt zu organisieren. Bis dahin können Sie sich in Ihrem neuen Büro bereits einleben. Ich habe Ihnen alles Wesentliche im Kalender hinterlegt. Auf dem Schreibtisch finden Sie eine Liste mit allen relevanten Passwörtern, womit Sie Zugriff auf das Manager-Netz haben. Dort finden Sie in gut sortierten Verzeichnissen meine vollständige, bisherige Arbeit. Es dürfte sich alles Wesentliche von selbst erklären, Sie sollten sich daher schnell zurecht finden können«, verabschiedete sich der Manager.

Ohne einen Kommentar von mir abzuwarten, verschwanden die Beiden aus der Türe. Ich blieb alleine im Büro zurück.

Als erste Amtshandlung stellte ich mich an die große Glasfront. Mein Blick schweifte über die Skyline der Stadt, während ich tief seufzte. Das war also die ausführliche Einarbeitung, die mir versprochen wurde. Mein neu aufkeimendes Selbstbewusstsein war wie weg geblasen. Viel mehr machte sich ein Gefühl der Hilflosigkeit breit. Selbst wenn das Management-Netz gut sortiert wäre, ich hatte absolut keine Ahnung, was von mir erwartet wurde. Irgendwie wünschte ich mir im Moment nichts sehnlicher als eine Beschreibung meiner Aufgaben. Mit einem erneuten Seufzer setzte ich mich an den Schreibtisch. Vielleicht konnte ich im Intranet tatsächlich einen Hinweis finden, was ich zu tun hatte. Verzweifelt navigierte ich durch die aufgelisteten Verzeichnisse. Außer einem chaotisch angeordneten Haufen Daten konnte ich dort allerdings nichts ausmachen. Ich öffnete einige Dateien, in der Hoffnung, dort Hinweise über meine Aufgaben zu finden. Die Aktion endete mit einem Anruf von Frau Welster, die mich an den Termin mit dem Vorstand erinnerte. Ein Taxi hatte sie auch schon bestellt, weshalb ich mich direkt auf den Weg nach unten machte.

Am Eingang des Konferenz-Centers erwartete mich ein adrett gekleideter Mann. Dieser wies mich ein und gab mir eine Platznummer. Auf dem Weg in den Saal bemerkte ich, wie im Foyer Tische für ein Buffet aufgebaut wurden. Mir schien, als sollte nach der Sitzung noch eine ausgiebige Feier steigen. Wenn ich nur Lust auf eine Party gehabt hätte. Diese stellte sich jedoch überhaupt nicht bei mir ein.

Viel mehr machte ich mir Sorgen, was die Zukunft wohl mit sich bringen würde. Ich hatte keine Ahnung wer, wann, was und warum von mir erwartete. Da wollte ich doch lieber auf etwas Macht verzichten und weiter als Software-entwickler arbeiten. Meine Gedanken kreisten um die Frage, wer mir in dieser Situation wohl noch helfen konn-te. Ob sich Felix im Management auskannte? Immerhin war er dort wohl des Öfteren zu Besuch. Der Gedanke gefiel mir. Allerdings konnte ich ihn nicht ganz zu Ende denken, denn gerade in dem Moment wurde vom Sprecher mein Name genannt. Aus meinen Gedanken gerissen, zuckte ich innerlich zusammen. Gespannt lauschte ich den Worten des unbekannten Redners. Dieser verkündete jedoch nur, dass die Entscheidung über die Personalie des Portfolio-Managers auf die kleine Sitzung in zwei Wochen vertagt wird, da momentan wichtigere Entscheidungen zu diskutieren wären.

Bei dieser Aussage musste ich mich zusammen reißen, um meinen Unmut nicht lautstark kund zu tun. Da mache ich mich extra auf den Weg hier her, lass diesen ganzen Mist über mich ergehen, um dann vertröstet zu werden. Gerade als mein Ärger in Wut umschlagen wollte, kam mir ein ganz anderer Gedanke. So schlecht war der Aufschub gar nicht. So hatte ich noch mehr Möglichkeiten mich auf den neuen Job vorzubereiten. Vielleicht gab es sogar noch eine Möglichkeit, wieder aus zu steigen. Ich musste innerlich grinsen. Ja, die Idee dem Herr Dr. Swanbal in die Suppe zu spucken gefiel mir gut. Es blieb lediglich die Frage offen, wie ich das anstellen konnte. Ich musste darüber unbedingt mit Felix reden. Plötzlich wurde ich kreidebleich im Gesicht. Felix wollte meinen Einstieg ins Management doch verzögern. Was auch immer er angestellt hatte, er schien Erfolg gehabt zu haben. Dieser Kerl wurde mir immer unheimlicher. Er musste mit einem sehr einflussreichen Kerl unter einer Decke stecken. Vielleicht machte er gemeinsame Sache mit dem Maulwurf. Vielleicht auch mit Mr. Triple-B. Gut möglich, dass dieser Mr. Triple-B neben Sabrina noch einen zweiten seiner Leute auf mich angesetzt hatte. Gut möglich, dass Felix meinen Einstieg ins Management verzögert hatte, damit ich für Mr. Triple-B und seinen seltsamen Plan arbeiten konnte. Immerhin meinte der Kerl bei unserem letzten Treffen, es sei alles bereit. So unglaublich es klang, irgendwie passte alles zusammen. Ich bekam eine Gänsehaut am ganzen Körper, als mir die Zusammenhänge klar wurden. Ja, ich musste bei Felix in Zukunft sehr vorsichtig sein. Generell war Vorsicht geboten, schließlich wusste ich nicht, wer noch alles mit Mr. Triple-B unter einer Decke steckte. Bei diesem Gedanken blickte ich aufgeschreckt in den Saal. Unbehagen überkam mich, als ich meine Blicke durch die Reihen streifen ließ. Wem konnte ich hier trauen? Wer hatte es auf mich abgesehen? Möglichst unauffällig verließ ich den Saal. Als ich das Foyer durchquerte, bemerkte ich Herrn Berlaid und Herrn Dr. Swanbal, die es sich am Getränke-Tresen bequem gemacht hatten. Den zwei leeren Weinflaschen zur Folge hatten sie schon ganz ordentlich getankt. Davon bemerkte ich jedoch nicht viel, als der Manager auf mich zukam und mich ansprach.

»Herr Thiersen, heute muss definitiv ein frustrierender Tag für Sie sein. Sicherlich haben Sie sich schon sehr auf die Entscheidung des Vorstandes gefreut. Mit solch einer Aktion konnte jedoch niemand rechnen.«

»Wissen Sie, Herr Dr. Swanbal, das Leben macht manchen unserer Pläne zunichte. In diesem Fall ist es aber nur ein Aufschub, daher kann ich gut damit leben.«

Ich versuchte damit ein aufkommendes Gespräch abzuwürgen, da ich wirklich keine Lust hatte, mich mit den Beiden zu unterhalten.

»Das ist schon richtig, nur müssen Sie bedenken, es sind zwei Wochen, in denen Sie noch keinen Einfluss auf die Entwicklung des Konzerns nehmen können«, brachte sich Herr Berlaid in das Gespräch ein.

»Umso größer ist die Vorfreude, wenn ich es dann kann«, erwiderte ich.

»Das ist eine gute Einstellung«, pflichtete mir Herr Dr. Swanbal bei. Nach einer kurzen Pause fügte er noch an: »Wissen Sie, Herr Thiersen, ich stelle Sie für die nächsten zwei Wochen von Ihrer Arbeit frei. Vielleicht ist es ganz gut, wenn Sie frisch erholt in die neue Herausforderung starten. Gerne würde ich die Zeit nutzen, um Sie einzuarbeiten, jedoch werde ich viel unterwegs sein. Natürlich können Sie jederzeit in mein Büro, um sich Dokumente anzusehen. Frau Welster wird Ihnen gerne den Zugang ermöglichen. Sollte ich im Hause sein, können wir uns natürlich gerne austauschen.«

»Das Angebot nehme ich mit Freuden an. So ist die Wartezeit keine verschwendete Zeit«, beendete ich das Gespräch.

Ich ergriff die Gelegenheit und verschwand nach einer knappen Verabschiedung durch die Türe nach draußen. Schnell rief ich mir ein Taxi, das mich von dem Haupteingang meiner Firma absetzte. Bevor ich meinem neuen Büro einen letzten Besuch abstattete, ging ich bei Frau Welster vorbei, um Sie über die Neuigkeiten zu informieren.

»Ja, so etwas musste ich schon ab und an hören. Der Vorstand nimmt da leider keine Rücksicht auf einzelne Personen«, kommentierte Frau Welster meine Ausführungen.

»Eigentlich ist das auch verständlich, immerhin entscheidet er über das ganze Unternehmen. Da kann es schon sein, dass sie wichtigere Dinge zu besprechen hatten«, gab ich mich verständnisvoll.

»Für einen angehenden Manager bist du aber sehr zurückhaltend. Da solltest du noch ein wenig an deinem Ego arbeiten. Zumindest wenn es um andere Leute aus dem Management geht. Mir gegenüber darfst du ruhig so bleiben wie du bist«, meinte die Sekretärin mit einem bezaubernden Lächeln.

»Oh, sind wir jetzt beim ‚du' gelandet?« fragte ich gut gelaunt und zwinkerte der Dame zu.

»Warum nicht? Immerhin verstehen wir uns doch so gut. Ich hieße übrigens Melanie.«

»Sehr erfreut, ich bin Alexander.«

Wir reichten uns die Hände, wobei ich die Gelegenheit ergriff, tief in ihre Augen zu schauen. Anschließend setzte ich das liebevolle Gespräch fort.

»Nachdem wir die Anrede jetzt geklärt haben, wollte ich dich noch in einer anderen Sache beruhigen: Ich kann sehr gut unterscheiden, mit wem ich es zu tun hab. Bei Bedarf kann ich ganz schön energisch werden. Bei einem äußerst hübschen Mädel wie dir ist das aber nicht der Fall.«

»Weißt du Alexander, nach jedem Besuch von dir freue ich mich ein wenig mehr über unsere Zusammenarbeit.«

»Weißt du Melanie, mir geht es ganz genauso. Ich werde sicherlich alle sich bietenden Gelegenheiten wahr nehmen, um die nächsten zwei Wochen mal vorbei zu schauen.«

»Das kannst du sehr gerne tun. Ich freue mich schon auf deinen nächsten Besuch«, versicherte mir Melanie.

Wir verabschiedeten uns sehr herzlich voneinander. Auf dem Weg in mein neues Büro spürte ich ein starkes Kribbeln im Bauch. Wie es mir schien, hatte mir dieses Mädel ganz schön den Kopf verdreht. Allerdings bezweifelte ich, dass es eine gute Idee war, mit ihr eine Beziehung einzugehen. Immerhin würde ich bald einer ihrer Vorgesetzten sein. So könnten Probleme bei der Arbeit schnell auch zu

Problemen Zuhause führen. Auf der anderen Seite gab es genug Beispiele, in denen genau solche Beziehung funktionierten. Die Kunst bestand eben darin, Arbeit und Freizeit zu trennen, was gar nicht so schwer sein sollte. Warum sollte es also nicht funktionieren? Vermutlich machte ich mir aber schlicht umsonst die Gedanken, denn sicherlich war Melanie schon vergeben. Eine solch hübsche Frau musste einfach einen Mann haben. Schade, denn ich fand sie äußerst sympathisch. Mit den Gedanken immer noch bei Melanie, räumte ich mein Büro ein wenig auf, das ich wegen dem wartenden Taxi fluchtartig verlassen hatte. Schnell war der Rechner herunter gefahren, alle Stühle sauber zurecht gerückt und der Schreibtisch aufgeräumt. Mit einem letzten Blick aus dem Fenster verabschiedete ich mich aus der Welt der Manager. Im Aufzug fuhr ich einige Stockwerke nach unten, bevor der Aufzug auf halbem Wege einen Zwischen-Stopp einlegte. Als sich die Türe öffnete blickte ich in ein bekanntes Gesicht. Felix stieg mit in den Aufzug.

»Hey Alex, wie lebt es sich im Management?«

Mir war der Schrecken ins Gesicht geschrieben. Hier im Aufzug war ich dem Kerl gnadenlos ausgeliefert. Was er wohl mit mir anstellen wollte? Schlug er mich nieder und brachte mich zu Mr. Triple-B? Ich quetschte mich in das hinterste Eck des Aufzugs, um so weit wie möglich von Felix entfernt zu sein. Ich achtete sehr genau auf jede seiner Bewegungen. Allerdings blieb dieser fest an seinem Platz stehen. Von dort aus kommentierte er mein Verhalten mit einer großen Dosis Ironie.

»Wie es scheint, war dein erster Tag nicht allzu berauschend. So verschreckt wie du bist muss ich der Swanbal ja unter den Tisch geredet haben. Oder hat dir Melanie schöne Augen gemacht? Die ist echt sympathisch, keine Ahnung, warum die noch keinen Kerl an ihrer Seite hat.

Na egal, ich wollte dir sowieso nur sagen, dass ich den Rest der Woche im Urlaub bin. Daher musst du die nächsten Tage auf dich selber aufpassen.«

So plötzlich wie der Kerl erschienen war, so plötzlich war er auch wieder verschwunden. Ich atmete erleichtert auf, als ich ohne weitere Zwischenfälle in den Bus nach Hause einstieg. Zuhause angekommen, legte ich mich gemütlich auf das Sofa. Hier in meinen eigenen vier Wänden fühlte ich mich sicher. Hier konnte ich tatsächlich ein wenig entspannen.

Gut erholt und ausgeschlafen machte ich mich daher am nächsten Tag auf den Weg zum Seminar. Allzu groß waren meine Erwartungen jedoch nicht, dazu hatte ich bereits zu viele ähnliche Veranstaltungen besucht. Allerdings überraschte mich der Referent mit einem sehr lebendigen und hilfreichen Kurs. Die Zeit verging wie im Flug und als ich mich am Abend auf den Weg nach Hause machte, hatte ich das Gefühl wirklich etwas gelernt zu haben. Aus den Vorträgen konnte ich sogar so grob ableiten, aus welchen Aufgaben mein Job im Management bestand. Gut gelaunt und frohen Mutes kehrte ich so in meine Wohnung zurück. Dort rutschte ich fast auf einer Postkarte aus, die jemand unter meine Eingangstüre geschoben hatte. Ich hob sie auf und wusste sofort, von wem sie kam. Auf der Vorderseite war eine große Wiese mit einem Maulwurfhügel abgebildet. Auf der Rückseite war geschrieben: Neben Melanie wartet noch jemand auf einen Besuch von dir.

Ohne nachzudenken war für mich klar, dass am nächsten Tag ein Besuch beim Maulwurf auf dem Programm stand. Sofort machte ich mich an die Planung, suchte nach Busverbindungen, packte mir einen Notfallrucksack und trug die Adresse der Industrieanlage als wichtigen Punkt in mein Handy ein. Gut vorbereitet verließ ich am nächsten Morgen das Haus. Nach längerer Fahrt, inklusive einmaligem Umsteigen, erreichte ich schließlich die gewünschte Haltestelle. Frohen Mutes verließ ich den Bus. Bei dem längeren Fußmarsch, der vor mir lag, konnte ich noch ein wenig meine Gedanken sortieren. Einige Kreuzungen vor meinem Ziel wurde ich jedoch aufgeschreckt. Wie aus dem Nichts kamen mir plötzlich Unmengen an Menschen entgegen. Es war wie ein steter Strom an Personen. Ein Blick auf mein Handy offenbarte mir, dass in den umliegenden Betrieben gerade die Mittagspause begann. Besorgt schaute ich mich um, denn bei diesen Menschenmengen, die zur Zeit unterwegs waren, konnte ich niemals unbemerkt die verlassene Industrieanlage betreten. Um unter den Leuten weniger aufzufallen, holte ich mir an der nächsten Ecke eine Bockwurst mit Pommes. Während ich am Stehtisch des Imbiss an meiner Wurst knabberte, sah ich eine sehr vertraut wirkende dunkle Limousine heran nahen. Schnell drückte ich mich noch ein wenig tiefer in die Nische, in der ich stand. Mein Herz raste, als der Wagen näher kam. Ich versuchte mit der Wand hinter mir zu verschmelzen. Dies schien tatsächlich zu funktionieren, denn die Limousine fuhr einfach an mir vorüber.

Zunächst atmete ich erleichtert auf, im nächsten Augenblick wurde mir aber klar, dass die Gefahr noch lange nicht vorbei war. Sicherlich würden die Jungs in der Limousine einige Runden drehen, um mich aufzuspüren. Schnell stopfte ich mir Wurst und Beilage in den Rachen. Noch kauend verließ ich den Imbiss, um mich der nächsten Menschen-Traube anzuschließen, die vorbei kam. Mitten in der Ansammlung schaffte ich es unentdeckt drei Straßen weiter zu kommen. Vorsichtig huschte ich um zwei Hausecken, um in der nächsten Menschenmenge zu verschwinden. Tatsächlich fuhr die Limousine noch ein weiteres Mal an mir vorüber. Meine Taktik schien aufzugehen. Allerdings kam ich bald an den Rand des Industriegebiets. Da hier kaum mehr Leute unterwegs waren, musste ich mir eine andere Taktik überlegen. Schnell huschte ich von einem Hauseingang zum nächsten, kletterte über Zäune, durchquerte manchen Innenhof und hielt immer Ausschau nach der dunklen Limousine. Zufrieden stand ich schließlich am Eingang der ehemaligen Produktionshalle.

Schnell öffnete ich die Türe des Gebäudes und verschwand unbemerkt im Treppenhaus. Kaum hatte ich die Türe hinter mir geschlossen, legte ich zunächst eine kleine Pause ein. Ich atmete tief durch und wartete, bis sich mein Puls etwas beruhigt hatte. Mein Plan war aufgegangen, mich hatte definitiv niemand bis hier her verfolgt. Zur Sicherheit öffnete ich jedoch noch einmal die Tür einen kleinen Spalt weit, um einen Blick nach draußen zu werfen. Da weit und breit niemand zu sehen war, schloss ich die Türe wieder und holte meine Taschenlampe aus dem Rucksack. Der kleine Lichtkegel genügte, um sicher ins Treppenhaus zu gelangen. Problemlos erreichte ich den Aufzug, fand allerdings keinen Knopf mit dem ich ihn hätte rufen können. Ich leuchtete alle umliegenden Wände ab, in der Hoffnung einen Hinweis zu finden, wie ich die Türen öffnen konnte. Tatsächlich entdeckte ich eine Kamera oberhalb der Türe. Ich stellte mich in ihr Sichtfeld und winkte hinein. Überraschender Weise funktionierte das sogar, denn kurz darauf öffnete sich die Türe und gab den Weg in die Kabine frei.

Ich war gespannt, was mir der Maulwurf heute zu sagen hatte. Voller Vorfreude und mir großen Erwartungen schritt ich den Gang entlang, der mich direkt zum Büro des Maulwurfs führte. Als ich das Zentrum des Maulwurfhügels erreichte, zerschlugen sich jedoch meine Hoffnungen. So blinkten auf der Videowand an diversen Stellen rote Lichter, was die ganze Aufmerksamkeit des Maulwurfs beanspruchte. Er betätigte eine Unzahl an Knöpfen, während er knappe Anweisungen gab. So musste ich auch einen Moment auf meine Begrüßung warten, wobei mir selbst dann nicht die ganze Aufmerksamkeit des Maulwurfs zu Teil wurde.

»Hi Alex, freut mich dein Besuch, doch gerade geht es gar nicht«, meinte er, während er ein paar Knöpfe auf seinem Steuerpult betätigte.

»Schon war er wieder voll damit beschäftigt die vielen Warnlichter im Blick zu behalten. Ich schaute mir das Geschehen noch einen kleinen Augenblick aus der Ferne an und näherte mich dann langsam dem Arbeitsplatz des Maulwurfs. Die Videowand zeigte dabei ganz verschiedene Bilder. Auf einem Monitor waren Soldaten in einem Krisengebiet zu sehen, ein anderer zeigte dagegen das Satellitenbild einer Großstadt. Ebenso waren Industriegebiete und Baustellen wahlweise aus großer Entfernung oder in einer Detailansicht zu sehen. Mein Blick schweifte über die Bildschirme und blieb schließlich an der Baustelle eines Hochhauses hängen, das durch ein rotes Warnlicht auf sich aufmerksam machte. Da sich die Situation langsam zu entspannen schien und der Maulwurf ebenfalls auf diesen Monitor blickte, wagte ich eine Frage zu stellen.

»Was genau ist denn auf der Baustelle kritisch?« wollte ich wissen.

»Pfusch am Bau«, war die knappe Antwort des Maulwurfs. Erst nachdem er ein paar Knöpfe gedrückt hatte, führte er seine Aussage weiter aus.

»Die wollen in den oberen Stockwerken halb verrostete Stahlträger verbauen, die sie einem Schrotthändler abgekauft haben. Hauptsache billig eben. Nur wird das Haus beim nächsten Sturm einstürzen.«

»Was machst du dagegen?«

»Ich blockiere die Anlieferung, bis sie aufgrund von Zeitdruck auf Neuware umsteigen müssen«, klärte mich der Maulwurf auf.

»Mehr Zeit für eine Antwort hatte mein Gegenüber dann auch gar nicht, denn schon wieder blinkte eine Warnung auf. Diesmal zeigte der Monitor eine Gruppe Rebellen, die gerade einen Hinterhalt vorbereiteten. Einen kurzen Moment beobachtete der Maulwurf das Bild, bevor er einen Knopf drückte und eine unbekannte Person auf der anderen Seite der Leitung informierte.

»Es gibt einen Hinterhalt auf 27:D13, verschiebt die Patrouille«, wies er an.

Kurz darauf erlosch das Warnlicht. Damit herrschte zunächst Ruhe, denn es war keine Warnung mehr zu sehen. Der Maulwurf wandte sich daher erstmals von seinem Arbeitsplatz ab.

»Heute ist die Hölle los, wir können uns höchstens kurz unterhalten«, sagte er mit knappen Worten.

»Kein Problem, das Wohl der Menschheit geht natürlich vor.«

»Wenn sie es einem wenigstens danken würden.«

»Ähm, wie sollen sie es dir danken, wenn sich nicht einmal von deiner Existenz wissen?« brachte ich meine Verwunderung über die Aussage meines Gegenüber zum Ausdruck.

»Sie könnten aus ihren Fehlern lernen. Dann müsste ich nicht immerzu die selben Probleme bearbeiten«, stöhnte der Maulwurf in leicht genervtem Ton.

»Ist es wirklich so schlimm?«

»Schlimmer als du dir vorstellen kannst. Die Gier der Menschen macht alle guten Vorsätze zunichte. Es reicht von Baustellen bis zum Krieg.«

»Tja, jeder Mensch strebt eben nach mehr Macht und zwar mit allen ihm verfügbaren Mitteln.«

»Der Zweck heiligt ja bekanntlich die Mittel. Wenn der

Zweck nur nicht immer die eigene Bereicherung wäre. Je größer der erwartete Reichtum, umso mehr nehmen Leute auf sich, ihre Ziele zu erreichen.«

»Was genau willst du mir damit sagen?«

»Ich wünschte dir etwas sagen zu können. Es geschehen auf der Welt gerade seltsame Dinge. Mein Gefühl sagt mir, es braut sich irgendwas zusammen. Belege dafür habe ich aber keine.«

Bevor ich antworten konnte, zog wieder eine Warnung auf einem der Bildschirme die Aufmerksamkeit des Maulwurfs auf sich. Diese blieb allerdings nicht lange alleine und so war der Maulwurf wieder voll und ganz mit seiner Arbeit beschäftigt. In einer kurzen Pause wandte er sich wieder mir zu.

»Heute werden wir nicht weiter reden können. Komm doch am Wochenende wieder, da ist es sicher ruhiger.«

Diese Worte mussten als Verabschiedung her halten, da schon wieder einige Lichter das Eingreifen des Maulwurfs forderten. Ich betrachtete die Szene und überlegte, ob ich wirklich schon gehen sollte. Ganz fasziniere von der Arbeit meines Gegenüber, blieb ich noch einen Moment stehen. Ich ließ meine Blicke wahlweise über die Monitorwand und das Steuer-Pult schweifen, um den vielen Knöpfen einen Sinn abzuringen. Doch ohne allzu großen Erfolg riss ich mich schließlich los. Der Aufzug brachte mich zurück in die normale Welt, wo ich vorsichtig die Türe des Gebäudes öffnete. Ich wollte sichergehen, ungesehen den großen Innenhof überqueren zu können. Da niemand zu sehen war, machte ich mich auf den Weg. Tatsächlich erreichte ich die Straße, ohne eine Menschenseele zu sehen. Selbst auf den Straßen im Industriegebiet war Ruhe eingekehrt. Guter Dinge erreichte ich so die Bushaltestelle. Dort musste jederzeit der Bus kommen, weshalb ich mich an den Straßenrand stellte, um nach ihm Ausschau zu halten. Statt dem Bus raste jedoch eine dunkle Limousine heran. Sie blieb mit quietschenden Reifen neben mir stehen. Noch bevor ich realisieren konnte, was hier vor sich ging, zog mich ein kräftiger Arm auf die Rückbank das Wagens. Während der Fahrer kräftig auf das Gaspedal drückte, rammte mir ein zweiter Kerl eine Spritze in die Schulter. Sofort verlor ich das Bewusstsein.

Ich erwachte mit höllischen Kopfschmerzen auf einer harten Liege. Mit großer Anstrengung öffnete ich die Augen, um in die Dunkelheit des Raumes zu starren. Mein Schädel drohte zu platzen, als ich versuchte, mich aufzurichten. So bliebt ich auf dem Rücken liegen und versuchte meine Gedanken zu sortieren. Irgendwie kam mir das alles bekannt vor. Irgendwie schien ich mittlerweile Stammgast in dieser Zelle zu sein. Diese Liege, diese Dunkelheit, diese Kopfschmerzen, ich sollte ihnen Namen geben, so gut wie wir uns schon kannten. Dazu kam es jedoch nicht mehr, da, wie immer, gerade in diesem Moment die schwere Eisentüre geöffnet wurde. Wie immer leuchtete mir ein Kerl mit einer Taschenlampe mitten ins Gesicht. Wie immer gab es eine banale Konversation zwischen den Soldaten. Wie immer schleppten mich zwei mächtige Arme aus der Zelle und bis in den bekannten Besprechungsraum. Gut gelaunt und sichtlich entspannt wartete dort Mr. Triple-B auf mich.

»Ah, mein Meisterspion hat wieder seinen Weg zu mir gefunden. Ich bin ja mal gespannt, was du uns heute mitgebracht hast.«

Noch während er sprach, gab er ein Handzeichen. Einer der Soldaten griff nach meiner linken Hand. Er hielt sie fest, dass ich sie nicht mehr bewegen konnte. Es war, als wäre sie in einen Schraubstock eingespannt. Gerade überlegte ich, welche Folter wohl auf mich warten würde, als ein anderer Soldat mit einer kleinen schwarzen Kasten über meine Hand fuhr. Das Gerät piepte zwei Mal und schon war der Spuk vorbei.

»Nun haben wir alles, was wir brauchen«, erklärte Mr. Triple-B. An meine Person gerichtet fügte er noch hinzu: »Denke aber daran, das war nicht dein Verdienst. Du Nichtsnutz warst nur Teil von meinem genialen Plan! Eigentlich sollte ich dich jetzt umbringen lassen, denn ich brauche dich nicht mehr. Eine Chance sollst du aber bekommen, dich zu bewähren.«

Fragend blickte ich mein Gegenüber an. Ich hatte keinen blassen Schimmer von was er sprach. Anstatt einer Erklärung ließ mich Mr. Triple-B jedoch nach draußen bringen. Dort wartete bereits Sabrina in ihrem Kleinwagen auf mich. Wie üblich lobte sie meinen Einsatz und setzte mich vor meiner Haustüre ab. Die untergehende Sonne verriet mir, dass es schon spät am Abend sein musste. Da ich noch nicht ins Bett gehen wollte, setzte ich mich vor den Fernseher, um nach kurzer Zeit davor einzuschlafen.

Spät am nächsten Morgen erwachte ich auf meiner Couch. Ich rieb mir die Augen und fragte mich, was ich mit dem heutigen Tag wohl anstellen sollte. Eigentlich war ich gar nicht eingestellt auf zwei freie Wochen, sonst hätte ich einen Urlaub gebucht. Um der großen Langeweile zu entgehen, beschloss ich in meinem neuen Büro vorbei zu schauen. Zunächst musste ich jedoch Melanie einen Besuch abstatten, um mir den Schlüssel abzuholen. Schon als ich aus dem Aufzug ausstieg, begann mein Herz schneller zu schlagen. Das Kribbeln im Bauch trat ein, als ich in ihre Türe trat. Ob Melanie wirklich noch zu haben war, wie es Felix meinte? In meinem Hals machte sich ein Kloß breit, weshalb ich zunächst kein Wort heraus brachte. Das schien Melanie aber nicht zu interessieren.

»Hey Alex, schön das du vorbei kommst. Willst du in dein Büro oder kommst du einfach nur auf einen kleinen

Plausch vorbei?«

Bei dieser netten Begrüßung verschwand der Kloß aus meinem Hals, während mein Herz zu rasen begann.

»Gekommen bin ich wegen dir und gehofft hatte ich auf eine nette Unterhaltung, bevor du mir den Schlüssel gibst.«

»Das ist ja nett, Alex. Ich würde auch gerne ausgiebig mit dir reden, doch muss ich für das Reporting an den Vorstand noch ein paar Folien vorbereiten. Daher habe ich heute nur wenig Zeit.«

»Vielleicht ist dein Büro sowieso der falsche Ort, um in Ruhe zu quatschen. Gerne lade ich dich auf Freitag ins Restaurant ein, wenn du magst.«

Mein Herz klopfte, als würde es aus meiner Brust springen, als ich den Vorschlag machte. War es nicht ein wenig voreilig, sich zum Essen zu verabreden. Wir kannten uns ja noch kaum. Melanie schien der Vorschlag allerdings sehr gut zu gefallen.

»Sehr gerne, dann laufen wir auch nicht Gefahr, gestört zu werden. Ich kennen einen guten Italiener am Bahnhof.«

»Super, dann treffen wir uns doch um halb Sieben am Bahnhof.«

»Alles klar, so machen wir es«, meine Melanie mit einem bezaubernden Lächeln.

Auf dem Weg ins Büro zitterten meine Hände. Hatte ich mich gerade wirklich mit dem attraktivsten Mädel verabredet, dass ich kannte? Es war aufregend, erschreckten und unglaublich zugleich. Im Büro setzte ich mich auf das gemütliche Sofa. Was mich am Freitag wohl erwarten würde? Was sollte ich Melanie erzählen? Würde ich das Mädel langweilen? Ich riss mich zusammen. Eigentlich musste ich nur ich selber sein, alles andere würde sich schon ergeben. Trotzdem drehten sich meine Gedanken weiterhin um das anstehende Date. Konzentriertes Arbeiten war unmöglich. Ich schaltete den Rechner ein, doch schon während dem Hochfahren schweiften meine Gedanken ab. Daher schaltete ich ihn wieder ab, brachte den Schlüssel zurück und verabschiedete mich sehr herzlich von meiner Herzensdame. Diesmal fühlte sich alles richtig an. Im Gegensatz zu Sabrina war das Mädel einfach freundlich und nicht aufdringlich. Ich freute mich schon riesig darauf, ganz in Ruhe mit ihr Plaudern zu können. Den ganzen Freitag musste ich unablässig an Melanie und das Date am Abend denken. Als es schließlich Zeit wurde, aufzubrechen, machte ich mich im schicken Hemd und starkem Herzklopfen auf den Weg zur Bushaltestelle. Auf der Fahrt zum Bahnhof starrte ich mit glasigen Augen durch das Fenster nach draußen. Meine Gedanken waren immer noch bei Melanie, als jemand neben mir Platz nahm. Geistig abwesend drehte ich meinen Kopf zu Seite, um den neuen Fahrgast zu mustern. Ich schaute ihn an. Ich schaute ihn genauer an. Irgendwie kam mir der Kerl bekannt vor.

»Hi Alex. Du bringst dich und Melanie gerade in große Gefahr. Vertraue mir, du musst das Date absagen«, riet mir Felix mit ernster Miene.

»Felix! Felix, was machst du hier?« entfuhr es mir.

»Ich versuche dich davon abzuhalten einen Fehler zu machen«, erklärte dieser.

»Was für einen Fehler?«

»Pass auf, wir sind gleich am Bahnhof, ich kann dir nicht die ganze Geschichte erzählen. Du musst mir einfach vertrauen.«

»Nein Felix, du hast mein Leben schon genug durcheinander gebracht. Dieses Mal lasse ich mir mein Glück nicht versauen.«

»Jeder ist seines eigenen Glückes Schmied«, mit dieser Volksweisheit verschwand Felix im Nichts.

Stolz stieg ich aus dem Bus aus. Tatsächlich hatte ich es geschafft meinen Willen durchzusetzen. Ja, nichts konnte mich davon abhalten, einen netten Abend mit Melanie zu verbringen. Genau dieser begann mit einer herzlichen Begrüßung am Treffpunkt. Schon auf dem Weg zum Restaurant begannen wir ein lebhaftes Gespräch, das bis spät am Abend andauerte. Es war einfach wundervoll, sich mit dieser Frau zu unterhalten. Melanie ging es wohl ähnlich, denn ihr viel der Abschied sichtlich schwer. Wir umarmten uns innig, bevor jeder seines Weges zog. In Gedanken immer noch bei dem wunderschönen Abend, machte ich mich auf den Weg zur Haltestelle. Plötzlich wurde ich in die Realität zurück geholt, als ein roter Klein-wagen mit quietschenden Reifen neben mir zum Stehen kam. Zwei unfassbar starke Arme zogen mich auf den Rücksitz. Widerstand war Zwecklos. Die Tür war noch nicht ganz zugefallen, da raste das Auto los. Ich setzte mich ordentlich auf meinen Platz und schüttelte mich. Meine Hoffnung, das alles sei nur ein Traum gewesen, erfüllte sich jedoch nicht. Viel mehr wurde es ein Alptraum. Auf dem Fahrersitz erkannte ich nämlich Sabri-na, die sichtlich verärgert war. Den Grund dafür teilte sie mir unmissverständlich mit.

»Alexander, wir alle haben viel von dir gehalten, aller-dings wirst du abtrünnig. Dein Auftraggeber ist Mr. Triple-B und der sorgt für dich. Jetzt machst du dich an ein Mädel ran, ohne um Erlaubnis zu fragen. Schlimmer noch, ohne darauf zu vertrauen, dass der Chef etwas noch viel Besse-res für dich vorgesehen hat. Solches Verhalten können wir nicht tolerieren!«

Ich saß völlig perplex auf meinem Sitz. Was für einen unfassbaren Unsinn erzählte Sabrina da? Immerhin hatte ich mir nicht ausgesucht für Mr. Triple-B zu arbeiten. Genau genommen würde ich dem Kerl gerne in den Arsch treten, für den ganzen Mist, den ich wegen dem Kerl durchmachen musste. Bevor ich meinem Unmut jedoch Luft machen konnte, führte Sabrina ihre Moralpredigt fort.

»Ich kann es immer noch nicht fassen, du warst so ein treuer Mitarbeiter und hast uns die entscheidenden Informationen für unseren großen Plan geliefert. So ein Verhalten hätte ich von dir nicht erwartet. Um dich wieder zur Vernunft zu bringen, haben wir eine kleine Erziehungsmaßnahme für dich geplant. Keine Sorge, wir wollen nur das Beste für dich.«

Irgendwie wurde ich das Gefühl nicht los, im falschen Film gelandet zu sein. Die Worte von Sabrina wirken einfach nur bizarr, waren aber absolut ernst gemeint. Das bemerkte ich, als mein Nebensitzer mit eine schwarze Kapuze über den Kopf zog. Der Stoff war absolut blickdicht, weshalb ich nicht verfolgen konnte, wohin Sabrina das Auto steuerte. Heimlich versuchte ich, die Maske etwas nach oben zu ziehen. Der Kerl neben mir beobachtet mich jedoch äußerst genau. Er drückte meine Arme nach unten und rückte die Maske wieder zurecht. Nach längerer Fahrt stellte Sabrina den Motor schließlich ab. Ich wurde aus dem Wagen gezerrt, über eine Schotterpiste ging es in einen Hauseingang. In einer großen Eingangshalle zog mir mein persönlicher Wächter die Maske vom Kopf. Die Halle wurde von mehreren Kronleuchtern in helles Licht getaucht. In allen Ecken standen Soldaten, gekleidet in Tarnfleck. Umschauen konnte ich mich jedoch kaum, da meine Begleiter zügig voran schritten. Am Ende der Halle ging es eine geschwungene Treppe nach oben. Wir durchquerten einen Flur, um scheinbar willkürlich eine Tür auf der linken Seite zu nehmen. Hinter einem fensterlosen Raum betraten wir ein geräumiges Büro. Dort saß ein stämmiger Mann an seinem massiven Holzschreibtisch. Als ich herein gebracht wurden, stand er auf und begrüßte mich.

»Ahh, Alexander, unser Meisterspion. Zur Zeit etwas auf Abwegen. Keine Sorge, wir biegen dich schon wieder hin.«

Nach diesen Worten gab der Mann ein Handzeichen. Zwei der Wächter traten an mich heran. Während mich einer festhielt, packte der andere meinen Kopf, drückte ihn in den Nacken und riss meinen Mund auf. Der Kerl hinter dem Schreibtisch zog eine kleine Glas-Karaffe hervor und schüttete mir die violette Flüssigkeit in den Rachen. Kaum hatte ich das Zeug geschluckt, wurde mir schwindelig. Schnell wurde aus dem Schwindel Übelkeit. Mir wurde heiß und kalt zugleich. Während mich die Soldaten in einen Nebenraum brachten, überkam mich wie aus dem Nichts eine große Trauer. Die Tränen liefen mir die Wangen hinunter. Kurz darauf musste ich lachen, es fühlte sich an, als wäre ich der glücklichste Mensch der Welt. Wer auch immer ich war, meine Gefühle hatte ich nicht mehr im Griff. Nach dieser Achterbahn der Gefühle, war ich völlig ausgelaugt. So schlief ich auf dem weichen Bett ein, auf dem mich die Soldaten abgelegt hatten. Als ich wieder erwachte, fühlte sich mein Kopf an, als würde er lediglich Brei enthalten. Es war mir nicht möglich einen klaren Gedanken zu fassen. Darüber hinaus war mir so ziemlich alles egal. Das wurde mir klar, als Sabrina das Essen servierte. Sie tischte mir Brokkoli-Suppe auf, was ich eigentlich überhaupt nicht ausstehen konnte.

»Nach deiner langen Reise zurück zum treuen Nachfolger musst du dich stärken. Daher habe ich dir dein Essen gebracht. Iss alles auf«, gab sie mir in bestimmtem Ton vor.

Obwohl ich keinerlei Hunger verspürte, machte ich mich sofort daran die Suppe zu verspeisen. Wie befohlen ließ ich keinen Krümel übrig.

»Sehr gut, nach der Stärkung wird es Zeit für ein wenig Sport. Komm mit!« befahl Sabrina.

Ohne zu zögern folgte ich ihr. Wir gingen quer durch das Anwesen, die Treppe hinunter in das Foyer, eine weitere Treppe hinunter in den Keller und dort in den Fitness-Raum des Anwesens. Nach Anweisung von Sabrina führte ich einige Übungen aus. Mechanisch folgte ich den Ansagen, ohne über Sinn und Zweck nach zu denken.

»Sehr gut, du hast deinen Test bestanden. Ich werde dich jetzt nach Hause bringen, dort wirst du dich unauffällig verhalten und auf weitere Anweisungen warten.«

Ohne Worte folgte ich Sabrina zu ihrem Auto. Anstatt mir die Augen zu verbinden, wurde ich angewiesen, die Augen zu schließen. Ohne mich dagegen wehren zu können, folgte ich dem Befehl. So fuhren wir quer durch die Stadt, ohne dass ich den Weg hätte nachvollziehen können. Schließlich durfte ich meine Augen wieder öffnen. Sabrina hatte direkt vor meiner Haustüre geparkt. Ich stieg aus und ging in meine Wohnung. Dort schaute ich auf mein Handy. Ich sah einen verpassten Anruf. Es war die Nummer von Melanie. Allerdings hatte mich niemand aufgefordert Anrufe zu beantworten, daher legte ich das Geräte einfach wieder weg. Ich sollte mich unauffällig verhalten? Was genau hatte das zu bedeuten? Da mein Gehirn zu einem nutzlosen Klumpen verkommen war, setzte ich mich vor den Fernseher. Ich schaltete durch die Kanäle, bis ich bei einem Teleshopping-Sender hängen blieb.

»Kaufen Sie noch heute diese sensationelle Bratpfanne und sichern Sie sich den einmaligen Spitzenpreis«, forderte mich eine Hausfrau im besten Alter auf.

Ohne zu zögern folgte ich der Anweisung aus der Flimmerkiste. Zehn Minuten und zwanzig Bestellungen später, zappte ich weiter. Der Sender sprang auf einen Western-Film. Dort standen zwei sich zwei Personen auf der Straße gegenüber, bereit für ein Duell. Beide zogen ihre Revolver und schossen unzählige Kugeln auf den jeweils anderen ab. Nach dem Kugelhagel standen sich die Beiden immer noch gegenüber. Unverletzt geblieben gingen sie mit steinerner Mine aufeinander zu. Schließlich sprach einer von ihnen ein paar karge Worte.

»Welchen Sinn hat das Duell. Lass uns den Streit vergessen. Komm, wir gehen zusammen in den Saloon.«

Was für ein Segen das Fernsehen doch war, denn endlich hatte ich einen konkreten Auftrag erhalten. Schnell schaltete ich den Fernseher aus, schnappte mir Jacke und Geldbeutel, um in die nächste Kneipe zu gehen. Dort trank ich Whisky und Bier, wobei der Schwerpunkt auf Whisky lag. Da mir niemand erzählte, wie viel ich trinken sollte, hörte ich nicht damit auf. Zumindest nicht bewusst, denn irgendwann fand mein Besäufniss ein jähes Ende.

Ich erwachte im örtlichen Krankenhaus, mit einem Tropf an meinem Arm. Mein Kopf schmerzte fürchterlich und meine Augen brannten. Ich wagte es nicht, meine Augen zu öffnen, doch hörte ich Stimmen neben mir.

»Die Alkoholvergiftung des Patienten war nicht das Problem. Allerdings scheint er eine Substanz eingenommen zu haben, die mir völlig unbekannt ist. Während handelsübliche Drogen vom Körper abgebaut werden, scheint dieses Mittel extrem lang vorzuhalten. Ich habe dem Patienten einer Behandlung mit Endorphin-Blockern unterzogen, in der Hoffnung die Wirkung zu unterbinden. Ich würde darüber hinaus eine Blutwäsche empfehlen, um die Giftstoffe aus seinem Körper zu filtern.«

»Dem stimme ich zu. Davor werde ich noch eine Blutprobe nehmen und daraus den Fremdstoff extrahieren. Wenn es eine neue Droge ist, sollten wir eine zuverlässige Kur entwickeln.«

»Sehr gerne, Herr Professor Bannseln, ich werde alles

entsprechend vorbereiten.«

Schon hörte ich die Türe gehen. In der anschließenden Stille spürte ich, wie die Kopfschmerzen merklich kleiner wurden. Ich öffnete die Augen und starrte an die fahl erleuchtete Decke. Mit einiger Anstrengung konnte ich meinen Kopf zur Seite drehen. Am Horizont ging gerade die Sonne unter und tauchte die Welt in ein wunderbar warmes Licht. Mit einem warmen Gefühl ums Herz bewunderte ich das Schauspiel der Natur. Mit einem Lächeln bemerkte ich, dass meine Emotionen zurückgekehrt waren. Vor Freude wäre ich am liebsten aus dem Bett gesprungen. Das hätte aber wohl der Krankenschwester nicht allzu gut gefallen, die gerade den Raum betrat.

»Herr Thiersen, sie sind endlich wach, sehr schön. Sie sollten sich jedoch schonen, nach allem was sie mitgemacht haben.«

Sie kam an das Bett heran, um mir am Unterarm etwas Blut abzunehmen. Schon war sie wieder verschwunden. Ich blieb noch ein wenig im Bett liegen, bevor ich mich vorsichtig aufrichtete. Weiter kam ich jedoch nicht, denn schon tauchte die Schwester wieder auf.

»Die Dialyse ist für Sie vorbereitet, können Sie schon gehen oder soll ich einen Rollstuhl holen?«

»Ich würde gerne versuchen zu gehen. Ein wenig Bewegung wird mir gut tun«, antwortete ich.

»Sehr schön, dann befreie ich Sie mal von der Nährlösung«, sagte die Schwester.

Sie entfernte den Tropf und führte mich zum Aufzug.

»Bei Ihnen muss ich mir keine Sorgen machen, Sie sind schon gut zu Fuß. Fahren Sie einfach in den ersten Stock und folgen dann der blauen Linie. Sie kommen direkt auf die Dialyse-Station zu. Melden Sie sich dort an der Rezeption an.«

Schon war die Krankenschwester ums Eck verschwunden.

Ich folgte ihren Anweisungen und fand mich schon bald auf einer Liege, mit einer Maschine verbunden, die mein Blut reinigte. Erst fünf Stunden später durfte ich in mein Zimmer zurückkehren. Dort legte ich mich wieder ins Bett, um direkt einzuschlafen.

Am nächsten Morgen wurde ich nach dem Frühstück entlassen, da es mir wieder richtig gut ging. Freudig machte ich mich auf den Weg nach Hause, wo mich eine Postkarte erwartete, die unter die Tür geschoben war. Das Motiv war mir nur allzu gut bekannt, denn es zeigte einen Maulwurfhügel in Nahaufnahme. Den Text musste ich überhaupt nicht lesen, denn mir war sofort klar, was ich zu tun hatte. Nach einer schnellen Dusche machte ich mich direkt auf den Weg in das Industriegebiet. Am Sonntag waren die Straßen dort wie ausgestorben, weshalb es mich wunderte, dass überhaupt ein Bus fuhr. Mir sollte das aber nur recht sein, denn so erreichte ich problemlos die alte Industrieanlage. Voller Vorfreude auf das Treffen mit dem Maulwurf bog ich in den Hof der Anlage ein. Weit und breit war keine Menschenseele zu sehen und so ging ich zielstrebig auf das Gebäude zu. Als ich jedoch die Klinke drückte, musste ich feststellen, dass die Eingangstüre verschlossen war. Da auch ein massiver Tritt gegen die Türe keinen Erfolg brachte, blieb mir nur übrig einen anderen Eingang in das Gebäude zu suchen. Wer auch immer diesen Eingang verschlossen hatte, er meinte es ernst. Die zersplitterten Fenster waren repariert und verwehrten mir den Zugang. Es gab keine Spalten und Ritzen mehr, diese waren alle professionell verschlossen. Frustriert ließ ich meine Blicke durch den Hof schweifen. Dabei fiel mir ein kleines Nebengebäude auf, an das ich mich nicht erinnern konnte. Auch wenn es vom Stil her zu der Anlage passte, schienen mir die Backsteine wesentlich sauberer zu sein als die der restlichen Anlage. Das untermauerte meine Vermutung, dass dieses Gebäude bei meinem letzten Besuch wohl noch nicht gestanden hatte. Mit schnellen Schritten durchquerte ich den Hof und stand schließlich vor einer Türe, auf der ein großes Hinweisschild angebracht war:

Betreten des Luftschachts nur mit Genehmigung!

Selbstbewusst zog ich am Knauf, schließlich war ich davon überzeugt eine Genehmigung zu besitzen. Allerdings ließ sich die Türe nicht öffnen. So schnell wollte ich allerdings nicht aufgeben und daher suchte ich die Wand konzentriert nach Auffälligkeiten oder Erhebungen ab. Dabei entdeckte ich neben der Türe einen Knopf, der in die Wand eingelassen war. Ich zögerte nicht lange und drückte ihn. Tatsächlich meldete sich daraufhin eine Stimme aus einem Lautsprecher.

»Wer ist da?«

»Ich bin Alexander und möchte den Maulwurf besuchen.«

»Einen Maulwurf kenne ich nicht, aber ich frag mal den Chef.«

Verwundert starrte ich auf die Wand. Wie konnte es sein, dass dieser Kerl den Maulwurf nicht kannte? Für mehr Fragen blieb allerdings keine Zeit, da sich die Stimme aus der Wand wieder meldete.

»Alles klar, du kannst rein!«

Ein leises Surren deutete auf die Betätigung des Türöffners hin. Tatsächlich ließ sich der Durchgang nun öffnen. Ich trat hindurch und hörte die Türe hinter mir ins Schloss fallen. Schon war ich in einen dunklen Raum eingesperrt, der ganz und gar nicht nach Aufzug aussah. Ich kramte meine Taschenlampe aus dem Rucksack und leuchtete den Boden ab. Nach einiger Suche fand sich in der Mitte des Raumes eine kleine quadratische Metallplatte. Bevor ich sie betrat packte ich vorsichtshalber meinen Rucksack vor den Bauch. Dann stieg ich mit einem großen Schritt auf die Platte, die sich kurz darauf in Bewegung setzte. Ich fuhr in einem schmalen Schacht nach unten und musste meine Arme einziehen, um mir keine Schürfwunden zu holen.

Wenige Minuten später stand ich am Ende eines langen Flurs. An dessen Ende bog ich in den Rundgang ab, bis ich den Zugang ins Herz des Maulwurfhügels erreichte. Im Gegensatz zu meinen bisherigen Besuchen standen zwei schwer bewaffnete Soldaten davor. Auf Anweisung von ihnen stellte ich mich auf eine Markierung am Boden, die in einer Nische angebracht war. Nachdem ich von verschiedenen Kameras gefilmt und gescannt wurde, durchsuchte noch eine der Wachen meinen Rucksack. Dabei schien ihm jedoch nichts Auffälliges begegnet zu sein, denn mit einem Nicken wies er seinen Kollegen an die Türe zu öffnen. Dieser betätigte das Kontrollfeld und gab damit den Weg ins Innere frei.

Auf der anderen Seite der Türe erwartete mich ein äußerst entspannter Maulwurf. Auf der Leinwand waren keinerlei Warnlichter zu sehen, in der Welt schien gerade alles seinen Gang zu gehen.

»Hallo Alexander, gut das du kommst. Es gibt wichtige Dinge zu besprechen«, begrüßte mich der Maulwurf.

Er deutete auf die Sitzgarnitur, im hinteren Bereich der Halle. Ich nahm die Einladung an und setzte mich auf den gemütlichen Sessel. Der Maulwurf nahm auf einer Couch gegenüber platz.

»Heute ist nicht viel los, da können wir in Ruhe reden«, eröffnete mein Gegenüber das Gespräch.

»Es ist eben Sonntag, da ist die Welt in Ordnung«, meinte ich scherzhaft.

»Nein, es ist schon zu lange ruhig. Mir scheint das eher die Ruhe vor dem Sturm zu sein.«

»Hast du daher den Eingang verlegt? Oder war das nur,

weil dir langweilig war?«

»Weder noch, die unschöne Wahrheit ist: Wir haben gestern ungebetene Gäste bekommen. Es war ganz schön schwierig, die hier wieder raus zu schaffen, das will ich nicht nochmal haben«, erklärte mir der Maulwurf.

»Wie kamen die Eindringlinge eigentlich hier rein? Die Türe war doch gut überwacht oder hast du einen Moment nicht aufgepasst?« fragte ich mein Gegenüber.

»Ich habe viele Augen und Ohren, die für mich aufpassen. Diese Jungs haben sich sehr gut getarnt. Niemand konnte sie entdecken. Es ist eine dieser seltsamen Dinge, die in den letzten Wochen passiert sind«, klärte mich mein Gastgeber auf.

»Stimmt, bei vielen meiner Freunde ist innerhalb von einer Woche plötzlich die Waschmaschine kaputt gegangen«, scherzte ich.

Meinem Gegenüber war allerdings überhaupt nicht zum Scherzen zumute.

»Nein, das ist kein Wunder. Da wird einfach seit ein paar Jahren schlechte Qualität geliefert«, erwiderte er mit ernster Mine. Nach einer kurzen Pause fügte er hinzu: »Ich meine andere Dinge. Du hast plötzlich Erfolg bei den Frauen und Felix ist dir einen Schritt voraus.«

»Willst du sagen, dass Felix eine Freundin hat?« fragte ich.

»So ist es. Wobei ich erstaunt bin, dass es mit Isabell geklappt hat«, gab der Maulwurf seine Einschätzung zum Besten.

»Er hat auch noch eine Freundin mit hübschem Namen, da muss ich ihm beim nächsten Treffen gratulieren. Nur ist das zwar nettes Wissen to go, aber du willst mir sicherlich mehr damit sagen.«

»Ja und nein. Bei deinem letzten Besuch habe ich es schon angedeutet: Es braut sich in der Welt etwas zusammen. Die

Ruhe vor dem Sturm. Die ungebetenen Gäste bei mir waren ein Ausleger davon. Trotzdem kann ich dir noch nichts Konkretes dazu sagen. Um mehr Informationen zu erhalten brauche ich dich«, offenbarte mir mein Gegenüber.

»Warum denn ausgerechnet mich? Du hast hier in deinem Bau jede Menge Leute und da willst du gerade mich anheuern?«

»Richtig, genau dich. Den unwichtigen Software-Entwickler, der bald in das Management eines renommierten Unternehmens aufsteigen wird. Genau dich will ich um einen Gefallen bitten.«

»So lange es nicht darum geht, eine Atombombe zu klauen.«

»Eine so einfache Aufgabe würde ich selbst erledigen. Nein Alex, hier geht es um mehr. Es geht um alles oder nichts, daher werde ich dir die Einzelheiten erst erzählen, wenn dir mir versicherst den Job zu übernehmen. Ich brauche dein absolutes Vertrauen.«

Der Maulwurf blickte mich prüfend an. Mit ernster Miene musterte er mich, als wollte er mich vor einer falschen Entscheidung warnen. Schlagartig wurde mir klar, dass meine ganzen scherzhaften Kommentare tatsächlich fehl am Platz waren. Der Maulwurf meinte es ernst. Außerdem musste ich mich genau jetzt entscheiden. In mir kam Unbehagen auf, da mir die Folgen meiner Entscheidung absolut unklar waren. Lange Zeit zum Überlegen hatte ich jedoch nicht, da der Maulwurf auf eine schnelle Antwort drängte. Nur, hatte ich wirklich eine Wahl? Der Maulwurf fragte nicht einfach irgendjemand um Hilfe. Er musste sie dringend benötigen und wenn der Maulwurf Hilfe benötigte, ging es um das Wohl der Menschheit. So holte ich tief Luft für einen beherzten Seufzer.

»In Ordnung, ich werde den Job machen«, meinte ich.

»Alexander, du musst für mich herausfinden, was gerade in der Welt vor sich geht.«

»Na das klingt ja gar nicht so schwer. Zumindest wenn ich wüsste wie ich das anstellen soll«, gab ich mit ironischen Unterton von mir.

»Unterhalte dich einfach ein wenig mit Felix. Der wird dir genügend Informationen liefern«, klärte mich mein Gegenüber auf.

»Felix? Du meinst wirklich den Felix, der eine Freundin hat? Also den Felix, den ich auch kenne?«

»Ja genau, den Felix meine ich.«

»Das hört sich jetzt zwar nicht allzu schwer an, aber warum sollte mir Felix irgendwelche Geheimnisse verraten. Außerdem bin ich mir nicht sicher, ob er mehr weiß als du.«

»Da unterschätzt du ihn aber gewaltig. Stille Wasser gründen tief. Bei Felix musst du bis auf den Grund kommen. Das wird schwierig werden, aber es lohnt sich. Daher brauche ich auch dich. Von meinen Leuten kommt niemand nah genug an ihn ran.«

»Du willst mich auf den Arm nehmen. Felix ist doch ein ganz normaler Mensch, vermutlich geht der sogar in irgendeinen Sportverein. Da schickst du jemanden hin, der ein Treffen mit ihm vereinbart«, schlug ich vor.

»Hast du schon einmal ein Treffen mit Felix vereinbart?«

Bei der Frage meines Gegenüber musste ich überlegen. Klar, waren wir uns des Öfteren begegnet, doch konnte ich mich nicht daran erinnern, mich einmal mit ihm verabredet zu haben.

»Ehrlich gesagt war das noch nie nötig. Felix taucht einfach auf, wenn wir was zu besprechen haben.«

»Genau das ist der Punkt. Niemand vereinbart mit ihm Termine. Felix taucht auf, wann und wo er will. Er zeigt sich nicht jedem. Wie ein Geheimagent hat er Ahnung vom

Tarnen und auch vom Täuschen. Vergiss den normalen Bürger als den er sich gibt. Mich würde es nicht wundern, wenn er für einen Geheimdienst arbeiten würde«, erläuterte mein Gegenüber.

Bei dieser Aussage musste ich an meine Erlebnisse mit Mr. Triple-B denken. Dieser hatte mich als Spion angeheuert. Nur, warum sollte er lediglich mich anheuern? Gut möglich, dass auch Felix zu seinen Schergen gehörte. Mit diesem Gedanken wurden alle Zweifel beseitigt, dass Felix für diesen Kerl arbeiten würde. Zu gut passte er zu dem Haufen Verrückter. Außerdem konnte ich mir damit die Einschätzung des Maulwurfs erklären, Felix würde für eine geheime Organisation arbeiten. Es passte einfach alles zusammen. Einzig blieb die Frage, wie ich an diesen Kerl ran kam, ohne von Mr. Triple-B umgebracht zu werden. Plötzlich kam mir noch etwas in den Sinn.

»Könnte es nicht sein, dass Felix hinter dem Einbruch steckt. Immerhin hast du gesagt, ihn nicht überwachen zu können.«

»Möglich wäre es, aber mein Gefühl sagt mir etwas anderes. Darauf will ich aber nicht vertrauen, daher hoffe ich du wirst mich bald mit Informationen aus erster Hand versorgen.«

»Mal sehen was ich über unseren Super-Agenten heraus bekomme. Eines kann ich auf jeden Fall schon sagen: Felix ist Physiker und daher von Natur aus ein eigentümlicher Mensch.«

»Wenn das mit dem 'Mensch' überhaupt stimmt.«

»Ähm, was meinst du jetzt damit?« wandte ich mich irritiert an meinen Gastgeber.

Der reagierte sehr kurz angebunden: »Nichts, wirklich gar nichts. Mir ist das nur so raus gerutscht. Jetzt glaube ich ist es das Beste du machst dich an die Arbeit.«

Der Maulwurf stand auf und gab mir damit zu verstehen,

dass er mir nichts mehr zu sagen hatte. Verwundert über das plötzliche Ende unseres Gespräches machte ich mich auf den Weg zum Ausgang. Bevor ich mich verabschiedete wandte ich mich noch mit einer letzten Frage an meinen Gastgeber.

»Wie machen wir es mit dem nächsten Treffen, soll ich einfach wieder vorbei kommen?«

»Ja, mach das.«

Mit diesen knappen Worten verabschiedete sich der Maulwurf von mir. Ich trat hinaus und spürte in meinem Rücken, wie sich die Türe direkt hinter mir wieder schloss. Ich drehte mich kurz um und nickte den Wachen zu. Diese nahmen meine Geste freundlich auf und erwiderten den Gruß. So machte ich mich auf den Weg zum Aufzug in der Gewissheit ein gern gesehener Gast zu sein. Dennoch überkam mich ein mulmiges Gefühl als ich auf die Metallplatte stieg. Wer immer hier eingedrungen war, muss eine ernsthafte Bedrohung für den Maulwurf dargestellt haben. Kaum vorstellbar, dass sich jemand seiner Aufmerksamkeit entziehen konnte.

Ein Ruck holte mich aus meinen Gedanken. Die Metallplatte hatten ihren Zielpunkt erreicht. Einen kleinen Augenblick verharrte ich an Ort und Stelle, um sicher zu gehen, dass ich wirklich oben angekommen war. Im fahlen Schein meiner Taschenlampe machte ich mich dann vorsichtig auf den Weg zur Tür. Ja, es wurde Zeit, wieder in die normale Welt zurück zu kehren. So trat ich durch die Ausgangstüre nach draußen. Von der Dunkelheit des Maulwurfhügels in die Dunkelheit, die sich über die Welt gelegt hatte. In der Ferne sah ich die Straßenbeleuchtung wie kleine Laternen leuchten. Hier, mitten im Innenhof der verlassenen Fabrik, erreichte mich jedoch keiner ihrer Strahlen. Ich blieb noch kurz in der Türe stehen und ließ die Worte des Maulwurfs Revue passieren. Allerdings kam mir keines der Worte in den Sinn, sie schienen tief unten im Maulwurfhügel gefangen. Tief unten, unter tausenden Tonnen Gestein verborgen. Ich schüttelte meinen Kopf, als wollte ich mich von diesem Ort lösen. Was genau gesprochen wurde spielte keine Rolle, ich wusste was zu tun war und das allein zählte.

Auf dem Weg nach Hause fragte ich mich, wann ich wohl das nächste Mal Felix treffen würde. Planbar war das nicht, jedoch waren er in letzter Zeit oft genug aufgetaucht. Trotzdem beschloss ich, am Montag in der Firma vorbei zu schauen. Dabei konnte ich auch gleich Melanie einen Besuch abstatten. Die Idee gefiel mir sehr gut, weshalb ich mich tatsächlich am nächsten Tag auf den Weg machte. Voller Vorfreude betrat ich das Büro von Melanie. Dort erwartete mich eine schlecht gelaunte Sekretärin.

»Ach, hat mich der werte Herr doch noch nicht ganz vergessen. Telefonieren ist wohl nicht deine Stärke?«

Verzweifelt kramte ich in meinem Gedächtnis, in der Hoffnung den Grund für die Verstimmung meines Gegenübers zu finden. Allerdings konnte ich mich beim besten Willen nicht daran erinnern, ihr einen Anruf versprochen zu haben. Da ich mir jedoch nicht sicher war, ob der Fehler nicht doch auf meiner Seite lag, versuchte ich eine diplomatische Antwort zu finden.

»Tut mir Leid, Melanie, ich wollte dich nicht verärgern. Nur wollte ich dich am Wochenende nicht stören und hatte ja ohnehin vor, heute vorbei zu kommen.«

»So, so, du wolltest mich nicht stören. Nur hätte ich wohl kaum bei dir angerufen, wenn meine Zeit knapp gewesen wäre. Den Gedankengang traue ich selbst dir zu.«

»Ach Melanie, im Nachhinein ist man immer klüger. Ich kann dir nur versprechen, daraus zu lernen. Warum hast du mich denn angerufen?« fragte ich in liebevollem Ton.

Tatsächlich beruhigte sich mein Gegenüber bei diesen Worten.

»Weißt du Alex, am Samstag war das Wetter so schön, da wollte ich fragen, ob wir zusammen spazieren gehen können.«

»Na, jetzt verstehe ich dein Ärger. Ich hätte auch wirklich gerne eine Runde mit dir gedreht. Wir können das aber gerne nachholen, wenn du magst.«

»Würde es dir heute Abend passen? Das Wetter soll ja den ganzen Tag schön bleiben«, schlug Melanie vor.

»Das können wir gerne machen, ich habe heute Abend noch nichts vor. Außerdem wollte ich mich heute mal intensiv auf meine neue Stelle vorbereiten. Ruf mich doch einfach im Büro an, bevor du Feierabend machst.«

»Mal sehen, ich wollte mich davon noch umziehen. Das wird aber schon klappen, ich melde mich auf jeden Fall bei dir.«

Mit einem Lächeln reichte sie mir den Schlüssel für das Büro. Ich gab das Lächeln zurück und verabschiedete mich. Kaum stand ich im Flur, atmete ich tief durch. Das war gerade noch einmal gut gegangen. Schnell zog ich mein Handy aus der Tasche, um an oberster Stelle den verpassen Anruf von Melanie zu sehen. Ich schüttelte den Kopf. Wie konnte ich so ein wichtiges Ereignis nur verpasst haben? Noch einmal schüttelte ich den Kopf. Irgendwie konnte ich mich überhaupt nicht daran erinnern, was am Samstag gelaufen war. Lediglich, dass es mich ins Krankenhaus gebracht hat. Na ja, vielleicht hatte meine Gedächtnisverlust auch positive Seiten. Wie auch immer, jetzt war es Zeit, in die Zukunft zu blicken. Den Auftrag vom Maulwurf im Sinn, griff ich im Büro gleich zum Telefon. Da ich die Nummer von Felix in keinem Adressbuch finden konnte, rief ich kurzerhand bei der IT-Hotline an. Ich fragte mich durch, bis ich zumindest in seine Abteilung verbunden wurde. Das Telefon klingelte nur kurz, bis sich am anderen Ende der Leitung Karin meldete.

»Oh, hallo Karin, eigentlich wollte ich mit Felix sprechen.«

»Der ist gerade in der Werkstatt. Ich weiß auch nicht, wann er wieder kommt. Soll ich ihm irgendwas mitteilen?« fragte Karin.

»Kannst du mich nicht zu ihm durchstellen?« wollte ich wissen.

»Leider nicht, in der Werkstatt haben wir kein Telefon. Wenn du willst kann ich ihm aber einen Zettel auf den Schreibtisch legen.«

»Er soll mich einfach zurück rufen, wenn er wieder da ist«, sagte ich.

»Gut, das mache ich gerne. Bei Felix dauert es aber meistens recht lange, bis er wieder ins Büro kommt. Daher kann es sein, dass er sich erst morgen bei dir meldet.«

»Ist in Ordnung, so wichtig ist es nicht«, meinte ich.

Nach einer knappen Verabschiedung legte ich enttäuscht den Hörer auf. Eigentlich hatte ich auf ein ausgiebiges Gespräch mit Felix noch vor dem Mittag gehofft. So musste ich mir die Zeit bis zum Rückruf noch irgendwie vertreiben. Ohne Hoffnung auf Erfolg durchsuchte ich die Aufzeichnungen von Herrn Dr. Swanbal nach sinnvollen Dokumenten. Tatsächlich fand ich jedoch ein paar Präsentationen, die mein Interesse weckten. Diese arbeitete ich gründlich durch, weshalb die Zeit wie im Fluge verging. Schon riss mich das Telefon aus der Arbeit. Ich blickte auf das Display und musste feststellen, dass ich mit Felix heute wohl nicht mehr sprechen konnte. Melanie rief an.

»Hallo Melanie, wie sieht es bei dir aus?« eröffnete ich das Telefonat.

»Hey Alex, ich bin bereit, wir können gleich los. Mir hat nämlich die Mittagspause gereicht, um kurz nach Hause zu fahren und gemütliche Kleidung einzupacken.«

»Super, dann komme ich gleich bei dir vorbei.«

Mit gemischten Gefühlen machte ich mich auf den Weg zu Melanie. Auf der einen Seite freute ich mich riesig etwas Zeit mit ihr verbringen zu können. Allerdings hätte ich mich auch wirklich gerne mit Felix unterhalten. Wobei das sicherlich noch bis morgen warten konnte. Die Welt würde schon nicht untergehen, wenn der Maulwurf erst einen Tag später seine Informationen bekommen würde. Daher konzentrierte ich mich lieber auf die Freude an der gemeinsamen Zeit mit meiner Herzensdame.

Es wurde ein sehr schöner Spaziergang, denn wir drehten bei bestem Wetter eine große Runde im Stadtpark. Wir plauderten über Gott und die Welt, wobei die Zeit nur so verflog. Erst zum Sonnenuntergang verabschiedeten wir uns mit einer herzlichen Umarmung. Mit Schmetterlingen im Bauch und einem pochenden Herz ging ich zur Bushaltestelle. Melanie füllte dabei meinen ganzen Kopf, es hatte kein anderes Thema auch nur ansatzweise eine Chance, sich in meinen Gedanken breit zu machen. Dieses Mädel war einfach fantastisch. Ich konnte gar nicht genug Zeit mit ihr verbringen. Daher überlegte ich schon, wann ich sie das nächste Mal besuchen konnte. Diesen Gedankengang konnte ich jedoch nicht zu Ende führen, denn ein roter Kleinwagen kam mit quietschenden Reifen neben mir zum stehen. Zwei unfassbar starke Arme zogen mich auf den Rücksitz. Widerstand war Zwecklos. Die Tür war noch nicht ganz zugefallen, da raste das Auto los. Ich setzte mich ordentlich auf meinen Platz und schüttelte mich. Irgendwie kam mir diese Szene bekannt vor. Irgendwie hatte ich das böse Gefühl, der Alptraum vom letzten Mal würde sich wiederholen. Es deutete auch alles darauf hin, zumindest der Ausführung von Sabrina zur Folge.

»Mann, Alexander, ich verstehe dich wirklich nicht. Vor

nicht mal drei Tagen haben wir dich vor dem Zorn von Mr. Triple-B gewarnt. Dein Verhalten wird nicht toleriert! Die erste Chance hast du schon verspielt. Eine Zweite bekommst du nur, weil ich sehr viel von dir halte. Ich warne dich aber, es wird die letzte Chance sein!«

Da die Wut in Sabrinas Stimme klar zu vernehmen war, musste sie ihre Aussage ernst meinen. Selbst wenn ich nicht nachvollziehen konnte, was sie sagte, wurde mir unwohl. Immerhin waren die Leute von Mr. Triple-B dafür bekannt, anderen Leuten sehr gerne große Schmerzen zuzufügen. Es versprach also alles andere als ein netter Abend zu werden. Nur konnte ich nicht wirklich etwas dagegen tun, ich musste mich wohl mit meinem Schicksal abfinden. Neben mir saß ein Berg an Mensch, mit dem sicher nicht zu spaßen war. Dieser zog eine schwarze Maske hervor, um sie mir über den Kopf zu ziehen.

Dazu kam er jedoch nicht mehr, denn als er sich zu mir hinüber beugte, wurde die Hutablage etwas nach oben gedrückt. Eine Hand rammte ihm von hinten ein Messer in den Hals. Der Kerl brach zusammen und blieb leblos auf der Rückbank liegen. Geschockt blickte ich auf den leblosen Körper. Mir lief es kalt den Rücken hinunter, als ich realisierte, was hier passiert war. Mein Gesicht verlor jegliche Farbe, als plötzlich eine Hand meine Schulter berührte. Ich zuckte zusammen, wollte schreien, bekam jedoch keinen Laut heraus. Mit weit aufgerissenem Mund schaute ich in ein Gesicht, das mir irgendwie bekannt vorkam. Ich schaute in ein Gesicht, das mir schon des Öfteren begegnet war. Ich schaute in das Gesicht von Felix. Dieser war aus dem Kofferraum auf die Rückbank geklettert. Bevor ich ihn jedoch begrüßen konnte, war er schon auf den Beifahrersitz geschlüpft. Er rammte seinen Kopf gegen die Schläfe der Fahrerin und schlug diese damit nieder. In voller Fahrt wechselte er auf den Fahrersitz, wobei er auf den Schoß von Sabrina kletterte. Gekonnt steuerte er das Fahrzeug auf einen abgelegenen Parkplatz. Dort warf er die Dame aus dem Wagen und fuhr weiter.

Ich erholte mich langsam von meinen Schock, weshalb sich schon bald eine Frage in meinem Kopf bildete.

»Wohin fahren wir?« fragte ich Felix.

»Ich bringe dich in Sicherheit«, antwortete dieser.

»Wo ist das?«

»Bei einem Kumpel von mir.«

Diese Worte von Felix gefielen mir gar nicht. Am ganzen Körper bekam ich eine Gänsehaut. Zu einem Kumpel wollte er mich bringen? Dabei konnte er nur Mr. Triple-B meinen. Nein, zu dem wollte ich auf keinen Fall. Sabrina hätte mich vielleicht einer Folter unterzogen, Mr. Triple-B würde mich sicherlich umbringen. Ich musste hier definitiv raus.

Schnell sprang ich an der nächsten roten Ampel aus dem Wagen, rannte über die Straße und bog in einen Hinterhof ab. Dort kletterte ich über eine Mauer, schlich mich durch den angrenzenden Garten, um auf der anderen Seite über den Zaun zu steigen. Zwar hatte ich keine Ahnung, wo ich mich befand, doch das spielte jetzt keine Rolle. Hauptsache ich war in Freiheit, Hauptsache ich war am Leben. Mit schnellen Schritten ging ich durch die Straßen. Dabei nahm ich möglichst viele Abzweige und nutzte jede Seitengasse. Es zählte einzig, dass Felix mich nicht finden konnte. Schließlich lehnte ich mich schwer atmend an die Gartenmauer eines noblen Anwesens.

Mit einem tiefen Seufzer brachte ich meine Erleichterung zum Ausdruck. Bis hier her konnte mir Felix sicherlich nicht folgen. Tatsächlich konnte ich auch weit und breit keine Spur von ihm ausmachen. Hier schien ich in Sicherheit zu sein. Kaum hatte ich diesen Gedanken zu Ende gedacht, da sah ich im Augenwinkel eine dunkle Limousine in die Straße einbiegen. Ich sprang auf und rannte die Straße entlang. Bevor mich die Verfolger erreichen konnten, hechtete ich über eine halbhohe Hecke in den nächsten Garten. Ich kroch quer durch das Grundstück, um auf der anderen Seite über einen Zaun zu klettern. Dabei bemerkte ich, wie mich zwei dunkel Gestalten verfolgten. So schnell ich konnte, rannte ich über den Rasen. Am anderen Ende des Grundstücks sprang ich über eine Mauer. Gerade noch rechtzeitig konnte ich mich in Sicherheit bringen, denn mehrere Schüsse brachen durch die Stille der Nacht. Die Kugeln fegten nur knapp über mich hinweg, weshalb ich in Deckung blieb. Gebückt ging ich die Mauer entlang, an dessen Ende sich ein kleiner Park befand. Ich huschte von Baum zu Baum, wobei immer wieder Schüsse fielen. Durch die vielen Bäume und das enge Gestrüpp konnte ich jedoch unbeschadet das andere Ende des Parks erreichen. Dort erwartete mich eine hell erleuchtete Straße, die wenig Möglichkeiten zum Verstecken bot.

Hektisch blickte ich mich um, meine Verfolger musste jeden Moment hier sein. Panisch lief ich einfach auf die Straße zu, in der Hoffnung, irgendwie zu entkommen. Kaum hatte ich die Straße erreicht, fuhr bei einem parkenden Kleinwagen die Beifahrer-Scheibe herunter.

»Los Alex, steig ein! Du musst mir jetzt einfach vertrauen«, rief mir Felix zu.

Kurz zögerte ich. Bei Felix ins Auto steigen? Zu Mr. Triple-B gebracht werden? Alternativ könnte ich auf der Flucht sterben. Kein guter Gedanken. Ich fasste mir ein Herz und sprang zu Felix in den Wagen. Dieser drückte aufs Gas und raste mit quietschenden Reifen davon. Wir entkamen knapp, denn schon gaben die Verfolger einige Schüsse auf uns ab. In Sicherheit waren wir aber noch lange nicht, denn an der nächsten Kreuzung tauchte hinter uns die dunkle Limousine auf. Felix versuchte das Fahrzeug abzuhängen. Er fuhr mit quietschenden Reifen um jede Ecke, die sich bot. Ich musst mich mit aller Kraft festhalten, damit es mich nicht von Sitz schleuderte. Er raste durch enge Seitengassen, über einen öffentlichen Parkplatz, wieder auf die Hauptstraße. Die Limousine blieb jedoch immer an uns dran. Auf der zweispurigen Straße setzten sich die Verfolger neben uns. Plötzlich scherte der Wagen aus, in unsere Richtung. Damit wollte der Fahrer uns rammen und von der Straße stoßen. Dies gelang ihm jedoch nicht, da Felix voll auf die Bremse trat. Er legte den Rückwärtsgang ein, wendete den Wagen in einem Zug und fuhr links in die Einfahrt eines Mehrfamilienhauses.

Schnell griff er hinter meinen Sitz. Er zog eine riesige Spritzpistole hervor, die komplett verchromt war. Drei Tanks waren quer zum Lauf angebracht und es verliefen unzählige Kabel an der Waffe entlang. Bevor ich ihn fragen konnte, was er bitteschön in dieser Situation mit einer Spritzpistole wollte, drückte der den Abzug. Aus der Waffe löste sich ein glühend blaues Geschoss, dass auf die dunkle Limousine zu raste. Beim Aufprall explodierte das Geschoss in einem Feuerball. Nur eine Sekunde später war von der Limousine nur ein ausgebranntes Wrack übrig.

»Coole Session, da hat sich der Urlaub ja richtig gelohnt«, kommentierte Felix das Geschehen.

Ich schaute ihn irritiert an. Was bitte hatte sein Urlaub mit diesem Ding in seinen Händen zu tun? Scheinbar erkannte Felix die Fragezeichen in meinen Augen, denn er schon eine Erklärung hinterher.

»Letzte Woche hatte ich doch frei. In der Zeit war ich bei einen Kumpel zu Besuch, der im Plasma-Labor arbeitet. Wir haben dann zusammen das Baby hier gebaut. Erst machte uns der Z-Pinch ganz schön zu schaffen, weil er zu Instabilitäten im Plasma führte. Wir konnten ihn aber durch ein magnetische Quadrupolfeld kompensieren. Wie du siehst hat es funktioniert. Das Plasmagewehr ist richtig hübsch geworden.«

Nach dieser Ausführung waren meine Fragezeichen eher größer als kleiner. Daher schob Felix noch eine Kurzform nach.

»So schwer ist das gar nicht. Ich war im Urlaub einen Freund besuchen. Dabei haben wir eine Kanone mit ordentlich Wumms gebaut. Mehr brauchst du eigentlich nicht zu wissen.«

Selbst wenn ich immer noch nicht realisiert hatte, was hier gerade passiert war, immerhin wusste ich den Zusammenhang aus seinem Urlaub und dem komischen Ding, das Felix in der Hand hielt. Viel mehr musste ich auch nicht wissen. Einzig, dass die dunkle Limousine der Vergangenheit angehörte und die Gefahr vorüber war. Dies bestätigte mir Felix, als er los fuhr.

»Nachdem die Gefahr für dich der Vergangenheit angehört, kann ich dich gleich nach Hause fahren. Das ist mir auch lieber, mein Kumpel ist ein ziemlicher Freak, ich weiß nicht, ob du dich bei ihm wohl gefühlt hättest«, erklärte er mir.

Ich atmete erleichtert auf. Ein ziemlicher Freak? Das würde durchaus auf Mr. Triple-B passen. Wobei Felix wohl kaum die Limousine zerstört hätte, wenn er zu dessen Schergen gehörte. Vielleicht hatte ich mich in Felix doch geirrt. Vielleicht gehörte er doch nicht zu Mr. Triple-B. Zu wem auch immer er gehörte war momentan jedoch unwichtig. Hauptsache er fuhr mich tatsächlich nach Hause. Genau dies tat er auch. Bevor mich Felix jedoch vor meiner Türe absetzte, wandte er sich noch einmal mir zu.

»Pass auf Alex, ich erkläre dir den ganzen Mist morgen. Wir treffen uns um Elf in der Cafeteria. Am selben Platz wie beim letzten Mal.«

Ich nickte ihm zur Bestätigung zu, stieg aus und fiel Zuhause direkt ins Bett.

Am nächsten Tag saß ich pünktlich zur vereinbarten Zeit am vereinbarten Treffpunkt. Ich nahm einen Schluck von meinem Kaffee, als sich Felix mit seiner heißen Schokolade zu mir setzte.

»Danke Alex, dass du gekommen bist«, eröffnete mein Gegenüber das Gespräch.

»Eine andere Wahl hatte ich ja nicht wirklich. Schließlich muss ich wissen, woran ich bei dir bin«, gab ich direkt das Gesprächsthema vor.

»Das soll dein gutes Recht sein, schließlich werden wir noch einige Zeit zusammenarbeiten müssen. Was genau interessiert dich also?«

»Steckst du mit Mr. Triple-B unter einer Decke?« brach es aus mir heraus.

»Bist du verrückt? Dem Drecksack würde ich gerne eine brennende Stange Dynamit in den Arsch schieben. Leider hatte ich dazu noch keine Gelegenheit«, führte Felix mit fester Stimme aus.

Bei dieser Aussage schwang so viel Verärgerung mit, dass ich sie meinem Gegenüber sofort abnahm. Allerdings warf die Ausführung weitere Fragen auf. Welches Ziel verfolgte er? Für wen arbeitete er? Zum Gefolge des Maulwurfs konnte er nicht gehören, sonst hätte mich dieser wohl kaum auf Felix angesetzt.

»Was treibt dich denn an? Welche Ziele verfolgst du?« fragte ich, in der Hoffnung damit etwas Licht ins Dunkel zu bringen.

»Mich treibt das Streben nach Macht. Klingt super, ist aber glatt gelogen. Um ehrlich zu sein, weiß ich es selbst nicht genau. Vielleicht ist es einfach die Suche nach dem Sinn. Aus irgendeinem Grund bin ich nun einmal auf diesem

Planeten.«

»Vielleicht hast du den Grund ja mittlerweile gefunden. Vielleicht bist du einfach hier, um Isabell glücklich zu machen.«

»Wen meinst du?« fragte Felix verwundert.

»Na deine Freundin, die heißt doch Isabell?« gab ich unsicher zurück.

»Ich würde nicht jedes Gerücht glauben, selbst wenn es der Maulwurf erzählt.«

Verdutzt blickte ich Felix an. Was hatte er da gerade gesagt? Woher kannte er den Maulwurf? Woher wusste er, dass die Information über Isabell vom Maulwurf stammte? Ich musste die Fragen aber gar nicht stellen, Felix beantwortete diese von alleine.

»Oh Alex, du musst noch eine Menge lernen. Konzerne streuen gerne falsche Informationen, um zu sehen wo diese ans Licht kommen. Was große Unternehmen können, das kann ich auch. Dabei habe ich dafür gesorgt, dass nur Informanten vom Maulwurf von dieser Sache Wind bekommen«, führte er aus.

»Wow, Felix, du hast ja einige Tricks auf Lager. Damit solltest du dir wirklich mal ein Mädel an Land ziehen. Es würde dir gut tun, verliebt zu sein.«

»Das werde ich dir wohl abnehmen müssen, schließlich sprichst du aus Erfahrung. Es scheint mit Melanie ja ganz gut zu laufen. Du musst dir aber keine Sorgen machen, ich werde dir das Mädel nicht streitig machen. Mit dem Thema Frauen habe ich abgeschlossen.«

»Das klingt aber ziemlich frustriert. Woher kommt das?«

»Ich will es mal so sagen: Zeige mir ein Mädel, dass es schafft sich für einen Fehler zu entschuldigen und ich werde sie heiraten. Bevor du jetzt los läufst, du wirst keine finden. Auf der ganzen Welt nicht.«

»Du solltest den Kopf nicht hängen lassen, für jeden Topf

gibt es einen Deckel«, versuchte ich Felix aufzumuntern.

»Weißt du wie oft ich den Spruch schon gehört habe. Das geht in die Millionen. Leider gilt er für mich aber nicht, weil ich ein Wok bin«, erklärte Felix auf seine typisch sarkastische Art und Weise.

Als Zeichen meiner Anteilnahme, streichelte ich mit Links über seine rechte Hand. Dabei wurde er tatsächlich munter, jedoch auf eine Art, die ich nicht erwartete und nicht mochte.

»Was ist denn mit deiner linken Hand los?« wollte er plötzlich wissen.

»Keine Ahnung, was meinst du denn?« brachte ich meine Verwunderung zum Ausdruck.

»Du hast du einen roten Fleck in der Mitte.«

»Ach, da hat mich wohl irgendein Vieh gestochen, mehr wird das nicht sein.«

»Wie lange ist das her?« wollte mein Gegenüber in ungeduldigem Ton wissen.

»Keine Ahnung, ich kann mich nicht daran erinnern.«

»Dann sag ich dir etwas: Das ist kein Stich. Da verwette ich meinen Arsch drauf. Kein Insekt auf dieser Welt hinterlässt so eine Stelle. Das ist etwas ganz anderes.«

Ungläubig starrte ich auf meine Hand.

»Was soll das denn außer einem Stich sein?« wollte ich wissen.

»Genau kann ich dir das spontan nicht sagen. Dafür muss ich deine Hand genauer untersuchen.«

Felix machte kurz eine Pause, blickte an die Decke und holte tief Luft.

»Wir treffen uns heute um halb Neun im Park. Linker Weg ab Nordeingang, an der Eiche nach der zweiten Biegung. Sei pünktlich.«

Ohne noch ein Wort zu verlieren stand Felix auf und verschwand. Ich schüttelte den Kopf und nahm den letzten

Schluck aus meinem Becher. Ich bekam eine Gänsehaut. Irgendwas stimmte hier wirklich nicht. Gerade noch waren wir in ein wirklich nettes Gespräch verwickelt, jetzt war Felix schon weg. Ich betrachtete meine Hand, konnte allerdings keine Auffälligkeit feststellen. Was außer einem Insekt sollte die rote Stelle denn verursacht haben? Mir kam die Sache sehr bizarr vor. Was bitteschön wollte Felix von mir? Ich fühlte mich gut und meine Hand auch. Es gab keinen Grund zur Sorge. Vielleicht war bei Felix einfach eine Sicherung durchgebrannt? Vorstellen konnte ich mir das zwar nicht, jedoch passiert ja zur Zeit alle Möglichen seltsamen Dinge. Um Licht ins Dunkel zu bringen, blieb mir allerdings nur übrig, am Abend in Richtung Stadtpark aufzubrechen. Kurz nachdem ich den Nordeingang hinter mir gelassen hatte, sprach mich eine Frauenstimme von hinten an. Ich zuckte zusammen und drehte mich um.

Dort stand eine gut gelaunte Karin, die mich freundlich begrüßte: »Hallo Alexander, das ist ja eine Überraschung dich hier zu treffen.«

»Hey Karin, das kann ich nur erwidern, wie geht es dir?«

»Soweit ganz gut, bei der Arbeit geht es voran und privat ist auch alles im grünen Bereich. Wie sieht es bei dir aus?«

»Oh, ich habe dir glaube ich noch gar nicht erzählt, dass ich zum Manager befördert wurde. Nächste Woche geht es los. Ich weiß aber noch nicht genau was mich erwartet, da bin ich schon etwas nervös.«

Gerade als Karin antworten wollte, meldete sich ihr Handy. Sie entschuldigte sich und nahm das Gespräch an.

»Ja, alles in Ordnung. Nein, mach dir keine Sorgen, wir müssen deinen Plan nicht umschmeißen.«

Schon beendete sie das Gespräch, steckte das Gerät weg und meinte: »Ich muss leider weiter, mein Chef verlangt nach mir. Mein privater Chef natürlich.«

Sie lächelte mir zu, bevor sie sich knapp verabschiedete.

Ich schaute auf die Uhr und bemerkte die fortgeschrittene Zeit. Mit schnellen Schritten machte ich mich auf den Weg durch den Park, bis ich die alte Eiche erreichte. Dort war von Felix jedoch weit und breit nichts zu sehen. Das beunruhigte mich etwas, denn üblicherweise war er pünktlich. Suchend ließ ich meine Blicke durch die Gegend streifen. Ich überlegte, wo es im Park noch eine Eiche gab. Dabei lehnte ich mich locker an den dicken Stamm des Baumes. Ich erschrak, als plötzlich eine Stimme von hinten an mein Ohr drang.

»Gut das du pünktlich bis, Alex. Komm mit!« wies mich Felix an.

Ich drehte mich um, konnte aber niemanden erkennen, da mir der Stamm die Sicht versperrte. Daher lief ich ein Stück um den Baum und entdeckte Felix schließlich in einiger Entfernung, wie er gerade durch die Zweige einer Hecke verschwand. Ich folgte ihm ein kurzes Stück durch das Dickicht bis zu einem Bach. Wenige Metern weiter machte Felix auf einer Lichtung halt. Er setzte sich in das Gras und legte seinen Rucksack ab. Ich ließ mich ihm gegenüber nieder und bemerkte, wie sich mein Herzschlag beschleunigte. Was mich hier wohl erwarten würde? Ob mit meiner Hand etwas tatsächlich nicht in Ordnung war? Felix schien davon überzeugt zu sein.

»Dann wollen wir mal sehen was in deiner Hand steckt«, verkündete er.

Er holte eine kleine Lupe aus seinem Rucksack und klemmte sie vor sein rechtes Auge. Anschließend schnappte er sich meine linke Hand und nahm diese in Augenschein.

»Ach du meine Scheiße«, ließ er nach kurzer Zeit verlautbaren.

»Was ist denn? Hast du etwas gefunden?« wollte ich wissen.

»Da ist ein schwarzer Fleck, sieht aus wie ein Chip«, klärte mich Felix auf.

»Was für ein Chip denn? Der muss ja irgendwo her kommen.«

»Wo der her kommt kann ich nicht sagen. Was er macht auch noch nicht. Ich werde das erst raus holen müssen, bevor ich dir mehr sagen kann«, meinte Felix.

Er zog einen Verbandskasten aus seinem Rucksack.

»Ähm, was genau hast du vor?« fragte ich in sorgenvollem Ton.

»Der Chip sitzt ziemlich weit unten, es kann also etwas weh tun.«

Mehr war von Felix nicht zu vernehmen. Er zog Skalpell und Pinzette aus dem Verbandskasten und fing an meine Hand zu operieren. Ich biss meine Zähne zusammen, um den Schmerz zu unterdrücken. Was auch immer Felix gefunden hatte, ich hoffte es rechtfertigt eine lahmgelegte Hand. Gerade als ich den Schmerz nicht mehr zurück halten konnte und mir mit einem lauten Schrei Luft verschaffen musste, ließ Felix von meiner Hand ab. Er legte die Pinzette sehr sorgsam weg und griff zu einem Laserpointer. Bevor ich mich fragen konnte, was er damit wollte, drang der Geruch von verschmorter Haut an meine Nase. Felix ließ meine Hand los und ich betrachtete erstaunt die verschlossene Wunde.

»Wasch dir mal das ganze Blut ab, ich kümmere mich so lange um den Fund!« befahl mein Gegenüber.

Ich folgte der Anweisung und wusch meine Hand ausgiebig im Bach. Bei meiner Rückkehr hatte Felix den Verbandskasten weg gepackt und ein kompaktes Mikroskop aufgebaut. Er starrte hinein und drehte an verschiedenen Stellschrauben. Schließlich schaute er auf und bedeutete mir, einen Blick auf das Fundstück zu werfen. Ich sah einen kleinen Chip, dessen Schaltkreisen ich allerdings keinen Sinn abringen konnte. Fragend blickte ich mein Gegenüber an.

Dieser wartete gleich mit einer kompletten Analyse des Objekts auf: »In der Mitte, ganz zentral gelegen siehst du eine Anordnung regelmäßiger Muster. Das ist der Speicher, dort werden die gesammelten Informationen abgelegt. Dann sind außen an der Platine zwei parallele Leiterbahnen zu erkennen. Wenn du genau hin schaust sind sie verschieden lang. Die äußere ist vermutlich die Sendeantenne und die andere ist eine GPS-Antenne zur Positionsbestimmung. über dem Speicher sitzt ein Magnetsensor sowie ein Gyroskop. Damit kann man deine Bewegung rekonstruieren, falls GPS nicht funktioniert. Unterhalb des Speichers sitzt schließlich der Signalprozessor. Damit solltest du dir vorstellen können, wozu der Chip dient.«

»Ich, ähm, ich hab keine Ahnung«, stammelte ich, unfähig einen klaren Gedanken zu fassen.

Ich fragte mich, ob dieser winzige Chip wirklich in meiner Hand steckte. Wer sollte denn ein Interesse daran haben mich zu überwachen? All das kam mir sehr seltsam vor. Ich konnte gar nicht recht begreifen, was hier vor sich ging, es lief wie in einem Film einfach an mir vorüber.

Felix holte mich allerdings wieder in die Realität zurück.

»Der Chip zeichnet deine Position auf. Scheinbar hat jemand Interesse daran, dein Bewegungsprofil aufzunehmen. Da der Chip die Daten nicht über das Mobilfunknetz sendet, muss er regelmäßig aus naher Entfernung ausgelesen werden. Kannst du dich daran erinnern, ob das jemals schon passiert ist?«

Noch immer nicht im Stande einen klaren Gedanken zu fassen, brachte ich nur unverständliches Gestammel hervor. Da er aus meinen Ausführungen nicht schlau wurde, begann Felix selbst seine Vermutung zum Besten zu geben.

»Ich glaube, der Chip hat etwas mit der schwarzen Limousine zu tun. Gut vorstellbar, dass sie sich verfolgt haben, um dein Bewegungsprofil auszulesen.«

Ich schüttelte den Kopf.

»Bestimmt nicht, dann hätten sie nicht auf mich geschossen«, gab ich zu Bedenken.

Langsam kehrte in meinem Kopf die Ordnung wieder ein. Dennoch dauerte es eine ganze Weile, bis ich die Geschehnisse der letzten Zeit hatte Revue passieren lassen.

»Gerade kommt mir in den Sinn, dass Sabrina irgendwas erzählte. Es ging um Informationen, die ich Mr. Triple-B geliefert haben soll. Nur kann ich mich an überhaupt nichts erinnern«, führte ich schließlich aus.

»Das hört sich an wie der Super-Gau«, kommentierte Felix meiner Worte.

»Was ist denn los?«

»Ich fürchte der Maulwurf hat ein riesiges Problem. Oder er hat gar kein Problem mehr. Wie auch immer, wir müssen zu ihm! Kommst du mit deinen Schuhen ein Stück durch den Wald?«

»Wohin wollen wir den wandern?« fragte ich ganz unbedarft.

»Na du bist heute ja ein Blitzmerker. Wir wollen zum Maulwurf, also müssen wir wohl durch den Wald«, erklärte mir Felix.

»Wieso? Wir können doch den Vordereingang nehmen.«

»Es gibt einen Vordereingang?«

»Ja klar, draußen im Westen, am Rande vom Industriegebiet. Du bist doch sonst so gut informiert, da wundert es mich, dass du den Vordereingang nicht kennst.«

»Irgendwelche Geheimnisse muss ich dem Maulwurf doch lassen. Auf der anderen Seite hätte ich dich dann nicht durch den Wald schicken müssen.«

»Ich kann mich nicht daran erinnern irgendwann von dir

irgendwo hin geschickt worden zu sein.«

»Oh Alexander, wo Bob der Buddler drauf stehen, ist noch lange nicht Bob der Buddler drin. Was Namen angeht, sind Physiker sehr kreativ.«

»Was? Du willst mich jetzt hoffentlich verarschen! Wozu der ganzen Aufwand mit dem Kerl auf der Konferenz? Die Scheiße mit dem Maulwurf hättest du mir auch gleich bei unserem ersten Treffen erzählen können«, beschwerte ich mich.

»Du würdest den Sinn nicht verstehen, selbst wenn ich dir die ganze Geschichte erzählte. Das ist jetzt aber auch egal, wir müssen los.«

Hastig räumte Felix seinen Rucksack ein.

»Ist es wirklich so dringend? Die letzten Tage waren ganz schön anstrengend, ich könnte mal ein wenig Schlaf gebrauchen«, merkte ich an.

»Wenn du eine Einladung zur Beerdigung vom Maulwurf haben willst, können wir auch am Freitag fahren. In allen anderen Fällen müssen wir los und zwar JETZT!«

Mir war zwar immer noch nicht klar, was genau Felix mit seinen Worten meinte, doch schien er einen Plan zu haben. Das war im Moment die Hauptsache.

Ein ungewöhnlicher Informant

Das Tempo, in dem Felix seinen Plan umsetzte gefiel mir nicht. Im Laufschritt ging es durch den Stadtpark, zu Sabrinas Auto. Unter Missachtung jeglicher Tempo-Limits raste Felix in den Westen. In solcher Eile hatte ich den Kerl noch nie erlebt. Irgendwas musste hier grundlegend schief gehen, oder zumindest war wohl Felix der Meinung, es wäre so. Die Sorge schien jedoch unbegründet, denn als wir vor der alten Industrieanlage parkten, sah es genauso aus, wie bei meinem letzten Besuch. Zielstrebig ging ich auf das neu errichtete Nebengebäude zu und drückte den versteckten Knopf der Sprechanlage. Diesmal folgte jedoch keine Reaktion von unten. Ich drückte noch einmal, doch auch nach längerem Warten tat sich nichts.

»Das gefällt mir gar nicht«, vermeldete ich an meinen Begleiter. »Das letzte Mal hat sich jemand von unten gemeldet und mich dann rein gelassen.«

»Gibt es sonst noch einen Eingang?« wollte Felix wissen.

»Den gibt es, der liegt im Gebäude. Nur ist das verriegelt«, klärt ich ihn auf.

»Mit gefällt das überhaupt nicht. Genau genommen gefällt mir das über-über-überhaupt nicht.«

Nach dem er seine Einschätzung zum Besten gegeben hatte, ging Felix zur Eingangstüre des Hauptgebäudes. Er musterte sie genau, rüttelte daran, trat dagegen und dachte kurz nach.

»Wir gehen hier rein, das erwarten die Jungs nicht. Ich muss aber noch ein paar Sachen besorgen. Bleib hier und achte auf dunkle Limousinen, die vorbei kommen. Ich bin gleich zurück«, verkündete er.

Schon verschwand mein Begleiter um die nächste Ecke, während ich alleine auf der Anlage zurück blieb. Da ich kein Aufsehen erregen wollte, verließ ich den Innenhof und ging die Straße hinunter. Gerade als ich die nächste Ecke erreicht hatte, schoss eine dunkle Limousine an mir vorbei. Schnell versteckte ich mich in einem Hauseingang. Ich verfolgte die Limousine mit meinem Blick, die mit quietschenden Reifen in den Innenhof der Anlage fuhr. Selbst wenn es mir gefährlich erschien, ich musste einfach wissen, was hier vor sich ging. So rannte ich die Straße hoch, kletterte auf ein Podest und spickte über den Rand der Mauer. Dabei sah ich, wie zwei Soldaten mit Sturmgewehren auf dem Rücken aus der Limousien ausstiegen. Es folgte noch ein Kerl im feinen Anzug, mit nach hingen gegelten Haaren.

Einer der Soldaten trat ans Nebengebäude, zog einen Schneidbrenner aus einer Tasche und machte sich damit an der Tür zu schaffen. Nur wenig später sprang diese tatsächlich auf. Ohne zu zögern verschwanden die drei Leute im Inneren. Die dunkle Limousine legte den Rückwärtsgang ein und brauste davon. Allzu weit kam sie jedoch nicht, denn am Ende der Straße krachte sie in einen Betonpfeiler, der die Einfahrt zum Baumarkt begrenzte. Verwundert schüttelte ich den Kopf. Kaum vorstellbar, dass der Fahrer den Pfeiler übersehen hatte. Dies wurde noch unwahrscheinlicher, da der Beifahrer aus dem Wagen sprang. Er zog einen Revolver und gab zwei Schüsse in Richtung Parkplatz ab. Sofort bracht Panik aus. Die wenigen Besucher, die kurz vor Ladenschluss noch hier waren, rannten ins Gebäude, um sich in Sicherheit zu bringen. Davon ließ sich der Kerl nicht beirren, er gab weiter Schüsse ab. Plötzlich brach er zusammen. Es war kein Schuss zu hören und auch nichts zu sehen. Lediglich Felix trat auf die Straße. In den Händen hielt er ein Gewehr, dessen Lauf in dunklem Blau glänzte. Vorsichtig untersuchte er die Limousine. Schließlich blickte er die Straße nach oben und nickte mir zu. Er steckte das Gewehr in seinen Rucksack, der eigentlich viel zu klein dafür war. Anschließend kam er zu mir.

»Gut, dass du hier bist, Alex. Ich dachte schon, die Jungs hätten dich entführt.«

»Nein, die hatten einen anderen Auftrag. Hier sind gerade zwei Soldaten runter in die Anlage gefahren, zusammen mit einem schleimigen Politiker. Zumindest sah er so aus«, gab ich meine Beobachtung wieder.

»Scheiße, entweder ist es unmittelbar vor zu spät, oder es ist schon zu spät. Wir müssen uns beeilen.«

»Übrigens haben die Soldaten die Tür zum Lift aufgebrochen, wir können da jetzt runter.«

»Bist du verrückt? Die werden den Lift gut bewachen. Da können wir gleich Selbstmord machen. Nein, lass uns durch das Gebäude gehen.«

Schon stand er vor der Eingangstüre und holte eine Auto-Batterie und einen extra großen Laserpointer aus seinem Rucksack. Während ich mich noch fragte, wie das ganze Zeug dort hinein passte, war Felix schon dabei, den Laserpointer an die Batterie anzuschließen. Gekonnt hantierte er mit den Drähten, richtete den Laser auf die Tür, die sofort aufsprang. Keine halbe Minute später waren die Utensilien wieder im Rucksack verstaut. Wir traten in das innere der Anlage. Felix reichte mir eine Taschenlampe, mit der es eine Leichtigkeit war, den Weg zu finden. So standen wir kurz darauf vor dem Aufzugschacht. Ohne Worte griff Felix in den Spalt zwischen Tür und Rahmen. Mit einem beherzten Ruck sprang diese auf und gab den Blick in den leeren Schacht frei.

»Gut, der Aufzug steht unten, dann kommen wir unbemerkt rein«, urteilte Felix.

Er sprang in den Schacht, hielt sich mit einer Hand an den Tragseilen fest, während er zwischen diese ein seltsames

Gestellt klemmte. Dort hängte er einen Karabiner ein, den er an seinem Gürtel befestigte.

»Komm, halte dich an mir fest«, wies er an.

Ich folgte der Aufforderung, lehnte mich den Schacht, griff nach seinen Schultern und klammerte mich an Felix. Dieser löste die Bremse an dem Gestell, woraufhin wir nach unten sausten. Kurz vor der Kabine bremste Felix wieder ab, weshalb wir sanft landeten. Im Handumdrehen war das Gestell wieder abgebaut. Durch eine Luke stiegen wir ins Innere der Kabine. Während er sein Gewehr aus dem Rucksack holte, gab er noch eine letzte Anweisung.

»Geh hinter mir in Deckung!« befahl er mir.

Kaum hatte ich mich in die Hocke gesetzt, drückte Felix den Knopf, zum Türe öffnen. Leise gleitete die Türe zur Seite. Noch bevor sie vollständig geöffnet war, drückte Felix den Abzug. Mit einem leisen Zischen löste sich ein Geschoss. Es durchschlug mit Leichtigkeit den schweren Helm des Soldaten und streckte diesen nieder. Felix sprang aus dem Aufzug und gab noch einen Schuss ab.

»Ah, ich liebe mein gutes, altes Gauss-Gewehr«, verkündete er.

Ich blickte auf die Waffe in seinen Händen. Das bläulich schimmernde Material war in einer Spirale um den Lauf gewickelt. Eigentlich sah das Gewehr wenig spektakulär aus. Das Ergebnis sprach allerdings eine andere Sprache: Die Waffe war absolut tödlich.

»Komm Alex, über mein Gewehr kannst du nachher nachdenken, jetzt müssen wir weiter.«

Er gab mir ein Handzeichen, woraufhin ich an ihm vorüber ging. Sicher erreichten wir das Herz des Maulwurfhügel. Von den Wachen des Maulwurfs war nichts mehr zu sehen, das Kontrollfeld der Türe war aber noch aktiv. Auf ein Zeichen von Felix öffnete ich die Türe. Sie glitt zur Seite und wir schauten vorsichtig ins Innere. Dort saß dieser schleimige Politiker auf dem Stuhl vor der Videowand. Als wir näher kamen, drehte sich der Kerl zu uns um.

»Willkommen im Maulwurfhügel. Schön das ihr mich besuchen kommt«, begrüßte er uns mit freudiger Stimme.

»Wir wollen aber gar nicht dich besuchen, wir sind wegen dem Maulwurf hier«, offenbarte ich unserem Gegenüber.

»Aber ich bin der Maulwurf. Um was geht es euch denn?«

»Ich kenne den Maulwurf und du bist es ganz sicher nicht«, war mein Kommentar dazu.

»Natürlich bin ich der Maulwurf, wer sollte ich denn sonst sein?« gab uns die Person verärgert zurück.

Felix schien schneller verstanden zu haben, welches Spielchen hier gespielt wurde. Langsam, fast unbemerkt näherte er sich dem Kerl mit kleinen Schritten, bis er plötzlich neben ihm stand.

»Nein, du bist nicht der Maulwurf, nur ein armer Kerl, der zur falschen Zeit am falschen Ort ist.«

Mit diesem Kommentar verpasste ihm Felix einen gezielten Schlag, der ihr niederstreckte. Ich stand geschockt an der Türe und starrte Felix mit offenem Mund an.

Endlich brach es aus mir heraus: »Du kannst doch nicht einfach diese Person nieder schlagen?«

»Warum den nicht?«

»Der Kerl hätte uns wichtige Informationen liefern können, was hier vor sich geht. Vielleicht war er auch vom Maulwurf beauftragt.«

»Genau, darum hat ihn der Maulwurf per Kurier mit einer dunklen Limousine anliefern lassen. Nein Alex, hier stimmt etwas nicht und wir müssen herausfinden was es ist.«

»Also Felix, ich weiß wirklich nicht wie du auf diese Verschwörungstheorie kommst. Eigentlich sieht hier alles wie immer aus, bis auf diesen Kerl da.«

»Ich stehe nicht auf Verschwörungen, ich stehe auf die

Wahrheit. Du hattest einen Chip in der Hand, hast den Maulwurf besucht und jetzt haben wir die Scheiße. Hier ist gar nichts normal, ich frage mich nur, wo sich Mr. Triple-B rumtreibt.«

Bei diesen Worten zuckte ich zusammen. Plötzlich wurde mir die Bedeutung des Chips klar. Die ungebetenen Gäste vor meinem letzten Besuch, ich selbst musste sie in den Maulwurfhügel geführt haben. Wer wusste schon, was im Rest der Anlage vor sich ging? Hier war alles ruhig, doch dort konnte eine Schlacht toben. Die Eindringlinge waren einmal hier, warum sollten sie kein zweites Mal kommen? Was, wenn sie den Maulwurf entführt hatten? Mir lief ein kalter Schauen den Rücken hinunter. Was würde aus der Welt nur werden, ohne Maulwurf?

»Gut, wenn du vom Ernst der Lage endlich überzeugt bist, dann kannst du hier die Stellung halten, ich kümmere mich mal um diesen komischen möchtegern Maulwurf«, verkündete Felix.

Er schnappte sich den regungslosen Kerl und trug ihn auf der Schulter nach draußen.

»Was hast du vor?« rief ich ihm hinter her.

»Ich werde verhindern, dass er seine Leute informiert.«

»Dann komme ich mit!«

»Nein, der Platz vom Maulwurf muss besetzt sein. Sonst fliegen wir auf.«

Schon war Felix in der Dunkelheit verschwunden. Ich blieb alleine zurück und blickte auf die riesige Videowand. Dort waren einige Warnlichter zu sehen, die auf Missstände in der Welt hinwiesen. Allerdings hatte ich keine Ahnung, wie ich diese beseitigen konnte. Bei mir machte sich ein Gefühl der Ohnmacht breit. Dazu gesellte sich die Angst, dass hier plötzlich ein paar Soldaten auftauchen könnten. Hilflos wäre ich diesen ausgeliefert. Wie lange ich noch am Leben war, entschied mehr mein Glück, als irgendetwas anderes. Konnte ich aber wirklich nichts tun? Plötzlich kam mir eine Idee. Ich setzte mich an das Kontroll-Pult des Maulwurfs. Meine Blicke schweiften über den riesigen Touch-Screen. Überall waren Schalter, Regler und Tasten nachgebildet. Mutig betätigte ich einige Kontrollen, um tatsächlich die Steuerelemente der Videowand zu identifizieren. Gekonnt schaltete ich die Szenen durch, bis ein Monitor schließlich Bilder aus dem Inneren der Anlage zeigte. Ich sah die Aufnahmen einer Infrarotkamera, die auf eine lange Metallleiter gerichtet war. Bei genauer Betrachtung bemerkte ich, dass es sich um die Leiter handelte, die ich bei meinem ersten Besuch hinunter geklettert war. Zufrieden lehnte ich mich zurück. Die Leiter war der einzige Weg, um aus dem Inneren der Anlage hier her zu kommen. Somit hatte ich genug Vorlaufzeit, sollte sich unerwünschten Besuch auf den Weg zu mir machen. Meine Angst wandelte sich in Übermut. Ich spielte an verschiedenen Kontrollen herum, bis plötzlich eine Stimme erklang.

»Ist bei dir alles ruhig?«, drang aus dem Lautsprecher.

Ich zuckte zusammen und antwortete rasch: »Ja, hier ist alles in Ordnung.«

»Hallo, hörst du mich?« fragte die Stimme.

Meine Antwort war wohl nicht angekommen. Vermutlich, weil die Sprechverbindungen erst aktiviert werden musste. Hektisch überflog ich die Bereiche des Touchfeldes. Die Kontrolle für die Sprechverbindung sollte ich finden, so schnell es ging. Ich wurde panisch, als sich der Lautsprecher erneut meldete.

»Ich glaube da stimmt was nicht, geht runter und schaut nach«, verkündete die blecherne Stimme.

Gerade in diesem Moment erblickte ich einen Schalter am unteren Rand der Kontrollen, der sehr vielversprechend aussah. Ich betätigte ihn, in der Hoffnung die Katastrophe noch abwenden zu können.

»Hier ist alles in Ordnung. Kein Grund zur Sorge«, versuchte ich mein unbekanntes Gegenüber zu besänftigen.

»Ich habe immer noch keine Antwort, also macht mal los«, dröhnte es aus dem Lautsprecher.

In der Hoffnung den Besuch der Patrouille noch abwenden zu können, betätigte ich wild verschiedene Kontrollen, allerdings ohne Erfolg. Mein Herz rutschte in die Hosentasche, als ich auf die Videowand blickte. Ein Trupp Soldaten mit high-tech Ausrüstung stiegen mühelos die Stufen der langen Metallleiter hinunter. Als ich mir die Truppe näher betrachtete bekam ich eine Gänsehaut. Emotionslose Gesichter wurden hier mit modernster Ausrüstung zu wahren Tötungsmaschinen kombiniert. Mit diesen Leuten war definitiv nicht gut Kirschen essen. Das machte es sicherlich nicht einfacher zu überleben. Ich zuckte zusammen und hatte mit meinem Leben schon abgeschlossen, als sich die Türe hinter mir öffnete. Erschrocken drehte ich mich um und erblickte Felix, der eintrat.

»Wir haben ein Problem«, begrüßte ich ihn in panischem Ton.

»Es gibt keine Probleme, nur Herausforderungen«, scherzte Felix.

»Mir ist gar nicht zum Scherzen zumute. Ein Trupp Soldaten ist auf dem Weg hier her. Du musst sie aufhalten.«

»Ja klar und morgen erobere ich Russland. Alleine. Nee, hier kann ich dir nicht helfen. Nur einen Tipp hab ich für dich: Gib den Maulwurf und lass dir nichts anmerken.«

»Aber...« wollte ich mich beschweren.

Doch mein Gegenüber unterbrach mich: »Du machst das schon, ich vertraue auf dich. Außerdem wolltest du doch neue Herausforderungen, damit dein Leben nicht langweilig wird.«

Mit diesen Satz verschwand Felix auch schon wieder aus der Türe. Ich blieb mit einem Gefühl der Hilflosigkeit zurück. Das nannte Felix also eine Herausforderung? Mein Leben stand kurz vor seinem Ende und Felix ließ mich im Stich. Einmal benötigte ich wirklich seine Hilfe und er zog den Schwanz ein. Was für ein super Freund er doch war. Was sollte ich alleine denn gegen diese Elite-Soldaten machen? Gar nichts, doch musste ich das überhaupt? Völlig unverhofft kam mir eine Idee. Felix hatte Recht mit seinem Tipp. Als sich die Türe erneut öffnete, wandte ich meinen Blick nicht von der Videowand ab. Ich tat betätigte beliebige Kontrollen und spielte, als würde das Geschehen in der Welt meine ganze Aufmerksamkeit fordern.

»Was war hier denn los? Warum hast du dich nicht gemeldet!« drang eine schroffe Stimme von hinten an meine Ohren.

Ich blickte auf die Monitore während ich antwortete: »Hier ist gerade die Hölle los. Ich hab leider keine Zeit für euch.«

»Ja, hier ist wirklich gleich die Hölle los! Was zum Geier machst du hier?«

Ich zuckte innerlich zusammen. Diese Gewaltandrohung gefiel mir gar nicht. War ich etwas aufgeflogen? Ich atmete tief durch und unterdrückte meine Angst.

»Du brauchst dich gar nicht so aufzuspielen. Sonst darfst du gerne mal den Job hier unten machen«, erwiderte ich mit sicherer Stimme.

»Du weißt gar nicht wie gerne ich tauschen würde. Pornofilme auf 820 Zoll anschauen, das rockt. Mehr machst du hier unten doch nicht.«

»Ach ja? Willst du dem CIA erklären, warum sie seit zwei Tagen keine Anweisungen mehr bekommen haben. Gerne kannst du dich mit den Leuten vom KGB rumschlagen. Die wollen nämlich wissen, was sie mit Wladimir machen sollen. Wenn du mich nicht in Ruhe arbeiten lässt, kannst du drauf warten, dass die Anlage atomar ausgebomt wird. Lasst mich also einfach arbeiten und wartet bei der nächsten Meldung eben etwas länger, ich melde mich schon.«

»Ja, ist ja gut. Du musst nicht gleich einen Aufstand machen. Wir gehen ja schon wieder. Stell aber nicht zu viel Unsinn an, schließlich will der Boss eine ordentliche Welt übernehmen.«

Damit zog der Trupp wieder ab und schloss nach Verlassen des Raumes die Türe. Als Zeichen des Triumphs atmete ich tief durch. Mein Puls raste zwar noch, doch die Anspannung ging deutlich zurück. Jetzt musste nur noch Felix kommen und mir sagen, wie sein Plan weiter ging. Schon wieder rutschte mein Herz in die Hosentasche. Was, wenn die Soldaten ihn aufgegriffen hatten? Was, wenn er es nicht mehr rechtzeitig nach draußen geschafft hatte. Was, wenn er gar nicht mehr am Leben war? Müsste ich dann für ewig hier unten den Maulwurf geben? Verzweiflung machte sich breit. Diese löste sich erst, als die Tür geöffnet wurde. Schwungvoll stand ich von meinem Platz auf und drehte mich zur Begrüßung um. Doch zu meinem Entsetzen betrat nicht Felix den Raum, sondern ein Trupp seltsam anmutender Elitesoldaten. Ihren glänzenden Rüstungen waren aus zentimeter dickem Stahl geschmiedet. Ein leises Surren begleitete jeden ihrer Schritte. Mit Leichtigkeit bewegten sie sich in ihrer schweren Rüstung. Die Rüstung musste ihnen übermenschliche Kräfte verleiten, sonst könnten sie sich unmöglich bewegen. Was ich hier sah, wirkten wie aus einem Science-Fiction-Film. Soldaten, denen selbst die schwersten Geschütze nichts anhaben konnten. Sie formierten sich im Raum, als wollten sie die Ankunft ihres Anführers vorbereiten. Stumm stand ich da und betrachtete die Szene. Die Soldaten positionierten sich links und rechts der Türe und gaben in der

Mitte eine Gasse frei. Durch diese marschierte eine dunkel gekleidete Person, die mir schrecklich bekannt vor kam. Verzweifelt kramte ich in meinem Gedächtnis. Erst als er die Stimme erhob, wurde mir klar, um wen es sich handelte.

»Mein Meisterspion, ich hatte gehofft dich hier zu treffen. Du hast es durch meine Großzügigkeit weit gebracht. Selbst wenn du ein nutzloser Mensch bist. Eigentlich sollte ich dich töten, doch bin ich heute gut gelaunt. Ab jetzt wird die Welt von mir regiert! Von mir alleine!« verkündete Mr. Triple-B.

Gefolgt wurde die Aussage von dem dreckigsten Lachen, das ich je gehört hatte. Ich versuchte dem Kerl in die Augen zu schauen, brachte es aber nicht fertig. Diese ganze Arroganz, diese Boshaftigkeit, ich konnte es nicht aushalten. Mir blieb nur die Flucht nach draußen. Gerade als ich die Türe durchschritten hatte zischte einer der Soldaten seinem Boss ein paar Worte zu.

»Sir, die Abmachung«, wandte er ein.

Ohne seine Soldaten eines Blickes zu würdigen antwortete Mr. Triple-B: »Lasst ihn doch gehen. Froxx wird sich um ihn kümmern.«

Ich hielt kurz inne. Was diese Worte wohl bedeuten sollten? Zeit zum Nachdenken blieb jedoch nicht, für den Moment musste ich mich einfach nur in Sicherheit bringen. So lief ich mit schnellen Schritten den dunklen Gang entlang. Ich sprang auf die Metallplatte, die mich nach oben brachte. So schnell es ging rannte ich über den Hof der Anlage und erreichte außer Atem endlich die Straße. Ich hielt kurz inne und schaute mich um. Weit und breit war keine Menschenseele zu sehen. Was sollte ich jetzt machen? Wo steckte Felix? Was war mit dem Maulwurf geschehen? Was hatte Mr. Triple-B vor? Völlig durcheinander rannte ich die Straße entlang. Ohne Ziel, ohne klaren

Gedanken. Ich rannte einfach nur. Immer geradeaus, bis ich an der nächsten Kreuzung fast von einem Auto überfahren wurde. Mit quietschenden Reifen kam der Wagen direkt vor mir zu stehen. Verdutzt schaute ich dem Fahrer in die Augen. Unfähig zu realisieren, was hier vor sich ging. Der Fahrer schien jedoch noch bei klarem Verstand zu sein. Er stieg aus, stieß mich auf die Rückbank und setzte seine Fahrt fort. Mit Höchstgeschwindigkeit fuhr er zurück in die Stadt. Vor meiner Haustüre setzte er mich ab. »Wir treffen uns morgen Nachmittag um halb Fünf am gewohnten Platz«, gab mir Felix mit auf den Weg.

Ich stieg aus, schüttelte meinen Kopf, in der Hoffnung aus diesem komischen Traum zu erwachen. Noch einmal schüttelte ich den Kopf. Erneut ohne Erfolg. Damit der Tag nicht noch mehr seltsame Ereignisse mit sich brachte, ging ich direkt ins Bett.

Am nächsten Tag erwachte ich erst spät am Vormittag. Ich gähnte laut, streckte mich und fragte mich, ob die ganzen Eindrücke in meinem Kopf von einem schlechten Traum kamen. War der Maulwurf wirklich abgelöst worden? Während dem Frühstück schaltete ich den Fernseher ein. In den Nachrichten wurden jedoch keine besonderen Vorkommnisse erwähnt. Kein dritter Weltkrieg, keine Umweltkatastrophe, keine Atomunfälle. Es schien alles ganz normal zu sein. Ich hatte wohl schlecht geträumt. Bei dem, was ich in letzter Zeit alles mitgemacht hatte, war das auch kein Wunder. Um dem heutigen Tag zumindest noch ein schönes Erlebnis zu spendieren, fuhr ich zur Arbeit. Mit einem Blumenstrauß besucht ich Melanie.

»Hey Alex, das ist ja nett von dir«, freute sich das Mädel über mein Geschenk.

»Wir müssen ja ab nächster Woche zusammen arbeiten, da wollte ich einfach schon einmal die Motivation steigern«, schob ich als Grund für den Blumenstrauß vor.

Wir schauten uns tief in die Augen, jedoch kam keinem von uns ein Wort in den Sinn. So beschloss ich, zunächst mein Geschenk wirken zu lassen und später wieder zu kommen. Gerade als ich mich verabschieden wollte, holte mein Gegenüber noch einmal tief Luft. Es schien als wollte sie mir etwas mitteilen, fand im Moment allerdings nicht die passenden Worte. Ich blieb noch einen Moment sitzen und überlegte, wie ich darauf reagieren sollte. Einen kurzen Moment saßen wir uns schweigen gegenüber, bis es aus Melanie schließlich heraus brach.

»Alex, ich freue mich wirklich auf unsere Zusammenarbeit. Du musst aber auf dich aufpassen, die anderen Manager sind reißende Wölfe. Sollte ich dir irgendwie helfen können, komm einfach vorbei. Du kannst mich alles fragen, was du willst«, bot sie mir an.

Bei dieser Aussage trafen sich erneut unsere Blicke. In meinem Bauch begannen 1000 Schmetterlinge zu fliegen. Meine Gefühle übernahmen die Regie, als ich antwortet.

»Bei solch einem hübschen Mädel wie dir lass ich mir auch ganz spontan neue Fragen einfallen, um die gemeinsame Zeit noch etwas zu verlängern.«

Mit dieser Antwort löste ich eine Reaktion aus, die nicht in meiner Absicht lag. Ehe ich mich versah stand Melanie an der Türe und drehte den Schlüssel zweimal im Schloss.

»Gerne, ich bin für jede Frage offen.«

Bei dieser Aussage streifte die Sekretärin ihr Oberteil über den Kopf.

»Bist du verheiratet?« war die einzige Frage, die mir über die Lippen kam.

»Nein, weder verheiratet noch sonst vergeben. Du kannst mir also unbesorgt dabei helfen meinen BH zu öffnen.«

»Dann habe ich keine weiteren Fragen«, war alles was ich noch sagen konnte, bevor sich mein Verstand verabschiedete.

Eng umschlungen räkelten wir uns auf dem Schreibtisch, während wir uns gegenseitig immer mehr Kleidungsstücke abstreiften. Völlig entkleidet gaben wir unserer Leidenschaft freien Lauf.

Als mein Verstand zurück kehrte hatte ich meine Kleidung wieder an, stand in der Türe und wurde liebevoll von Melanie verabschiedet.

»Du warst fantastisch, ich hoffe wir können das bald in einer etwas gemütlicheren Umgebung wiederholen«, meinte sie mit einem unwiderstehlichen Lächeln.

»Bis zum Wochenende werden mir sicherlich noch viele Fragen einfallen, die es zu beantworten gilt.«

»Wenn sie dich zu sehr quälen kannst du ja einfach anrufen oder vorbei kommen.«

Mit einem tiefen Blick in ihre Augen verabschiedete ich mich endgültig. Kaum im Büro angekommen, hätte ich sie am liebsten gleich wieder besucht. Allerdings wollte ich sie auch nicht zu sehr von ihrer Arbeit abhalten. Daher setzte ich mich an den Schreibtisch, um mich etwas abzulenken. Mir fiel es jedoch sehr schwer mich zu konzentrieren, meine Gedanken verharrten bei Melanie. Nachdem ich zwei Stunden vergeblich versucht hatte, produktiv zu arbeiten, machte ich auf der Suche nach Zerstreuung einen Ausflug in die Cafeteria. Gerade als ich mir am Automaten einen Kaffee gezapft hatte, sprach mich eine Stimme von hinten an.

»Gut dass du pünktlich bist, es gibt einiges zu besprechen«, begrüßte mich Felix.

Wir setzten uns an den gewohnten Platz. In Gedanken versunken blickte ich mein Gegenüber an. Irgendwie kam mir das Treffen hier komisch vor. Hatte ich mich wirklich mit Felix verabredet? Wenn ja, wozu? War der böse Traum womöglich doch Realität? Felix nickte mir zu, als wüsste er genau, welche Fragen mich quälten.

»Ich weiß, was gestern passiert ist, geht dir nicht in den Kopf. Du wirst es aber akzeptieren müssen. Es ist Realität, Mr. Triple-B war erfolgreich mit seiner Invasion auf den Maulwurfhügel«, erklärte er mit verständnisvoller Stimme.

»Meinst du der Maulwurf ist noch am Leben?« brach es aus mir heraus.

»Schwer zu sagen. Eigentlich sollte der Maulwurf clever genug sein, um abzuhauen, wenn es brenzlig wird. Auf der anderen Seite ist Mr. Triple-B halt kein daher gelaufener Verrückter, der die Welt erobern will. Der Kerl macht Nägel mit Köpfen und keine Gefangenen.«

»Woher weißt du eigentlich, dass Mr. Triple-B hinter der Invasion steckt? Du warst doch gar nicht unten, als er kam«, bemerkte ich.

»Na ja, unten war ich nicht. Allerdings bog ich gerade in den Innenhof ein, als er landete.«

»Was meinst du mit landete?«

»Meinst du der Kerl reist mit einer dunklen Limousine an? Du hast ja Vorstellungen. Nein, wer eine Invasion auf den Maulwurfhügel startet, der reist auch entsprechend. Im Fall von Mr. Triple-B ist es ein PLF.«

»Ich würde mich freuen, wenn du Abkürzungen nutzen könntest, die ich auch verstehe.«

»PLF heißt Planetare-Landungs-Fähre. Das ist eine Raumfähre, die zur Landung auf Planeten eingesetzt wird. Wegen dem Eintritt in die Atmosphäre ist sie mit sehr guten Schilden ausgestattet, hat allerdings keine Bewaffnung«, klärte mich Felix auf.

Ich stempelte seine Aussage als Scherz ab. Oft genug erzählte Felix mit absolut ernster Mine den größten Blödsinn. In dem Fall war das sicherlich auch so. Bevor mein Gegenüber dazu verleitet wurde, noch mehr Unsinn zu erzählen, wechselte ich lieber das Thema.

»Was ist eigentlich mit diesem Kerl, der den Maulwurf

vertreten sollte? Könnte der irgendwas über den Verbleib vom Maulwurf wissen?« fragte ich.

»Davon gehe ich aus, daher wollte ich mich heute mit dir treffen. Du musst ihn unbedingt im Krankenhaus besuchen.«

»Im Krankenhaus? Was hast du mit dem den angestellt?«

»Ich habe ihm drei Flaschen Wodka mit einem Trichter eingeflößt, ihn vor einer Disco abgelegt und den Krankenwagen gerufen. Die haben ihn mit einer Alkoholvergiftung gleich mitgenommen.«

»Bleibt nur noch die Frage, wie wir ihn ohne Namen im Krankenhaus finden wollen«, brachte ich meine Zweifel an dem Plan vor.

»Erstens wirst du ihn alleine besuchen und zweitens habe ich seinen Ausweis abfotografiert. Er heißt Andreas Bladuck«, eröffnete mir mein Gegenüber.

»Gut zu wissen, aber warum kannst du denn nicht mitkommen?«

»Alex, als angehender Manager eine großen Firma wirst du wohl in der Lage sein, alleine im Krankenhaus vorbei zu schauen.«

»Ja, das schon, nur was soll ich den Kerl denn fragen?«

»Wer sein Chef ist, von wem er seinen letzten Auftrag hatte, ob er eine hübsche Schwester hat, keine Ahnung, lass dir etwas einfallen.«

Mit diesen Worten reichte mir Felix ein Blatt Papier herüber. Ich faltete es auf und schaute mir die Aufnahme des Ausweises an. Der Name war gut zu lesen, es sollte also kein Problem sein ihn zu besuchen.

»Du musst dich gleich auf den Weg machen. Ich weiß nicht, wann er entlassen wird«, gab mir Felix mit nachdrücklichem Ton auf.

Bevor ich noch weitere Fragen stellen konnte, war Felix verschwunden. Ich blickte verwundert auf. Er war wirklich nirgendwo mehr zu sehen. Scheinbar war er der Meinung, es gab nichts mehr weiter zu besprechen. Eigentlich hatte er damit auch Recht, denn ich wusste was zu tun war. So machte ich mich auf den Weg zum Krankenhaus.

Leicht nervös fragte ich an der Rezeption nach seiner Zimmer-Nummer. Inständig hoffte ich, dass die Dame keine komischen Sachen wissen wollte. Ich hätte mich nur ungern als sein Bruder ausgegeben. Das war allerdings auch nicht nötig, denn sie nannte mir ohne weitere Fragen die Zimmer-Nummer.

»Sie müssen einfach im vierten Obergeschoss der grünen Linie folgen, bis Sie das Zimmer C211 erreichen«, teilte mir die nette Dame an der Info-Theke mit.

Ich bedankte mich für die Auskunft und machte mich mit pochendem Herzen auf den Weg nach oben. Was mich dort wohl erwarten würde? Wie sollte ich den Kerl eigentlich begrüßen? Ob er sich noch an die Szene unten im Maul-wurfhügel erinnern konnte und daher auch noch mein Gesicht kannte? Meine Nervosität steigerte sich noch, als ich den Aufzug verließ und mich auf den Weg zum entsprechenden Zimmer machte. Ich trat aus der Kabine und bog um die Ecke. Meine Blicke suchten den richtigen Weg. Dabei sah ich auf dem Flur ein schwarz gekleideter Mann, der zielstrebig der grünen Linie folgte. Möglichst unauffällig folgte ich diesem Kerl. Tatsächlich verschwand er im Zimmer C211. Mir rutschte das Herz in die Hose. Ich hastete zur Türe und warf mich mit aller Kraft dage-gen, um sie schwungvoll zu öffnen. Wie geplant stieß ich damit den unliebsamen Besucher zur Seite, der genau in diesem Moment den Abzug seiner Pistole betätigte. Durch meinen Stoß verfehlte der Schuss jedoch sein Ziel und schlug im Fernseher ein. Ich zögerte nicht lange und trat dem Kerl mit voller Wucht von hinten in den Rücken. Jedoch brachte mein Angriff nicht den erwünschten Erfolg.

Der Attentäter landete zwar auf dem Boden, dreht sich dort aber kurzerhand um und richtete seine Waffe auf mich. Geistesgegenwärtig sprang ich in den Flur, so dass mich die Kugel verfehlte. Ich wirbelte umher und entdeckte neben der Türe einen Gästestuhl. Damit bewaffnet stürmte ich zurück ins Zimmer. Ich schlug das Möbelstück dem Attentäter mit voller Wucht über den Kopf. Auch wenn der Stuhl dabei zerbrach, so war dieses Unterfangen zumindest von Erfolg gekrönt: Der Angreifer lag regungslos auf dem Boden.

Das war also Froxx, ein knallharter Auftrags-Killer, der sich wohl um Andreas kümmern sollte. Ich überlegte kurz, ob ich vielleicht auch auf seiner Liste stand, wurde in meinen Gedanken jedoch von der Schwester gestört. Dieser war der Tumult nicht entgangen und so kam sie herbei gelaufen. Mit zornigen Gesten mahnte sie mich zu angemessenem Verhalten und wollte den Grund für diese Ruhestörung wissen. Ich deutete stumm auf den Kerl, der regungslos am Boden lag, seine Waffe noch in der Hand. Erschrocken blickte die Schwester erst auf den Attentäter, dann auf mich und schließlich auf Andreas, bevor sie im Laufschritt zu ihrer Kabine lief.

Ich trat an das Bett und richtete beruhigende Worte an mein Gegenüber: »Es ist alles in Ordnung, Andreas, wir sind jetzt in Sicherheit.«

Doch als Antwort bekam ich nur ein leichtes Kopfschütteln, denn zum sprechen war Andreas wohl noch zu schwach. Ich fragte mich, was er mir damit wohl sagen wollte. Gleich darauf bemerkte ich, wie sich der Kerl am Boden zu regen begann. Verzweifelt sprang ich zu ihm hinüber und zog ihm das Seitenteil des zerbrochenen Stuhls über. Außerdem trat ich seine Pistole mit dem Fuß in die Ecke. Dieser Kerl war wirklich zäher als er aussah. Hoffentlich konnte ich ihn in Schach halten bis die Polizei hier eintraf. Mit dem Stuhlbein als Knüppel bewaffnet, hielt ich Wache bei Froxx. Tatsächlich musste ich ihm noch drei Mal eine überziehen, bevor das Signalhorn mehrerer Streifenwagen an mein Ohr drangen.

Ich begab mich auf den Flur und bedeutete den Einsatzkräften, dass sie sich gefahrlos nähern konnten. Dabei fiel mir jedoch auf, dass der Attentäter langsam wieder zu sich kam. So mussten ihn die Beamten unter schwerem Widerstand festnehmen und abführen. Zwei der Beamten blieben anschließend zurück, um Spuren zu sichern. Außerdem befragten sie mich nach dem Hergang der Geschehnisse. Ich gab mich als bester Freund von Andreas aus und versorgte sie mit den entsprechenden Personalien. Ausführlich schilderte ich dann den Angriff und bat die Polizisten gut auf den Attentäter aufzupassen. Dies versprachen mir die Beamten auch, bevor sie aus der Tür verschwanden. Ich atmete tief durch und wandte mich an Andreas. Gerne hätte ich ihn heute noch ausgefragt, doch dazu war der Kerl eindeutig noch zu schwach. Dazu betrat die Schwester den Raum.

»Kaum ist der arme Kerl wieder einigermaßen fit, muss er so einen Aufruhr über sich ergehen lassen. So eine Aufregung kann doch nicht gut sein. Ich würde Ihnen raten, morgen wieder vorbei zu schauen. Herr Bladuck muss erst wieder zu Kräften kommen«, riet sie mir mit einem tiefen Seufzer.

Ich nickte Andreas noch einmal zu, um ihm zu bestätigen, dass die Gefahr nun vorüber war. Anschließend verabschiedet ich mich von ihm und von der Schwester, um den Weg nach Hause anzutreten. Guter Dinge betrat ich meine Wohnung, immerhin wusste ich nun, dass Andreas auch morgen noch im Krankenhaus liegen würde. Außerdem ging von Froxx keine Gefahr mehr aus. Daher sollte ich morgen in Ruhe meine Fragen an Andreas richten können.

Ausgeschlafen und gut gelaunt erwachte ich am nächsten Morgen. Getrieben von meiner freudigen Stimmung schaltete ich zum Frühstück den Fernseher ein, um mir etwas Unterhaltung zu gönnen. Während ich mein Müsli löffelte, betrachtete ich einer dieser banalen Sendungen, die üblicherweise am Morgen ausgestrahlt wurden. Daher richtete ich nicht allzu viel Aufmerksamkeit auf die Flimmerkiste. Erst als die Nachrichten angesagt wurden, blickte ich auf. Ich nahm den letzten Rest Corn-Flakes auf meinen Löffel und war gespannt auf die neuesten Neuigkeiten. Dabei wich meine gute Laune dem blanken Entsetzen, als von einem Ausbruch hier in der Gegend berichtet wurde. So entkam ein Häftling, der in einer örtlichen Polizeistation festgehalten wurde. Ich sprang auf und stand nur wenige Sekunden später an der Haltestelle vor meinem Haus. Der Bus brachte mich direkt vor das Krankenhaus. Ich unterdrückte meine Nervosität und versuchte so gelassen es möglich war das Foyer zu durchqueren. Im Aufzug wurde meine Anspannung jedoch unermesslich. Kaum das sich die Türen geöffnet hatten, hastete ich durch die Gänge und erreichte schließlich das Zimmer von Andreas. Ich riss die Türe auf und sah ihn ganz vergnüglich beim Frühstück sitzen.

Erleichtert atmete ich auf: »Gut, du bis noch am Leben.«

»Äh ja und eigentlich auch gar nicht so schlecht. Nur wer bist du eigentlich?« fragte dieser.

Der Höflichkeit wegen setze ich mich zu Andreas an den Tisch.

»Ich bin Alexander und interessiere mich für ein paar Informationen über deinen Arbeitgeber«, meinte ich hastig und schob gleich noch hinterher: »Hier sind wir allerdings nicht sicher, wann wirst du entlassen?«

»Das wollte mir die Schwester noch nicht sagen, aber so lange wird das nicht mehr hin sein. Ich fühle mich nämlich schon wieder richtig fit, daher vermute ich mal, ich bin heute Abend hier raus. Warum fragst du?«

»Der Mörder von Gestern ist aus der Haft entkommen. Vielleicht ist er schon auf dem Weg hier her.«

»Irgendwie habe ich das schon vermutet. Der Kerl war ein echt harter Brocken, da wundert mich gar nichts mehr.«

»Warum sitzt du dann noch so gemütlich hier? Du solltest längst abgehauen sein.«

»Nein, fliehen ist eine ganz schlechte Idee. Die werden mich doch sowieso erwischen, da kann ich abhauen wohin ich will. Das ist einfach mein Schicksal und vielleicht ist das auch ganz gut so.«

»Nein, das ist definitiv nicht gut so. Ich muss dir noch ein paar Fragen stellen. Dafür brauche ich aber Ruhe, also komm, wir hauen hier ab«, meinte ich mit ungeduldigem Unterton.

»Wie bitteschön willst du das anstellen? Wir können doch nicht einfach hier raus marschieren. Da wird die Schwester sicherlich etwas dagegen haben. Außerdem wüsste ich ja gar nicht an welchen Ort wir fliehen sollten«, trug Andreas seine Zweifel vor.

»Ich werde schon einen sicheren Ort finden. Jetzt müssen wir erst einmal hier weg«, erwiderte ich kurz und knapp.

Mit einem Blick nach draußen musterte ich den Balkon, um gleich darauf seine kalten Fließen zu betreten. Nach kurzem Zögern fand sich Andreas neben mir ein. In diesem Moment flog die Zimmertüre auf, wobei mir, ohne nach hinten zu schauen, sofort klar war, wer hier gerade den Raum betrat. Mit einem schwungvollen Hechtsprung warf ich Andreas zu Boden und rettete ihn so vor den Kugel, die für ihn bestimmt war. Ohne zu Zögern sprang ich auf die Fluchttreppe. Mein Blick wanderte in die Tiefe. Weit unter uns war der Innenhof zu sehen. Kurz entschlossen nahm ich die Stufen nach oben. Das Dach war nur ein

Stockwerk entfernt, weshalb es mir eine bessere Chance zur Flucht versprach.

Ich rannte die Stufen nach oben, wobei die Konstruktion aus Stahlgitter unter meinen Schritten dröhnte. Auf halber Strecke hielt ich kurz inne, um hinter mich zu schauen. Tatsächlich schien Andreas den Ernst der Lage erkannt zu haben, denn er folgte mir so schnell er konnte. Gerade als wir die Dachkante erreicht hatten, erschien Froxx unter uns auf der Treppe. Sofort richtete er seine Waffe auf uns. Ich warf mich auf Andreas und drückte diesen ans Geländer. Die Geschosse pfiffen nur knapp an meinem Rücken vorbei. Die Zeit, in der Froxx seine Pistole nachlud, reichte uns Beiden, um auf das Flachdach zu springen. Hektisch ließ ich meine Blicke über die Fläche schweifen, in der Hoffnung einen sicheren Platz zu finden. Schließlich rannte ich auf einen gemauerten Aufbau zu, der sich in der Nähe der Dachkante befand. Mit einem Hechtsprung samt Rolle vorwärts brachte ich mich hinter dem Aufbau in Sicherheit. Schwer atmend setzte ich mich auf den Boden, als auch Andreas unser Versteck erreichte. Gerade noch rechtzeitig, denn schon betrat der Attentäter das Dach.

Er schaute sich um, während er langsam der Dachkante entlang ging. Mir stockte der Atem, als der Kerl immer näher kam. Vorsichtig schlichen wir rechts um das Eck des Aufbaus, um nicht in das Sichtfeld des Attentäters zu geraten. Dieser ging weiter der Kante entlang, seinen Blick immer auf das Dach gerichtet. Aufmerksam nahm er jede Bewegung wahr. Jeder Vogel, jede Fliege, jede Reflexion, nichts schien ihm zu entgehen. Ich fragte mich, wie lange wir uns hier wohl noch verstecken konnten, als der Kerl plötzlich neben uns auftauchte. Ohne nachzudenken reagierte ich reflexartig. Ich rannte auf Froxx zu und stieß ihn über die Dachkante nach unten. Weit fiel er jedoch nicht, denn er konnte sich am Geländer der Fluchttreppe festhalten. Schnell zog ich meinen Kopf zurück, schließlich wollte ich ihn nicht als Zielscheibe für den Kerl präsentieren.

Die dröhnenden Schritte auf den Metallstufen kündigten außerdem an, dass Froxx uns schon sehr bald wieder Gesellschaft leisten würde. Panisch suchte ich nach einer Möglichkeit zur Flucht. Dabei entdeckte ich einige geöffnete Oberlichter. Zwar wusste ich nicht ob das eine gute Idee war, doch ich sah keine andere Chance. So rannte ich auf eine der Luken zu, wobei mir Andreas in etwas Abstand folgte. Er war sichtlich außer Atem, diese Tortur zehrte massiv an seinen Kräften. Daher machte ich an der Luke eine kurze Pause, um auf meinen Schützling zu warten.

»Du willst jetzt nicht wirklich, dass ich dort runter spring?« hechelte Andreas.

Als Antwort stieß ich ihn einfach nach unten. Dort landete er zwei Meter tiefer sanft auf einem leeren Bett. Ich folgte ihm mit einem schnellen Sprung, gerade noch rechtzeitig, denn noch im Flug hörte ich einen Schuss donnern. Die Kugel schlug in die aufgeklappte Kuppel ein und zertrümmerte diese. Während ich vom Bett aufsprang, regnete es Scherben aus Plexiglas. Ich schüttelte mir den gröbsten Dreck aus den Haaren, bevor ich mit Andreas im Schlepptau zu den Aufzügen hastete. Allerdings kam auch nach einer gefühlte Unendlichkeit kein Aufzug vorbei. Ich verlor die Geduld, machte einen großen Satz zur Tür ins Treppenhaus und sprang die Stufen nach unten. Andreas folgte mir brav, auch wenn er mittlerweile völlig am Ende seiner Kräfte war. Er schleppte sich zwei Stockwerke nach unten, bevor er streikte.

»Kein Schritt weiter«, japste er.

Da von unserem Verfolger nichts mehr zu sehen und zu hören war genehmigte ich uns eine Pause. Immerhin war die Flucht auch an mir nicht spurlos vorüber gegangen. Schwer atmend lehnte ich mich an die Wand des Treppenhauses. Ich nutzte den Moment, um die Lage zu analysieren. Dabei wurde mir klar, dass unser Verfolger wohl den Aufzug genommen hatte. Sicherlich würde er im Erdgeschoss auf uns warten. Die Frage war nur, an welchem der drei Treppenhäuser er uns auflauerte. Außerdem war Andreas noch nicht offiziell entlassen, wir sollten also nicht zu viel Aufsehen erregen. Ich zögerte, da jeder Fluchtweg mit einem Risiko verbunden war.

Schließlich holte ich tief Luft und setzte den Weg fort. Wir schritten im zweiten Obergeschoss quer durch die Kinderstation, um im hintersten Treppenhaus unseren Weg fort zu setzen. Mit äußerster Vorsicht betraten wir das Foyer. Ich musterte den Eingangsbereich, konnte jedoch keine Spur von Froxx ausmachen. Mit schnellen Schritten gingen wir durch die Eingangshalle, geradewegs auf den Ausgang zu. Im Freien endete unsere Flucht dann sehr abrupt, denn wir wurden von einem Großaufgebot der Polizei begrüßt. Ich erstarrte und wusste nicht wie mir geschah. Die Gegenseite schien allerdings einen Plan zu haben, denn schon kam aus der Masse an Ordnungshütern eine Gruppe Sanitäter zu uns gelaufen. Sie fragten nach unserem Gesundheitszustand und begleiteten uns zu einem Zelt. Dort wurden wir mit Sauerstoff versorgt, während die Sanitäter verschiedene Körperfunktionen prüften. Kurz darauf erklärte man uns für gesund, weshalb wir dem leitenden Kommissar vorgestellt wurden.

»Sie brauchen sich keine Sorgen mehr zu machen, wir haben den Flüchtigen soeben gefasst. Dennoch muss ich ihre Personalien aufnehmen und sie zu dem Fall befragen. Das hat allerdings rein formale Gründe, sie müssen nichts befürchten«, beruhigte uns einer der Beamten.

Bereitwillig erteilten wir unserem Gegenüber Auskunft.

Nachdem schließlich alle Formalitäten abgearbeitet waren, schickte uns der Ordnungshüter nach Hause.

Im Bus ließ ich mich auf einen freien Sitz fallen.

»Na das ist ja mal ein Morgen, zum Glück hab ich gefrühstückt«, seufzte ich.

»Boah Mann! Wie bist du denn drauf? Führst einfach so einen Auftrags-Killer hinters Licht und tust dann, als wäre das deine liebste Freizeitbeschäftigung. Echt krass! Ich hab mir ja schier in die Hose gemacht. Außerdem bin ich jetzt bestimmt zwei Kilo leichter, so viel habe ich geschwitzt. Wahnsinn, danke das du gekommen bist, das war ein echtes Abenteuer. Ich schulde dir wirklich was.«

»Man tut was man kann. Wie immer im Leben gilt aber: Eine Hand wäscht die andere. Ich habe dir einen Gefallen getan und dich gerettet, jetzt darfst du mir einen Gefallen tun.«

»Ja klar, ich freue mich immer wenn ich helfen kann. Um was genau handelt es sich? Ich hoffe ich enttäusche dich nicht«, meinte Andreas.

»Ein guter Freund von mir ist verschollen. Daher muss ich dir ein paar Fragen stellen, ich hoffe du kannst mir zumindest ein paar Hinweise geben, wo er abgeblieben ist.«

»Wow, das hört sich ja wirklich spannend an. Dann schieße mal los mit deinen Fragen, ich erzähle dir gerne was ich weiß.«

»Das hier ist definitiv der falsche Ort für solche Unterhaltungen. Wir sind aber sowieso gleich da«, klärte ich mein Gegenüber auf.

Ich erhob mich von meinem Platz und stellte mich in den Türbereich. Kurz darauf kam der Bus zum stehen. Andreas folgte mir nach draußen auf die Straße. Als wir die Treppe nach oben liefen, beglückwünschte mich Andreas für die hübsche Wohngegend ich der ich meine Bleibe hatte. Auch als ich ihn kurz durch meine Wohnung führte, lobte er mich ständig. Er sagte mir Glückwünsche zu meinem guten Geschmack bei der Möbelwahl, Glückwünsche über die gelungene Einrichtung, über das gemütliche Sofa, über alles was es irgendwie zu beglückwünschen gab. Keine halbe Stunde später wurde mir klar, dass ich so schnell wie möglich hier raus musste. Ich war kurz vor dem Explodieren. Fragen zum Maulwurf konnte ich in diesem Zustand unmöglich stellen. Kurzerhand beschloss ich ins Büro zu fahren. Immerhin konnte ich dann auch gleich Melanie einen Besuch abstatten. Das war schließlich überfällig. Als ich mich verabschiedete, zeigte sich Andreas jedoch gar nicht begeistert.

»Willst du wirklich gehen? Ich meine, so einen coolen Beschützer wie dich könnte ich sicherlich gut gebrauchen. Außerdem wolltest du doch ein paar Fragen wegen deinem verschollenen Freund stellen. Das wäre doch gut, wenn ich dir da gleich weiter helfen könnte.«

»Mach dir keine Sorgen, du hast doch bei mir gesehen, wie man mit Auftragskillern umgeht. Sollte wieder einer auftauchen, machst du es einfach wie heute morgen. Du machst das schon, ich bin mir sicher, dich auch heute Abend noch lebend anzutreffen«, ließ ich verlauten.

Eine halbe Stunde später betrat ich mit pochendem Herzen das Büro von Melanie.

»Hallo mein Schatz, wie geht es dir?« begrüßte mich diese mit liebevoller Stimme.

»Hey Melanie, jetzt wo ich bei dir bin, geht es mir super«, antwortete ich.

»Ach Alex, du hast wirklich wunderbare Komplimente für mich. Ich wünschte wir könnten den ganzen Tag einfach nur zusammen sein.«

»Melanie, mir geht es ganz genauso.«

Ich drückte dem Mädel einen zarten Kuss auf die Wange. Wir schauten uns tief in die Augen und ließen noch einen richtigen Kuss folgen.

»Hast du heute Abend Zeit?« fragte ich anschließend.

»Nein, tut mir Leid. Heute bin ich mit Freundinnen verabredet. Morgen ist es aber kein Problem.«

»Es ist zwar schade, doch einen Abend werde ich ohne dich auskommen. Magst du morgen zu mir kommen, dann können wir zusammen was Schönes kochen?«

»Das ist eine gute Idee. Ich rufe dich an, wenn ich Feierabend mache«, bestätigte Melanie meinen Vorschlag.

Wir küssten uns noch einmal zum Abschied, als ich mich auf den Weg in mein Büro machte. Schließlich wollte ich nicht gleich wieder nach Hause. Dort würde mir nur Andreas auf den Geist gehen. Ja, irgendwann musste ich mich ihm stellen, jetzt war aber nicht die Zeit dazu. So schloss ich die Bürotüre auf und betrat den Raum. Ich erschrak mich zu Tode, als ich begrüßt wurde.

»Hi Alex, gut dass du kommst. Wir haben etwas zu besprechen.«

Felix saß auf dem Ledersofa. Mit seinem Blick fixierte er mich. Sein Gesichtsausdruck schwankte zwischen ernst und besorgt. Ich starrte Ihn an. Eine halbe Ewigkeit stand ich einfach nur in der Türe und versuchte zu begreifen, was hier vor sich ging.

»Felix, wie bist du hier rein gekommen?« brach es schließlich aus mir heraus.

»Das Fenster stand offen«, gab dieser vor.

»Hier lässt sich kein Fenster öffnen«, widersprach ich ihm.

»Jetzt komm mir nicht mit Kleinigkeiten. Es kann auch ein nicht öffenbares Fenster offen stehen. Das müssen wir jetzt aber nicht ausdiskutieren, es gibt wichtigere Themen.«

Selbst wenn ich die Ausführung von Felix seltsam fand, beschloss ich, ihr nicht zu widersprechen. Das lag auch daran, dass ich seinen Worten nicht folgten konnte. Außerdem war ich mehr daran interessiert, was für ein Thema

Felix ansprechen wollte. Daher setzte ich mich zu ihm auf das Sofa.

»Dann schieß mal los, was gibt es zu Besprechen.«

»Weißt du Alex, was ich dir jetzt sage, wird dir sicher nicht gefallen. Ich weiß, du schwebst im siebten Himmel, weil du endlich Liebe gefunden hast. Allerdings ist gerade die falsche Zeit, eine Beziehung anzufangen. Du bringst Melanie in große Gefahr.«

»Jetzt pass mal auf Felix. Ich schätze dich sehr. Ich bin auch dankbar, dass du mir bei der Sache mit dem Maulwurf hilfst. Nur lasse ich mir die Sache mit Melanie nicht von dir schlecht reden. Du wolltest und schon das erste Date versauen. Du kannst machen was du willst, das mit Melanie lass ich mir nicht nehmen.«

»Ich will auch nicht, dass du jeden Kontakt einstellst. Du solltest einfach ein wenig das Tempo raus nehmen. Mr. Triple-B mag zur Zeit im Reich der Glückseligen sein, doch seine Leute haben keine neue Order bekommen. Daher achten sie auf dich und auf alle, die mit dir unterwegs sind.«

»Die sollen uns ruhig beobachten, dann lernen sie, was wahre Liebe ist. Nein Felix, von Beziehung und Sehnsucht hast du keine Ahnung. Ich kann und ich werde Melanie nicht sitzen lassen.«

»Wie du meinst. Ich kann dich nur warnen. Mehr will und werde ich nicht tun.«

Felix stand auf und ging in Richtung Ausgang. Am Schreibtisch blieb er jedoch noch einmal stehen. Er drehte sich um und legte einen Autoschlüssel auf den Tisch.

»Hier, der wird dir hilfreich sein«, meinte er.

»Woher hast du den?« fragte ich.

»Das ist der Schlüssel für Sabrinas Auto. Es parkt auf P1.44«, klärte er mich auf.

»Braucht Sabrina das Auto nicht so langsam wieder

zurück?«

»Sabrina ist tot«, sagte Felix mit emotionsloser Stimme.

Anschließend verschwand er aus der Türe. Ich blieb alleine im Raum zurück. Alles was ich zustande brachte, war die Wand anzustarren. Die Worte von Felix klangen so seltsam, wie wenn sie in einem Film gesprochen wurde. Ich riss meinen Blick von der Wand los und starrte auf den Autoschlüssel. Konnte ich das Auto wirklich nutzen? War das nicht Diebstahl? Was, wenn Sabrina doch noch am Leben war?

Ich schnappte den Schlüssel und lief zum Aufzug. Ungeduldig drückte ich die Ruftaste. Schnell hastete ich in die Kabine und fuhr nach unten. Ich musste es wissen und zwar jetzt. Schwungvoll riss ich die Türe von meinem alten Büro auf. Dort saß ein betrübt blickender Claus ganz alleine im Büro.

»Hey Claus, weißt du was mit Sabrina ist?« schoss ich die Frage wie einen Pfeil auf ihn ab.

Claus zuckte zusammen und blickte mich fragend an. Scheinbar wusste er nicht, was ich von ihm wollte.

»Ähm, weißt du Claus, ich mache mir Sorgen um Sabrina. Daher wollte ich wissen, ob du von ihr gehört hast«, schob ich als Erklärung nach.

Claus brach in Tränen aus. So emotional hatte ich ihn noch nie erlebt. Er kämpfte mir einem Kloß in seinem Hals. Schließlich gelang es ihm ein paar Worte zu stammeln.

»Sie, sie ist gestorben. Bei einem Unfall. Ihr Auto ist komplett ausgebrannt.«

Ich wurde kreidebleich. Was war Felix für ein Kerl? Zerstört die dunkle Limousine mit einer seltsamen Waffe und lässt dann alles nach einem Verkehrsunfall aussehen. Vielleicht hatte der Maulwurf recht. Vielleicht steckte mehr hinter Felix, als es den Anschein hatte. Völlig verstört kehrte ich in mein neues Büro zurück. Dort wartete erneut unangemeldeter Besuch auf mich. Diesmal war es jedoch nicht Felix. Mich begrüßte Froxx mit grimmigem Blick und gezogener Waffe. Geistesgegenwärtig warf ich mich zur Seite, weshalb mich die Kugel aus seiner schallgedämpften Pistole verfehlte. Mit einer Rolle nach vorne kam ich wieder auf die Beine. Ein schneller Hechtsprung brachte mich hinter dem Schreibtisch in Deckung. Mehrere Geschosse schlugen in Wand und Möbel ein. Ich kauerte hinter dem Möbelstück, bis der Kugelhagel vorüber war. Vorsichtig streckte ich meinen Kopf hervor, um zu sehen, wie Froxx seine Waffe nachlud. Ich nutzte die Chance zur Flucht, rannte zum Treppenhaus und hastete die Treppe nach unten. Zwei Stockwerke weiter unten stieg ich in den Fahrstuhl um, dessen Tür sich direkt hinter mir schloss. In der Tiefgarage lief ich zum Auto von Sabrina. Direkt nach dem Ausparken sah ich Froxx, der die Fahrbahn überquerte. Mit langsamen Schritten ging er vorwärts, während seine Blicke durch die Gänge streiften. Ich nutzte die Gunst der Stunde und trat das Gaspedal durch. Mit quietschenden Reifen raste ich los. Genau auf Froxx zu. Dieser schaffte es nicht mehr auszuweichen, weshalb er frontal von meinem Wagen erwischt wurde. Der Aufprall schleuderte ihn auf die Motorhaube. Ich trat auf die Bremse. Der Kerl rollte von meinem Wagen auf die Fahrbahn. Dort blieb er reglos liegen. Wie in Trance legte ich den Rückwärtsgang ein, wendete den Wagen, um die Ausfahrt auf der anderen Seite der Tiefgarage zu nehmen. Weiterhin im Schockzustand betrat ich meine Wohnung. Ich setzte mich auf mein Sofa und starrte auf die Uhr. Mit leeren Gedanken verfolgte ich den großen Zeiger. Es schien, als würde mich alleine dieser Zeiger noch am Leben halten. Ich konnte nicht weg schauen. Würde ich weg schauen, so wäre ich verloren. Ohne zu blinzeln verfolgte ich ihn. Erst als er eine halbe Umrundung hinter sich gebracht hatte, löste sich mein Blick von der Uhr. Eine ganze Zeit saß ich regungslos auf dem Sofa, bis ich plötzlich aufsprang. Wo war Andreas? Panisch riss ich die Türe vom Schlafzimmer auf. Ich rannte ich Küche und Bad. Ohne Erfolg. Es gab nirgendwo eine Spur von ihm. Gerade als ich die Hoffnung aufgeben wollte, ihn jemals wieder zu sehen, klopfte es an der Tür. Ich hastete hinüber und riss diese auf. Erleichtert atmete ich durch, als mich Andreas begrüßte.

»Hey Alex, zum Glück bist du schon daheim. Mir ist die Türe zugefallen, als ich zum Chinesen bin. Die haben da richtig gutes Essen. Mann, ich konnte gar nicht aufhören zu essen. Das flutschte nur so rein«, klärte dieser sein Verschwinden auf.

Ich musterte den Kerl von Kopf bis Fuß und wieder zurück. Dabei fiel mir auf, dass seine Kleidung aus meinem Kleiderschrank stammen mussten. Meine prüfenden Blicke blieben ihm wohl nicht verborgen, denn mein Gegenüber schob eine schnelle Entschuldigung hinter her.

»Ach, dein Geschmack bei den Klamotten ist so cool, da musste ich mir einfach ein paar Sachen von dir leihen«, behauptete er.

»Was fällt dir ein?« schrie ich ihn an.

Andreas duckte sich, vermutlich um einer eventuellen Ohrfeige auszuweichen. Gewalttätig wurde ich jedoch nicht. Im Gegenteil. Ich atmete tief durch und schob den Kerl ins Wohnzimmer.

»Nein, ich meine nicht die Kleider, aber du kannst doch nicht einfach so auf die Straße gehen. Wer weiß, hinter welchen Eck noch ein Attentäter lauert.«

Mein Gast ließ sich auf das Sofa fallen.

»Boah Mann, da hab ich gar nicht dran gedacht. Scheiße, dann sollte ich lieber bei dir bleiben. Du bist so ein harter Brocken, da muss ich mir keine Sorgen um Auftragskiller machen. Eigentlich doof, weil ich jetzt schon ein Kumpel bequatscht habe, in sein Ferienhaus zu ziehen.«

»Ich hoffe dein Freund stellt dir einen vollen Kleiderschrank zur Verfügung. Außerdem ist das Haus sicher ein Stück außerhalb gelegen. Das ist sehr gut, denn dort wird dich keine Mörder finden.«

Mir kam das Argument zwar sehr konstruiert vor, jedoch keimte in mir die Hoffnung auf, den Kerl rasch los zu werden. Mein Plan schien auch aufzugehen.

»Ja Mann, die ist echt schön gelegen und auch angenehm groß. Da er sie gerade nicht braucht, kann ich dort einziehen. Die ist auch voll bestückt: Kleider, Flatscreen, Soundanlage. Das ist total inspirierend für mein neues Buch«, verkündete er.

»Wie sieht es eigentlich mit deiner eigenen Wohnung aus? Ist die zu wenig inspirierend für dich?«

»Du bist crazy. Eine eigene Wohnung? Voll langweilig wäre das. Eigentlich bin ich super froh, dass mich meine Frau raus geschmissen hat. Jetzt wohne mal hier und mal dort. Ist super cool, ich kommt viel rum und sehe was vom Land.«

»Dann wird es mit einer festen Arbeitsstelle auch nicht weit her sein?«

»Ein fester Job ist was für Waschlappen. Ich habe vor zwei Jahren gekündigt und bin jetzt mein eigener Chef. Ich schreibe gerade einen ultra Bestseller. Krasse Geschichte, da kann ich meine ganzen gesammelten Erfahrungen gleich verarbeiten. So eine kreative Arbeit ist einfach nur Hammer«, klärte mich Andreas auf.

»Bis dein Buch fertig ist und du im Geld schwimmst, wolltest du dann noch ein kleines Zubrot verdienen? So bist du dann zu dem Job im Maulwurfhügel gekommen, schätze ich mal.«

Mit dieser Frage lenkte ich das Gespräch auf ein wirklich

interessantes Thema. Schließlich hatte ich Andreas nur gerettet, um an Informationen zum Verbleib des Maulwurfs zu kommen. Tatsächlich gab Andreas auch bereitwillig Auskunft.

»Wegen dem Geld habe ich das nicht gemacht. Nein, ich wollte nur einem Kumpel einen Gefallen tun. Der hatte noch einiges bei mir gut. Außerdem bin ich immer auf der Suche nach neuen Inspirationen für mein Buch. Das war eine einmalige Chance. Mir wurde allerdings verschwiegen, dass sie einem nach dem Job einen Auftrags-Killer auf den Hals hetzen.«

»Konntest du bei deinem Freund übernachten?« führte ich die Befragung fort.

»Hey, dein Riecher ist supra Scharf, genau so war es. Der Kerl ist crazy, aber sonst ganz nett. Außerdem war seine Couch super bequem. Nur hat er Besuch von so düsteren Gestalten bekommen, da bin ich lieber abgehauen. Vielleicht sollte ich aber mal wieder vorbei schauen, Ivan wohnt auch hier in der Stadt. Ist aber nicht ganz einfach zu ihm zu kommen. Das geht nur über einen Shuttle-Service, der ganz hier in der Nähe losfährt. Das sind Kumpels von Ivan«, verriet Andreas.

»Wie heißen seine Kumpels denn? Wenn die hier in der Gegend wohnen kenne ich die vielleicht sogar«, behauptete ich.

»Keine Ahnung, die sind nicht sehr gesprächig. Nur ich sag dir, wenn die mal reden, dann mit einem krassen Akzent. Die kommen garantiert aus Osteuropa oder so. Das schadet aber nicht ihrer Gastfreundschaft, die ist echt gut. Genau wie die von Ivan. Der scheint mir ganz gerne Besuch zu empfangen. Kein Wunder, der wohnt in einem richtigen Anwesen. Da ist das Badezimmer so groß wie deine Wohnung. Da kann man mit zwanzig Mädels gleichzeitig duschen, mega cool. Platz hat der also genug.«

»Hmm, keiner der Namen sagt mir was. Allerdings wohnt Ivan sicher im Villen-Viertel am anderen Ende der Stadt. Seine Kumpels werde ich wohl auch nicht kennen, wobei mir das komisch vorkommt, dass man sich zu Ivan bringen lassen muss.«

»Quatsch, der Typ ist einfach cool. Yes, ich will ihn besuchen, das ist die ulta-mega Idee. Du kannst doch einfach mitkommen, dann lernst du ihn auch kennen. Ich glaube nicht, dass er etwas dagegen hat, wenn wir zusammen bei ihm auftauchen«, schlug Andreas vor.

»Ja klar, neue Leute kennen zu lernen ist immer gut. Allerdings bin ich morgen schon verplant, der Rest von Wochenende würde aber passen«, versicherte ich meinem Gegenüber.

»Kein Plan, ob das so spontan geht. Ivan hat nämlich einen verdammt vollen Terminkalender. Ich weiß zwar nicht, was der arbeitet, aber er hängt entweder am Telefon oder ist unterwegs. Manchmal kamen auch so dubiose Leute vorbei. Keine Ahnung, vielleicht ist er ganz dick bei der Russen-Mafia drin.«

»Die Vermutung passt ganz gut. Zumindest wenn ich mir überlege, was bei deinem Job im Maulwurfhügel passiert ist«, gab ich meine Einschätzung zum Besten.

»No Mister super Spy, das war doch nicht direkt für Ivan. Der hat mich nur vermittelt. Weißt du, Ivan kennt viele Leute, da springt immer mal ein Job raus. Oft sind das dann nur so kleine Arbeiten wie den Rasen mähen oder so. Manchmal sind da aber auch richtig dicke Jobs dabei, wie eben im Maulwurfhügel«, erklärte mir Andreas.

»Wenn das eine größere Unternehmung war, hast du doch bestimmt einen Vertrag unterschieben.«

»Vertrag? Bist du bescheuert? Ich unterschreibe doch keine Verträge! Bei den richtig coolen Jobs muss man eh nichts unterschreiben. So war das auch im Maulwurfhügel.

Da gab es den Lohn im voraus cash auf die Kralle. Da musst du nicht im Nachhinein noch lange rummachen.«

»Woher weißt du dann überhaupt für wen du arbeitest? Da kannst du ja, ohne es zu wissen, im kriminellen Milieu landen«, gab ich zu bedenken.

»Hey, das interessiert doch keinen für wen du arbeitest. Du machst deinen Job und fertig. Außerdem klang dieser Mr. Triple-B ziemlich seriös, ich glaube nicht, dass der krumme Dinger dreht.«

Ich zuckte zusammen, als der Name fiel. Dieser Kerl, der hier unschuldig neben mir saß, hatte mit dem personalisierten Bösen zusammen gearbeitet. Mr. Triple-B und seriös? Das passte zusammen wie Hooligans und friedlich. Nein, mehr Fragen hatte ich nicht. Der nächste Schritt war ein Besuch bei Ivan, soviel stand fest. Allerdings stand noch nicht fest, wie ich die Redeflut von Andreas stoppen konnte.

»Ich sag dir, richtig Abgefahren war der Besuch bei Mr. Triple-B. Da musste ich durch ein Dutzend Kontrollen und mich drei mal ausziehen, das war schlimmer als am Flughafen. Irgendwie schien der aber ziemlich depressiv zu sein, in seiner schwarzen Aufmachung. Der hat irgendwas von großer Verantwortung gelabert, die ich übernehmen würde und dann war es das auch schon. Keine Ahnung, warum die bei der Sicherheit so pingelig waren. Am Eingang standen sowieso bis auf die Zähne bewaffnete Soldaten. Die hätten jeden platt gemacht.«

Andreas machte eine kurze Pause, um nach Atem zu ringen, bevor er weiter erzählte.

»Der Keller, in dem ich Mr. Triple-B getroffen habe, war echt super abgefahren. Der war vollgestopft mit Technik, das hat mich voll für mein nächstes Buch inspiriert. Das soll nämlich in der Zukunft spielen. Daher kann ich die Eindrücke gleich einfließen lassen«, brachte Andreas seine

Begeisterung zum Ausdruck.

Ich nutzte die kurze Pause für eine Zwischenfrage.

»Was war dem mit dem Big Boss? Wurdest du von ihm nur kurz in den Job eingewiesen oder hat der sonst noch was erzählt?« wollte ich wissen.

»Von dem kam schon einiges Gerede, das schien mir aber alles total unwichtig zu sein. Ich fühlte mich dabei an die üblichen Texte eines größenwahnsinnigen Kerls erinnert. So meinte er, ich müsse jeden Befehl sofort befolgen und nicht glauben ich könnte ihm gefährlich werden. War schon ein bisschen seltsam. Meiner Meinung nach hatte der einfach eine schlechte Kindheit.«

»Hast du sonst noch irgendwelche Gespräch in dem Keller mitbekommen?«

»Hey Mann, ich war völlig geflasht als ich da ankam. Da waren meine geistigen Kapazitäten einfach erschöpft. Außerdem war ich ja nicht als Spion da unten, sondern einfach nur um meinen Horizont ein wenig zu erweitern«, rechtfertigte sich mein Gast in beleidigtem Ton.

Er gähnte laut, bevor er das Thema wechselte.

»Ich könnte jetzt glatt schlafen gehen. Immerhin habe ich die letzten Tage viel erlebt, das muss ich erst einmal verarbeiten. Es wäre von dir aber total super nett, wenn du mich im Bett schlafen lassen würdest, die Couch ist nämlich so hart.«

»Vergiss es, du kannst morgen in der Ferienwohnung wieder in einem Bett schlafen.«

»Ach komm schon, nur diese eine Nacht. Du bist dann auch mein bester Freund. Das ist echt was wert, ich kann dir sagen, es gibt Leute die würden alles tun um mein bester Freund zu werden«, versprach mir Andreas.

»Na gut, von mir aus. Aber nur wenn du dafür die Klappe hältst.«

»Cool, du bist ein echt super Gastgeber. Ich bin auch wirklich gleich morgen früh weg, dann kann ich mich in der Ferienwohnung breit machen.«

Schon war Andreas im Schlafzimmer verschwunden. Ich nutzte die Chance, um noch etwas aufzuräumen. Schließlich sollte die Wohnung in einwandfreiem Zustand sein, wenn morgen mein Damenbesuch eintraf. Nach getaner Arbeit machte ich es mir schließlich auf der Couch bequem. Tatsächlich schlief ich sofort ein.

Früh am nächsten Morgen erwachte ich gut erholt. Zu fit, um weiter zu schlafen, begann ich den Morgen mit einem ausgiebigen Frühstück. Anschließend machte ich mich daran zu putzen. Jedoch war von Andreas selbst nach einer ausgiebigen Runde mit dem Staubsauger kein Laut zu vernehmen. Zum Mittag erstrahlte meine Wohnung schließlich in ungewohntem Glanz. Ungeduldig klopfte ich an die Tür zum Schlafzimmer. Bis Melanie kam, mochten es nur noch ein paar Stunden sein. Es wurde höchste Zeit, den Kerl los zu werden. Als aus dem Schlafzimmer keine Reaktion kam, riss ich möglichst geräuschvoll die Türe auf. Mir stockte der Atem, als ich in den Raum blickte. Überall lagen Kleider verstreut, Schubladen standen offen und waren offensichtlich durchwühlt worden. Andreas lag regungslos auf dem Bett. Wie gelähmt stand ich in der Türe. Ohne nachzudenken war mir sofort klar, was hier passierte. In der Nacht musste ein Attentäter in meine Wohnung eingebrochen sein. Warum nur hatte ich nichts davon mitbekommen? Warum nur hatte ich es nicht geschafft Andreas zu beschützen. Ich kämpfte gegen den Kloß in meinem Hals und fragte mich, wie es jetzt wohl weitergehen sollte. Immerhin war Andreas meine einzige Chance, an Informationen zum Verbleib vom Maulwurf zu kommen. Während sich bei mir eine Träne aus dem Auge löste, regte sich Andreas. Er stöhnte und drehte sich auf die rechte Seite. Ich hastete zum Bett hinüber und rüttelte ihn wach.

»Andreas, Andreas, du bist noch am Leben«, rief ich aufgeregt.

»Na klar, kein Grund einen Aufstand zu machen«, gab er müde und genervt von sich.

»Hast du dich vor dem Einbrecher versteckt?« wollte ich wissen.

»Welcher Einbrecher? Hast du Paranoia?«

»Schau dich doch mal um. Hier liegen überall Sachen herum, das kann nur ein Einbrecher gewesen sein.«

»Das meinst du. Keine Panik, ich habe nur ein Ladegerät für mein Handy gesucht und dachte du hättest eines im Schlafzimmer liegen«, klärte mich Andreas auf.

In genau diesem Moment wurde mir klar, dass ich ihn so schnell wie möglich umsiedeln musste, bevor er meine ganze Wohnung zerstörte.

»Du wolltest heute doch in die Ferienwohnung umziehen. Jetzt wäre ein gute Zeit dafür«, erklärte ich meinem Gast.

»Was machst du nur für einen Stress. Chill mal runter. Ich weiß ja noch gar nicht, wie ich da hin kommen soll. Da fährt nämlich kein Bus hin. Ich müsste mir irgendwie ein Auto besorgen.«

»Wie wäre es mit einem Taxi?«

»Bist du doof? Da zahle ich ja mehr als zehn Tage Hotel. Nein, es wird doch nicht so schwer sein ein Auto zu bekommen. Du hast doch bestimmt eines?«

Ich überlegte kurz. Ihm das Auto von Sabrina zu überlassen gefiel mir gar nicht. Wer wusste schon wofür ich das noch brauchen würde. Ihn dort hin zu fahren würde einige Zeit benötigen und ich sollte das Schlafzimmer noch herrichten, bevor Melanie kam. Auf der anderen Seite wüsste ich wenigstens wo er untergebracht war, wenn ich ihn zum Ferienhaus fahren würde.

»Das Auto gebe ich zwar nicht her, aber ich kann ich

fahren, dann weiß ich wenigstens, dass du lebend dort ankommst«, meinte ich mit einem Seufzer.

»Echt? Wow, super, danke, du bist echt ein Kumpel. Warte, ich mach mich noch schnell fertig.«

Während sich Andreas im Bad ausließ, brachte ich das Schlafzimmer in einen vorzeigbaren Zustand. Dabei hoffte ich inständig, dass er mein Bad nicht völlig verwüsten würde. Hoffentlich wurde es zumindest ein schöner Abend, denn so viel Arbeit hatte ich in noch kein Date investiert. Gerade als ich das letzte Paar Socken im Kleiderschrank verstaute, meldete sich Andreas.

»Hey, Taxi-Driver, ich bin soweit. Lass uns düsen bis der Horizont in der Sonne versinkt«, ließ er verlautbaren.

»Meinst du das nicht anders herum? Bis die Sonne im Horizont versinkt?«

»Quatsch, das ist langweilig, so sagt es ja jeder. Ich bin kein Kerl, der mit der Masse mitschwimmt«, klärte mich Andreas auf.

Mit diesen Worten schwang er seine Jacke über die Schulter.

»Wo müssen wir den hin?« fragte ich auf dem Weg zum Auto.

»Keine Sorge, ich kenne den Weg. Lass mich dein Navi sein«, verkündete er.

Selbst wenn ich daran zweifelte, reichten meine Überredungskünste nicht aus, ihm einen Stadtteil zu entlocken. So fuhr ich auf sein Kommando in Richtung Westen. Zunächst kamen wir auch gut voran, da mein Beifahrer zuverlässig den Weg ansagte. Nach einiger Zeit zögerte er jedoch.

»Hey Mann, warte mal. Irgendwas ist hier komisch«, gab er von sich.

»Wie wäre es, du würdest mir einfach die Adresse sagen, dann könnte ich das Navi einschalten«, schlug ich vor.

»Du bist bekloppt. Ich bin dein Navi und ich bin mehr als aktiv. Lass mich nur machen, wir kommen schon an. Fahr mal ultra swift da drüben in die Haltebucht.«

Andreas war ein echtes Phänomen. Er hatte gerade einmal drei Sätze gesagt, da war ich innerlich schon am kochen. Ich musste mich zusammen reißen, um ihn nicht anzuschreien und aus dem Auto zu werfen. Das verschob ich aber auf später, schließlich brauchte ich Andreas noch. So hielt ich schön brav an der Bushaltestelle. Sofort sprang Andreas aus dem Auto. Ging zur nächsten Kreuzung, schaute sich die Straßenschilder an und schüttelte den Kopf. Ich kam hinzu, in der Hoffnung ein paar Ratschläge geben zu können.

»Ach, du hast doch keine Ahnung. The road is long. Wir kommen schon an. Ich muss halt jemanden fragen, wo wir sind.«

Kaum hatte er ausgesprochen, sprang er auf die Straße. Ich wollte ihn noch am Arm packen und festhalten, erwischte diesen jedoch nicht mehr. Daher musste ich mit ansehen, wie ein Motorrad direkt auf ihn zuraste. Mit einer Vollbremsung brachte der Fahrer das Zweirad gerade noch rechtzeitig zum stehen. Er riss sein Visier nach oben und brüllte Andreas an.

»Hey du Wichser! Was soll die Scheiße! Ich hätte dich überfahren sollen, du hast doch gesehen, dass ich komme«, schimpfte der Unbekannte.

»Pass mal auf du Freak, so wie du durch die Stadt gerast bist, hätten dich die Bullen hinter der nächsten Kurve einkassiert. Sei froh, dass ich dich gerettet hab«, gab Andreas zurück.

»So einen Schwachsinn habe ich schon lang nicht mehr gehört. Entweder du machst jetzt Platz, oder ich prügel dich von der Straße.«

Schnell eilte ich hinzu, in der Hoffnung beruhigend auf die

Beiden einwirken zu können. Dabei kam ich jedoch zu spät, denn schon ballte Andreas seine Fäussste.

»Komm doch, wenn du dich traust. Ich bin Kickbox-Ultrastar, deine Knochen sind schneller gebrochen als ein Ferrari von Null auf Hundert ist.«

»Hier liegt ein Missverständnis vor, wir müssen schnell weiter.«

Mit denen Worten zog ich Andreas am Arm. Dieser werte mich jedoch ab.

»Lass den Freak nur kommen, dem werde ich es zeigen.«

Andreas stieß mich zur Seite, während der Motorradfahrer abstieg und seinen Helm absetzte. Drohend fuchtelte Andreas mit seinen geballten Fäusten. Sein Gegenüber beeindruckte das jedoch überhaupt nicht. Gezielt nahm er sich die Nase von Andreas vor. Dieser konnte dem Schlag jedoch durch einen Sprung zur Seite ausweichen. Allerdings kam er ungeschickt auf dem Bordstein auf, stolperte und ging zu Boden. Schon stand sein Kontrahent neben ihm. Er holte aus, um ihm einen kräftigen Tritt gegen den Kopf zu verpassen. Schnell sprang ich den Kerl von der Seite an. Wir wälzten uns auf dem rauen Asphalt, was dem Zustand meiner Kleider nicht wirklich zuträglich war. Gerade als der Kerl die Oberhand gewann und mich auf den Boden drückte, kam Andreas herbei. Mit Schwung sprang er unseren Gegner an und drückte ihn von mir weg. Nach zwei Umdrehungen blieb der Kerl am Straßenrand liegen. Ich sprang auf und trat ihm mit voller Wucht in die Seite. Anschließend drückte ich meine Knie in seinen Bauch, weshalb es ihm schwer fiel zu atmen.

»Ohh, okay, du hast gewonnen«, hechelte dieser.

Mit einem Handzeichen bestätigte er zu kapitulieren. Ich trat zwei Schritte zurück und beobachtete den Kerl sehr genau. Allerdings machte dieser wirklich keine Anstalten weiter kämpfen zu wollen. Ohne Worte stieg er auf sein

Motorrad, zog den Helm auf und brauste davon.

»Mann, du bist krass drauf!« gratulierte mir Andreas zu dem Sieg.

»Mann, du bist ein Arschloch!« entfuhr es mir, »du kannst doch nicht einfach fremde Leute anmachen. Jetzt sind meine Klamotten ruiniert und den Weg kennen wir immer noch nicht.«

»Bleib cool, so chillig wie ein Eis im Gefrierschrank. Hinten auf der Anhöhe habe ich ein Bauernhof entdeckt. Scouting erfolgreich abgeschlossen, das ist die Marschrichtung«, verkündete Andreas stolz.

Wir setzten unseren Weg wie angesagt fort und erreichten tatsächlich nach kurzer Zeit ein größeres Anwesen. Aufgeregt zeigte Andreas auf das noble Einfamilienhaus mit großzügigem Garten.

»Das ist es, definitiv. Genau mein Niveau.«

Selbst wenn ich die Worte meines Gegenüber anzweifelte, hielt ich direkt vor dem Gartentor an. Andreas griff gekonnt durch das Gitter, drückte einen gut versteckten Knopf und öffnete den Durchgang. Zielstrebig steuerte er einen Busch in der Nähe des Hauses an. Triumphierend zog er eine Gefrierdose unter dem Gestrüpp hervor. Er stolzierte zum Eingang, um das Öffnen der Haustüre förmlich zu zelebrieren.

»Welcome to my new home. Genieße den Blick auf meine Bleibe.«

Mit diesen Worten schritt er über die Schwelle. Ich schüttelte den Kopf über dieses kindische Verhalten und folgte ihm ins Haus. Neugierig warf einen Blick in zwei der vielen Zimmer. Dabei fiel mir neben der noblen Ausstattung auch ein Telefon im Wohnzimmer auf. In einem unbeobachteten Moment klingelte ich kurz mein Handy an. Damit war meine Arbeit getan, denn jetzt konnte ich Andreas bei Gelegenheit anrufen, wenn ich Zeit und

Nerven für eine Unterhaltung mit ihm hatte. Heute war das definitiv nicht mehr der Fall, denn ein Blick auf die große Standuhr neben dem Sofa zeigte mir, dass Melanie jeden Moment anrufen musste. Als ich mich in Richtung Haustüre schlich, entdeckte mich jedoch Andreas.

»Du willst doch nicht etwa schon gehen. Ich brauche dich doch noch als Beschützer. Vielleicht kracht der Kerl mit dem Super-Bike durch die Tür. Den bekomme ich doch nicht verkloppt.«

»Weißt du Andreas, du bist doch Kickboxer. Du bekommst das schon hin. Außerdem ist der Zaun so hoch, da kommt niemand einfach so in den Garten. Du kannst hier ganz beruhigt entspannen und das Leben genießen.«

»Verdammt richtig, hier lässt sich das Leben genießen. Ja, die Einrichtung entspricht genau meinem Niveau«, meinte Andreas und ließ sich genüsslich auf das großzügige Ledersofa fallen.

»Na dann kann ich ja beruhigt gehen. Immerhin bist du hier gut aufgehoben.«

Mit diesen Worten verabschiedete ich mich und verließ auf schnellstem Wege das Haus, um eventuellen Bitten des neuen Bewohners zu entgehen. Noch auf dem Weg durch den Garten klingelte mein Handy. Mit pochendem Herzen und einem Gribbeln im Bauch nahm ich das Gespräch an.

»Hey Melanie mein Schatz, wie geht es dir.«

»Hi Alex, super, ich freue mich schon auf heute Abend. Ich würde mich jetzt auf den Weg machen, wie sieht es bei dir aus?«

»Ich bin gerade noch unterwegs, musste einem Freund helfen. Bis in einer halben Stunde bin ich Zuhause.«

»Alles klar, dann fahre ich noch schnell bei mir vorbei. Wir sehen uns!«

»Ja, ich freue mich auch schon riesig auf dich. Bis gleich.« Damit beendete ich das Gespräch und atmete tief durch.

Eine halbe Stunde nach Hause, das war sportlich. Ich wollte Melanie aber auch nicht zu lange vertrösten. So sprang ich ins Auto, programmierte mein Navi und düste los. Kaum in meiner Wohnung angekommen, reichte es gerade einmal um die Schuhe auszuziehen, bis Melanie klingelte. Freudig öffnete ich die Türe und begrüßte meinen Schatz mit einen liebevollen Kuss. Anstatt meine Zärtlichkeit zu erwidern, musterte mich Melanie von Kopf bis Fuß.

»Na da hast du dich für mich ja richtig schick gemacht«, ließ sie in ironischem, fast beleidigtem Ton verlauten.

Schlagartig wurde mir bewusst, wie zerzaust meine Kleidung durch das Handgemenge von vorhin war. Tatsächlich gab ich ein ziemlich schäbiges Bild ab.

»Oh, na ja, weißt du Melanie, bei der Schönheit, die du ausstrahlst, spielt es sowieso keine Rolle, was ich anhabe. Im Vergleich zu dir verblasst einfach jeder Glanz«, mit einem Lächeln gab ich das Kompliment an Melanie.

Diese konnte sich ein Grinsen nicht verkneifen.

»Ach Alex, du bist einfach unmöglich«, meinte sie mit einem Lächeln.

»Es wird noch viel schlimmer. Bevor ich mich umziehe wollte ich noch Duschen gehen. Magst du mitkommen?«

Ohne weitere Worte schob mich Melanie ins Badezimmer. Nachdem wir gründlich geschrubbt und sauber eingekleidet waren, machten wir uns ins der Küche zu schaffen. Dabei musste ich feststellen, dass es richtig Spaß machte mit Melanie zu kochen. Wir plauderten über das Leben, lachten über alberne Sprüche und tauschten Zärtlichkeiten aus. Die Zeit verging wie im Fluge. Bis spät in die Nacht saßen wir zusammen bei einer Flasche Weißwein. Schließlich löste sich Melanie jedoch von meinem Blick, um sich zu verabschieden.

»Wir haben morgen in der Kirche ein Seminar. Daher muss ich wirklich gehen.«

»Du kannst mich ja anrufen, wenn du wieder Zuhause bist. Vielleicht können wir dann noch was zusammen machen«, regte ich an.

Ungern trennte ich mich von meinem Schatz, weshalb ich Melanie noch bis zu ihrem Auto begleitet. Dort verabschiedeten wir uns endgültig mit einem dicken Kuss, bevor sie davon fuhr. Den ganzen nächsten Tag verharrten meine Gedanken bei Melanie. Ich konnte es einfach nicht erwarten, bis sie anrief. Noch bis zum späten Nachmittag musste ich mich gedulden, bis endlich mein Telefon klingelte. Bei dem schönen Wetter verabredeten wir uns für einen Spaziergang im Park. Voller Vorfreude machte ich mich auch gleich auf den Weg dorthin. Dabei sah ich schon aus einiger Entfernung Melanie am Nordeingang warten. Ich beschleunigte meine Schritte, da ich es kaum erwarten konnte, meine Liebste zu erreichen. Zur Begrüßung drückte mir Melanie liebevoll einen Kuss auf die Lippen. Als wir Händchen haltend durch den Park schlenderten, stellte sich bei mir ein riesiges Glücksgefühl ein. Es war als könnte ich die ganze Welt umarmen. Hier mit Melanie durch den Park zu schlendern, war das schönste, was es auf der Welt gab. Ganz ins Gespräch vertieft, bemerkte ich gar nicht, wie Karin auf uns zu kam.

»Hallo Alex, du scheinst ja in bester Begleitung zu sein«, störte sie unsere Zweisamkeit.

»Oh, hallo Karin. Ja, mit Melanie hast du Recht, es gibt niemanden mit dem ich lieber spazieren gehe als mit ihr«, bestätigte ich ihre Aussage.

Zu Melanie gerichtet fügte ich erklärend hinzu: »Das ist Karin, eine ehemalige Kollegin von mir.«

»Sehr erfreut dich kennen zu lernen. Ich finde Karin einen sehr schönen Namen, der würde meiner Tochter sehr gut stehen, falls es denn einmal so weit ist«, begrüßte Melanie meine ehemalige Schreibtisch-Nachbarin.

»Oh, ihr denkt schon über Kinder nach? Dann seit ihr sicherlich schon ein Weilchen zusammen, oder?« wollte Karin wissen.

»Man kann sich gar nicht früh genug über Kinder unterhalten, das heißt ja noch nicht, dass man welche plant. übrigens hätte ich auch nichts gegen Karin als Namen für unsere Tochter.«

Ich lächelte Melanie an, worauf sie sich eng an mich drückte und mir ein Küsschen auf die Wange gab.

»Wie war es eigentlich bei dir«, wollte ich von Karin wissen, »wie lange warst du mit deinem Mann zusammen, bevor ihr euch für Kinder entschieden habt?«

Diese zögerte kurz bevor sie antwortete: »So genau kann ich das gar nicht sagen. Das war auch keine Entscheidung die an einem bestimmten Tag gefallen ist. Das war mehr so eine Entwicklung.«

»Ach, du hast schon Kinder?« wollte meine Begleiterin wissen.

»Man muss die Dinge nehmen, wie sie kommen«, wich Karin einer direkten Antwort aus.

»Das klingt jetzt nicht, als wärst du von deiner Familie begeistert«, kommentierte Melanie.

»Wo Licht ist, fällt auch Schatten. Eigentlich müsste ich längst Zuhause sein, nur wollte ich wegen dem Biker-Treff nicht über den Schillerplatz gehen. Euch kann ich auch nur empfehlen, einen großen Bogen darum zu machen«, wechselte Karin das Thema.

»Wir wollten dort eigentlich Essen gehen. Von so ein paar Motorradfahrern will ich mir das nur ungern verderben lassen«, meinte ich.

Zustimmend nickte mir Melanie zu. Ich drückte sie eng an mich und streichelte liebevoll ihre Seite.

»Ganz ehrlich, tut euch das nicht an. Da ist nichts mit einem gemütlichen Abendessen. Den Typen würde ich alles zutrauen, nur nicht friedlich zu sein«, hielt Karin an ihrer Einschätzung fest.

»So schlimm sind die gar nicht. Du lässt die in Ruhe und die lassen dich in Ruhe, mehr ist das eigentlich nicht. Da sehe ich wirklich kein Problem.«

Mit diesen Worten verabschiedeten wir uns und setzten unseren Weg durch den Park fort. Am anderen Ende setzten wir uns noch ein wenig auf das Becken des gemauerten Brunnens. Wir ließen die Füße baumeln, während hinter uns das Wasser plätscherte.

»So langsam bekomme ich Hunger, komm lass uns weiter gehen«, regte Melanie nach einiger Zeit an. Gemütlich legten wir die paar Meter bis zur Hauptstraße zurück, als neben mir plötzlich eine Gestalt in Lederkluft auftauchte.

»Hey Drecksack, mit dir habe ich doch noch eine Rechnung offen«, verkündete dieser.

Ich drehte mich zu ihm um, konnte mit dem Gesicht aber absolut gar nichts anfangen.

»Tut mir Leid, ich fürchte hier liegt eine Verwechslung vor«, versuchte ich den Vorfall zu klären.

»Versuch dich nicht raus zu reden, Arschloch. Ich kann mir Gesichter merken und deines ist noch ganz frisch.«

Mit einem Mal erinnerte ich mich an die Rauferei, in die mich Andreas verstrickt hatte. Mit einem Mal wusste ich, wer dieser Kerl war. Mit einem Mal wusste ich, was er von mir wollte. Ich drehte mich um, da Flucht für mich die beste Lösung schien, dazu kam es jedoch nicht mehr. Mit einem Pfiff holte der Kerl seine ganzen Kumpel herbei. Bevor ich drei Schritte machen konnte, waren wir umringt von Bikern.

»So du kleiner Hosenscheißer, jetzt geht dir wohl die Düse, was.«

Die ganze Truppe lachte, als sie näher kamen. Mir ging mehr als nur die Düse. Mein Herz pochte, wild schaute ich mich um, es gab allerdings keine Möglichkeit abzuhauen. Die Jungs wussten zu gut, wie man unliebsame Personen einschüchtern konnte. Ein besonders kräftiger Kerl löste sich aus der Menge und kam auf mich zu. Er schubste mich hin und her, wobei mir sofort klar war, dass ich keine Chance gegen ihn hatte. Mir blieb wohl nur übrig, seine Spielchen über mich ergehen zu lassen. Gerade als das Gelächter lauter und der Kerl handgreiflich wurde, übertönte ein Schrei den Tumult.

»Scheiße Jung, weg hier!« rief einer der Biker.

Die Meute lief auseinander, während mein Blick intuitiv in Richtung Straße wanderte. Sofort erkannte ich, was hier vor sich ging. Ein gepanzerter Lieferwagen hielt am Straßenrand an. Seitlich öffneten sich zwei Klappen, aus denen jeweils der Lauf eines Maschinengewehrs geschoben wurde. Ich warf mich auf Melanie, weshalb der Kugelhagel über unser Köpfe hinweg fegte. Ich rollte mich mich Melanie ins nahe gelegene Gebüsch, wo wir uns versteckten. Von dort aus konnte ich beobachten, wie zwei der Biker getroffen zusammen brachen. Der Rest der Truppe suchte Schutz hinter der hüfthohen Begrenzungsmauer am Parkausgang. Sie zückten Waffen und schossen aus ihren Revolvern was das Zeug hielt. Das Fahrzeug zeigte sich jedoch unbeeindruckt, es trug keinen einzigen Kratzer davon. Die Kugeln prallten einfach an der Panzerung ab. Selbst die Scheiben des Fahrerhauses nahmen keinerlei Schaden durch die Geschosse. Dagegen hielt die schützende Mauer dem Dauerfeuer aus den Maschinengewehren nicht lange stand. Die Steine zerbarsten, weshalb die Biker die Flucht antraten. Sie krochen zur Seite weg und schafften es gerade noch rechtzeitig aus dem Schussfeld. In einer Feuerpause schienen die Schützen ein ganz bestimmtes Ziel zu suchen. Als sich der Lauf in unsere Richtung drehte, wurde mir bewusst, wem der Angriff galt. Schnell sprang ich auf, packte Melanie an der Hand und rannte so schnell es ging zum Brunnen. Hinter uns schlugen ein dutzend Kugeln in den Boden ein. Mit einem beherzten Sprung brachten wir uns hinter dem Brunnen in Sicherheit. Ich atmete tief durch und drückte Melanie fest an mich. Wir kauerten an den kalten Steinen des Beckens, als wie aus dem Nichts Felix auftauchte. In seinen Händen hielt er sein Spezial-Gewehr mit dem bläulich schimmernden Lauf. Er sprang auf den Beckenrand, zielte kurz und drückte den Abzug. Mit einem lauten Knall durchschlug das Geschoss die Panzerung des Lieferwagens und streckte den Schützen im Inneren nieder. Einen weiteren Schuss später verstummte auch das zweite Maschinengewehr. Bevor ich wirklich begriffen hatte, was hier vor sich ging, sprintete Felix auf den Lieferwagen zu, der sich mit quietschenden Reifen in Bewegung setzte. Felix schaffte es durch einem kräftigen Sprung gerade noch auf das Trittbrett an der Rückseite des Fahrzeugs. Was immer er dort anstellte, konnte ich nicht mehr verfolgen, da der Lieferwagen aus meinem Sichtfeld verschwand. Ich blieb in Schockstarre an das Becken gekauert und hielt Melanie fast krampfhaft in meinen Armen. Es tat gut, ihren Atem an meiner Wange zu spüren, weil er mir bestätigte, dass sie noch am leben war. Eine gefühlte Ewigkeit saßen wir stumm und regungslos dort im Staub, bis sich der Platz mit Polizisten und Sanitätern füllte. Einer der Beamten kam auf uns zu.

»Geht es Ihnen gut?« wollte er wissen.

Ich starrte den Kerl an. Es dauerte eine ganze Weile, bis ich verstand was er wollte. Mit einiger Anstrengung gelang es mir sogar einen klaren Gedanken zu fassen.

»Ich, ich glaube schon«, antwortete ich schließlich.

Melanie klammerte sich weiterhin fest an mich. Sie brachte kein Wort heraus. Auf ein Handzeichen des Polizisten kamen zwei Sanitäter herbei. Sie untersuchten uns von Kopf bis Fuß, bis sie ihre Prognose verkündeten.

»Ihnen geht es soweit gut. Sie leiden nur noch unter dem Schock. Ich würde empfehlen, Sie fahren nach Hause und machen sich einen ruhigen Abend.«

Genau diesem Ratschlag folgten wir auch. Ohne viele Worte verbrachten wir den Rest des Tages auf meiner Couch. Wir kuschelten und freuten uns daran, noch am Leben zu sein. Selbst die Nacht blieb Melanie bei mir, da sie nach den Ereignissen des Tages nicht alleine sein wollte. Erst am Sonntag kehrte langsam wieder Leben bei uns Beiden ein. Wir genossen die Zweisamkeit, gingen Spazieren, kochten gemeinsam, bis es für Melanie langsam Zeit wurde, sich zu verabschieden.

»Wir sehen uns dann morgen, an deinem großen Tag«, erinnerte mich Melanie an die wichtigen Termine, die am nächsten Tag anstanden.

»Oh, stimmt, die Vorstandssitzung sollte ich nicht verpassen. Ich komme dann morgen wohl lieber im Anzug ins Büro.«

»Ja, das würde ich dir raten. Übrigens ist Herr Dr. Swanbal ab Acht noch ein letztes Mal bei dir im Büro. Das ist die letzte Chance ein paar Fragen zu stellen.«

»Hey Melanie, danke für den Tipp. Es ist gut, dich bei mir zu haben.«

Melanie antwortete mit einem bezaubernden Lächeln. Wir küssten uns innig und Melanie beschloss spontan, den Abschied noch ein wenig nach hinten zu verlegen. Wir verschwanden im Schlafzimmer, um die neulich gekauften Kondome einzuweihen. Erst am späten Abend schafften wir es schließlich, uns voneinander zu trennen. Dabei fiel mir der Abschied schwer, obwohl mir bewusst war, dass er nur von kurzer Dauer war. Immerhin würden wir uns am nächsten Tag bei der Arbeit schon wieder sehen.

Nach einer ruhigen Nacht machte ich mich daher am frühen Montagmorgen auf den Weg ins Büro.

»Oh, hallo Herr Thiersen. So früh bereits fleißig«, begrüßte mich ein überrascht wirkender Herr Dr. Swanbal.

»Ich wollte Ihnen die Chance geben, die versprochene, intensive Einarbeitung nach zu holen, die Sie mir versprochen hatten«, bemerkte ich spitz.

»Wissen Sie, ähm, ich werde Ihnen nicht allzu viel erklären müssen. Weil ich, ähm, glaube, dass Sie sich bereits ein sehr gutes Bild von meiner Arbeit gemacht haben. Wichtig ist nur die Konferenz in New York am Mittwoch. An dieser müssen Sie unbedingt teilnehmen. Jetzt entschuldigen Sie mich, ich muss noch ein paar Dinge für die Vorstandssitzung vorbereiten. Wir sehen uns in der Sitzung.«

Schon war Herr Dr. Swanbal aus der Türe verschwunden. Alleine blieb ich in dem riesigen Büro mit nobler Möblierung und der hervorragenden Aussicht zurück. Irgendwie kam mir das bekannt vor. Schon vor zwei Wochen hatte sich der Kerl darum gedrückt mich einzuarbeiten. Wobei ich mir keinen wirklichen Grund dafür vorstellen konnte. Vermutlich war er jedoch einfach zu faul dazu. Mit einem Seufzer ging ich zu Melanie. Wohl oder übel musste ich mich also selbst um die Dinge kümmern.

»Was hast du denn mit dem Swanbal gemacht? Der ist im Laufschritt zum Aufzug gegangen.«

»Eigentlich habe ich ihn nur daran erinnert, dass er mir noch eine Einarbeitung schuldig ist. Schon war er weg«, klärte ich Melanie auf.

»Oh, ich hoffe du kommst auch so zurecht«, meinte Melanie mit besorgter Stimme.

»Kein Problem, ich habe ja dich.«

Ich lächelte Melanie an, die das Lächeln erwiderte.

»Hey, danke für das Kompliment. Was kann ich denn für

dich tun?«

»Am Mittwoch ist eine Konferenz in New York, ich bräuchte dringend Flug und Hotel. Außerdem müsste ich wissen, wann und wo die Vorstandssitzung ist.«

»Die Sitzung ist um 14:00 Uhr im Plenum. Das ist hier auf dem Stockwerk, am Ende des Flurs. Um Hotel und Flug kümmere ich mich gleich. Ich schicke dir dann eine Mail mit der Buchung.«

Ich bedankte mich gebührend bei meinem Schatz, bevor ich ins Büro zurückkehrte. Dort suchte ich mir alle Informationen rund um den Kongress heraus, die ich finden konnte. Überraschend gut gelang mir die Vorbereitung auf diese unkonventionelle Art und Weise. Allerdings war die Methode nicht allzu effizient, denn die Stunden verfolgen dabei. So wurde es schließlich Zeit, den kurzen Weg zur Vorstandssitzung zurück zu legen. Völlig unspektakulär wurden alle Änderungen der Personalien bestätigt, weshalb ich schon eine halbe Stunde später offiziell ins Management aufgestiegen war. Was immer das bedeutete. Die Glückwünsche von Herrn Dr. Swanbal und Herrn Berlaid ignorierte ich, denn mittlerweile wusste ich diese richtig einzuordnen. Selbst auf die Gefahr hin, dass die Beiden angefressen waren, weil ich ihnen die kalte Schulter zeigte, kehrte ich nach der Sitzung direkt in mein Büro zurück. Momentan hatte ich besseres zu tun, als einen Smalltalk mit zwei Selbstdarstellern zu halten. Sich selbst in einen neuen Job einzuarbeiten bedurfte ganz schön viel Zeit. So setzte ich mich an den Schreibtisch und durchwühlte das Intranet. Unzählige gelesene Dokumente später, wurde die Suche nach dem Sinn meines Postens durch einen überraschenden Anruf gestört.

»Hallo Alex, wie lebt es sich im Management?«, drang die Stimme von Felix zu mir ans Ohr.

»Na, so genau weiß ich das selber noch nicht, ich hab den

Job ja offiziell erst seit ein paar Stunden.«

»Vielleicht sollten wir uns in zwei Tagen nochmal unterhalten. Mich würde interessieren, was du sagst wenn du dich eingelebt hast.«

»In zwei Tagen wirst du mich kaum zu greifen bekommen, da bin ich gerade auf einer Konferenz in New York«, klärte ich den Anrufer auf.

»Mach mich nicht fertig. Das passt ja mal gar nicht in meinen Plan.«

»Was hast du denn schon wieder vor?«

»Pass auf, es gibt ein paar Dinge, über die wollte ich morgen ganz in Ruhe mit dir reden. Du wirst aber morgen schon fliegen, daher müssen wir das vorziehen. Ich würde sagen, wir treffen uns in zehn Minuten am gewohnten Ort in der Cafeteria.«

»Können wir gerne machen, ich kann eine Pause gerade gut gebrauchen.«

Mit einer knappen Verabschiedung beendeten wir das Gespräch, wobei ich mich direkt auf den Weg machte. Da ich eine ganze Zeit vor Felix am Treffpunkt war, hatte ich meinen Kaffee schon zur Hälfte getrunken, als er sich zu mir setzte.

»Na du frisch gebackener Manager, hat dir der Swanbal wenigstens gebührend gratuliert?« stieg Felix mit einer Frage ins Gespräch ein.

»Das hat er, war mir aber egal. Mir hätte eine gute Einarbeitung besser gefallen.«

»Oho, ich höre das Arschloch in dir sprechen. Das gefällt mir gut. Nur Utopien solltest du nicht zu viel Raum geben.«

»Welche Utopien denn?« wollte ich wissen.

»Du wirst niemals eine gute Einarbeitung im Management erhalten. Dazu müssten die ihre Leichen aus dem Keller holen und dir zeigen. Das macht keiner, du würdest das sicher auch nicht machen«, klärte mich Felix auf.

»Ist es wirklich so schlimm?«

»Na klar, je weiter du nach oben kommst, umso weniger Leute passen auf, was du machst. Das verleitet schon dazu, Unfug anzustellen. Da bildet auch der Maulwurf keine Ausnahme.«

»Wirklich? Ich kann mir das gar nicht vorstellen. Mir kam der eigentlich total sympathisch und sehr bodenständig vor«, brachte ich meine Einschätzung vor.

»Lass dich nicht von dem ersten Eindruck verleiten. In der Schule fand ich Mr. Triple-B eigentlich auch ganz nett«, gab Felix zu bedenken.

»Du willst mich veräppeln, du bist nicht wirklich mit dem Kerl in die Schule gegangen.«

»Nein, das ist kein Scheiß. Wir haben uns tatsächlich ganz gut verstanden, bis ich bemerkte, was für ein selbstverliebter Macker er ist. Von da an habe ich ihn so gut es ging gemieden. Das hat auch ganz gut funktioniert. Erst später wurde er zu einem abgefahrenen Drecksack, da sind wir dann aneinander geraten.«

»Das hört sich so an, als hättest du noch eine Rechnung offen«, bemerkte ich.

»Ach was, das ist Vergangenheit. Nur hatte ich ihn damals gewarnt, keine Scheiße mehr zu bauen. Wie du siehst hat er meinen Rat in den Wind geschlagen. Er hat nichts aus der Vergangenheit gelernt und vermutlich wird er nie aus der Vergangenheit lernen. Solche Leute machen mich wahnsinnig«, erklärte Felix.

»Warum hast du ihn dir dann noch nicht vorgenommen? Mit deinen komischen Waffen und den ganzen Tricks die du drauf hast, sollte das doch eine Leichtigkeit für dich sein.«

»Ach Alex, wenn das so einfach wäre, säßen wir nicht hier. Ich bekomme den Kerl einfach nicht gegriffen. Der Maulwurf hatte keine Ahnung über seine Pläne und mir ging es nicht viel besser. Darum ist Andreas so wichtig, er ist die einzige Chance an Informationen ran zu kommen. Aus dem Grund solltest du dich so schnell wie möglich mit ihm in Verbindung setzen.«

»Tja Felix, wenn das so einfach wäre. Ich weiß gar nicht, wann ich das machen soll. Durch die Konferenz ist diese Woche eigentlich schon gelaufen. Daher werde ich das wohl ein wenig verschieben müssen.«

»Mach keinen Mist. Der Maulwurf ist noch am Leben, da bin ich mittlerweile ziemlich sicher. Allerdings weiß ich nicht, wie lange noch. Mr. Triple-B ist hinter ihm her und seine Jungs verstehen ihr Handwerk. Wir haben nicht mehr viel Zeit.«

»Weißt du, eigentlich würde ich die Konferenz am liebsten absagen. Die bringt doch eh nichts.«

»Daran dachte ich auch schon. Mittlerweile sehe ich das anders. Fliege ruhig nach New York, dann bist du ein paar Tage raus aus der Schusslinie.«

»Welche Schusslinie meinst du denn?«

»Erinnerst du dich an den gepanzerten Lieferwagen?« half Felix meinem Gedächtnis auf die Sprünge.

»Musst du mich denn wirklich an die Scheiße erinnern. Jetzt hatte ich die Erinnerungen daran gerade erfolgreich verdrängt«, beschwerte ich mich.

»Das ist erst der Anfang. Die Leute von Mr. Triple-B haben dich als Gegner eingestuft, mit dem ruhigen Leben ist es daher vorbei.«

»Eine blöde Frage: Mit Andreas wird es dann wohl nicht allzu viel anders aussehen?«

»So ist es. Genau genommen war der Lieferwagen auf dem Weg zu Andreas. Weil sie aber sowieso am Park vorbei kamen, haben sie noch kurz bei dir Halt gemacht. Du hattest Glück, dass die Biker für ein wenig Ablenkung gesorgt haben.«

»Noch eine blöde Frage: Woher weißt du das alles?«

»Ich hielt einen netten Plausch mit dem Fahrer. Anschließend habe ich den Lieferwagen in meinen Fuhrpark integriert«, meinte Felix mit einem verschmitzten Grinsen.

Damit war definitiv alles gesagt. Der nette Plausch hatte dem Fahrer sicherlich einige Schmerzen bereitet. Welche Foltermethoden Felix eingesetzt hatte, wollte ich wirklich nicht wissen. Viel mehr interessierte mich etwas anderes.

»Konntest du nicht in Erfahrung bringen, wer der Auftraggeber war?«

»Nichts, nicht mal einen Anhaltspunkt. Das sind echte Profis. Genau das macht mir Sorgen.«

»Puh, das macht die Sache schwierig. Nur weiß ich immer noch nicht, wann ich die Zeit finden soll, mit Andreas zu telefonieren. Kannst nicht du dich darum kümmern?«

»Nein, tut mir Leid, in dem Fall bis du gefragt.«

»Hey Felix, so schlimm ist Andreas gar nicht, du solltest ihn wirklich mal kennen lernen«, versuchte ich mein Gegenüber zu überzeugen.

»Ich kenne ihn schon, genau das ist mein Problem. Nach drei Sätzen würde ich ihm eine in die Fresse hauen. Das wäre nicht wirklich zuträglich für unserer weitere Zusammenarbeit. In dem Fall bist definitiv du gefragt, denn du bringst genug Geduld und Disziplin für den Kerl mit. Dafür bewundere ich dich wirklich«, lobte mich Felix.

»Na schön, wenn du mir schon so viel Honig um den Bart schmierst, dann werde ich Andreas gleich heute Abend versuchen zu erreichen.«

»Das hört sich doch gut an. Ich wünsche dir dann schon mal viel Erfolg beim Telefonat und süße Träume auf der Konferenz.«

Mit diesen Worten stand Felix auf und verschwand wie immer im Nichts. Ich holte mir noch eine Tasse Kaffee, bevor ich mein Handy aus der Tasche zog. Kurz überlegte ich, was ich Andreas sagen sollte. Mir kamen zwar keine sinnvollen Worte in den Sinn, doch spielte das keine Rolle. Ich holte tief Luft und klingelte bei ihm durch. Mit pochendem Herzen ließ ich es klingeln. Einmal, zweimal, nach gefühlten zehn Mal erklang am anderen Ende der Leitung endlich die Stimme von Andreas.

»Hey, hoe, was ist los?« begrüßte mich eine sehr entspannt klingende Stimme.

»Hallo, hier ist Alexander. Wie geht es dir, Andreas?«

»Spitzen mäßig, alles korrekt und cool hier. Jetzt müsste ich nur noch wissen, mit wem ich die Ehre habe. Checkst du es, ich kenne viele Alexander, da musst du meiner Peilung schon mal kurz auf die Sprünge helfen. Wann sind wir uns denn das letzte Mal begegnet?«

»Ich habe dich Mitte der Woche im Krankenhaus besucht.«

»Ach du bist das, krass! Ich hätte nie gedacht das du dich meldest. Cool, sollen wir nochmal was zusammen machen? So eine Bank ausrauben oder so, du bist ja echt übel drauf, mit dir würde ich das durchziehen. Außer du bist Bulle. So wie du mit dem Killer umgesprungen bist, könnte ich mir das echt vorstellen.«

»Nein, ich bin nicht bei der Polizei. Trotzdem bin ich für illegale Machenschaften nicht zu haben. Viel mehr würde mich interessieren, wie es mit unserem Besuch bei Ivan aussieht. Hat sich da schon etwas ergeben?« wollte ich wissen.

»Scheiße, gut dass du mich erinnerst. Den wollte ich gestern schon anrufen. Hab gehört, der braucht Leute für einen Sonder-Job. Klingt echt krass und ist was für echte Freaks. Ruf mich doch morgen wieder an, dann sag ich dir die Facts.«

Schon hatte Andreas aufgelegt. Ich starrte auf den Bild-schirm meines Handys. Hatte er wirklich aufgelegt?

Irgendwie war das Gespräch ziemlich abrupt zu Ende. Die Anzeige bestätigte mir jedoch meine Vermutung: Andreas hatte aufgelegt. Nun gut, dann würde ich mein Glück morgen noch einmal versuchen. Selbst wenn ich nicht wirklich wusste, wann ich Zeit dazu finden würde. Tatsächlich war der nächste Tag ziemlich voll gepackt. Nachdem ich meinen Koffer gepackt hatte, ging es ins Büro, um alle Unterlagen einzupacken. Anschließend ging ich noch bei Melanie vorbei, um mich zu verabschieden. Immerhin würden wir uns ein paar Tage nicht sehen.

»Ach Schatz, das ist aber nett, dass du noch einmal vorbei schaust«, freute sich Melanie über meinen Besuch.

»Gerne doch, immerhin will ich dich doch noch einmal im Original sehen, bevor ich die nächsten Tage mit einem Bild vorlieb nehmen muss.«

»Du bist wirklich verrückt, auf was für Komplimente du immer kommst. Pass auf, du kommst ja am Donnerstag zurück, dann lass uns doch telefonieren, wie es bei dir am Wochenende aussieht«, schlug Melanie vor.

»Wir können es auch ganz einfach machen: Du kommst wieder nach Feierabend am Freitag bei mir vorbei. Das hat sich doch gut bewährt«, brachte ich eine andere Idee ein.

»Ja super gerne, dann komme ich so gegen sechs Uhr am Abend zu dir. Wir können aber trotzdem am Donnerstag noch mal telefonieren«, bestätigte mein Gegenüber den Plan.

»Ich freue mich schon, dich wieder zu sehen, dann mach es mal gut.«

Zum Abschied gaben wir uns einen sehr intensiven Kuss, bevor ich mich auf den Weg zum Flughafen machte. Dort war nicht allzu viel los, weshalb ich schon bald am Gate saß und auf das Boarding wartete. Während ich im Warte- bereich saß, kreisten meine Gedanken um Melanie. Bis sich eine Erinnerung dazwischen schob. Schnell kramte ich mein Mobiltelefon aus der Tasche, um Andreas anzurufen. Eine halbe Ewigkeit musste ich es klingeln lassen, bis sich am anderen Ende eine verschlafene Stimme meldete.

»Ey, was ist denn so früh am Morgen schon los?«

»Hi Andreas, hier ist nochmal Alexander. Du wolltest doch bei Ivan nachfragen wie es aussieht. Ich bin gerade dabei meine Termine für die nächsten Tage zu planen, daher sollte ich das jetzt wissen«, erklärte ich.

Plötzlich war mein Gegenüber hell wach.

»Ja Mann, gut das du danach fragst. Wie ich wusste, hat der Kerl wirklich krasse Arbeit für uns. Am Freitag steigt die Party bei ihm. Das ist zwar super spontan, aber so ist der Ivan halt«, klärte mich Andreas auf.

»Freitag ist schlecht, da komme ich gerade aus New York zurück. Außerdem wollte ich den Abend mit Freunden feiern«, erwiderte ich.

Beim Gedanken an Melanie bekam ich Herzklopfen. Immerhin hoffte ich inständig darauf, das ganze nächste Wochenende mit ihr verbringen zu können. Da kam ein Termin am Freitag sichtlich ungelegen, vor allem weil meine Liebste am Abend ja vorbei kommen wollte. Leider blieb mein Gesprächspartner jedoch hart.

»Du kennst Ivan nicht, wenn der Freitag sagt, dann meint der auch Freitag. Da könnte selbst der U.S. Präsident nichts dran drehen. Außerdem kannst du mich doch nicht im Stich lassen. Ich habe immerhin zwei Leute angemeldet. Es geht auch erst einmal nur ums Briefing, wir sollten also schnell wieder raus sein.«

»Vielleicht lässt sich das ja irgendwie arrangieren. Um wie viel Uhr hast du uns denn angemeldet?«

»Angemeldet? Hast du einen Knall? Bei Ivan meldet sich keine an. Der sagt was er will. Friss oder Stirb, was anderes kennt der nicht. Also tauchen wir exakt um Zwei bei ihm auf.«

»Zwei Uhr Mittags oder Nachts?« fragte ich.

Immerhin kannte ich die Lebensgewohnheiten von Ivan nicht, da wäre mir zwei Uhr Nachts durchaus realistisch erschienen.

»Leider ist das Mittags, also so quasi direkt nach dem Frühstück. Das ist eine echt kritische Zeit, ich hoffe da bin ich schon fit genug. Bei Ivan muss man immer gut aufpassen, was der mit einem anstellt«, verkündete Andreas.

»Puhh, wenn es wirklich nur kurz ist, geht es klar. Ich komme dann mit dem Auto gegen 13:00 Uhr bei dir vorbei, dann bleibt uns genug Zeit zu Ivan zu fahren.«

»Krasser Plan, du bist echt abgefahren. Ich freue mich mal wieder mit dir los zu ziehen. Wir werden den Laden schon rocken. Coole Session, wir sehen uns am Freitag!« versicherte mir Andreas und legte anschließend völlig unvermittelt auf.

Ich war ganz froh über das abrupte Ende des Gesprächs, da gerade das Boarding für meinen Flug begann. Den Flug nutzte ich, um etwas Schlaf nach zu holen. So erreichte ich gut erholt das Hotel, richtete mich in meinem Zimmer ein, um direkt den Fernseher einzuschalten. Nachdem ich mich versichert hatte, dass kein Hurrikan im Anflug war, lehnte ich mich beruhigt zurück. Auf dieser Konferenz würden mich wohl keine Überraschungen erwarten. Tatsächlich traf dies voll zu, denn die Vorträge waren genauso langweilig wie auf meiner ersten Konferenz. Dafür waren Kaffee und Gespräche gut. Ich sammelte fleißig Visitenkarten, denn Kontakte konnten nie schaden. Zufrieden trat ich daher den Rückflug an. Noch auf dem Flughafen griff ich dann zum Handy, um mit Melanie zu quatschen. Wir redeten über Gott und die Welt, versicherten uns gegenseitig, wie sehr wir uns liebten und wie schön das Wochenende werden würde. Kaum hatte ich aufgelegt, zuckte ich zusammen. Genau jetzt wäre die Chance gewesen, das

Date am Freitag zu verschieben. Wer wusste den schon, was Ivan mit uns vor hatte? Auf der anderen Seite freute ich mich zu sehr darauf, meinen Schatz wieder zu sehen. Alleine daher hätte ich das Treffen ungern verschoben. Jetzt war daran ohnehin nichts mehr zu ändern, denn wie mir Melanie erzählte, lag sie bereits im Bett. Um diese Uhrzeit war das auch kein Wunder. Ich selbst wurde an diesem Tag auch nicht mehr alt. Nachdem der Koffer ausgeräumt war, legte ich mich schlafen.

Am nächsten Tag stieg ich kurz nach Mittag ins Auto, um pünktlich bei Andreas zu sein. Fast auf die Minute genau klingelte ich an der Türe seiner Residenz.

»Na, wie geht es deinem Buch?« begrüßte ich den Schriftsteller.

»Jo, es geht gut voran, ich hab die letzten Tage total den Schreib-Flash gehabt. So krasse Sachen wie neulich waren super inspirierend, da floss der Text nur so aus mir raus«, erklärte mir dieser voller Begeisterung.

»Du scheinst ja den Schock von Krankenhaus ganz gut verkraftet zu haben.«

»Was meinst du damit?« fragte Andreas, überlegte kurz, um sich seine Frage selbst zu beantworten: »Ach, das war doch voll chillig. Klar, im ersten Moment hat mich das schon geschockt, der Kerl mit der Wumme war schon übel. So im Nachgang finde war die Erfahrung aber echt krass, das hat mich total inspiriert.«

»Dann bin ich ja mal auf dein Buch gespannt. Zuerst müssen wir jetzt aber zu Ivan kommen. Du weißt doch bestimmt von wo aus der Shuttle-Service fährt.«

»Puhh, keine Ahnung, beim letzten Mal hat mich ein anderer Kumpel mitgenommen. Ich habe mir aber die Adresse aufgeschrieben. Warte kurz, ich habe sie gleich«, meinte Andreas und kramte in seiner Hosentasche, »der Zettel muss doch hier irgendwo sein.«

Gerade als in mir Zweifel aufstiegen, dass Andreas seinen Aufschrieb auch tatsächlich eingesteckt hatte, zog er tatsächlich ein Stück Papier aus seiner Tasche.

»Hier ist sie. Ich habe allerdings keine Ahnung wo das ist. Hoffentlich kennst du dich ein wenig in der Stadt aus. Sonst müssen wir halt jemanden Fragen, ich will nämlich ungern zu spät kommen.«

»Solange du nicht wieder auf die Fahrbahn springst, um dich mit einem Motorradfahrer zu kloppen ist alles gut. Ansonsten gibt es ein magisches Gerät, das fast alle Wege kennt. Man nennt es Navi.«

Ich nahm die Notizen von Andreas entgegen und entzifferte mit viel Mühe die Schrift.

»Die Adresse sagt mir nichts«, gab ich mit krauser Stirn zu, »aber mein magisches Gerät wird sie schon finden.«

»Super mega abgefahren, da bin ich mal gespannt auf deine schlaue Kiste. Ach ja, damit du nachher nicht meckerst: Seine Kumpels sind ein bisschen freaky. Die sind super abgefahren, aber sonst ganz in Ordnung. Die bringen uns dann zum Boss.«

»Was für ein Aufwand für einen kurzen Plausch, aber gut, was will man machen. Wir sollten jetzt aber mal starten, sonst kommen wir zu spät.«

Ich schob Andreas aus der Tür und in das Auto. Dort schlief er auf dem Beifahrersitz direkt ein. Ja, für ihn war es wohl noch mitten in der Nacht. Mir war das aber ganz recht, denn so hatte ich Ruhe vor seinem Geschwätz. Da ich mich voll auf das Navigationssystem konzentrieren konnte, erreichte ich problemlos unser Ziel. Ich parkte das Auto am Straßenrand und weckte meinen Beifahrer. Dieser schreckte hoch, schaute sich um, schüttelte sich und zeigte schließlich auf das Haus neben uns.

»Hier muss es sein. Ich erinnere mich ganz genau an die Fassade. Die müsste mal dringend neu gestrichen werden.

Innen sieht es dagegen ganz passabel aus. Nun also, da sich von außen nichts getan hat, kann ich dir super safe sagen, dass wir hier richtig sind.«

»Was für eine Überraschung, das Navi hat tatsächlich das richtige Haus gefunden. Ein echtes Wunderwerk der Technik. Leider hat es mir aber nicht angezeigt, wo wir klingeln sollen. Da musst du jetzt wohl aktiv werden.«

»Keine Sorge, daran kann ich mich noch ganz genau erinnern«, meinte Andreas.

Zielstrebig ging er auf den Hauseingang zu und drückte einen der vielen Klingelknöpfe. Tatsächlich surrte gleich darauf der Türöffner und gab den Weg ins Innere frei. Während wir die Treppe nach oben stiegen, spürte ich mein Herz klopfen. Was mich dort wohl erwarten würde? Mit jeder Stufe die ich auf der Treppe zurück legte zweifelte ich mehr daran, dass es eine gute Idee war hier her zu kommen. Wenn Ivan zur Riege von Mr. Triple-B gehörte, musste er bestens über meine Person informiert sein. In dem Fall würde er mich als Feind einstufen, was sicherlich unschön enden würde. Auf der anderen Seite konnte ich mich als treuer Spion ausgeben, der Andreas auslieferte. Vielleicht war Ivan aber auch nur einer dieser dubiosen ehemaligen Geheimdienst-Mitarbeiter, der Verbindungen zu den verschiedensten Gestalten der Unterwelt pflegte. In jedem Fall ging ich mit diesem Besuch hier ein großes Risiko ein. Selbst wenn ich schon manche brenzlige Situation überstanden hatte, hier musste ich extrem vorsichtig sein. Dies wurde mir deutlich vor Augen geführt, als wir im Dachgeschoss eine offene Türe durchschritten. Ich folgte Andreas in die Wohnung und wurde direkt von einer unwahrscheinlich kräftigen Hand gepackt. Wie ein Schraubstock hielt er meine Arme fest, während mich ein anderer ebenfalls gut gebauter Kerl durchsuchte. Er zog sämtliche Besitztümer aus meinen Taschen, die sich allerdings auf Handy, Schlüsselbund und Geldbeutel beschränkten. Während ich die beiden letzten Dinge zurück bekam, blieb mein Mobiltelefon in Gewahrsam. Da die Jungs auf keinerlei Anfragen reagierten, konnte ich sie auch nicht davon überzeugen, auch mein Handy zurück zu geben. Jedoch wurde ich nach der Untersuchung aus der Umklammerung entlassen. Die Kerle brachten uns in die Wohnung, wo sich die Schläger-Typen aus dem Flur auf Russisch mit einem zierlichen, düster blickenden Mann unterhielten. Auf ein Kommando hin verschwanden die Leibwachen, während wir in sehr gutem Deutsch ange-sprochen wurden.

»Ihr seid pünktlich, das gefällt mir. Ivan wird das sicher-lich auch gefallen. Bevor ihr aber zu ihm gebracht werdet muss ich euch noch über einige Dinge aufklären«, meinte der Kerl.

Er wandte sich mit ein paar Worten an Andreas: »Erstmal scheint dein Bekannter sauber zu sein. Das ist gut und erspart dir eine Menge Ärger. Trotzdem werden wir eure Handys einbehalten, bis ihr wieder zurück seid. Wenn wir dann beim Chef sind, hört ihr euch an, was er zu sagen hat und fertig. Ihr stellt keine komischen Fragen und schaut euch auch nicht unnötig im Gebäude um. Macht genau was euch gesagt wird, dann bekommt ihr auch keinen Ärger. Habt ihr jetzt noch Fragen?«

»Ist es wirklich notwendig unsere Mobiltelefone einzube-halten? Auf meinem Gerät sind nämlich sehr persönliche Daten gespeichert, daher hätte ich es gerne bei mir«, merk-te ich an.

Andreas schaute mich bei dieser Frage böse an. Als sich der Gesichtsausdruck unseres Gegenüber verfinsterte, wusste ich auch warum. Mit schroffen Worten brachte die zierliche Person seine Verärgerung zum Ausdruck.

»Ich gebe hier die Regeln vor! Entweder du befolgst sie

oder du kannst gehen. Mehr gibt es nicht zu sagen«, gab er mir kurz aber bestimmt zu verstehen.

»Nein, ist schon in Ordnung, ich wollte nur höflich fragen, wenn nicht dann nicht.«

»Gut, dann bringen wir euch jetzt zu ihm.«

Kaum hatte der Kerl ausgesprochen, standen seine Lakaien im Zimmer. Sie zogen jedem von uns eine blickdichte Kappe über, führten uns die vielen Treppenstufen nach unten und stießen uns schließlich in einen Wagen. Wir fuhren schier endlos in der Stadt umher, durch zahllose Kurven, verbunden mit unzähligen Richtungswechseln. Selbst wenn ich die Stadt sehr gut kannte und viel unterwegs war, verlor ich schon nach kurzer Zeit die Orientierung. Zwar versicherte mir Andreas, dass es sich dabei um das übliche Vorgehen handeln würde, doch mein Unbehagen konnten seine Worte nicht wirklich beseitigen. Endlich wurde der Motor abgestellt und wir in eine große Eingangshalle geführt. Dort nahm man uns die Kopfbedeckung ab, weshalb sich meine Stimmung merklich besserte. Ich ließ meine Blicke durch die Halle schweifen, die mir irgendwie vertraut vorkam. Während ich grübelte, woher ich das Anwesen kannte, erntete ich einen Tritt von meinem Begleiter gegen das Schienbein.

»Nicht umschauen!« zischte er mir zu.

Mühsam hielt ich meine Blicke unter Kontrolle und fixierte die Türe auf der gegenüberliegenden Seite. Aus dieser kam eine Gruppe bewaffneter Leibwächter die uns quer durch das Anwesen führten. Schließlich erreichten wir einen fensterlosen Raum, in dem uns aufgetragen wurde zu warten. Dieser Raum kam mir ebenfalls bekannt vor. Ich konnte mich gegen den Eindruck nicht wehren, hier schon einmal gewesen zu sein. Genau in diesem Raum. Hier hatte ich schon einmal gewartet. So sehr ich mich jedoch bemühte, mir kam nicht in den Sinn wann und warum ich hier war. Diese Ungewissheit machte mich verrückt. Unruhig ging ich auf und ab.

»Du machst mich ganz nervös«, beschwerte sich Andreas, der gemütlich auf einem der Stühle platz genommen hatte.

»Vermutlich ist das gar nicht verkehrt. Hier gibt es nämlich jede Menge Gründe beunruhigt zu sein«, gab ich zurück.

»Ach was, Ivan ist echt in Ordnung. Entspann dich einfach und lass die Szene auf dich wirken. Dann kannst du die Erfahrungen total genießen.«

»Na dir scheint dein Leben ja ziemlich egal zu sein.«

»Was redest du da? Wir sind doch nicht in Gefahr. Schau dir die ganzen Wachen an, die sorgen schon für Ordnung«, teilte mir Andreas seine Einschätzung der Lage mit.

»Die Frage ist nur, was für eine Vorstellung von Ordnung die haben«, gab ich zu bedenken.

»Was meinst du denn damit?«

Ich kam nicht mehr dazu meinen Begleiter eine Antwort zu geben, da sich die Türe öffnete. Uns wurde mitgeteilt, dass Ivan nun Zeit für uns hatte. So folgten wir den Bodyguards in einen angrenzenden Raum. Dort saß ein stämmiger Mann an seinem massiven Holzschreibtisch. Ich zuckte zusammen, als ich das Gesicht erblickte. Ja, ich kannte diesen Kerl. Ja, er gehörte zur Riege von Mr. Tripel-B. Ja, er konnte uns nicht wohlgesonnen sein. Hektisch schaute ich mich um, konnte aber keine Möglichkeit zur Flucht ausmachen. Die Wachen hatten alles im Griff. Mir blieb wohl nur übrig, auf mein Schicksal zu harren. Dies schien auch gar nicht so hart zu sein als erwartet, denn der Kerl begrüßte uns freundlich.

»Guten Tag meine Herren. Wie ich hörte seid ihr auf der Suche nach Arbeit?«

»Genau, wir hätten gerne wieder so etwas Interessantes wie beim letzten Mal«, machte Andreas deutlich, um was es ihm ging.

Ich atmete innerlich auf, denn scheinbar war Ivan nicht nachtragend. Vielleicht benötigte er auch dringend Leute für diesen Job und hob sich seinen Unmut daher für später auf. In jedem Fall hielt ich mich erst einmal zurück und verfolgte weiter das Gespräch zwischen Andreas und Ivan.

»Du hast ein ganz schön großes Mundwerk für deine Leistung«, gab Ivan zu bedenken und blickte dabei in Richtung Andreas.

»Wieso? Das lief doch einwandfrei«, gab dieser zurück.

»Nicht ganz«, urteilte der Mann hinter dem Schreibtisch.

Er gab ein Handzeichen, woraufhin sich eine Seitentüre öffnete. Mir stockte der Atem als Froxx durch die Türe schritt. Es lief mir ein kalter Schauer den Rücken hinunter, als mich der Blick des Killers traf. Ein paar Schrammen in seinem Gesicht zeugten von dem Zusammenstoß mit dem Auto. Ohne Zweifel war Froxx nicht wirklich gut auf mich zu sprechen. Ohne Zweifel sollte ich die letzten Momente meines Lebens genießen. Meine Einschätzung schien sich zu bestätigen, als Froxx seine Pistole zog.

»Mein Arbeitgeber war sehr unzufrieden und ich halte viel von seiner Meinung«, verkündete Ivan.

Ich zuckte zusammen als Froxx einen Schuss aus seiner Waffe abfeuerte. Angestrengt presste ich den Atem aus meinem Brustkorb. War das mein Schicksal? War mein Leben hier zu Ende? Dafür fühlte ich mich eigentlich noch zu lebendig. Verwundert schaute ich an mir herunter. Nein, ich konnte kein Einschuss erkennen. Bis ich neben mich schaute. Mein Begleiter lag regungslos auf dem Boden. Mit versteinertem Blick starrte ich auf den leblosen Körper von Andreas. Ich starrte und versuchte irgendwie zu realisieren, was hier vor sich ging. Es kam mir vor als wäre all das irreal. Als würde vor meinen Augen ein Film ablaufen. Ich konnte einfach nicht glauben, was hier gerade passiert war. Jedoch riss mich die Stimme von Ivan aus meinen Träumen und holte mich in die Realität zurück.

»Andreas war ein unzuverlässiger Mitarbeiter und er hat seinen Lohn bekommen. Du bis auch ein unzuverlässiger Mitarbeiter. Mehrfach hat dich Sabrina gewarnt, doch du hast nicht gehört. Wir haben dir die Chance auf einen Neuanfang gegeben. Du hast es vermasselt. Du hättest ein treuer Spion von Mr. Triple-B werden können, doch du wolltest lieber deine eigenen Wege gehen. Eigentlich hättest du nichts anderes als den Tod verdient. Eine kleine Schonfrist bekommst du aber noch, denn so ein schmerzloser Tod wie Andreas steht dir nicht zu«, verkündete Ivan.

Von hinten spürte ich einen Stich in meine Wirbelsäule. Noch bevor ich mich fragen konnte was das zu bedeuten hatte, brach ich bewusstlos zusammen.

Gefangen im Alptraum

Ich erwachte auf einer harten Liege. Mit großer Anstrengung öffnete ich die Augen, um in die Dunkelheit des Raumes zu starren. Irgendwie kam mir das alles bekannt vor. Diese Liege, diese Dunkelheit, nur die Kopfschmerzen fehlten. Bei genauerer Betrachtung war auch die Dunkelheit nicht ganz so ausgeprägt wie sonst. Ich legte meinen Kopf zu Seite und versuchte irgendwelche Gegenstände in meiner Nähe zu erspähen. Allerdings konnte ich nichts erkennen. Mit viel Mühe richtete ich mich auf und setzte mich auf den Rand der Liege. Eigentlich hätten die zwei Soldaten schon längst hier sein müssen, um mich abzuholen. Nur, wo sollten sie mich hinbringen? Zu Ivan? Was hatte dieser wohl mit mir vor? Würde ich genauso hingerichtet werden, wie Andreas? Warum war das noch nicht passiert? Egal was kam, ich konnte hier nicht einfach nur sitzen und auf mein Schicksal warten. Es musste einen Weg zur Flucht geben. Auch wenn ich mich ziemlich schwach fühlte, setzte ich meine Füße auf den Boden. Mit eisernem Willen ging ich langsam geradeaus. Ein paar Schritte später berührten meine Hände kalten Stein. Ich begann die Wand abzutasten. Schritt für Schritt ging ich sie ab und hoffte einen losen Stein oder einen Schacht zu finden. Jedoch war außer einer massiven Metalltüre nur glatter, kalter Beton zu spüren. Ebenso massiv war der Boden ausgelegt. Es gab nicht einmal einen Abfluss für eindringendes Wasser. Die massive Bauweise dieses Kerkers ließ meine Hoffnungen auf eine Flucht schnell schwinden. So setzte ich mich auf die unbequeme Liege und harrte der Dinge, die auf mich zukommen würden. Lange musste ich auch nicht mehr warten. Die Beleuchtung blitzte auf und flutete den Raum im grellen Schein von unzähligen Leuchtstoff-Röhren. Ich sprang auf, als sich einige Zeit später die Türe öffnete. Ivan betrat den Raum, gefolgt von Froxx und zwei Leibwachen. Eine der Wachen stellte einen Stuhl in die Mitte des Raumes.

»Setze dich doch«, lud mich Ivan ein.

»Nein danke, ich stehe lieber«, antwortete ich.

»Ganz schön taff, für einen Mann in deiner Situation. Ich denke du solltest dich lieber setzen.«

»Ich bleibe dabei, ich stehe.«

»Gut, du musst es wissen. Ich stelle meine Fragen auch wenn du stehst.«

Ivan stemmte sich auf die Lehne des Stuhls, als er fort fuhr: »Du kannst dir bestimmt denken warum du hier unten steckst?«

»Woher soll ich das wissen?« war alles was ich heraus brachte.

»Ich warne dich! Du bist besser kooperativ. Das erspart dir eine Menge Schmerzen. Also frage ich nochmal: Warum glaubst du haben wir dich hier eingesperrt?«

»Ich weiß es nicht, ehrlich. Was soll ich denn sonst dazu sagen?«

Bei mir machte sich Verzweiflung breit. Auch wenn ich wirklich gerne auf die mir angedrohten Schmerzen verzichtet hätte, so wusste ich einfach keine Antwort auf Ivans Frage.

»Dann denk mal scharf nach. Sonst können wir dir auch gerne beim Denken helfen«, drohte mein Gegenüber.

Ich überlegte kurz, wusste aber wirklich keine Antwort auf diese Frage. Als Reaktion auf mein Schweigen gab Ivan ein Zeichen mit seiner Hand. Daraufhin trat Froxx nach vorne und rammte mir seine Faust mit voller Wucht in den Magen. Ich ging zu Boden und krümmte mich vor Schmerz.

»Ich hoffe das hat deinen Gedanken etwas auf die Sprünge

geholfen.«

Hustend lag ich auf dem Boden, unfähig nur ein einziges Wort von mir zu geben.

»Du bekommst etwas Bedenkzeit, aber dann will ich Antworten hören.«

Schon verschwand Ivan mit seiner Gefolgschaft aus dem Kerker. Das Licht erlosch und ließ mich mit meinen Schmerzen in der Dunkelheit zurück. Als ich mich etwas erholt hatte, setzte ich mich auf den Rand der Liege. Meine Gedanken kreisen um die Frage von Ivan. Langsam dämmerte mir, was er meinte. Ivan sah mich als Abtrünniger an. Erst hatte ich Mr. Triple-B gute Dienste geleistet und dann wurde ich rebellisch. Das zumindest musste die Sicht von Ivan sein. Soweit so schlecht, nur was wollte der Kerl von mir hören? Mir hat niemand die Spielregeln von Mr. Tripel-B erklärt, wie konnte ich sie also einhalten? Mein Problem war nur, dass Ivan davon sicherlich nichts wissen wollte. Meine Befürchtung bestätigte sich auch, als Ivan erneut den Raum betrat.

»Ich hoffe die Bedenkzeit hat deinem Spatzen-Hirn zu Höhenflügen verholfen«, eröffnete dieser das zweite Verhör.

»Warum sagen Sie mir nicht einfach um was es geht§, erwiderte ich kopfschüttelnd.

»Na schön, den Gefallen will ich dir tun. Mich interessiert, für wen du arbeitest.«

»Könnten Sie konkreter werden? Ich meine, Sie wissen doch für welches Unternehmen ich arbeite, Sabrina war ja auch dort.«

Ich schüttelte fragend den Kopf, weil ich wirklich keinen blassen Schimmer hatte, was der Kerl von mir wollte. Mir war dabei zwar klar, dass ihm die Antwort nicht gefallen würde, doch etwas anderes fiel mir nicht ein. Außerdem hatte ich eine andere Frage erwartet. Nur schien ihn überhaupt nicht zu interessieren, weshalb ich in seinen Augen abtrünnig geworden war. Zumindest konnte ich das aus seiner Frage nicht ablesen. Genau auf diesen Punkt zielte die Frage jedoch ab, wie mir Ivan mit wutentbrannter Miene klar machte.

»Versuche nicht mich zu verarschen! Du weißt genau um was es geht. Mich juckt dein scheiß Job einen feuchten Dreck! Du rebellierst gegen den Willen des Höchsten und ich will wissen warum!«

Was sollte ich dazu sagen? Genau auf diese Frage gab es keine Antwort. Ich kannte den Willen von Mr. Triple-B nicht. Wie sollte ich ihn berücksichtigen? Während ich krampfhaft nach einer schlüssigen Antwort rang, brachte sich Froxx in Stellung. Da ich seinen letzten Schlag noch schmerzhaft in Erinnerung hatte, rang ich um irgendeine Antwort.

»Halt, ich sag es ja. Ich arbeite für den Maulwurf. Er hat mich beauftragt seine Rückkehr vorzubereiten«, gab ich schließlich vor.

Froxx ließ mich mit einem erneuten Schlag in den Magen wissen, dass meine Antwort nicht zufriedenstellend war. Während ich am Boden nach Luft rang, verkündete Ivan seine Meinung zu meiner Aussage.

»Drecksack! Du denkst wohl, du bist besonders schlau, was. Der Maulwurf ist längst aufgespürt. Das ist nur eine Frage der Zeit bis wir ihn haben. über eine Rückkehr denkt da niemand nach«, war seine Einschätzung der Lage.

Ivan zerrte mich auf den Stuhl, packte meine linke Hand und fuhr der fast unsichtbaren Narbe entlang.

»Wer war das? Das ist die Frage, die alle hier interessiert«, ließ er endlich die Katze auf dem Sack.

Schlagartig wurde mir bewusst auf wen sie es abgesehen hatten. Felix war ihnen wohl ein Dorn im Auge und ich sollte ihn ausliefern. Doch kam das für mich nicht in

Frage.

»Das war ein Insektenstich, mehr nicht«, meinte ich mit einem schmerzhaften Husten.

»So so, das war also ein Insekt?« kommentierte Ivan meine Aussage.

Plötzlich zog er ein Messer aus der Tasche und rammte es mir in die Hand.

»Denk noch ein wenig über das Insekt nach.«

Mehr nahm ich nicht mehr wahr, denn ich wurde von dem Schmerz überwältigt. Bewusstlos brach ich zusammen.

Als ich auf dem kalten, mir gut bekannten Boden des Verlieses erwachte, schmerzten Bauch und Hand noch immer unbeschreiblich. Allerdings stellte ich mit Erstaunen fest, dass meine linke Hand mit einem Verband versehen war. Ich kämpfte gegen meine Schmerzen an, doch trotz eisernem Willen schaffte ich es nicht aufzustehen. So kroch ich auf allen Vieren über den Boden und versuchte mich in der Dunkelheit zurecht zu finden. Langsam ging es nach vorne, bis ich mit dem Kopf sanft an die Stuhlkante stieß. Ich zog mich am Sitz nach oben, stützte mich auf die Lehne und kam so tatsächlich auf die Beine.

Da stand ich nun und fragte mich, was ich wohl machen sollte. Aus diesem Kerker gab es kein Entkommen und sicherlich würde Ivan bald zurückkehren. Was für schreckliche Qualen er dieses Mal mitbringen würde, wollte ich gar nicht wissen. Früher oder später würde ich sicherlich Felix verraten oder sterben, um ihn zu schützen. Beides war keine gute Perspektive für die Zukunft.

Ich hatte schon mit meinem Leben abgeschlossen und erwartete jeden Moment die Rückkehr von Ivan. Meine Vermutung schien sich zu bestätigen, denn schon leuchtete das Licht auf. Die Türe blieb seltsamer Weise jedoch verschlossen. Ich fragte mich, was das zu Bedeuten hatte, als mich plötzlich ein lauter Knall zu Boden warf. Mit letzter Kraft richtete ich mich auf und erblickte mit großer Überraschung Felix, der zu mir trat.

»Wie geht es dir, kannst du gehen?« fragte er mich.

Anstatt zu antworten musste ich jedoch zunächst meiner Verwunderung Luft machen.

»Felix, was machst du denn hier?« brach es aus mir heraus.

»Das werde ich dir später erklären, jetzt nimm erst einmal das hier.«

Er kramte eine Pille aus seinem Rucksack und drückte sie mir in die Hand.

»Was soll ich damit?« wollte ich wissen.

»Jetzt stell dich nicht so an«, gab mein Befreier in genervtem Ton von sich, »du musst das Ding schlucken, das wird doch nicht so schwer zu erraten sein.«

»Ist das irgendeine Droge?«

»Alex! Ich habe jetzt keine Zeit mit dir zu diskutieren, halt einfach das Maul und schluck das Ding!«

Ich zögerte kurz, bevor ich mir die Pille in den Rachen warf. Kaum hatte ich sie geschluckt spürte ich neue Kraft in meinen Körper. Ich fühlte mich, als könne ich Bäume ausreisen. Von den Schmerzen war nichts mehr zu spüren.

»Hey Felix, das Zeug ist ja echt der Hammer«, gab ich anerkennend zu.

»Gut, dann halte die Klappe und komm mit«, befahl mein Gegenüber.

»Eine Frage noch: Warum hast du dein Plasmagewehr dabei?«

»Weil es prima als thermischer Türöffner funktioniert«, klärte mich Felix auf.

Weitere Fragen konnte ich nicht stellen, denn schon sprang Felix mit zwei Sätzen ins Treppenhaus. Vorsichtig schlich er nach oben. Bevor ich ihm folgte, blieb ich noch kurz in dem Durchgang stehen. Dort wo einst eine massive Eisentüre den Weg versperrte, war nur noch eine metallisch glänzende Lache auf dem Boden zu erkennen. Ich bekam eine Gänsehaut, als mir bewusst wurde, was für eine mächtige Waffe Felix da in Händen hielt. Einen kurzen Augenblick verharrte ich an der Lache aus erstarrtem Metall, bevor ich mit schnellen Schritten die Treppe hinauf ging. Einige Stufen führten nach oben, wo wir einen dunklen Korridor erreichten. Felix zog ein Nachtsichtgerät aus seinem Rucksack und prüfte den Gang.

»Gut, Ivan ist noch nicht hier. Kannst du meinen Gewehr nehmen?« wandte er sich mir zu.

Ich nickte meinem Begleiter zu und nahm das gute Stück vorsichtig in meine Hände. Dabei stellte sich bei mir ein leicht mulmiges Gefühl ein. Solch eine mächtige Waffe wollte ich nicht aus versehen auslösen. Daher hielt ich sie sehr behutsam in beiden Händen.

»Halte dich nahe bei mir«, wies Felix an.

Er ging mit vorsichtigen Schritten voran und warf immer wieder prüfende Blicke durch das Nachtsichtgerät. Dabei schien er jedoch nichts Beunruhigendes zu erkennen. Plötzlich bog er rechts in einen Seitengang. Er presste sich an die Wand und richtete sich flüsternd an mich

»Sie kommen!« verkündete er.

Das Nachtsichtgerät wanderte zurück in den Rucksack, dafür zog er sein Gauss-Gewehr heraus. Anschließend stellte er den Rucksack vorsichtig auf dem Boden. Tatsächlich sprang in diesem Moment die Beleuchtung an. Der Gang wurde in ein fahles Licht getaucht, während aus der Ferne Schritte zu hören waren. Mein Puls raste und der Atem stockte, als die Schritte näher kamen. Ich wand mich Felix zu um ihm mit meinen Fingern zu bedeuten, dass es sich um vier Personen handelte. Er nickte mir zu, zum Zeichen, dass er verstanden hatte. In unendlicher Anspannung kauerten wir in unserem Versteck und lauschten in den Flur. Ich hielt die Luft an, als uns die Spitze der Gruppe passierte. Doch während Ivan und Froxx zielstrebig an uns vorüber gingen, drehte sich einer der Wächter zur Seite und blickte in unsere Richtung. Ein leises Zischen erklang und nur den Bruchteil einer Sekunde später wurde unser Entdecker von einem Projektil tödlich getroffen. Noch bevor ich überhaupt realisieren konnte was passiert war, ging auch schon die zweite Wache zu Boden. Felix warf seine Waffe zu Boden, entriss mir das Plasmagewehr und sprang in den Gang. Einen lauten Knall später wurde die Luft vom beißenden Gestank verkohlter Haut erfüllt. Ich streckte vorsichtig meinen Kopf ums Eck, um einen Eindruck der Szene zu erhaschen.

Felix winkte mir zu: »Komm ruhig raus, die Gefahr ist vorbei.«

Ich stieg über die beiden Wächter und betrat den Korridor. Da sich der beißende Gestank langsam verzog, atmete ich tief durch.

»Ist das Ivan?« wollte mein Begleiter wissen.

Er deutete auf eine am Boden liegende Person, die er im selben Moment mit einem massiven Tritt in den Magen malträtierte.

»Ja, das ist Ivan, wobei der nicht mehr allzu gesund aussieht«, beantwortete ich die Frage meines Begleiters.

Anschließend schaute ich mich kurz im Gang um und fragte dann: »Wo ist eigentlich Froxx? Der war doch auch immer dabei?«

»Ach, das war vermutlich der hier«, klärte mich Felix auf.

Bei diesen Worten zeigte er auf zwei verkohlte Stiefel, die im Flur standen. Ich starrte verwirrt auf den kleinen Haufen Asche, wandte meinen Blick Felix zu, um anschließend noch einmal die Stiefel zu betrachten. Schließlich begriff ich was passiert war. Ich sank zu Boden, während mir Tränen in die Augen schossen.

»Felix, was für eine Waffe hast du da.«

Völlig unberührt erwiderte dieser: »Das ist ein Plasmagewehr, das hatte ich dir doch schon mal gesagt.«

»Aber du kannst doch damit nicht einfach Menschen auflösen.«

»Das war meine gute Tat für heute.«

Die Tränen tropften von meinem Gesicht auf den Boden als ich schluchzte: »Was bist du für ein Mensch, Felix?«

Dieser drehte sich zu mir um und antwortet: »Wenn ich das wüsste, Alexander.«

Anschließend setzte er sich neben mich auf den kalten Boden und umarmte mich liebevoll.

»Ich weiß, das hier ist ein hartes Brot für dich. Es ist kein Kinofilm, sondern real. Darum geht es auch um unser echtes und einziges Leben. Wir müssen sehen, wie wir hier raus kommen und zwar lebendig«, versuchte er mir Mut zu machen.

Behutsam wischte er mir die Tränen aus den Augen. Ich schluckte mehrmals, bevor es mir gelang zu antworten.

»Es, es tut mir Leid. Du hast recht, aber mich hat das so überwältigt. Lass uns von hier verschwinden«, gab ich von mir.

Ich wischte mir die Tränen aus meinen Augen und schüttelte mich, um die Angst aus meinen Gedanken zu vertreiben. Felix reichte mir die Hand und half mir aufzustehen.

»Gut, dann gehen wir mal zum nächsten Teil über. Irgendwo müsste Ivan Hinweise zum Verbleib des Maulwurfs haben«, sagte Felix.

»Nicht nur Hinweise, zu mir meinte er, sie hätten den Standort schon gefunden«, klärte ich meinen Mitstreiter auf.

»Mist, dann sollten wir uns beeilen. Los komm!«

Er schlüpfte in die Uniform der am Boden liegenden Wache und wies mich an es ebenso zu tun. Kurz darauf waren wir perfekt als Söldner des Hauses getarnt. Sorgsam räumten wir die Überreste des Kampfes bei Seite. Während die leblosen Körper ein Stockwerk tiefer in meinem Kerker landeten, versteckten wir Rucksack und Plasmagewehr in einem Lüftungsschacht. Mit schnellen Schritten durchquerten wir schließlich den Gang. Hinter der Ausgangstüre, erwarteten uns dabei zwei Soldaten, die Wache hielten.

»Hey, wo ist der Chef?« wollte einer der Jungs wissen.

»Die Beiden sind noch bei dem Gefangenen geblieben. Alleine quält es sich halt besser. Außerdem leistet der Waschlappen eh keinen Widerstand«, erklärte Felix.

»Ich weiß ja eh nicht was die mit dem Kerl haben. Dem würde ich eine Kugel im Kopf verpassen und gut ist. Das ist doch nur so ein Idiot, der zur falschen Zeit am falschen Ort war.«

Ich musste mich schwer zurück halten, um dem Kerl nicht mein Gewehr über den Schädel zu ziehen. So eine Frechheit hatte ich noch nie über mich ergehen lassen. Felix schien meine Erregung zu bemerken und fasste sich daher kurz.

»Was auch immer, der Chef wird schon wissen was er tut. Wir müssen jetzt aber mal weiter zur Ablöse«, meinte er.

»Jo stimmt, Jimmy hat mich schon angefunkt, wann ihr endlich auftaucht.«

Ohne weitere Worte machten wir uns auf den Weg nach oben. Da ich wusste, wo das gesuchte Zimmer zu finden war, führte ich uns zielstrebig durch das Anwesen. Vor Ivans Büro erwarteten uns zwei ungeduldige Männer in Uniform.

»Es wird langsam Zeit, dass ihr auftaucht. Wir stehen uns hier schon die Beine in den Bauch«, ließ einer von ihnen verärgert verlauten.

»Schon gut, aber wir können auch nichts dafür wenn der

Chef ausgerechnet uns mit in Keller nimmt«, gab ich zurück.

»Was auch immer, auf jeden Fall seid ihr jetzt hier. Wir verschwinden dann mal.«

Zügig machten sich die Beiden aus dem Staub. Wir postierten uns an der Türe als wollten wir tatsächlich die Wache übernehmen. Als von den Söldnern keine Spur mehr zu sehen war, machten wir uns an der Türe zu schaffen, die allerdings verschlossen war. Felix zögerte nicht lange und öffnete die Türe mit einem kräftigen Tritt. Mit einem lauten Krachen gab sie den Weg ins Innere frei. Zu meiner Verwunderung schien das jedoch niemanden zu interessieren. Zumindest blieben wir eine ganze Zeit alleine. Dennoch war Eile geboten und so durchwühlten wir hektisch den Schreibtisch und diverse Wandschränke. Schließlich warf mir Felix einen Geldbeutel zu.

»Ist das deiner?« wollte er wissen.

Ich warf einen Blick ins Innere: »Nein, so viel Geld war bei mir nicht drin.«

»Egal, dann behalte ihn einfach.«

»Warte, ich hab Geldbeutel und Schlüssel von mir gefunden«, verkündete ich schließlich, »Die waren in einem der Wandschränke.«

»Schön für dich, jetzt brauchen wir nur noch Infos über den Maulwurf«, erinnerte Felix an den eigentlichen Grund der Aktion.

»Hier, hinter dem Bild ist ein Tresor«, bemerkte ich.

Schon stand Felix neben mir. Er schaute sich die Türe kurz an, drehte etwas an den drei Rädern, woraufhin der Tresor aufsprang. Felix zog einen Laptop aus dem Inneren, öffnete das Gehäuse unsachgemäß mit brachialer Gewalt und entnahm die Festplatte. Anschließend nickte er mir zu. Wir warfen unsere Waffen weg und rannten aus dem Büro. Am nächsten Eck trafen wir auf eine Patrouille, die wohl gerade nach dem Rechten schauen wollten.

»Scheiße, Jungs«, hechelte Felix in gespielter Erschöpfung, »da läuft was richtig Großes. Löst schnell Alarm aus, wir haben es gerade noch lebend da raus geschafft. Wir sammeln uns im Foyer.«

»Verstanden Sir!« nahmen die beiden Söldner unsere Anweisung entgegen.

Gemeinsam liefen wir hinunter in die Eingangshalle, wo sich bereits eine ordentliche Menge an Söldnern versammelt hatte. Felix wandte sich an die Menge und beschrieb ihnen, wie große, unbekannte Kriegsmaschinen oben eingebrochen waren. Mit lebhafter Fantasie schmückte er unseren angeblichen Kampf aus und forderte den Trupp auf, sich schwer zu bewaffnen. Außerdem würde jeder Mann für diesen Kampf benötigt werden. Wie ein Hauptmann teilte er die Leute in Gruppen auf und gab Kommandos. Schnell schwärmten die Krieger in alle Himmelsrichtungen aus und ließen uns alleine in der Halle zurück.

»Wir haben nicht viel Zeit«, teilte mir Felix mit.

Wir rannten hinunter in den Keller, um unsere Ausrüstung zu holen. Da keine Zeit zum umziehen blieb, stopften wir unsere Klamotten einfach in Felix Rucksack, der erstaunlich viel Raum bot. Auf dem Rückweg bog Felix in einen der Seitengänge ab. Er trat scheinbar willkürlich eine Türe ein, um anschließend den Elektro-Verteiler des Hauses mit seiner Waffe einzuschmelzen. Schnell hasteten wir durch den dunklen Gang zurück an die Oberfläche. Gerade als wir die letzten Stufen nach oben zurück legten, flog die Ausgangstüre auf. Hastig brüllte Felix den eintretenden Soldaten an.

»Schnell, holt Verstärkung! Sie sind überall, wir brauchen jeden Mann!« gab Felix wild gestikulierend von sich.

Zwei Sekunden stand unser Gegenüber perplex da und wusste nicht wie ihm geschah. Wir nutzten die Zeit, um an ihm vorbei zu huschen und das Weite zu suchen. Mit einem beherzten Hechtsprung konnten wir uns gerade noch ums Eck in Sicherheit bringen, bevor uns der Kugelhagel aus dem Sturmgewehr zu Schweizer Käse verarbeiten konnte. Hektisch kramte Felix in seinem Rucksack und förderte eine Keksdose zu tage. Er drückte einen Knopf und ließ sie ins Foyer rollen.

»Weg hier!« rief er mir zu.

Wir legten den Sprint unseres Lebens hin, sprangen am Ende des Gangs durch ein Fenster in die Freiheit, um unseren Lauf im Vorgarten fort zu setzen. Plötzlich warf sich Felix auf mich. Gemeinsam gingen wir zu Boden.

»Kopf runter!« schrie er mich an.

Als die heiße Feuerwalze der Detonation über uns hinweg fegte und uns mit Scherben und Staub eindeckte, verstand ich was es mit dieser Keksdose auf sich hatte. Ich rappelte mich auf und blickte hinter mich, wo von dem Anwesen nur noch eine ausgebrannte Ruine zu sehen war.

»Los komm, Alexander«, drängte Felix.

Ich schüttelte den Kopf und murmelte vor mich hin: »Was ist das für ein Kerl?«

»Was hast du gesagt?«

»Ach nichts. Ich komme schon.«

Ich klopfte mir so gut es ging den Staub von der Uniform und folgte Felix auf die Straße. Mit schnellen Schritten ging er voran, bis er drei Ecken später unvermittelt in ein Auto stieg. Ich drückte mich neben ihn auf die Rückbank, als sich das Auto in Bewegung setzte. Müde und erschöpft machte ich es mir auf meinem Sitzplatz bequem. Mein Blick ruhte auf der Fahrerin, bis ich realisierte wer da hinter dem Lenkrad saß.

»Hey Karin, was machst du denn hier?« brach es aus mir heraus.

»Ich habe sie als, sagen wir, freie Mitarbeiterin eingestellt«, beantwortete Felix meine Frage.

»Musst du nicht auf deine Kinder aufpassen?«

»Nein Alexander, denn ich habe gar keine Kinder«, meinte Karin, als wäre das eine Selbstverständlichkeit.

»WAS?« war alles was ich darauf zu sagen wusste.

»Das ist eine längere Geschichte«, meinte die Fahrerin. Felix hielt das allerdings nicht davon ab die kurze Version zu erzählen.

»Karin wollte nie eine Beziehung mit einem Kollegen eingehen«, führte er aus, »daher hat sie sich eine Familie angedichtet.«

»Nur, warum bist du dann wegen der Sache mit Claus aus dem Büro ausgezogen?« hakte ich nach.

»Ganz einfach: Ich war dabei meinen Vorsatz zu brechen. Den gibt es aber nicht ohne Grund, das mit Claus wäre eine Katastrophe geworden. Es war also Rettung in letzter Sekunde, als du in das Büro kamst«, erklärte mir Karin.

»Tja, Felix hat es ja nicht so mit den Frauen, wie ich schon mitbekommen habe. Daher bist du in deinem neuen Team ja gut aufgehoben«, bemerkte ich spitz.

»Das ist wohl wahr. Außerdem muss ich mir bei dir ja auch keine Sorgen mehr machen, du bist mittlerweile in festen Händen«, sagte Karin.

Bei diesen Worten musste ich an Melanie denken. Wir hatten uns ja für heute Abend verabredet und meine Vorfreude auf unser Treffen war riesig. Ach wenn doch nur schon Zeit für Feierabend bei Melanie wäre. Bei diesem Gedanken bekam ich eine böse Vorahnung.

»Wie spät ist es eigentlich und wo fahren wir überhaupt hin?«

»Wir fahren zum Maulwurf«, klärte mich Felix auf. Anschließend zog er seinen Laptop aus dem Rucksack, steckte die Festplatte aus Ivans Büro in einen Schacht und tippte wild auf der Tastatur herum.

»Zumindest fahren wir dorthin, sobald ich herausgefunden habe, wo er steckt«, fügte er noch hinzu.

»Muss das denn wirklich jetzt gleich sein?« wollte ich wissen.

»Hast du die letzten Tage keine Nachrichten geschaut?« stellte Karin eine Gegenfrage.

»Nein, ich war einfach mit anderen Dingen beschäftigt«, gab ich zu.

»Schade, sonst wüsstest du warum wir keine Zeit zu verlieren haben. Mr. Triple-B ist schon fleißig dabei Chaos zu stiften. Abgesehen davon wird er sich nicht gerade darüber freuen, dass einer seiner engsten Mitarbeiter unter einem Haufen Trümmer begraben wurde. Er wird das wohl dem Maulwurf zuschreiben und seine Bemühungen verstärken, den Kerl endgültig aus dem Verkehr zu ziehen«, klärte mich Felix auf, ohne jedoch vom Bildschirm seines Laptops aufzublicken.

»Hey Leute, ihr könnt mir das nicht antun. Ich bin müde, fertig, hab seit einer Ewigkeit nichts mehr gegessen und Melanie macht sich garantiert auch schon Sorgen um mich. Außerdem habe ich noch nicht einmal mein Handy um sie anzurufen.«

Felix kramte mit der linken Hand kurz in seinem Rucksack, wobei sein Blick weiter auf das Notebook gerichtet war. Kurze Zeit später reichte er mir eine Packung Kekse sowie eine Wasserflasche hinüber.

»Gegen den Hunger hätte ich was im Angebot.«

»Na toll, ich bin kurz vor dem Verhungern und du gibst mir eine Packung Kekse. Soll das ein Witz sein?«

»Mehr hab ich nicht im Angebot und für mehr haben wir auch keine Zeit mehr. Hui, vor allem, wo ich gerade die Verschlüsselung der Platte geknackt habe. Hmm, das sieht gar nicht gut aus.«

Felix überflog einige Dokumente, die scheinbar auch die

Pläne der Gegenseite beinhalteten.

»Nein, das sieht überhaupt ganz und gar nicht gut aus. Es gibt eine Planänderung: Karin, wir müssen das Fahrzeug wechseln. Ach ja Alex, für dich habe ich auch Neuigkeiten. Bei dir Zuhause sitzt ein Auftrags-Killer. Du solltest deine Wohnung in nächster Zeit meiden.«

»Scheiße, ich muss unbedingt Melanie anrufen, wir wollten uns heute bei mir treffen«, bemerkte ich fast panisch.

»Hast du die Nummer im Kopf? Dann kannst du mein Handy nehmen«, bot mir Karin an.

»Puh, nein leider nicht. So lange kennen wir uns ja noch nicht.«

»Na gut, dann holen wir erst noch Alexanders Handy, das liegt sowieso auf dem Weg zum Fuhrpark. Außerdem habe ich gerade wieder Lust ein paar Leuten in den Arsch zu treten«, erklärte Felix.

Obwohl ich keine Ahnung hatte, woher er die Adresse kannte, sagte Felix zuverlässig den Weg an. Mir war das ganz recht, denn so konnte ich in Ruhe über die Kekse herfallen. Dabei musste ich feststellen, dass sie überraschend gut schmeckten und auch durchaus satt machten. Außerdem schien der Weg nicht allzu weit gewesen zu sein, denn als ich mir den letzten Keks in den Mund schob, erreichten wir unser Ziel. So steckte ich die leere Packung beiseite, nahm noch einen Schluck aus der Flasche und machte mich dann auf den Weg zur Haustüre. Da Felix kein unnötiges Aufsehen erregen wollte, begleitete er mich nur bis unter das Dach. Die zweckentfremdete Wohnung betrat ich jedoch alleine. Ich stellte mich der üblichen Sicherheitskontrolle und stand schließlich erneut vor Ivans Handlanger. Dieser zeigte sich gar nicht begeistert von meinem Besuch.

»Was willst du hier? Für heute hat sich kein Besucher angemeldet«, gab er in harschem Tonfall von sich.

»Ich will mein Handy zurück. Immerhin haben Sie gesagt ich bekomme es bei meiner Rückkehr wieder«, klärte ich ihn auf.

»Ach ja? Warum hat mich dann Ivan nicht über dein Auftauchen informiert?«

»Keine Ahnung, vielleicht hat er es vergessen. Immerhin scheint er gerade ziemlich im Stress zu sein.«

»So, so, Ivan ist also gerade im Stress. Ich glaube hier ist gleich noch jemand im Stress. Außer du hast eine verdammt gute Begründung warum du mit dieser Uniform hier auftauchst.«

»Ähm, die habe ich von Ivan bekommen, um meinen Auftrag zu erledigen. Ich hielt es bisher einfach nicht für nötig mich umzuziehen«, versuchte ich mein äußeres zu erklären und fand mich dabei selbst eher unglaubwürdig.

»Ah ja, und du hast es auch nicht für nötig gehalten mit deinem Kollegen hier zu erscheinen.«

»Der kommt gleich, der musste nur noch schnell auf Toilette.«

Mein Gegenüber war von meinen Ausführungen jedoch alles andere als überzeugt.

»Du hast ja eine muntere Phantasie. Ich sag dir mal was: Ivan ist tot, sein Anwesen wurde völlig zerstört und du tauchst hier in Militär-Look auf. Diesmal hast du dich aber überschätzt, hier kommst du nicht lebend raus!«

Er zog eine Pistole aus seinem Gürtel und eröffnete unvermittelt das Feuer auf mich. Mit einem schnellen Sprung zur Seite konnte ich zwar mein Leben retten, bekam allerdings einen schmerzhaften Streifschuss in den linken Arm. Schnell rappelte ich mich auf. Noch bevor mein Gegenüber erneut abdrücken konnte, warf ich ihn mit einem schwungvollen Satz zu Boden. Zwei Schüsse gingen in die Decke, bevor ich ihm die Waffe aus der Hand schlagen konnte. Mein Erfolg war allerdings nur von kurzer Dauer, denn schon wälzte sich mein Kontrahent zur Seite, sprang mit einem Satz auf die Beine und bedachte mich einer Reihe schneller Schläge. Auch wenn ich dem Großteil ausweichen konnte, traf mich ein Schlag empfindlich an der Brust. Ich ging zu Boden und spürte das massive Gewicht des Kämpfers, der sich auf mich kniete und mich damit am Boden hielt. Gerade als er einen neue Reihe an Schlägen gegen meinen Kopf ansetzte, fiel krachend die Türe aus den Angeln. Ein Schuss donnerte durch den Raum und traf meinen Peiniger, der leblos über mir zusammenbrach.

»Schnell, lass uns von hier verschwinden bevor die Polizei kommt«, forderte mich Felix auf.

Mit letzter Kraft räumte ich die Leiche zur Seite und rappelte mich auf.

»Ich habe aber immer noch nicht mein Handy«, gab ich zu bedenken.

»Doch, das hatte einer der Bodyguards«, versicherte mir Felix.

Mit einem Griff holte er ein Mobiltelefon aus seiner Hosentasche und reichte es mir. Erleichtert atmete ich auf. Gerade als ich Melanie aus meinem Adressbuch gewählt hatte, schubste mich Felix nach vorne.

»Los komm! Telefonieren kannst du noch im Auto!«

Ich steckte mein Telefon weg und Felix warf seine Waffe auf den toten Körper meines Kontrahenten.

»Willst du hier wirklich deine Fingerabdrücke hinterlassen?«

Auf meine Frage hin zeigte mir Felix wortlos seine Hände, die in Lederhandschuhe gepackt waren. Nachdem diese Frage geklärt war, rannten wir so schnell es ging die Treppe nach unten. Aus der Ferne waren schon die Sirenen der Einsatzfahrzeuge zu hören. Schnell sprangen wir zu Karin ins Auto und fuhren los. Gerade noch rechtzeitig, denn im

Rückspiegel konnten wir sehen, wie eine Polizeieinheit das Haus umstellte. Ich schaute an mir herunter und dachte kurz darüber nach, was die Einsatzkräfte wohl zu unserer Erscheinung gesagt hätten. Immerhin war meine Uniform nicht nur mit einer Menge Staub verschmutzt, sondern es klebten mittlerweile auch ein paar Blutflecken an ihr.

»Sollten wir uns nicht mal umziehen«, regte ich an.

»Alex! Wir haben absolut keine Zeit mehr! Wenn selbst dieser Trottel da oben schon von unserer Aktion bei Ivan erfahren hat, dann hat der Maulwurf nicht mehr lange zu leben.«

»Scheiße, dann wird der Killer wohl einen entsprechenden Auftrag haben. Der wird sicher auf alles schießen, was sich bewegt. Mist, ich muss unbedingt Melanie warnen.«

Ich zog mein Mobiltelefon aus der Tasche und wählte hektisch Melanie aus dem Adressbuch. Nach schier endlosem Läuten nahm meine Liebste das Gespräch schließlich an.

»Hallo Schatz, wo bist du gerade?« fragte ich in ungeduldigem Ton.

»Ich bin gleich bei dir Alexander. Ich freue mich schon dich wieder zu sehen. Also bis gleich dann!«

»Warte!« wollte ich Melanie an der Strippe halten.

Dabei hatte ich allerdings keinen Erfolg, denn sie hatte schon aufgelegt. Mit zittrigen Händen drückte ich auf die Wahlwiederholung. Erneut dauerte es eine ganze Weile, bis das Gespräch angenommen wurde.

»Schatz, ich bin doch gleich bei dir. Können wir das nicht persönlich besprechen?« beklagte Melanie meine Aufdringlichkeit.

»Nein, eben nicht. Es ist nämlich etwas dazwischen gekommen. Ich bin noch nicht Zuhause.«

»Was soll das jetzt heißen? Ich habe mich so auf das Treffen gefreut, du kannst mich doch nicht einfach sitzen lassen!«

Die Verärgerung war deutlich in Melanies Stimme zu hören. Ich versuchte sie zu beruhigen.

»Ach Schatz, ich habe mich doch auch total darüber gefreut dich wieder zu sehen.«

»Warum hast du dich dann nicht ein bisschen mehr bemüht, pünktlich zurück zu sein? Wo bist du eigentlich unterwegs, da sind ja Fahrgeräusche zu hören. Dabei hast du doch immer gesagt, du hättest kein Auto«, beschwerte sich meine Freundin.

»Ähm, ach Melanie, das ist eine ziemlich lange Geschichte. Ich kann dir die jetzt nicht ganz am Telefon erzählen.«

Noch bevor ich die Antwort von Melanie abwarten konnte, riss mir Felix das Telefon aus der Hand.

»Melanie, bist du dran? Hier ist Felix aus der Hardwareabteilung. Ich kann dir versichern, es ist wirklich nicht die Schuld von Alexander. Jedoch war er als einziger Mitarbeiter aus dem Management zu erreichen.«

Nach einer Pause, in der Melanie sprach, fügte er noch hinzu: »Es ist schwer zu sagen wie lange es dauern wird. Wir fahren jetzt erst zur Arbeit. Ich gebe dir am Besten nochmal Alexander, dann kannst du mit ihm alles Weitere besprechen. Es tut mir wirklich Leid, ich wollte euch nicht das Wochenende verderben.«

Er reichte mir das Handy und ich hörte aus dem Lautsprecher eine wesentlich verständnisvollere Stimme.

»Ach Alex, das kann ich natürlich verstehen, wenn du bei der Arbeit gebraucht wirst. Auf jeden Fall machte es dann ja gar keinen Sinn bei dir zu klingeln, wenn du gerade unterwegs bist.«

»Nein, auf keinen Fall darfst du bei mir klingeln!« brach es aus mir heraus.

»Warum denn nicht? Wenn niemand bei dir Zuhause ist, sollte das doch egal sein. Außer in deiner Wohnung sitzt jemand, den ich nicht kennen lernen sollte.«

»Nein, das nicht. Wobei, es könnte schon sein. Ach, ich kann dir das jetzt nicht auf die Schnelle erklären. Am Besten du fährst wieder nach Hause. Ich rufe dich dann an, sobald ich meine Arbeit in der Firma getan ist.«

»Am Besten ich klingel mal bei dir und schaue wer mir aufmacht. Da bin ich ja mal wirklich gespannt was ihr beide als Arbeit bezeichnet!«

»Melanie, bitte! Warum sollte ich dich betrügen? Schatz, du bist doch die Einzige, die meine Liebe verdient hat und das weißt du auch.«

»Ja, ja, am Telefon kannst du mir viel erzählen«, vernahm ich von Melanie, bevor sie einfach das Gespräch beendete.

»Ich starrte auf den Bildschirm meines Telefons, um sicher zu gehen, dass es sich nicht um ein Funkloch gehandelt hatte. Doch der Empfang war einwandfrei. Schnell wählte ich erneut die Nummer meiner Geliebten, wobei mein Anruf diesmal prompt abgelehnt wurde. Ich schüttelte den Kopf.

»Wir müssen schnell bei mir vorbei. Melanie ist in großer Gefahr!«

»Alex! Wir haben keine Zeit mehr! Wie oft soll ich das noch sagen?«

»Komm schon, es dauert ja nicht lang. Wir sind schließlich ganz bei mir in der Nähe.«

»Nein, sind wir schon nicht mehr. Außerdem will ich nicht wissen wie viel Polizei in der Gegend zur Zeit unterwegs ist«, klärte mich Karin auf.

»Verdammt, aber es muss doch irgendeine Lösung geben. Wir müssen Melanie unbedingt da raus holen.«

»Zuerst müssen wir die Welt retten. Alles andere kann warten«, stellte Felix seinen recht einfach gestrickten Plan vor.

»Aber Melanie ist meine Welt, wir können doch nicht

einfach untätig bleiben und abwarten bis sie kaltblütig ermordet wird.«

»Wenn das der Fall sein sollte, ist es jetzt eh schon zu spät.«

»Nein! Es, es darf noch nicht zu spät sein. Wir müssen sofort umdrehen!«

»Es gibt kein zurück mehr. Wir ziehen jetzt die Sache durch und kümmern uns später um Melanie!«

»Wofür brauchst du mich denn überhaupt? Ich renne dir doch nur dumm hinter her? Mach dein Scheiß doch einfach alleine. Karin, halte an, ich steig aus und kümmere mich um Melanie.«

»Was genau hast du vor? Willst du mit dem Bus nach Hause fahren um dich dort erschießen zu lassen? Außerdem ist der Maulwurf dein Freund und nicht meiner. Willst du jetzt etwa deinen Freund und den ganzen Rest der Welt im Stich lassen? Den Rest der Welt, die droht im Chaos zu versinken? Ich sag dir eines: Nach einem Atomkrieg wirst du keine Freude mehr an Melanie haben!«

Ich atmete schwer, während ich meinen Kopf schüttelte. Zu genau wusste ich, dass Felix in allen Belangen recht hatte. Entweder war Melanie schon tot, oder wir hatten genügend Zeit den Maulwurf zu befreien, diesem Mr. Triple-B in den Arsch zu treten und anschließend meinen Schatz zu retten. Dennoch nagte die Ungewissheit an mir. Ich wollte einfach wissen was mit Melanie passiert war und wie es ihr ging. Vielleicht hatte sie gar nicht geklingelt sondern war direkt nach Hause gefahren. Vielleicht war auch gar kein Attentäter bei mir. Ich wusste es einfach nicht. Schweren Herzens und mit einem tiefen Seufzer gab ich meinem Nebenmann schließlich recht.

»Okay Felix, du hast gewonnen. Ich bin dabei«, versicherte ich ihm.

»Nein, nicht ich habe gewonnen, sondern die Vernunft. Es

freut mich, denn wir werden dich gut gebrauchen können.«
Ich seufzte, während ich mit einem Kloß in meinem Hals
kämpfte. Ich blickte aus dem Fenster, wobei mir Tränen
über die Wangen liefen. Ja, Felix hatte Recht. Er hatte von
Anfang an Recht. Ich hätte mit Melanie noch keine Beziehung eingehen sollen. Die Zeit war noch nicht reif. Jetzt
konnte ich nur hier sitzen und hoffen, dass mein Mädel
noch leben würde. Damit hatte auch ich einen guten
Grund, diesem Mr. Triple-B so richtig in den Arsch zu
treten. Das würde ich garantiert tun, so viel war sicher.
Zunächst stand aber ein Besuch beim Maulwurf an. Wobei
ich mich fragte, was es mit dem Fahrzeugwechsel auf sich
hatte. Wir fuhren nämlich quer durch die Stadt, bis wir
hinter dem Bahnhof in eine Tiefgarage einbogen. Im
hintersten Eck parkte Karin das Auto.

»Vor zwanzig Jahren sollte die Stadt eine U-Bahn bekommen. Nachdem der erste Schacht auf einen Kilometer
gegraben war, ging dann das Geld aus. Ein perfekter Parkplatz für mich«, erklärte Felix.

Er ging zu einem großen Eisengitter und schloss dieses
auf. Mit lautem Quietschen öffnete sich der Durchgang.
Felix wies uns an hier zu warten und verschwand in der
Dunkelheit. Kurz darauf kam ein Lieferwagen aus dem
Schacht gefahren. Es war der gepanzerte Lieferwagen, den
ich nur zu gut kannte. Allerdings in einer anderen Farbgebung. So hatte Felix das Auto in Regenbogen-Farben
lackiert und auf beiden Seiten prangten große Peace-
Zeichen an den Wänden.

»Coole Farbgebung, jetzt muss nur noch die Musik-
Anlage passen«, kommentierte ich das äußere des Fahrzeugs.

»Das tut sie, keine Sorge«, beruhigte mich Felix.

Während sich Karin ans Steuer setzte, quetschten wir uns
auf die schmale Bank neben ihr. Mit zwei Klicks übertrug

er irgendwelche Koordinaten auf das Navigationssystem. Kaum hatten wir die Tiefgarage verlassen, drückte Karin mächtig aufs Gas. Mir wurde ganz mulmig beim Fahrstil meiner ehemaligen Kollegin. Felix dagegen blieb ganz ruhig. Er nutzte die Fahrt, um uns über die Lage aufzuklären.

»Laut dem Dokumenten von Ivan sind zwei Einheiten auf dem Weg zum Maulwurf. Selbst wenn ich nicht wirklich weiß, wie viele Leute das sind, laufen wir Gefahr, zwischen die Fronten zu geraten.«

»Mir stellt sich die Frage, wie wir unterscheiden wollen, wer Gut und wer Böse ist.«

»Es gibt hier kein Gut und Böse. Wir holen den Maulwurf da raus und der Rest ist mir egal«, teile uns Felix seine Sicht der Dinge mit.

»Was ist, wenn er nicht freiwillig mitkommt, weil er denkt, wir wollen ihn entführen?« brachte ich meine Zweifel vor.

»Irgendwie wollen wir das doch auch. Seine Leute kennen unsere Absicht nicht, er vermutlich auch nicht. Zeit für lange Gespräche werden wir nicht haben.«

Einen kurzen Moment musste Felix auf meine Antwort warten, da Karin gerade mit quietschenden Reifen um eine Kurve fuhr. Auf der Suche nach halt klammerte ich mich verzweifelt an der Sitzbank fest. Der mittlere Platz war definitiv nicht für rasante Fahrten gemacht. Die nächste gerade Strecke gab mir jedoch die Chance meine Bedenken zu äußern.

»Wir können doch nicht einfach die Leibwachen vom Maulwurf abknallen. Die werden wir alle noch brauchen.«

Felix verzichtete auf eine Reaktion, da wir auf einen Feldweg abbogen. Dieser führte in einer lang gezogenen Kurve in ein Waldstück. Karin verlangsamte die Fahrt, da die Zufahrt mit einer Schranke versperrt war.

»Die Schranke ist noch heil, daher dürften die Leute von

Mr. Triple-B noch nicht hier sein«, urteilte ich.

»Darauf würde ich nicht wetten.«

Bei diesen Worten zeigte Felix auf ein Gebüsch am Wald-rand. Gut versteckt waren dort zwei LKW mit Planenauf-bau abgestellt.

»Wie geht es jetzt weiter?« wollte Karin wissen.

Sie parkte den Lieferwagen direkt vor der Schranke. Felix spähte aus dem Fahrerhaus, um die Lage einschätzen zu können.

»Warte kurz, ich mache die Schranke auf. Wir brauchen den Wagen ohnehin, um den Maulwurf raus zu holen«, meinte er.

Schon war Felix raus aus der Tür. Er machte sich an der Schranke zu schaffen, spielte an einem Vorhängeschloss herum und öffnete schließlich den Schrankenbaum. Er sprang ins Führerhaus, während Karin die Fahrt fortsetzte.

»Wir müssen aufpassen, hinter jedem Baum und in jedem Gebüsch kann ein Soldat stecken«, mahnte Felix an.

Er bewaffnete sich mit dem Gauss-Gewehr und konzen-trierte sich auf die Umgebung. Plötzlich trat Karin auf die Bremse.

»Laut Navi müssten wir am Ziel sein«, verkündete sie.

Ohne Worte sprang Felix aus dem Wagen. Er verschwand im Dickicht, um nur fünf Minuten später wieder zu erscheinen.

»Dort drüben befindet sich ein alter Bunker, das muss es sein. Karin, fahr noch ein bisschen weiter, dann müssten wir nah ran kommen.«

Auf die Anweisung von Felix setzte Karin unser Gefährt in Bewegung.

»Stopp!« rief Felix plötzlich aus.

Er tauschte seine Waffen und gab einen Schuss aus dem Plasmagewehr ab. Beim Einschlag in die Straße vor uns, explodierte nicht nur das Geschoss, sondern auch eine

Sprengladung. Eine gewaltige Feuerwalze fegte über uns hinab. Ich hielt die Luft an und duckte mich aus Reflex. So ganz traute ich der Panzerung des Fahrzeugs nicht. Meine Bedenken waren jedoch unbegründet, der Lieferwagen blieb ohne Schaden. Im Gegensatz zur Straße, die ein große Krater unpassierbar machte.

»Mist, das nennt man wohl blöd gelaufen«, kommentierte Felix die Aktion.

Er überlegte kurz, um einen alternativen Plan vorzustellen.

»Pass auf, Karin, du wendest hier und fährst Rückwärts an das Gebüsch heran. Alex und ich versuchen an den Bunker heran zu kommen.«

Während Karin los fuhr, verschwand Felix durch eine Luke im hinteren Bereich des Fahrerhauses. Ich folgte ihm nach. Kaum hatten wir den Laderaum erreicht, fielen Schüsse. Die Kugeln trommelten an die rechte Seitenwand, verursachten jedoch keinen Schaden. Felix zögerte nicht lange, schob seine Waffe durch eine der Luken und feuerte ein Geschoss ab. Eine Explosion später verstummten die Schüsse. Schnell huschte Felix zur Luke, um im Fahrerhaus zu verschwinden. Wenige Sekunden später tauchte er mit den Gauss-Gewehr in den Händen wieder auf.

»Schnell, wir haben nicht mehr viel Zeit, komm!« forderte er mich auf.

Wir sprangen aus dem Lieferwagen und drückten uns auf den Boden. Kriechend ging es durch das Dickicht, bis Felix inne hielt. Er lauschte kurz, hob seine Waffe und gab einen Schuss ab. Zufrieden nickte er mir zu. Wir setzten unseren Weg durch das Unterholz fort. Plötzlich zog mich mein Begleiter am Arm. Er bedeutete mir ganz ruhig zu sein. Ich blieb an Ort und Stelle, wobei ich mich kaum zu atmen traute. Felix dagegen schob mit den Händen etwas Moos zur Seite. Gut versteckt im Waldboden lag eine

Landmine. Mir rutschte das Herz in die Hose, als ich den Sprengsatz erblickte. Dagegen blieb Felix ganz ruhig. Er griff unter das Gehäuse, zog seine Hände aber gleich wieder zurück. Kurz darauf fielen Schüsse. Ich drückte mich tief in den Waldboden, in der Hoffnung mit diesem verschmelzen zu können. Jedoch fegten keine Kugeln über meinen Kopf. Vorsichtig schaute ich auf, während mit klar wurde, dass die Waffen nicht auf uns gerichtet waren. Ein paar der Soldaten aus dem Trupp von Mr. Triple-B waren unter Beschuss geraten. Allerdings konnte ich nicht erkennen, wo die Schützen saßen. Erst als Felix nach oben in die Bäume zeigte, bemerkte ich einen gut getarnten Scharfschützen. Unter ihm deutete Felix auf einen Felsvorsprung. »Da ist der Eingang eingelassen, näher kommen wir aber nicht ran. Die werden uns abknallen«, flüsterte mir Felix zu.

Anschließend kroch er zurück zum Lieferwagen. Im Fahrerhaus erklärte uns Felix das weitere Vorgehen.

»Wenn ich die Mine auslöse, sollte das Gebüsch der Vergangenheit angehören. Karin fährt dann Rückwärts an den Bunker ran. Ich mache die Türe auf, wir gehen rein und holen den Maulwurf raus. Ist er mit seinen Leuten im Wagen, hauen wir hier ab.«

Ich schüttelte den Kopf. Irgendwie kam mir das wie Selbstmord vor. Gerne hätte ich widersprochen, doch kam mir kein besserer Plan in den Kopf. Außerdem war gar keine Zeit mehr eine Alternative vorzuschlagen, denn Felix war schon durch die Luke verschwunden. Ich folgte ihm.

Als ich den Laderaum erreichte, gab Felix einen Schuss aus seinem Gauss-Gewehr ab. Ein dumpfer Knall bestätigte, dass er getroffen hatte. Noch während sich Felix von der Luke nach hinten drehte, setzte sich das Fahrzeug in Bewegung. Mein Kamerad tauschte seine Waffen, zögerte einen Moment und gab dann einen Schuss ab. Schon gehörte die schwere Metalltüre des Bunker-Eingangs der Vergangenheit an. Keine Minute später kamen wir abrupt zum stehen. Felix riss die Hecktüren auf und sprang in die Dunkelheit. Ich folgte ihm nach. Zu meiner Überraschung waren hinter dem Eingang keinerlei Wachen abgestellt. Dennoch mahnte Felix zur Vorsicht, denn der lange, schmale Gang bot keine Möglichkeit sich zu verstecken. Wir schlichen bis ans Ende des Flurs, wo uns zwei Türen erwarteten. Felix legte sein Ohr an das kalte Eisen, um schließlich die Tür rechts von uns zu öffnen. Ich quetschte mich an die Wand, um möglichst wenig Angriffsfläche zu bieten. Allerdings waren auch in diesem Raum keine Wachen abgestellt. Mir kamen Zweifel auf, dass wir wirklich am richtigen Ort waren. Alles war leer, ich konnte keine Geräusche vernehmen. Waren wir in eine Falle geraten? Was, wenn die Leute von Mr. Triple-B gerade den Bunker umstellten? Was, wenn die Scharfschützen nur Tarnung waren, um uns zu täuschen? In Gedanken versunken schritt ich voran, bis mich Felix zur Seite stieß. Ich wollte mich schon beschweren, da deutete mein Kamerad auf den Boden. Im Schein seiner Taschenlampe sah ich eine Sprengfalle am Boden liegen. Nicht auszudenken, was passiert wäre, hätte ich diese ausgelöst. Mit pochendem Herzen blieb ich an Ort und Stelle stehen. Ich beobachtete Felix, der sich am Boden zu schaffen machte. Er zupfte ein wenig an den Drähten herum, um schließlich den Sprengsatz auf zu heben. Anschließend sprang er zur Türe, warf den Sprengsatz in den Flur und schloss die Türe. Die Detonation erschütterte die gesamte Anlage.

Felix huschte durch den Raum und verschwand in der nächsten Tür. Ich löste mich aus der Starre und folgte ihm. Zwei Räume und drei Sprengfallen später, erreichten wir den Kontrollraum. Im ganzen Raum waren dabei nur zwei

Wachen zu sehen. Gerade als wir uns an die Wachen heran schleichen wollten, legte sich eine Hand auf meine Schulter. Ich fuhr herum und blickte in das Gesicht des Maulwurfs.

»Alex! Ich wusste, du wirst mich nicht im Stich lassen.«

»Wo, wo kommst du denn her?« stammelte ich.

»Das könnt ihr im Wagen klären. Wir müssen hier so schnell wie möglich verschwinden«, mischte sich Felix in das Gespräch ein.

»Ja, du hast Recht, Felix. Lass uns gleich aufbrechen.«

Der Maulwurf griff hinter sich, um sich einen Laptop unter den Arm zu klemmen. Ohne ein weiteres Kommando drehten sich die Wachen zu uns um. Gemeinsam machten wir uns auf den Weg nach draußen. Dabei kamen aus allen Ecken des Bunkers Soldaten, bis wir von einem stattlichen Trupp begleitet wurden. Wir hüpften in den gepanzerten Lieferwagen, wobei aus dem Nichts drei Scharfschützen auftauchten, die sich uns anschlossen. Kaum waren alle Leute eingestiegen, knallte Felix die Türen zu. Dies war das Zeichen für Karin, los zu fahren. Mit Vollgas quälte sie den Transporter durch den Krater zurück auf den Weg.

»Mich würde es nicht wundern, wenn die Jungs von Mr. Triple-B Verstärkung angefordert haben«, klärte uns Felix auf.

Anschließend verschwand er im Fahrerhaus. Ich folgte ihm, um einen Blick nach Draußen zu erhaschen. Karin hielt gerade hinter der Schranke an. Felix hüpfte aus dem Wagen und schloss diese wieder.

»Heute ist schließlich kein Tag der offenen Türe«, kommentierte dieser seine Aktion.

Schon beschleunigte Karin das Fahrzeug wieder. Mitten in der langgezogenen Kurve parkte sie den Wagen im Straßengraben. Bevor ich fragen konnte, entdeckte ich selbst den Grund: Es bogen zwei Militär-LKW auf den Feldweg ein. Im Eiltempo fuhren diese an uns vorüber, ohne zu ahnen, was es mit dem bunten Lieferwagen auf sich hatte. Vermutlich diente die farbenfrohe Lackierung in diesem Fall als optimale Tarnung. Das war auch gut so, denn einen langwierigen Kampf mit der Verstärkung hätte sich keiner von uns gewünscht.

Kaum hatten wir die befestigte Straße erreicht, wandte sich Felix mir zu.

»Komm, wir gehen zur Lagebesprechung nach Hinten«, verkündete er.

Wir krabbelten durch die Luke in den Laderaum, dort klappte Felix mit einem Handgriff eine Sitzbank herunter. Ein Wache auf der anderen Seite machte es ihm nach.

»Nur zur Info: wir fahren jetzt zum Maulwurfhügel. Was wir dort anstellen weiß ich noch nicht. Dazu muss ich noch ein paar Sachen vor dir wissen.«

Felix nickte dem Maulwurf zu, der sofort verstand um was es ging.

»Klar, um was geht es?«

»Sind das alle Leute von dir, die bei der Invasion davon kamen?« fragte Felix.

»Nein, die meisten meiner Leute leben noch. Wir konnten rechtzeitig abhauen, haben uns allerdings verteilt, damit uns Mr. Triple-B nicht so einfach aufspüren kann«, erklärte der Maulwurf.

»Sehr gut, das gefällt mir. Wie schnell bekommst du deine Truppen wieder zusammen?«

»Das geht schnell. Es gibt eine versteckte Kommandozentrale, dort müsste ich hin kommen. Anschließend ist es nur eine Frage von Stunden, bis wir bereit sind.«

»Gut, dann erkläre ich jetzt den Plan: Wir bringen dich zur Kommandozentrale, dann gehen wir zum Vordereingang in den Maulwurfhügel. Dort stiften wir ein wenig Chaos, bis du mit deinen Jungs vor der Türe stehst. Wir machen die

Leute von Mr. Tripel-B platt, treten dem Chef mächtig in den Arsch und du darfst wieder auf 750 Zoll Videos schauen.«

»Ein guter Plan«, bestätigte der Maulwurf, »nur ein paar Details möchte ich noch ändern. Ihr könnt mich direkt im Innenhof der Industrieanlage absetzen, dort lasse ich mich abholen. Außerdem gehen meine Jungs zum Hintereingang rein. Das ist unauffälliger.«

»Alles klar, so machen wir das«, stimmte Felix zu.

Anschließend verschwand er im Fahrerhaus, um Karin in den Plan einzuweihen. Diese fuhr in gemäßigtem Stil quer durch die Stadt. Dabei wurde mir bewusst, dass nun die Zeit nicht mehr drängte. Zwar hatte ich keine Ahnung, was uns dort unten im Maulwurfhügel erwartete, doch wie immer hatte Felix einen Plan. Das beruhigte mich. Ebenso beruhigte mich, dass der Maulwurf noch am Leben war. Gerne hätte ich ein paar Worte mit ihm gewechselt, doch wusste ich nicht, mit welchem Thema ich ins Gespräch einsteigen sollte. Außerdem war dem Maulwurf eine große Anspannung anzumerken. Der Kampf war noch lange nicht vorüber. Selbst wenn der erste Teil unseres Planes perfekt verlief.

Ob der zweite Teil genauso reibungslos über die Bühne ging, war mehr als fragwürdig. Felix schien jedoch guter Dinge zu sein. Kaum hatten wir unser Ziel erreicht, öffnete er schwungvoll die Hecktüren. Auf dem Hof stand bereits ein Kleinbus, der den Maulwurf inklusive seiner Leuten mitnahm. Wir dagegen schauten gespannt auf Felix. Dieser ging zielstrebig zum Hauptgebäude hinüber. Einige Schritte später standen wir vor dem Aufzugschacht. Erneut drückte Felix die Türen auf. Über den bekannten Weg rutschten wir nach unten, wobei es für Karin und mich nicht einfach war, sich gleichzeitig an Felix zu klammern. Dennoch kamen wir gut unten an. In der Kabine angekommen, gingen wir in Deckung. Felix zog sein Gauss-Gewehr aus dem Rucksack und öffnete dir Türe. Sie gab den Blick in den Gang frei, wobei weit und breit keine Wachen zu sehen waren. Wir hielten uns dicht hinter Felix, der vorsichtig den Gang entlang schlich. Allerdings bog er nicht in das Büro des Maulwurfs ab, sondern folgte dem Rundgang bis zum Ende der langen Leiter.

»Du willst mit uns jetzt nicht wirklich da hoch klettern?« stöhnte ich.

Ohne zu antworten öffnete Felix ein kleines Fach an seinem Rucksack. Er zog einen Greifhaken heraus, den er nach oben schleuderte. Wir hielten uns an ihm fest, während uns der Rucksack nach oben zog. In mehreren Etappen ging es ohne große Mühen die Leiter hinauf. Am anderen Ende machte ich mich direkt am Tableau zu schaffen. Mit der Erfahrung von meinem ersten Besuch war es eine Leichtigkeit, die Wand zu öffnen. So erreichten wir den Vorratsraum. Hier gruppierten wir uns neu. Felix öffnete seinen Rucksack und holte das Plasmagewehr heraus. Dieses schnappte sich sogleich Karin.

»Man Felix, was ziehst du jetzt noch alles aus deinem Rucksack. Als nächstes kommt bestimmt eine Atombombe zum Vorschein«, kommentierte ich.

Auf meine Aussage hin zog Felix eine seltsamen Gegenstand aus dem Rucksack. Er sah aus, wie eine Mini-Rakete mit einem sehr dicken Bauch. Dieses Konstrukt reichte er mir hinüber.

»Das ist zwar keine Atombombe aber immerhin eine Atomgranate«, verkündete er.

Ich schaute mein Gegenüber entsetzt an: »Da ist nicht wirklich ein Atomsprengkopf drin?«

»Nein, nein, keine Sorge«, beruhigte mich mein Gegenüber mit einem Grinsen, »sonst würde ich das Teil selbst tragen. Wobei der Antimaterie-Sprengsatz auch gut abgeht.

Leider fehlt mir der passende Granatwerfer. Vielleicht finden wir den hier unten irgendwo.«

Felix schnappte sich die Mini-Rakete und packte sie wieder in den Rucksack.

»Hey Jungs, habt ihr es endlich?« drängte Karin.

»Klar, wir sind soweit«, verkündete Felix.

Ich erhob allerdings Einspruch: »Moment, ich habe noch keine Waffe. Hast du nicht noch so ein seltsames Konstrukt herumliegen? Sonst fühle ich mich nutzlos.«

»Pass auf, du bekommst meinen Photonen-Werfer. Den habe ich etwas aufgebohrt. Jetzt hat er eine eigene Energiequelle und brauch keine Autobatterie mehr«, erklärte Felix.

»Das hört sich cool an, die Waffe nehme ich«, brachte ich meine Begeisterung zum Ausdruck.

»Gut, auch wenn ich dich vermutlich enttäuschen muss. Die Waffe sieht nämlich ziemlich unscheinbar aus«, meinte mein Gegenüber.

Er reichte mir einen etwas groß geratenen Laserpointer.

»Hier Alex, dafür reicht auch deine rechte Hand zum bedienen, deine Linke willst du sicherlich noch etwas schonen«, verkündete er.

»Was du nicht alles als Waffe bezeichnest? Bei dem Namen hätte ich jedenfalls ein bisschen was anderes erwartet«, brachte ich meine Enttäuschung zum Ausdruck.

Dennoch nahm ich den Rundstab entgegen und wog ihn in der Hand. Für seine kompakten Ausmaße hatte er ein ordentliches Gewicht, trotzdem lag das Ding gut in der Hand.

»Du wirst noch genügend Möglichkeiten haben, den Photonen-Werfer auszuprobieren. Draußen sind die Quartiere. Wir sind hier um den Haufen ein wenig aufzumischen und das werden wir tun.«

Bevor Felix die Türe nach draußen öffnete, musste Karin

noch einen Kommentar los werden.

»Na endlich geht es los. Ich dachte schon ihr Jungs werdet nie fertig. Das ist ja schlimmer als zwei Frauen vor dem Kleiderschrank.«

Die Aussage konnte ich so nicht stehen lassen, daher gab ich zurück: »Der Vergleich hinkt aber ganz schön. Immerhin geht es hier nicht um Banalitäten, wie die Frage nach der Kleidung für den Tag. Es geht darum Mr. Triple-B in den Arsch zu treten. Da will ich gut vorbereitet sein.«

In diesem Moment öffnete Felix die Türe. Er spähte nach draußen, hob sein Gewehr und gab einen Schuss ab. Er stürmte nach draußen, um auch die zweite Wache nieder zu strecken. Wir rannten den Gang entlang, wobei wir die Aufmerksamkeit der Soldaten in ihren Quartieren auf uns zogen. Mir sprang einer der Jungs direkt vor die Nase. Ich prallte mit ihm zusammen, doch bevor er reagieren konnte, zückte ich den Laserpointer und fuchtelte damit herum. Der Kerl krümmte sich vor Schmerz, während der Gestank von verkohlter Haut an meine Nase drang. Ich nutzte die Chance, sprang über ihn und rannte weiter Felix hinter her. Schwer atmend erreichte ich meine Kameraden. Gerade noch rechtzeitig, denn schon feuerte Karin ein Geschoss aus ihrer Waffe ab. Der Feuerball traf mitten in den Pulk an Soldaten, der sich im Flur sammelte. Diese wurden zu Boden geworfen und blieben regungslos liegen. Zusätzlich ließ Felix eine Keksdose den Gang entlang rollen. Wir huschten ums Eck und drückten uns dicht an die Wand, als die Feuerwalze aus dem Flur drang. Die mächtige Detonation erschütterte die ganze Anlage.

»Spätestens jetzt dürfte jeder wissen, dass wir hier sind«, gab ich zu bedenken.

»Genau, daher sollten wir jetzt abhauen, ich hoffe uns bleibt genug Zeit«, sagte Felix hastig.

Wir gingen mit schnellen Schritten um einige Ecken und

bogen in einen langen Gang ein. Diesen hatten wir zur Hälfte zurück gelegt, als vor uns Schritte zu hören waren. Schnell schauten wir uns um. Karin deutete auf eine Nische. Wir quetschten uns hinein und warteten auf die Soldaten. Diese ließen auch nicht lange auf sich warten. Zehn uniformierte Personen konnte ich aus dem Versteck heraus erkennen. Diese schauten sich jedoch gar nicht um. Viel mehr schritten sie zielstrebig auf die zerstörten Quartiere zu. Als der Trupp in sicherem Abstand war, wandte sich Felix an uns.

»Mist, die sind schneller hier als gedacht. Wir müssen einen alternativen Weg nach unten finden«, flüsterte er uns zu.

»Ich kam über die Lüftung hier rein, daher kenne ich mich nicht wirklich aus«, gab ich zu.

»Die Lüftung, das ist gut. Hier muss es irgendwo ein Wartungsstollen geben«, meinte Felix, als wäre der Maulwurfhügel seine zweite Heimat.

Wir folgten dem Gang bis zum Ende, bogen einmal links ab, um vor einer halbhohen Eisentüre stehen zu bleiben. Mit einer Haarspange von Karin knackte Felix das Schloss. Wir kletterten hinein und schlossen die Türe hinter uns. Ich brachte meine Erleichterung durch einen Seufzer zum Ausdruck. Selbst wenn ich mir eine Pause gewünscht hätte, Felix schien es eilig zu haben. Wir kletterten über kurze Leitern, gingen über Stege und einige Treppenstufen nach oben. Plötzlich blieb Felix vor einem schmalen Felsspalt stehen.

»Da müssen wir durch«, klärte er uns auf.

Er musterte die Spalte, um seine Einschätzung mit uns zu teilen.

»Das wird wirklich kein Spaziergang, aber wir werden das schon schaffen«, meinte er.

Wir packten unsere Ausrüstung in den Rucksack, den Felix

in seine Hände nahm. Während ich mich als erster in die Spalte quetschte folgte mir Karin nach. Mit Mühe presste ich mich durch den schmalen Stollen, wobei ich mir die Nasenspitze an der Felswand aufrieb. Mit schmerzender Nase erreichte ich schließlich einen schmalen, niedrigen Korridor. Ein Wasserlauf plätscherte über die Steine des steil nach oben führenden Ganges. Der nasse Grund bot meinen Schuhen kaum Halt. Ich kroch auf allen Vieren in den Stollen, was allerdings auch nicht ganz reibungslos ablief. So rutschte ich mehrfach aus und holte mir einige Blessuren an Armen und Beinen. Karin half mir zwar so gut es ging, sie hatte aber ebenso mit dem feuchten Boden zu kämpfen. Dabei musste ich bemerkten, dass Karin wohl keine so hohe Frustrationstoleranz besaß wie ich. Um ihrem Unmut Luft zu machen, waren immer wieder leise Flüche aus ihrem Mund zu hören.

»Verdammte Scheiße, kein Spaziergang war eine glatte Untertreibung«, ließ sie sich aus.

»Um ehrlich zu sein, stehe ich auch nicht wirklich auf so eine Art Ausflug«, erwiderte ich.

»Ruhe da vorne!« wies und Felix in leisem aber harschem Ton an, »wir sind gleich am Ende und ich weiß nicht ob die Spalte bewacht wird.«

Den Anweisungen unseres Kommandanten folgend versuchten wir den Rest des Weges geräuschlos zurück zu legen. Dies stellte sich allerdings als unmöglich heraus. So lösten sich immer wieder Steine unter meinen Schuhen, die den Schacht hinab kullerten. Selbst wenn dabei nur leise Geräusche entstanden, reichte es aus, um die Wachen auf uns aufmerksam zu machen. Diese richteten ihre Taschenlampen in den Felsspalt. Wir drückten uns auf den Boden und versuchten dem einfallenden Licht auszuweichen, was jedoch an der Enge des Durchgangs scheiterte. Zwangsläufig wurden wir von dem Söldner entdeckt. Der zögerte nicht lange und feuerte eine Salve aus seinem Sturmgewehr auf uns ab. Wir rutschten ein Stück den Gang hinunter, um den Geschossen zu entgehen, die über unsere Köpfe hinweg fegten. Die zweite Salve schlug ebenfalls in den Fels über uns ein. Zwar waren wir hier unten sicher, jedoch stellte sich die Frage, wie lange noch. Sicher hatte die Wache bereits Verstärkung angefordert. Fragend blickte ich Felix an, in der Hoffnung, dieser könnte einen guten Vorschlag haben. In genau diesem Moment kam mir jedoch selbst eine Idee. Ich zog den Laserpointer aus der Tasche, presste mich auf den Boden und krabbelte vorsichtig nach oben. Ohne zu zielen gab ich einige Schüsse in Richtung des Ausgangs ab. Tatsächlich endete der Beschuss abrupt. Mit einem Aufschrei des Schmerzes bestätigte der Soldat, dass ich getroffen hatte. Ich zog mich mit den Armen das letzte Stück nach oben und quetschte mich aus der Spalte. Dort beugte sich ein bewaffneter Kerl über seinen Kamerad, dem der Photonen-Werfer schwere Brandverletzungen zugefügt hatte. Ich zögerte nicht lange und trat dem gebückten Söldner mit dem Fuß in den Rücken. Er kippte nach vorne, auf seinen Kameraden. Schnell verpasste ich ihm einige Verbrennungen an den Händen, was ihn wehrlos zurück ließ. Als die anderen aus der Spalte gekrochen kamen, war ich mit den Jungs bereits fertig.

»Was nun?« richtete ich mich fragend an Felix.

»Erstmal ein Lob: Das war wirklich klasse, Alexander. Du wirst so langsam ein richtiges Arschloch«, bewertete dieser mein Vorgehen.

»Tja, das Schicksal lehrt einem eben manche Lektion. Allerdings weiß ich nicht, ob ich das wirklich gut finden soll.«

»Darüber kannst du dir Gedanken machen, wenn wir hier wieder raus sind. Oder wollen sich die beiden Männer jetzt erst einmal zu einem Kaffee-Kränzchen niederlassen?«

»Keine Sorge Karin, ich habe schon einen Plan«, gab Felix zurück.

Er wies mich an, genau wie er, die dreckige Uniform gegen ein Exemplar der bewusstlosen Soldaten zu tauschen. Nachdem wir unsere abgenutzten Uniformen den reglos am Boden liegenden Wachen angezogen hatten, reichte Felix den Rucksack an Karin.

»Ich will nicht, dass unsere Ausrüstung in die falschen Hände fällt. Nimm den Rucksack und verstecke dich gut, bis der Maulwurf kommt. Wir werden dich noch brauchen«, klärte er unsere Begleiterin auf.

»Ich werde mein Bestes geben. Wir sehen uns dann beim Endkampf«, bestätigte diese das Kommando.

Während sich Karin mitsamt Rucksack in die Felsspalte zurück zog, bewaffnete sich Felix mit einem am Boden liegenden Gewehr. Ohne zu zögern erschoss er die beiden bewusstlosen Söldner.

»So Alex, ich hoffe das Arschloch in dir ist gut gepflegt. Du wirst es für unseren Plan brauchen«, meinte er zu mir.

Zum Beweis, dass ich für jede Schandtat bereit war, warf ich mir gekonnt das zweite Gewehr über die Schulter. Gemeinsam schleppten wir die leblosen Körper über den Metallsteg. In luftiger Höhe führte dieser an der Wand einer großen Halle entlang. Mit nur einem Blick erkannte ich sofort wo wir waren. Unter uns befand sich der Raum mit dem Steuerpult für das Licht. Bis zur Treppe musste es aber noch ein ganzes Stück sein. Bis dorthin schafften wir es aber nicht, denn kam waren wir einige Schritte gegangen, da erschien eine Gruppe Söldner im Raum unter uns.

»Wir haben sie erledigt«, rief Felix den Leuten zu.

Nachdem sich die Gruppe kurz beraten hatte, ging das Licht in der Halle an.

»Bringt sie her!« befahl uns ein stämmiger Kerl, der wohl

als Anführer der Patrouille fungierte.

Wir schleppten die Leichen wie angewiesen nach unten, wobei uns zwei der Söldner zur Hilfe kamen. Kaum lagen die leblosen Körper vor dem Anführer, warf dieser einen kritischen Blick auf die Beiden.

»Das sind doch welche von unseren Jungs«, gab er zu bedenken.

»Hey Dario, dein Gedächtnis möchte ich haben. Du kannst dir wohl jedes Gesicht merken. Als Strafe musst du dann aber auch Nachts von den ganzen hässlichen Visagen hier träumen«, scherzte Felix, als würde er unser Gegenüber schon seit ewigen Zeiten kennen.

Tatsächlich kam er damit überraschend gut an. So griff unser Gegenüber den Scherz auf.

»Ja, ja, Sandro, du warst schon immer für Scherze zu haben. Gut, dann kommt mit in die Kaserne und erstattet mir dort Bericht. Um die beiden Waschlappen können sich meine Leute alleine kümmern«, entgegnete uns der Anführer.

Er gab einige Anweisungen, woraufhin sich zwei Mann auf den Weg nach oben zu der Felsspalte machten. Ich schaute mit entsetztem Blick zu Felix und fragte mich, was wohl aus Karin werden würde. Dieser Antwortete mir nur mit einem Schulterzucken und gab mir so zu verstehen, dass wir nichts tun konnten. Wir folgten Dario auf dem Weg zur Kaserne und ich hoffte Felix hatte einen wirklich guten Plan. Ich wusste nämlich überhaupt nicht wie wir aus dieser Nummer wieder heraus kommen sollten. Ich wusste noch nicht einmal woher Felix den Namen des Anführers kannte. Ich wusste nur, dass ich hier in einer ziemlich engen Uniform steckte, die an einer sehr unangenehmen Stelle unwahrscheinlich kniff. Da ich allerdings ohnehin nichts tun konnte, als diesem breitschultrigen Kerl hinter her zu trotten, schweiften meine Gedanken zwangsläufig ab. Ich ließ den heutigen Tag in Gedanken noch einmal Revue passieren. Dabei fragte ich mich, wie es möglich war, so viele Erlebnisse und Erfahrungen in so wenige Stunden unterzubringen. Mehr Zeit konnten es jedoch nicht gewesen sein, denn sonst hätte ich zwischendurch eine wundervolle Nacht mit Melanie verbracht. Ich seufzte in Gedanken. Wie gerne würde ich jetzt in den Armen meiner Liebsten liegen.

Melanie! Auf einen Schlag wurde mir bewusst, dass mehr als unklar war, ob ich ihr jemals wieder einen zärtlichen Kuss auf die Wange geben konnte. Verdammte Scheiße, wo war ich hier nur rein geraten. Was auch immer vor sich ging, in diesem Moment entwickelte ich einen unwahrscheinlichen Drang diesen Mr. Triple-B für alles was ich mitmachen musste zur Rechenschaft zu ziehen. Komme was wolle, dieser Drecksack musste leiden. Bis wir Mr. Triple-B in den Arsch treten konnten, war es aber noch eine lange Reise. So mussten wir Dario zunächst erklären, was sich an der Felsspalte zugetragen hatte. Dazu wurden wir in die Kaserne geführt, einer großen unterirdischen Anlage mit mehreren Gebäuden. Der erste Eindruck täuschte jedoch über die wahre Größe hinweg, denn bei unserem Marsch durch die Gänge der Halle, entpuppte sich die Anlage als riesiges Quartier, in dem locker ein gutes Duzend Männer Platz fanden. Dario führte uns vorbei an Kantine und Waffenkammer zu einem kleinen Gebäude. Bevor wir dem Hauptmann ins Innere folgen konnten, mussten wir zunächst unsere Waffen abgeben. Es folgte noch eine Durchsuchung auf gefährliche Gegenstände, bis wir schließlich hinein gelassen wurden. Während wir durch die Tür schritten, postierten sich die Söldner vor dem Ausgang. Sie schlossen die Türe hinter uns und überließen uns Dario. Dieser bot uns zunächst einen Platz auf zwei einfachen Holzstühlen an. Kaum das wir uns gesetzt hatte, begann unser Gegenüber mit dem Verhör.

»Dann erzählt mir doch mal, was sich dort oben zugetragen hat. Ich will jede Kleinigkeit wissen«, forderte er uns auf.

Felix nahm sogleich das Gespräch auf und er schien dabei einen Plan zu verfolgen.

»Nun, ich werde versuchen an alle Details zu denken, was nicht einfach ist, denn es ging ziemlich drunter und drüber«, ließ Felix verlautbaren.

»Keine Sorge, im Zweifel frage ich nach.«

»Gut, es begann damit, dass wir raus geschickt wurden, weil sich die Wachen an der verbotenen Spalte lange nicht gemeldet hatten. Also sind wir los und haben uns vorsichtig genähert. Die Beiden schienen zwar ganz normal auf ihrem Posten zu stehen, aber mir kam das komisch vor. Zu Recht, denn als wir näher kamen, sind sie plötzlich in die Spalte geflohen. Wir sind hinterher und wollten klären, was hier vor sich geht. Aus der Spalte heraus eröffneten die Beiden dann unvermittelt das Feuer auf uns. So hatten wir keine andere Wahl als zurück zu schießen. Wir hatten aber nicht geplant, sie tödlich zu verletzen.«

»Ja, die Geschichte ist gut und scheint realistisch. Jetzt erzähle ich euch aber, was mir daran nicht gefällt: Erstens müssen sich Wachen nicht regelmäßig melden, das ist nur bei Patrouillen der Fall. Zweitens waren die Männer unbewaffnet, zumindest haben meine Leute keine Waffen gefunden. Drittens kenne ich meine Leute, die sind absolut Loyal, die würden nicht einfach fliehen.«

»Dazu kann ich wenig sagen. Wir haben es so erlebt. Außerdem kennst du uns. Wir sind schon lange genug dabei. Wozu sollten wir dich belügen?«

»Das kann viele Gründe haben. Eigentlich ist es aber egal, denn jetzt würde mich erst einmal interessieren woher die Brandlöcher kommen«, wollte Dario wissen.

Er zeigte auf meine Uniform, während er uns beide mit grimmigem Blick musterte. Erst jetzt wurde mir bewusst, dass meine Kleidung tatsächlich mehrere große Brandlöcher besaß, die vom Einsatz des getunten Laserpointers kamen. Erschrocken blickte ich zunächst auf eines der Löcher, dann auf unser Gegenüber.

»Das ist beim Rauchen passiert. Mir ist die Zigarette ausgerutscht und auf meine Uniform gefallen«, stammelte ich in hastigen Worten.

»So so, du rauchst also?«

Dario schien von meiner Erklärung gar nicht begeistert zu sein. Genau genommen schien er von keiner unserer Aussagen begeistert zu sein.

»Jetzt erzählt ich euch mal meine Version von der Geschichte«, kündigte er an und machte eine kurze Pause, bevor er mit seinen Ausführungen begann: »So wie ich das sehe seid ihr als Spione vom Maulwurf durch die Felsspalte eingedrungen, habt die zwei Wachen überwältigt, ihre Uniformen angezogen und versucht jetzt einen auf treuer Soldat zu spielen. Da habt ihr euch aber ganz schön verschätzt, das funktioniert bei mir nicht!«

Während mir das Herz in die Hosentasche rutschte, blieb Felix überraschend ruhig.

»Wenn du darauf stehst eigene Leute hin zu richten, gerne doch. Weißt du Dario, ich hatte dich bisher immer als hart aber gerecht eingeschätzt. Wenn ich dich jetzt so reden höre, war das wohl ein Fehler«, gab Felix zurück, ohne eine Miene zu verziehen.

»Leute für diesen Shit sollte ich euch direkt erschießen! Allerdings verbietet das meine gute Erziehung.«, verkündete unser Gegenüber und wandte sich der Türe zu: »Wache!«

Die Söldner vor der Türe kamen in den Raum und postierten sich um uns.

»Steckt die Beiden ins Gefängnis, bis mir eine besonders schmerzhafte Foltermethode einfällt«, wies Dario die Jungs an.

Sofort wurden wir von den bewaffneten Männern eingekreist und aus dem Raum gestoßen. Wortlos legten sie unsere Hände hinter dem Rücken in Ketten und führten uns ab.

»Na das hast du ja ganz toll hin bekommen. Jetzt erzähle mir mal, wie wir aus der Nummer wieder raus kommen«, zischte ich Felix leise zu.

Dieser blieb ganz ruhig als er antwortete: »Mal ehrlich, ich dachte nicht, dass man hier zum Dank eingesperrt wird, wenn man zwei Verräter zur Strecke bringt.«

Felix sprach diese Worte mit voller Überzeugung in der Stimme. Es klang als hätten wir wirklich Überläufer aufgehalten. Irritiert blickte ich daher zu Felix hinüber. Dieser machte mir mit einer kurzen Kopfbewegung klar um was es hier ging. So waren wir von Darios Leuten umgeben und sie würden sicherlich jede Kleinigkeit an ihren Vorgesetzten berichten. Endlich erkannte ich den Plan von Felix. Ich stieg mit in das Spiel ein.

»Ich war gleich dagegen sie zu verfolgen. Was können zwei Leute schon anrichten?« schimpfte ich meinen Mitgefangenen an.

»Viel, sie kennen unsere Anlagen sehr genau. Sie mussten gestoppt werden um ein Gemetzel zu verhindern.«

Da unsere Unterhaltung, durchaus beabsichtigt, in der Lautstärke leicht zugenommen hatte, stießen uns die Wachen von hinten an und geboten Ruhe. Als brave Gefangene hielten wir uns auf dem Rest des Weges auch an die stumme Aufforderung unserer Begleiter. Allzu weit war der Weg auch nicht mehr, denn schon zwei Ecken weiter erreichte wir das Gefängnis. Bevor wir in eine der Zellen gestoßen wurden, nahm man uns die Handfesseln ab. Eine der Wachen zog ein Gitter vor den Eingang und verriegelte dieses. Wir blieben in der fensterlosen Zelle zurück, bewacht von zwei bewaffneten Männern.

Ich machte es mir in der Zelle so gemütlich wie möglich. Viel Komfort bot die Zelle jedoch nicht, mir blieb nur eine Holzbank, die im hinteren Teil der Zelle stand. Ich setzte mich und spürte den kalten Beton an meinem Rücken. Im fahlen Licht, das von draußen herein fiel beobachtete ich Felix. Was in seinem Kopf wohl vorging? Ob er schon einen Plan hatte wie wir von hier fliehen konnten? Auch wenn es aktuell nicht danach aussah, war ich mir sicher er würde einen Weg finden, um uns hier raus zu holen. Schließlich hatte Felix noch immer eine Idee gehabt und selbst diese verfahrene Situation sollte zu meistern sein. Tatsächlich schien sich im Kopf meines Kameraden gerade etwas zu entwickeln, denn er beendete seine aufmerksame Untersuchung der Zelle und wandte sich mir zu. Ich schaute ihm ins Gesicht und sah, wie sich das breite Grinsen meines Gegenübers nur ein Augenzwinkern später in ein Zorn erfülltes Gesicht wandelte.

»Ich kann deine ständigen Anschuldigungen nicht mehr hören!« warf er mir vor.

Ich zuckte zusammen und wusste nicht so recht was ich antworten sollte. Doch musste ich gar nichts sagen, denn Felix fuhr auch ohne eine Reaktion von mir fort.

»Wir haben genau das Richtige gemacht. Denkst du es wäre uns besser ergangen, wenn wir die beiden Deppen hätten laufen lassen?« brüllte er mich an.

Mir wurde ganz mulmig, als ich in Felix Augen blickte, die vor Zorn funkelten.

»Na, jetzt fällt dir nichts mehr ein«, fuhr er mich an.

Während er sprach, zwinkerte mir Felix zu und stieß mich an. Endlich verstand ich was hier los war und stieg in mit in den gespielten Streit ein.

»Was soll ich dazu noch groß sagen?« fragte ich mit gespielter Gleichgültigkeit. Dann fügte ich noch hinzu: »Ich wollte ja nie mit so einem Trottel zusammen auf Patrouille gehen. Ich wusste schon warum.«

»Wie hast du mich genannt? Sag das noch einmal!«

»Du bist ein Trottel und machst nur Ärger. Das fing schon an als wir hier angeheuert haben. Ich hätte dich wirklich erschießen sollten, als noch dafür Zeit war.«

»Du würdest ohne mich doch gar nicht mehr leben. Ich weiß bis heute nicht wie ich so einem Nichtsnutz helfen konnte. Du hast keinen Mumm in den Knochen und dazu noch keine Ahnung worum es hier überhaupt geht.«

»Nein, du weißt nicht worum es hier geht! Schau dich mal um! Sagt dir das Wort Hinrichtung etwas oder reicht dein nicht vorhandenes Gehirn für so ein langes Wort nicht aus?«

»Halt doch einfach das Maul, du Arschloch!«

»Na, jetzt...«, setzte ich meine Antwort an.

Ich kam allerdings nicht mehr dazu auszureden, denn schon sprang Felix auf mich zu und warf mich zu Boden. Wir balgten uns und spielten dabei in bester Theater-Manier eine wirklich üble Schlägerei. Die Wache gab sich zunächst unbeeindruckt von unserer Aufführung, als wir unser Spiel jedoch auf die Spitze trieben und uns immer heftiger malträtierten, schritten die Söldner schließlich doch ein. Zunächst forderten sie uns in harschem Ton dazu auf, die Streiterei zu beenden. Als das nichts half, gab einer der beiden einen Warnschuss ab, was uns jedoch wenig beeindruckte. Wir wälzten uns weiterhin auf dem Boden und warfen uns gegenseitig üble Beschimpfungen an den Kopf. Schließlich wurde es den Wachen zu bunt. Einer von ihnen lief in Richtung Kaserne davon, vermutlich um Bericht zu erstatten, während der Zweite das Gitter öffnete und uns zu trennen versuchte. Dabei stieß ihn Felix mit einem gezielten Schlag zu Boden, worauf ich dem Kerl einen kräftigen Tritt in den Magen versetzte. Nach einer kurzen Nachbearbeitung von Felix brach er bewusstlos zusammen.

»Was machen wir jetzt mit ihm?« wollte ich von meinem Gegenüber wissen.

Doch Felix antwortete nicht, sondern machte sich gleich an dem leblosen Kerl zu schaffen. Er nahm ihm den Schlüssel ab und zog ihn aus der Zelle. Schön drapiert sah es aus, als wäre er ohne äußeren Einfluss einfach zusammen gebrochen. Kaum eine Minute später stand Felix wieder neben mir in der Zelle um das das Gitter von innen zu verschließen.

»Das heißt wir müssen uns nicht gleich wieder umziehen?« wollte ich wissen.

»Nein, das würde nichts bringen. Wir haben ja schon solche Uniformen an.«

»Gut, ich habe nämlich so langsam keine Lust mehr drauf.«

»Das bleibt dir erspart, auch wenn die Uniform passen würde.«

»Was meinst du damit?« fragte ich irritiert.

»Ist dir das noch nicht aufgefallen?«

»Nein Felix, was meinst du?« fragte ich verwundert.

»Wir hatten jetzt schon verschiedene Uniformen angezogen und alle hatten die selbe Größe. Alle Söldner sind genau gleich groß«, erklärte mir Felix.

»Wenn ich so zurück denke, kann das schon stimmen. Von selbst hätte ich das aber nicht bemerkt.«

»Dabei ist es nur logisch. Bei Klonen bekommt man viele gute Krieger für wenig Ressourcen.«

»Klone? Du meinst wirklich Klone? So gezüchtete Menschen aus dem Reagenzglas?«

»Es ist zwar kein Reagenzglas sondern ein Biotech-Tank,

aber sonst ist es genau was du meinst.«

»Jetzt willst du mich verarschen, Menschen kann man noch nicht klonen, das wüsste ich.«

»Ach Alex, es gibt noch viele Dinge, von denen du keine Ahnung Hast. Nur weil es nicht in den Nachrichten läuft, heißt das noch lange nicht, dass es unmöglich ist.«

»Na gut, irgendwoher muss die Armee von Mr. Triple-B kommen. Freiwillig schließt sich dem wohl niemand an, da machen Klone schon Sinn«, gab ich zu.

»Freiwillig schließt sich nicht einmal ein Klon der Armee von Mr. Triple-B an. Die sind alle durch Drogen zu willenlosen Monstern gemacht worden. Daher ist die andere Wache abgehauen. Die muss Befehle abholen, dass wir uns prügeln war in seinen Instruktionen nämlich nicht vorgesehen«, klärte mich Felix auf.

»Ich hoffe der rennt nicht gleich zu Dario und erzählt ihm von unserer Schlägerei. Wer weiß, ob uns der dann gleich hinrichten lässt«, meinte ich mit sorgenvoller Mine.

»Da mache ich mir keine Sorgen. Da Klone immer das gleiche Gesicht haben, wüsste er gar nicht, wer ihm gerade Bericht erstattet. Im Gegenzug dazu kennt Dario allerdings die Gesichter seiner Offiziere sehr gut. Es gibt nämlich nur eine begrenzte Anzahl davon«, eröffnete mir Felix.

»Das hört sich aber gar nicht gut an. Zumindest würde ich sagen damit schrumpft unsere Chance frei zu kommen.«

»Wir sind schon frei, das ist nicht das Problem«, stellte Felix mit ruhiger Stimme fest.

»Was stehen wir dann noch herum? Lass uns abhauen!« gab ich in Befehlston an.

»Nicht so hastig, Alex. Du musst die Lage im Blick halten. Drüben vor der Waffenkammer ist gleich Wachablösung, das ist unsere Chance.«

»Woran siehst du das?« fragte ich verwundert.

»Die Wachen sind unruhig und schauen häufig zu den

Quartieren. Sie können es kaum erwarten, dass ihre Kameraden kommen«, erläuterte mir dieser.

Kaum hatte Felix ausgesprochen, schritten zwei Söldner quer über den Platz. Sie steuerten direkt auf die Waffenkammer zu. Es bestand kein Zweifel daran, dass es sich um die Wachablösung handelte.

Felix schloss das Gitter auf und sprang nach draußen.

»Mischen wir den Haufen ein wenig auf«, ließ er verlauten.

Wir erreichten die Waffenkammer, als die Ablöse gerade ihren Posten eingenommen hatte.

»Hey Jungs, wir wurden auf Patrouille geschickt. Draußen in der Gefahrenzone. Wir brauchen dafür noch entsprechende Waffen«, behauptete Felix.

»Ich habe keine Order, jemanden in die Waffenkammer zu lassen«, gab eine der Wachen zurück.

»Oh Mann, jetzt mach nicht rum. Wir sind spät dran, vermutlich ging die Info an eure Vorgänger. Komm schon, wir müssen wirklich schnell los.«

Ohne auf eine Antwort zu warten, schob sich Felix an den beiden Soldaten vorbei ins Innere. Daraufhin trat einer der Wachen zur Seite und machte den Weg für mich frei. Ich betrat den Vorraum. Dort sprach Felix gerade mit dem Offizier hinter der Theke.

»Wir wurden als Spezialkommando angeheuert, gut möglich, dass du unsere Gesichter noch nicht kennst. Die Hauptfrage ist aber viel mehr: Willst du, dass wir von einem Spion infiltriert werden?«

»Ich glaube, ich frage einfach bei Dario nach. Der hätte mich schon informiert, wenn ich Waffen heraus geben sollte«, gab der Offizier zurück.

»Nein, Dario wäre der falsche Kerl, wenn dann musst du bei Urnas nachfragen. Von dem bekamen wir den Auftrag«, antwortete Felix.

Ich schaute Felix verwundert an. Woher kannte er jetzt schon wieder diesen Namen? So langsam bekam ich das Gefühl, er dachte sich einfach immerzu neue Namen aus, in der Hoffnung, diese Leute würde es wirklich geben. Im aktuellen Fall hätte er dann aber sehr viel Glück gehabt, denn der Meister der Waffenkammer zeigte sich plötzlich sehr kooperativ.

»Urnas, von dem Spinner? Oh Mann, alles klar, was braucht ihr denn?«

»Standard für Patrouillen plus zwei Handgranaten«, sagte Felix knapp.

Unser Gegenüber tippte einige Zeilen in den Rechner auf seinem Schreibtisch. Keine zwei Minuten später öffnete sich die massive Stahltür hinter ihm. Ein Helfer brachte zwei Sturmgewehre mit Munition und zwei Handgranaten heraus. Diese übergab uns der Offizier. Wir schnappten uns die Waffen und gingen nach draußen. Dort wünschten uns die Wachen viel Glück.

»Was ist denn der Plan?« flüsterte ich Felix meine Frage zu.

»Das wirst du schon sehen«, hielt sich dieser bedeckt.

Wir gingen mit schnellen Schritten durch die Anlage. Scheinbar willkürlich bog Felix um einige Ecken. Plötzlich drückte er sich eng an die Wand eines Gebäudes.

»Das sieht nicht gut aus«, zischte er mir zu.

Er deutete auf zwei Soldaten, die offensichtlich auf Patrouille waren.

»Die Jungs sind uns auf den Fersen und ich bekomme sie einfach nicht abgeschüttelt«, erklärte er mir.

Ich drückte mich neben ihm an die Wand. Meine Blicke schweiften durch die Anlage, in der Hoffnung ein gutes Versteck zu finden. Allerdings konnte ich weder eine Nische noch ein dunkles Eck ausmachen. Hektisch warf ich einen Blick auf unsere Verfolger, die näher kamen.

»Kannst du die Zwei etwas ablenken?« fragte ich schnell.

Felix nickte mir zu. Ich rannte so schnell ich konnte der Hauswand entlang, um das nächste Eck. Von dort aus beobachtete ich die Verfolger. Diese gingen zielstrebig auf Felix zu. Ich hatte zwar keine Ahnung, was dieser anstellen würde, doch musste ich einfach auf seine Fähigkeiten vertrauen. Schließlich blieb die Patrouille stehen und schien irgendeinen Gegenstand auf dem Boden zu untersuchen. Ich nutzte die Chance. Vorsichtig schlich ich mich von hinten an die Beiden heran. Mein Herz pochte als wollte es aus meiner Brust springen. Ich wagte kaum zu atmen. Schritt für Schritt näherte ich mich den Söldnern. Als ich unbemerkt auf einen halben Meter heran gekommen war, zog ich eine Handgranate aus meinem Gürtel. Ich entsicherte sie und hängte sie vorsichtig einem Soldaten an den Gürtel. Dieser fuhr sofort herum.

»Los schnell, in der Kantine gibt es Freibier«, schrie ich die beiden an.

Ich wusste zwar selbst nicht, was ich da gerade von mir gab, doch zeigte es Wirkung. Irritiert schauten mich die Beiden an. Ich ergriff meine Chance und rannte ums nächste Eck. Dort hörte ich einen lauten Knall. Die Handgranate war explodiert. Erleichtert atmete ich auf. Das mit den Verfolgern sollte sich damit erledigt haben. Zumindest dachte ich das, denn schon packte mich eine Hand an der Schulter. Ich fuhr herum und blickte in Felix Gesicht.

»Schnell weg von hier«, flüsterte dieser.

Wir rannten der Hauswand entlang, um zwei Ecken später unseren Gang zu verlangsamen. Aus verschiedenen Richtungen liefen Soldaten auf den Ort des Unglücks zu. In sicherer Entfernung hielten wir inne.

»Kein schlechter Plan«, gab Felix zu, »die werden denken das war ein Unfall. Trotzdem bleibt uns nicht viel Zeit.«

Schon setzte sich Felix in Bewegung. Ich folgte ihm nach.

Unbemerkt schlängelten wir uns durch enge Gassen zwischen verschiedenen Gebäuden und Aufbauten entlang. Ein Ziel konnte ich nicht erkennen, bis wir die Kantine durch den Hintereingang betraten.

»Wir sind hier, um das Fett der Fritteuse abzuholen«, meinte Felix zum Koch.

»Na endlich, das wird auch Zeit. Es ist schon fast hart«, gab dieser zurück.

Wir schnappen uns das große Fass und schleiften es nach draußen.

Hinter dem Gebäude stellten wir unsere Fracht ab. Fragend schaute ich meinen Gegenüber an. Mir war völlig unklar, was dieser mit dem ganzen Fett vor hatte. Statt eine Antwort zu geben, verschwand Felix jedoch noch einmal im Inneren der Küche. Besorgt ließ ich meine Blicke durch die Gegend schweifen. Was würde wohl passieren, sollte mich hier eine Patrouille aufgreifen? Was sollte ich den Jungs erzählen? Was hatte Felix eigentlich vor? Ungeduldig verlagerte ich mein Gewicht von einem Fuß auf den anderen. Gerade als ich vorsichtigen einen Schritt in Richtung Eingang machte, kam Felix zurück. In seinen Händen hatte er eine Kiste voller hochprozentiger alkoholischer Getränke. Dieses Mal schaute ich Felix nicht mehr fragend, sondern irritiert an. Mir war wirklich absolut unklar, was er mit dem Zeug wollte. Zumindest bis er anfing die Flaschen in das Fass zu entleeren. Es dauerte einen Moment, bis ich begriff, was hier vor sich ging. Anschließend half ich meinem Kameraden, das hochexplosive Gemisch herzustellen. Kaum war unser Werk vollbracht, schaute sich Felix um.

»Sobald ich dir ein Zeichen gebe, rennst du zu der Felsspalte dort. Übrigens meine ich wirklich rennen.«

Felix zeigte auf eine Felswand, die ein ganzes Stück weg war. Ich spähte in die Ferne und entdeckte einen dunklen

Fleck auf der Wand. Das musste die Spalte sein, die Felix meinte. So nickte ich ihm zur Bestätigung zu. Daraufhin zog Felix seine Handgranate aus dem Gürtel. Während er die Granate entsicherte, gab er mir das Zeichen. Ich rannte los, so schnell ich konnte. Felix folgte dicht hinter mir. Gerade noch rechtzeitig erreichten wir die Deckung. In einem großen Feuerball explodierte das Fass. Überall regnete brennendes Fett vom Himmel. Es ergoss sich ein wahres Inferno über die Anlage. Sofort liefen dutzende Soldaten auf den Platz. Sirenen ertönten und überall blinkten rote Lampen. Es war nicht zu übersehen, dass Alarm ausgelöst worden war.

»Na super, wie sollen wir da jetzt lebend raus kommen?« fragte ich mein Gegenüber.

»Ganz einfach: Wir mischen uns unter die Leute. Der Maulwurf meinte, wir sollen für Ablenkung sorgen, damit bin ich noch lange nicht fertig«, eröffnete mir Felix.

Der Kerl sprang auf und marschierte in Richtung des zentralen Platzes. Dort formierten sich die Söldner zu Gruppen, die nach und nach zur Waffenkammer geschickt wurden. Wir schlossen uns willkürlich einer der Gruppen an. Dabei hatten wir Glück, denn wir wurden sofort aufgefordert, uns zu bewaffnen. Felix schob mich nach vorne.

»Besorge dir noch einmal zwei Handgranaten«, befahl er mir mit Nachdruck.

Während Felix im Nirgendwo verschwand, schoben mich die anderen Söldner zur Waffenkammer. So stand ich nur wenige Minuten später am Tresen. Dort waren im hinteren Bereich Waffen in unzähligen Reihen aufgestellt. Mir wurde ein Sturmgewehr, ein Gürtel mit Munition sowie zwei Granaten überreicht. Anschließend spülte mich die Masse einfach mit nach draußen. Ohne Möglichkeit zu entkommen fand ich mich kurz darauf auf einem Sammelplatz wieder. Wir wurden in Kampfgruppen eingeteilt und erhielten eine kurze Serie an Befehlen an den Kopf geworfen. Gerade als sich der Mob in Bewegung setzte, erschien Felix neben mir.

»Los komm mit!« befahl er mir.

Er zog mich am Arm weg von der Gruppe. Wir drängten uns durch scheinbar unendliche Massen an Kämpfern, die sich gruppierten um die Anlage zu sichern. Hecktisch bahnten wir uns den Weg durch die Reihen, bis wir uns scheinbar willkürlich einer der Gruppe anschlossen. Wir verließen die Anlage und bogen links in einen Korridor ab. Ein ganzes Stück folgten wir den Kämpfern, bis mich Felix in einem unbeobachteten Moment in eine Nische zog. Während auf dem Gang immer wieder Gruppen von Soldaten vorbei kamen, drückten wir uns an die kalte Felswand der Spalte. Ich wagte kaum zu Atmen, da immerzu Schritte zu hören waren. Nach schier endloser Zeit verstummten jedoch die Geräusche. Ich atmete erleichtert auf, als Felix die Stille durchbrach.

»Gut, jetzt sollten niemand mehr kommen«, flüsterte er mir zu.

Vorsichtig streckte er seinen Kopf aus der Nische, um ihn gleich wieder zurück zu ziehen. Er rollte sich neben mir in der Dunkelheit zusammen. Gerade als ich fragen wollte, was das zu bedeuten hat, dröhnte erneut das Geräusch marschierender Stiefel an mein Ohr. Ich hielt die Luft an, als die Schritte näher kamen. Ein heller Lichtkegel eilte den Kämpfern voraus und erhellte den Gang. Wir drückten uns noch ein Stück enger an die Rückwand der Spalte, um das Licht zu meiden. Tatsächlich konnten wir uns vor den Blicken der ersten Reihen verstecken. Jedoch schwenkte einer der Soldaten in der Mitte der Gruppe seine Taschenlampe in unsere Richtung. Einen winzigen Augenblick blitze das Gewehr von Felix im Schein des einfallenden Lichts. Ich hielt die Luft an und blickte unserem Entdecker in die Augen. Der Söldner schien meinen Blick zu erwidern, konnte aber nicht reagieren, da ihn die hinteren Reihen einfach weiter schoben. Kaum das die Schritte in der Ferne verhallt waren, Atmete ich tief durch.

»Puh, das war aber knapp«, machte ich meiner Erleichterung Luft.

»Knapp? Das wird noch richtig knapp. Die kommen wieder und werden sich dafür auch nicht allzu viel Zeit lassen.«

Felix streckte erneut seinen Kopf nach draußen. Schnell winkte er mir zu.

»Jetzt oder nie, komm!« forderte er mich auf.

Ich folgte seinem Befehl und verließ ebenfalls die Nische. Während wir uns auf den Weg zurück zur Kaserne machte, erkundigte ich mich nach den weiteren Plänen.

»Was hast du vor, Felix?«

»Wir steigen auf Plan B um«, verkündete dieser.

Mehr wollte er auch nicht verraten. Statt zu reden, beschleunigte er seinen Schritt und führte mich im Dauerlauf zur Kaserne zurück. Dort herrschte beängstigende Ruhe, nur ein paar wenige Wachen waren zurück geblieben. Als der Eingang in Sichtweite kam, lief Felix scheinbar panisch los und brüllte eine der Wachen an.

»Sie sind gleich hier! Es ist eine kleine Elite-Einheit. Sie hatten uns einen Hinterhalt gelegt. Wir konnten gerade noch fliehen«, brach es aus ihm heraus.

Ich folgte ihm nach und simulierte ein hinkendes Bein.

»Mich hätten sie beinahe erwischt«, ließ ich verlautbaren.

»Schnell, kommt rein.« Die Wachen traten zur Seite um uns den Weg frei zu machen. »Soll ich einen Sanitäter rufen?« fragte mich der andere Kämpfer.

»Nein, es geht schon, danke. Wichtiger ist, dass ihr den Eingang sichert.«

»Es sind nicht viele, aber sie gehen verdammt trickreich

vor«, informierte Felix die Wachen.

»Ihr müsst sofort Bericht erstatten!«

»Natürlich, das werden wir«, versicherte ich.

Mit schnellen Schritten gingen wir tiefer in die Anlage. Zielstrebig steuerte Felix auf die Waffenkammer zu. Dort angekommen trat er kurzerhand die Türe ein, die mittlerweile verschlossen war. Er sprang in den Raum und feuerte ein paar Salven aus seinem Gewehr ab. Als ich den Raum betrat hatte er den wachhabenden Offizier bereits überwältigt und suchte hektisch den Schreibtisch ab. Schließlich förderte er einen Zettel zu tage, auf dem eine sechsstellige Nummer notiert war. Damit öffnete er die schwere Metalltüre zur Waffenkammer und bevor er im Inneren verschwand wandte er sich noch kurz mir zu. Sichere den Eingang, es kann sein, dass wir bald Besuch bekommen.

Während von Innen zu hören war, wie Felix diverse Regale und Kisten durchwühlte, blieb ich im Vorraum. Nachdem mein Kamerad wohl für eine Menge Chaos gesorgt hatte, kam er mit einem Granatwerfer in der Hand zurück.

»Ich wusste doch, hier gibt es noch einen Schatz zu bergen. Nur schade, dass ich meinen Rucksack nicht hier habe. Mit der Antimaterie-Granate könnten wir gründlich aufräumen«, verkündete er.

»Was willst du denn mit diesem Ding?« wollte ich wissen.

»Dario in den Arsch treten. Der Kerl braucht mal eine Lektion in Benehmen.«

»Da bin ich sofort dabei!«

»Gut, davor gibt es aber noch einen anderen Teil des Plans zu erfüllen«, bremste Felix meinen Tatendrang.

»Okay, um was genau geht es dabei?« wollte ich wissen.

»Das ist relativ einfach. Ich gehe aufs Klo, das ist nämlich schon lange mal nötig.«

»Ähm, was?« war alles was ich darauf antworten konnte.

Dieser Kerl wurde mir immer suspekter. Er war kurz davor, diese ganze Anlage in die Luft zu jagen und jetzt wollte er davor einfach mal die Toilette besuchen. Mir ging einfach nicht in den Kopf, wie man in unserer Situation entspannt genug sein konnte um seine Blase zu leeren.

»Ich weiß zwar nicht was du vor hast, aber ich werde mich jetzt auf jeden Fall mal auf den Weg machen«, verkündete mein Gegenüber als Reaktion auf mein bedächtiges Zögern.

Er lief mit eiligen Schritten voraus. Da ich in dieser unterirdischen Anlage keinerlei Orientierung hatte, folgte ich ihm einfach nach. Im Gegensatz zu mir schien Felix die Kaserne hervorragend zu kennen, denn er schritt zielstrebig durch die Gänge. Tatsächlich standen wir wenig später vor den sanitären Anlagen.

»Ich werden dann mal kurz verschwinden. Du kannst ja Wache schieben, wenn du nicht mitkommen willst.«

»Warte Felix, ich komme mit,« ließ ich verlautbaren.

Immerhin wusste ich nicht, was noch alles auf mich zukommen würde, daher war es wohl besser diese einmalige Chance zu nutzen. So ließen wir den Kampf kurz ruhen und verrichteten unsere Notdurft. Kaum das wir die Toilette verlassen hatten, kündigte mein Kamerad den nächsten Schritt an.

»So, jetzt können wir uns ganz entspannt Dario vorknöpfen«, meinte Felix.

»Buch mich ein, dieses Arschloch machen wir fertig!« brachte ich meine Abneigung gegen diesen Kerl zum Ausdruck.

Wir bahnten unseren Weg durch die Kaserne und während Felix zügig voran ging, ließ ich meine Blicke durch die Gänge schweifen. Dort liefen die verbliebenen Kämpfer scheinbar wild durcheinander. Manche trugen Verletzte weg, andere waren in Richtung Ausgang unterwegs und wieder andere stürmten aus ihrer Unterkunft, um die Lage zu prüfen. Überrascht wandte ich mich Felix zu.

»Woher kommen denn die Verletzten?« wollte ich wissen.

»Entweder ist der Maulwurf schon in der Anlage, oder sie wurden aus Versehen von eigenen Leuten angeschossen. Ich tippe auf beides zusammen«, klärte mich Felix auf.

Er beschleunigte noch einmal seine Schritte, weshalb wir schon bald das Büro von Dario erreichten. Aus sicherer Entfernung feuerte Felix eine Granate auf den Eingang ab. Er sprengte nicht nur ein großes Loch in das Gebäude, sondern erledigte die beiden Wachen gleich mit.

»Ich liebe dieses Baby! Die Feuerkraft liegt genau auf meinem Niveau«, verkündete er.

Irritiert schaute ich meinen Kameraden an. Selbst wenn ich wusste, dass Felix auf Waffen mit viel Feuerkraft stand, so eine Aussage hätte ich von ihm einfach nicht erwartet. Felix schien meine Verwunderung jedoch gar nicht zu bemerken. Er war zu sehr auf die Sache konzentriert. Er sprintete zum Eingang, wohl um zu verhindern, dass Dario floh. Ich folgte ihm so schnell ich konnte.

»Du bleibst draußen und passt auf das wir ungestört bleiben«, wurde ich angewiesen.

Schon trat Felix durch das Loch ins Innere. Er gab ein paar Schüsse ab, bevor er hinter der Mauer verschwand. So stand ich nun vor dem Gebäude und fragte mich, was wohl im Inneren vor sich gehen würde. Um ehrlich zu sein, wusste noch nicht einmal was genau Felix in Erfahrung bringen wollte. Außerdem war mir völlig unklar, was da drin mit Dario geschehen würde. Ich hatte ja einige Foltermethoden am eigenen Leib erfahren müssen, doch ob Felix wirklich so grausam sein konnte? Vielleicht war genau das auch im Sinn meines Kameraden? Gut möglich, dass er sich gar nicht für Informationen interessierte, sondern einfach nur eine offene Rechnung begleichen wollte. In

Gedanken versunken schweiften meine Blicke durch die Anlage. Dabei erblickte ich eine Gruppe aus vier Kämpfern, die genau auf mich zusteuerten. Hastig schaute ich mich um. Sollte ich fliehen? Nur wohin? Würde ich damit nicht Felix im Stich lassen? Während ich zögerte, kam die Gruppe schnell näher. Damit war an Flucht ohnehin nicht mehr zu denken, denn einer der Leute sprach mich an.

»Wir sind die Wachverstärkung bei Notfällen. Wo ist denn dein Kamerad?« wollte einer der Söldner wissen.

Ich zögerte kurz, was den Ankömmlingen die Möglichkeit gab die Leichen auf dem Boden zu entdecken. Ohne weitere Worte zogen sie ihre Waffen. Reflexartig drückte ich den Abzug meines Sturmgewehrs. Ich löste damit einen wahren Kugelhagel aus. Während mich der Rückschlag an die Wand schleuderte, brachen die Soldaten getroffen zusammen. Ich starrte mit leerem Blick auf diese Leute. Hatte ich sie wirklich getötet? Wie konnte ich das nur tun? Mitten in meine Gedanken drang von Hinten Felix Stimme zu mir.

»Alex, ist mir dir alles in Ordnung?«

»Ich, ich habe getötet«, stammelte ich.

»Super, das hast du sehr gut gemacht«, kommentierte mein Kamerad.

»Felix, du hast mich nicht verstanden. Ich habe diese Leute umgebracht. Ich selbst.«

Mit der Hand deutete auf die Kämpfer, die vor mir auf dem Boden lagen.

»Alexander, hast du mir überhaupt zugehört? Das sind keine Menschen. Das sind Klone, die sind nicht besser als Roboter mit menschlichem Gesicht. Du hast nicht getötet, du hast höchstens ein paar Maschinen zerstört.«

»Aber ich...«

»Jetzt fange nicht wieder mit der Nummer an. Wir sind hier im Krieg und da solltest du dich daran gewöhnen

Waffen zu verwenden«, unterbrach mich Felix und fuhr fort: »Außerdem habe ich heraus bekommen was ich wissen wollte.«

Ich schüttelte mich und schluckte den Kloß in meinen Hals hinunter. Die Gedanken über meine Grausamkeiten rang ich nieder. Ich unterdrückte alle Schuldgefühle, um eine Frage an Felix zu stellen.

»Was hast du in Erfahrung gebracht? Ist der Maulwurf schon hier?« wollte ich wissen.

»Keine Ahnung, das werden wir noch rechtzeitig herausfinden. Mit ging es um etwas anderes.«

»Na dann schieße mal los und spannte mich nicht auf die Folter.«

»Es gibt eine gute und eine schlechte Nachricht. Erstmal geht es Melanie gut. Sie wurde zwar entführt, die Jungs warten aber auf Anweisung, was mit ihr passieren soll. Dario wird allerdings keine Kommandos mehr geben, daher halten sie Melanie einfach nur gefangen.«

Felix machte eine kurze Pause, bevor er fort fuhr: »Schlecht sieht es allerdings bei Mr. Triple-B aus. Die Leibwachen bereiten sich wohl auf einen Kampf vor. Sie wollen das Büro vom Maulwurf nicht einfach aufgeben. Dabei hatte ich gehofft, sie überraschen zu können. So weiß ich noch nicht, wie wir sie besiegen sollen.«

»Na gut, die Kerle der Leibwache sahen schon ziemlich übel aus, aber die werden doch irgendwie zu besiegen sein«, meinte ich.

»Mag sein, nur weiß ich noch nicht wie«, erwiderte Felix.

»Super, was machen wir dann?«

»Wir gehen über zu Plan C.«

»Ich bin dabei! Hmm, wobei, wie sieht der denn aus?«

»Ganz einfach: Wir killen Urnas, dann ist die Truppe ganz ohne Hauptmann. Anschließend besuchen wir Karin. Vielleicht treffen wir auf unserer Tour auch den Maulwurf, dann können wir noch ein wenig mit ihm quatschen.«

Schon war Felix um das nächste Eck verschwunden. Ich lief ihm nach, wobei er ein ganz schönes Tempo vorlegte. Einen stattlichen Marsch später näherten wir uns einem kleineren Gebäude. Wie beim letzten Mal öffnete Felix die Türe mit seinem Granatwerfer. Die Explosion sprengte ein großes Loch in das Haus, das den Blick ins Innere frei gab. Dort lag ein kleiner, gut gebauter Kerl auf dem Boden. Die Wucht der Explosion hatte ihn wohl zu Boden geschleudert. In sicherer Entfernung blieb Felix stehen und zögerte einen Moment. Als sich der Kerl aufrappelte, griff mein Kamerad an seinen Gürtel. Er lud seinen Granatwerfer nach und feuerte das Geschoss ab. Die Explosion brachte das Gebäude zum Einsturz, das Urnas unter sich begrub.

»Der Job ist erledigt«, verkündete er.

Er hängte sich den Granatwerfer an die Schulter und zog sein Sturmgewehr. Ohne Vorwarnung drehte er sich um und gab drei Schüsse ab. Ich wirbelte herum. In einiger Entfernung brachen zwei Soldaten zusammen. Besorgt schaute ich Felix an, denn ich hatte nicht bemerkt, wie die Leute näher gekommen waren.

»Regel Nummer Eins im Krieg: Wenn du laut bist, bekommst du Besuch«, klärte mich Felix auf. Er schaute sich um, bevor er noch hinzufügte: »Gut, niemand mehr in Sicht. Lass uns von hier verschwinden.«

Wir schlängelten uns zwischen den Gebäuden durch. Immer wieder spähte Felix in die Ferne, schaute hinter uns und schlich um eine Ecke. Tatsächlich schafften wir es ohne weitere Zwischenfälle bis zum Ausgang. Dort ließ sich Felix auf keine große Diskussion ein, sondern erschoss kurzerhand die Wachen. Wir rannten nach draußen und machten erst am Ende des Korridors halt. Felix lauschte angestrengt in die Dunkelheit. Plötzlich deutete er nach Rechts.

»Los komm, die Luft ist rein!« forderte er mich auf.

Felix ging voran und führte uns zu einem Treppenhaus. Er wies mich an die Luft anzuhalten und lauschte angestrengt in den Raum hinein. Auch ich spitzte meine Ohren, konnte aber auch mit der größten Anstrengung kein einziges Geräusch vernehmen. Mein Begleiter dagegen war plötzlich ganz aus dem Häuschen.

»Der Maulwurf ist zurück. Sie sind hier ganz in der Nähe. Schnell, wir müssen nach oben«, verkündete er.

Felix rannte die Treppen hoch als würde er an einem Wettlauf teilnehmen. Ich hechelte hinter her und war ganz erstaunt, als tatsächlich Stimmen zu hören waren. Scheinbar berieten die Eindringlinge rund um den Maulwurf was die nächsten Schritte waren. Wir legten zwei Stockwerke zurück, als Felix die Klinke der Ausgangstüre drückte. Schwer schnaufend musste ich im Durchgang erst einmal eine kleine Pause machen. Ich war zwar das Treppensteigen gewohnt, doch mit all der Ausrüstung strengte das ganz schön an. Viel Zeit zum Verschnaufen blieb mir jedoch nicht, denn ich wollte den Anschluss nicht verlieren. Ich versuchte mit meinem Kameraden Schritt zu halten, was sich jedoch als sehr schwer heraus stellte. So bewegte er sich im Laufschritt auf eine beleuchtete Halle zu. Ich folgte ihm in einiger Entfernung, um in der Halle schließlich von einer sehr erfreuten Karin begrüßt zu werden.

Sie umarmte mich und meinte: »Ich bin echt froh euch wieder zu sehen. Ich hatte schon Sorgen, dass ihr es nicht geschafft hättet.«

»Felix hatte alles Bestens im Griff«, hechelte ich völlig außer Atem.

Ich wollte bei den Worten Felix auf die Schulter klopfen und stellte in diesem Moment fest, dass er gar nicht mehr neben mir stand. Irritiert schweiften meine Blicke durch den Raum.

»Was suchst du?« wollte Karin wissen.

»Wo ist denn Felix? Der stand doch gerade noch neben mir.«

»Ach, der ist bestimmt beim Maulwurf und plant das weitere Vorgehen. Komm wir gehen auch hinüber.«

Karin führte mich an den Leibwachen vorbei in einen Nebenraum. Auch wenn ich kritisch beäugt wurde, griff keine der Soldaten ein. Erst jetzt fiel mir auf, dass ich die Uniform der Gegenseite trug, was die Kämpfer des Maulwurfs wohl irritierte. Mit Karin als Begleitung erreichte ich jedoch unbehelligt den Maulwurf. Dieser schien sich mit Felix gerade auf das weitere Vorgehen geeinigt zu haben.

»So machen wir es«, bestätigte er den mir unbekannten Plan.

Ich wandte mich an Felix: »Sollen wir uns nicht erst einmal umziehen? Die Uniform hier weckt nur Misstrauen.«

»Die Scheiße mit den Kleidern soll man den Frauen überlassen, die haben für so etwas Zeit«, kommentierte Felix.

Er drehte sich zu Karin und ließ sich seinen Rucksack geben. Er drückte mir das Plasmagewehr in die Hand, während er Karin sein Gauss-Gewehr überreichte.

»Wir brauchen jedes bisschen Feuerkraft. Haut raus was ihr an Munition habt«, meinte er.

Mit diesen Worten drehte sich Felix um und lief mit schnellen Schritten auf einen erleuchteten Korridor zu.

»Müssen wir nicht zurück in Treppenhaus? Das führte doch noch ein paar Stockwerke nach oben«, zweifelte ich die Routenplanung meines Kameraden an.

»Nein, es geht nicht um den schnellsten Weg. Wir versuchen so unauffällig wir möglich zu sein. Immerhin sind dort draußen einige Patrouillen der Klon-Krieger unterwegs. Die schießen auf alles, was sich bewegt«, klärte uns Felix auf.

»Was ist wenn sich dann zwei Gruppen dieser Kämpfer treffen?«

»Da bleibt dann vermutlich nicht mehr viel übrig. Das sollte aber auch nicht allzu oft vorkommen.«

»Oh, wäre es dann nicht sinnvoll die Leute ein bisschen schlauer zu machen?«

»Nein, dann würden sie ja anfangen nach zu denken und das birgt immer ein Risiko in sich. Meistens führt das nämlich zu Aufständen, wenn Leute anfangen ihren Verstand zu benutzen.«

»Das kann natürlich passieren«, pflichtete ich meinem Begleiter bei.

Weiter kam ich mit meinen Ausführungen allerdings nicht, denn wir erreichten eine schwere Eisentüre, die verriegelt war.

»Dahinter ist bestimmt eine Wache aufgestellt«, urteilte ich.

»Kein Thema, das bekommen wir hin. Mach du mal die Türe weg, ich kümmere mich um den Rest.«

Wir gingen einige Schritte zurück, während Felix seinen Granatwerfer bereit machte. Ich feuerte ein Geschoss aus meiner Waffe ab, das mit einem lauten Knall die Türe einschmolz. Genau in diesem Moment feuerte Felix eine Granate ab. Bevor der Trupp auf der anderen Seite reagieren konnte, schlug das Geschoss ein. Als sich der Rauch verzog, war nicht mehr viel von den Wachen übrig. Karin, die mit dem Rücken zu uns stand, drückte in diesem Moment ihren Abzug. Mit einem leisen zischen löste sich eine Kugel. Ich drehte mich um, während Karin erneut feuerte. Erstaunt schaute ich in den Flur hinter uns. Dort lag ein ganzer Trupp regungslos auf dem Boden. Die Geschosse aus dem Gauss-Gewehr mussten fünf Soldaten auf einmal niedergestreckt haben. Wie gut, dass nur zwei Männer nebeneinander in den engen Flur passen.

»Regel Nummer Eins im Krieg: Wenn du laut bist, bekommst du Besuch«, wiederholte Felix und fügte noch hinzu: »Haltet eure Waffen bereit, stellt aber keinen Unfug an. Wir wollen nicht zu viel Aufmerksamkeit erregen.«

Wir durchschritten die Türe und eilten den folgenden Korridor entlang. Nachdem wir über einige Stege und Tritte der Oberfläche näher gekommen waren, drang ein leises Surren an unsere Ohren.

»Eine Spezialeinheit«, meinte Felix.

Er tauschte Granatwerfer gegen Gauss-Gewehr und bedeutete uns zu warten. Vorsichtig schlich er weiter. Als Felix um das nächste Eck verschwand hielt ich die Luft an, um mich besser konzentrieren zu können. Ich lauschte in den Gang, in der Hoffnung, das Surren würde gleich verstummen. Ich wartete und wartete, doch passierte nichts. Weder hörte das Surren auf, noch kehrte Felix zurück. Schließlich hielt ich es nicht mehr aus. Auf Zehenspitzen huschte ich nach vorne. Vorsichtig spähte ich ums Eck. Dort stand Felix vor einer Eisentüre. Er drückte sein Ohr an das kalte Metall, vermutlich um in den Raum dahinter zu horchen. Als ich näher kam, wirbelte er herum und hob sein Gewehr. Aus Reflex warf ich mich zu Boden. Jedoch hatte Felix seinen Finger im Griff, er feuerte keine Kugel ab. Dafür schüttelte er seinen Kopf.

»Mach so etwas nie wieder!« zischte er mich an.

Anschließend setzte er sich in Bewegung und ging zu Karin zurück. Die Beiden tauschten ihre Waffen.

»Keine Ahnung, was hinter der Türe los ist«, teilte uns Felix mit.

»Wir könnten doch wie bei der letzten Tür vorgehen, das hat doch gut geklappt«, schlug ich vor.

»Da wusste ich, was uns erwartet. Hier weiß ich es nicht.

Mir ist das zu heikel, wir suchen einen anderen Weg.«

Wir gingen zurück auf den Metallsteg. Zielstrebig steuerte Felix auf eine Leiter zu. Ein paar Sprossen weiter oben quetschten wir uns in einen schmalen Schacht. Wir folgten ein kurzes Stück den Versorgungsleitungen, bevor wir an einer Türe Halt machten. Felix sprang nach draußen und feuerte eine Salve aus seinem Sturmgewehr. Als wir den Schacht verließen, gehörten die Leute der Patrouille bereits der Vergangenheit an. Hastig rannten wir den Gang entlang. Zwei Ecken weiter hörten wir Schritte hinter uns. Im Dauerlauf setzten wir unseren Weg fort, konnten die Verfolger jedoch nicht abschütteln. So hielt ich hinter dem nächsten Eck inne. Ich spähte in den Gang hinter uns. Gerade als ich meine Waffe ziehen wollte, fasste mich Felix an der Schulter an.

»Wir müssen uns zurück halten, sonst geht der Plan nicht auf«, erklärte er mir.

Schnell rannten wir den Gang entlang, an dessen Ende wir eine Eisentüre durchquerten. Felix schloss die Türe hinter uns. Er kramte hastig in seinem Rucksack, wobei er den speziellen Laserpointer zu Tage förderte. Kurzerhand verschweißte er damit die Türe im Rahmen. Gerade noch rechtzeitig, denn schon rüttelte der Trupp von der anderen Seite an der Türe. Zeit zum Durchatmen bliebt uns jedoch nicht, denn Felix trieb uns an. Wir liefen einige Stufen nach oben, während von unten Schüsse zu hören waren. Unsere Verfolger schienen die Türe mit Gewalt öffnen zu wollen. Tatsächlich brach diese schon bald krachend zusammen. Allerdings hatten wir einiges an Zeit gewonnen. Abschütteln konnten wir die Verfolger jedoch nicht. Trotz wir einige Abzweige nahmen, Treppen stiegen und über Steine kletterten. Die Jungs blieben uns auf den Fersen. Plötzlich hielt Felix inne.

»Scheiße, von vorne kommt noch ein Trupp«, meinte er.

Hektisch schauten wir uns um. Ich deutete neben einen großen Felsen, der unter dem Steg zu sehen war. Felix nickte mir zu. Schnell sprangen wir über das Geländer nach unten. Wir krochen zwischen zwei Felsen in eine Nische. Diese war gut versteckt, doch groß genug für uns Drei. Ich zog meinen Kopf ein, als oben Schritte zu hören waren. Diese kamen immer näher und blieben genau über unserem Versteck stehen. Ich wagte nicht zu atmen und quetschte mich eng an den Felsen hinter mir. Tatsächlich kletterte ein Soldat hinunter zu uns. Der Kegel seiner Taschenlampe suchte die Gegend ab. Ich machte mich so klein es möglich war. Dies half jedoch nichts, der Kerl leuchtete unser Versteck aus. Wir waren entdeckt. Ein leises Zischen verriet mir, dass Karin keine Wahl mehr hatte. Getroffen ging der Kerl zu Boden. Jeden Moment erwartete ich, dass nun auch der Rest des Trupps über das Geländer zu uns kletterte. Dazu kam es jedoch nicht. Viel mehr dröhnte Gewehrfeuer an unsere Ohren. Hektische Schritte verrieten, dass sich der Trupp neu formierte. Erst jetzt begriff ich, was sich oben abspielte. Die zweite Patrouille musste mittlerweile eingetroffen sein. Es entbrannte ein erbittertes Gefecht zwischen den Söldnern. Wir mussten einfach nur entspannt hier unten sitzen und abwarten bis das Feuer verstummte. Nachdem einige Zeit kein Schuss mehr gefallen war, streckte ich vorsichtig meinen Kopf nach draußen. Mir kam das zwar leichtsinnig vor, jedoch war meine Neugierde einfach zu groß. Ich musste wissen, was sich zugetragen hatte. Ich spähte durch die Felsen nach oben und erblickte zwei Soldaten, die ihren Weg fortsetzten. Sie schienen kein Interesse an uns zu haben, sondern entfernten sich mit schnellen Schritten. Als der Klang ihrer schweren Stiefel auf dem Eisensteg in der Ferne verhallten, atmete ich erleichtert auf.

»Das war knapp«, entfuhr es mit.

»Ein bisschen Glück braucht man im Krieg. Zum Glück haben die richtigen Leute überlebt, nämlich die Jungs, die sich nicht für uns interessieren«, kommentierte Felix.

»Außerdem war das Timing bemerkenswert«, gab Karin zu bedenken.

»Gutes Stichwort, Karin, wir müssen dringend weiter, damit der Plan aufgeht«, trieb uns Felix an.

Wir kletterten nach oben auf den Steg. Zielstrebig führte uns Felix durch die Anlage, die er überraschend gut kannte. Wir kamen gut voran, bis wir eine große Fabrikhalle erreichten. Diese war zwar leer, jedoch in hervorragendem Zustand. Als wir die Halle durchquerten, wurde mir bewusst, wo wir uns befanden. Es war die Werkshalle der alten Industrieanlage.

»Was machen wir denn hier oben? Wir wollten doch Mr. Triple-B in den Arsch treten«, merkte ich an.

»Keine Sorge, wir sind auf dem richtigen Weg«, versicherte mir Felix.

Dieser führte uns zum Aufzugschacht.

»Wir wollen jetzt nicht wirklich da runter?«

»Doch Alex, warum denn nicht?«

»Weil uns dann die dicken Jungs direkt rösten können«, brachte ich meine Sorge vor.

»Dafür sind die viel zu beschäftigt«, sagte Felix.

Auf die wohl bekannte Art und Weise legten wir den Weg nach unten zurück. Wie üblich kletterten wir über die Luke ins Innere der Kabine. Ohne zu Zögern öffnete er die Türe auf der unteren Ebene.

»Ah, ihr kommt genau zur richtigen Zeit«, begrüßte uns der Maulwurf.

»Sind deine Jungs schon drin?« wollte Felix wissen.

»Ja, es ist nur noch ein kleiner Moment, dass sitzen die Leibwachen in der Falle.«

»Gut, dann lass uns keine Zeit verlieren.«

Mit schnellen Schritten ging Felix zur Eingangstür. Ohne Zögern öffnete er diese und betrat das Herz des Maulwurf-hügels. Ich hielt mich zurück, da ich bei jedem Schritt erwartete auf die Elite-Einheit von Mr. Triple-B zu treffen. Von diesen war jedoch weit und breit nichts zu sehen. Erst als wir einige Schritte ins Innere gegangen waren, hörte ich Schüsse fallen. Im hinteren Bereich der Halle wirbelten vier unheimlich flinke Kämpfer durch die Luft. Immer schossen sie aus ihren Maschienenpistolen auf die Leibwache. Der Beschuss hatte jedoch keinerlei Effekt, denn die Kugeln prallten einfach an der Rüstung ab. Die Soldaten der Leibwache versuchten verzweifelt auf die Kämpfer des Maulwurfs zu zielen. Mit ihren schweren, trägen Waffen hatten sie jedoch keine Chance die flinken Kämpfer an zu visieren. Dennoch blieb die Leibwache den vier Jungs auf den Fersen. Selbst als die Kämpfer durch einen kleinen Durchgang flohen, setzten ihnen die Elite-Soldaten nach. Kaum war der Trupp aus dem Sichtfeld verschwunden, brachte sich Felix in Stellung. Er zog die spezielle Granate aus dem Rucksack und montierte sie auf seiner Waffe. Gerade als er abdrückte, rannten die flinken Kämpfer aus dem Raum. Direkt hinter ihnen schob sich eine schwere Eisentüre in den Durchgang. Ich hielt die Luft an, in der Hoffnung, das Geschoss würde den Durchgang noch recht-zeitig passieren. Kurz vor dem Einschlag trat eine der Leibwachen in die Türe. Mit unvorstellbarer Kraft drückte er das schwere Metall zur Seite. In diesem Moment wurde er von der Granate getroffen. Der Aufprall brachte diese jedoch nicht zur Detonation. Viel mehr wurde der Soldat in den Raum gestoßen. Die Türe schloss, wobei nur eine halbe Sekunde später eine massive Detonation die gesamte Anlage erschütterte. Die schwere Eisenplatte der Türe wurde aus ihrer Verankerung gerissen und flog quer durch den Raum. Ich warf mich auf den Boden, um nicht von einem der Felsbrocken erschlagen zu werden, die wie Geschosse durch den Raum flogen. Rauch und Staub füllten den Raum. Ich hustete und krabbelte vorsichtig ein Stück nach vorne, um die Wolke hinter mir zu lassen. Dabei sah ich die vier Soldaten der Leibwache, die von der Wucht der Detonation auf den Boden geschleudert wurden. Besiegt waren sie jedoch nicht, denn schon richteten sie sich auf. Ich drückte mich fest auf den Boden, da ich befürchtete, die Jungs könnten sogleich in den Angriff über gehen. Meine Reaktion war jedoch unnötig, da der Trupp kurzerhand das Weite suchte. Schnell sprang ich auf und rannte so schnell ich konnte in den kleinen Raum. Dort hatte die Granate ein großes Loch in die Außenwand gerissen, durch das die vier Jungs der Leibwache abgehauen waren. Hastig blickte ich mich im Raum um.

»Wo ist Mr. Triple-B?« brach es aus mir heraus.

»Scheiße, der muss den Braten gerochen haben. Der ist sicher schon auf der Flucht. Keine Ahnung, ob wir den noch einholen können«, schätze Felix die Lage ein.

Ich wandte mich an den Maulwurf.

»Könnten nicht deine Truppen die Verfolgung aufnehmen? Irgendjemand sollte ihn doch erreichen können.«

»Sorry, die müssen die Anlage säubern, da habt ihr kein Glück«, musste der Maulwurf zugeben.

Ich wollte gerade die Unterhaltung fortsetzen, als mich Felix am Arm griff. Damit wollte er mir bedeuten, dass keine Zeit mehr für lange Diskussionen blieb. Wir rannten hinüber zum Aufzug und warteten ungeduldig, bis dieser die Türen öffnete. Oben angekommen hielt mein Kamerad plötzlich inne und legte den Zeigefinger auf seinen Mund. Angestrengt lauschte er nach draußen.

»Verdammt, wir kommen zu spät. Ich hab gerade den Lufttransporter gehört«, entfuhr es ihm.

Felix rannte in atemberaubenden Tempo über Stock und

Stein, trat die Türe des Ausgangs ein und sprang ins Freie. Ich folgte ihm so schnell es ging. Selbst wenn ich nicht sehr sportlich war, gelang es mir nahe dran zu bleiben. Im Innenhof angekommen sahen wir, wie Mr. Triple-B gerade in sein Gefährt stieg. Felix zögerte nicht lange und feuerte ein Geschoss aus seiner Waffe ab. Die Granate flog exakt auf ihr Ziel zu. Kurz bevor sie Mr. Triple-B erreichte, prallte sie jedoch an eine unsichtbaren Wand. Diese leuchtete kurz auf, als das Geschoss explodierte.

»Scheiße, er ist schon zu nah dran«, urteilte Felix.

Ich wusste in diesem Moment zwar nicht, was er damit meinte, doch wollte ich keinen Versuch auslassen, dieses Arschloch zu erledigen. So sprang ich nach vorne und gab kurzerhand einen Schuss aus dem Plasmagewehr ab. Allerdings konnte auch das massiv mit Energie geladene Plasma die unsichtbaren Wand nicht durchdringen. So führte die Explosion meines Geschosses lediglich zu einem weiteren bläulichen Flimmern auf Höhe des Lufttransporters.

»Ich sag dir Alex, das hat alles keinen Sinn. Der Kerl ist schon innerhalb des Energieschilds. Dagegen kommen wir mit unseren Waffen nicht an.«

Wie zur Bestätigung dieser Aussage drehte sich Mr. Triple-B zu uns um. Als sich unsere Blicke trafen lief es mir kalt den Rücken runter. Selbst wenn ich ihm schon ab und an gegenüber saß, so intensiv traf mich sein Blick noch nie. Ich schaute direkt in seine Augen, die so viel Boshaftigkeit ausstrahlten, wie ich es in meinem Leben noch nie erfahren hatte. Wie versteinert stand ich im Fenster und musste mit ansehen wie dieser Kerl gemütlich in seinen Transporter stieg. Hier stand ich nun, mit der mächtigsten mir bekannten Waffe in der Hand und konnte nichts tun, als zu zu sehen wie unser Erzfeind entkam. Langsam schritt er die Rampe empor. Langsam näherte er sich dem Bauch des

Gefährts. Die Rampe fuhr nach oben, als das U.F.O. mit einem leisen Brummen in die Luft stieg. Schnell gewann das Luftschiff an Höhe und verschwand schon bald in der dunklen Wolkendecke. Eine ganze Weile starrte ich noch in den Himmel, unfähig mich zu bewegen. Konnte das wirklich wahr sein? Waren alle unseren Anstrengungen tatsächlich umsonst gewesen? Ich konnte und wollte es einfach nicht glauben. Als ich jedoch Felix Hand auf meiner Schulter spürte, wurde mir schnell bewusst, dass ich Mr. Triple-B nicht mehr werde in den Arsch treten können.

»Manche Dinge laufen einfach nicht wie man sie sich vorstellt. Für heute ist der Kampf vorbei, aber wir werden diesen Kerl schon noch erwischen«, versprach er mir.

Ich drehte mich um, warf das Plasmagewehr auf den Boden und umarmte Felix. Mir stiegen Tränen in die Augen als ich mit einem Kloß in meinem Hals kämpfte. Wir hatten gemeinsam so viel erlebt und so viel durch gemacht. Wir haben so viel auf uns genommen. Zu gerne hätte ich Mr. Triple-B für all seine Grausamkeiten zur Rechenschaft gezogen. Die Enttäuschung saß tief in mir. Felix konnte das nur zu gut nachempfinden. Er drückte mich fest an sich.

»Du warst super. Ich bin stolz an deiner Seite gekämpft zu haben«, versicherte er mir.

Gerne hätte ich dieses Lob an meinem Kameraden zurück gegeben, doch bekam ich kein Wort heraus, da mein Hals wie abgeschnürt war. So nickte ich ihm als Zeichen der Anerkennung zu.

»Komm, wir gehen runter zum Maulwurf. Der hat jetzt schließlich einen Grund zu feiern, immerhin ist er wieder im Dienst.«

Wir drehten uns um, als wir Geräusche in der Fabrikhalle ausmachen. Schnell griff ich zum Plasmagewehr, als die

Schritte näher kamen. Was war das? Hatten wir jemanden vergessen? Kam der Maulwurf zu uns herauf? Ich duckte mich. Mein Herz raste, als uns die Schritte erreichten. In der Türe stand die Leibwache von Mr. Triple-B. Kämpfen wollten diese jedoch nicht. Sie sprangen in einem gigantischen Satz einfach über uns hinweg und rannten quer über den Innenhof. Mit offenem Mund starrte ich auf die Jungs. In ihren schweren Rüstungen liefen sie schneller als ein Sprint-Star bei Olympia. Schon waren sie aus dem Innenhof verschwunden. Die Neugierde packte mich ich rannte hinter her. An der Zufahrt blieb ich stehen und späte die Straße hinunter. Dort sah ich gerade noch, wie die Elite-Soldaten in einem gepanzerten Transporter verschwanden. Dieser raste mit Höchstgeschwindigkeit davon. Schon war der Spuk vorbei. Ich schüttelte den Kopf. An diesem einen Tag hatte ich so viele seltsame Dinge erlebt, wie in meinem ganzen bisherigen Leben nicht. So viele seltsame Dinge, die ich nicht erklären konnte. Jetzt konnte ich wirklich einen Schnaps gebrauchen. Ich ging zurück zu Felix.

»Ich hoffe der Maulwurf hat irgendwas Hochprozentiges im Angebot«, meinte ich zu ihm.

»Da wird sich schon was finden«, urteilte Felix.

Gemeinsam machten wir uns auf den Weg nach unten. Der Maulwurf erwartet und bereits. Freudig empfing er uns in seinem Zuhause.

»Vielen Dank euch Beiden, ihr habt es möglich gemacht: Ich kann wieder in mein Büro zurück kehren.«

»Wir helfen wo es nötig ist«, schwächte Felix das Lob des Maulwurfs ab, »nur leider waren wir nicht schnell genug, Mr. Triple-B ist entkommen.«

»Ja, das habe ich schon gehört. Dieser Kerl ist verdammt gerissen und schnell. Allerdings bin ich beim nächsten Mal vorbereitet, da ich den Feind jetzt kenne. Außerdem mache ich mir keine Sorgen, denn ich weiß, dass es Leute wie euch gibt, die für die gute Sache kämpfen.«

»Wann immer du uns brauchst, werden wir dir gerne aushelfen«, versprach ich dem Maulwurf und fügte als Aufforderung an Felix noch hinzu: »Jetzt müssen wir uns aber erst einmal um Melanie kümmern.«

»Ach Alexander, langsam gehst du mir auf den Keks. Ich weiß, dieses Mädel ist dein Ein und Alles. Nur wirst du noch ein wenig auf sie verzichten müssen. Ich bin todmüde und hab einen riesigen Hunger«, gab Felix zurück.

»Zumindest gegen den Hunger kann ich was machen«, versicherte uns der Maulwurf.

Er deutete hinter sich in den Raum. Am Rande der gemütlichen Sitzgruppe waren einige Leute dabei, ein Buffet aufzubauen. Karin gab ihnen dabei Anweisungen, damit auch das Ambiente passte. Sie sortierte die Köstlichkeiten neu und fügte hier und da etwas Dekoration hinzu.

»Die Einladung eines guten Freundes sollte man nicht ausschlagen.«

Gerne nahm ich die Einladung vom Maulwurf an. Etwas zu Essen konnte ich gut gebrauchen, vor allem wenn die Auswahl stimmte. So betrachtete ich voller Vorfreude die Speisen auf dem Buffet.

Felix dagegen war skeptischer: »Danke für die Einladung. Ich denke ich werde meine Müdigkeit noch etwas im Griff haben. Für einen kleinen Snack sollte es zumindest reichen. Bevor ich mich setze würde mich aber noch interessieren, woher das Essen denn stammt. Ihr habt das nicht wirklich den ganzen Weg bis hier her geschleppt?«

»Nein, es war in einer geheimen Kammer gelagert, für den Fall dass ich hohen Besuch bekomme.«

»Ich hoffe es ist noch frisch. Das klingt nämlich eher nach 20 Jahre altem Dosen-Futter«, gab Felix zu bedenken.

»Du machst dir unnütz Sorgen, Felix. Genieße das Essen und entscheide dann über die Qualität«, beruhigte ihn der

Maulwurf.

»Gut, dann werde ich das mal tun«, nahm Felix die Einladung endlich an.

Sichtlich müde ging er daraufhin zum Buffet und füllte seinen Teller mit einer zurückhaltenden Portion. Wir folgten ihm nach und auch Karin bediente sich an den Köstlichkeiten. Nachdem ich Lachshäppchen, Käsespießen und etwas Hummerfleisch auf meinen Teller geladen hatte, nahm ich neben Felix platz. Der Maulwurf reichte Champagner, den mein Tischnachbar überraschender Weise ablehnte.

»Ich stehe nicht so auf Luxus«, war seine Antwort auf meine Nachfrage.

»Hast du deshalb auch nur so wenig auf dem Teller?« fragte ich weiter.

»Ich kann ja jederzeit nachholen«, wich er meiner Frage aus.

Verwundert fragte ich mich, warum Felix auf einmal so wortkarg war. Ob das an seiner Müdigkeit lag? Vielleicht steckte aber auch noch die Enttäuschung über die Flucht von Mr. Triple-B in seinen Knochen. Wie auch immer, in jedem Fall brauchte er ein wenig Aufmunterung. Dies hatte wohl auch der Maulwurf erkannt, denn er wandte sich an Felix.

»Ihr habt so hart gekämpft und großes geleistet. Nimm die Einladung zum Essen einfach als Anerkennung. Mehr kann ich euch momentan nicht als Dank geben«, meinte dieser.

»Ach Leute, macht euch doch keine Kopf um mich. Alles ist gut. Bedient euch nur, ich bin vollkommen zufrieden mit dem was ich hab«, versicherte uns Felix.

»Sehr schön, dann lasst uns endlich auf den grandiosen Sieg anstoßen«, rief uns der Maulwurf freudig zu.

Wir erhoben die Gläser und prosteten uns zu, wir mit

Champagner, Felix mit Wasser. Während ich mich noch am Geschmack der edlen Flüssigkeit erfreute, nahm Felix das Gespräch wieder auf.

»Falls du noch Fragen hast, solltest du sie bald stellen. Sonst besteht die Gefahr, dass ich eingeschlafen bin. Wie ich dich kenne, hast du aber ohnehin die wichtigsten Dinge mitbekommen. Allzu viel sollte es also nicht zu klären geben«, erklärte Felix.

»Das würde ich nicht sagen«, erwiderte der Maulwurf, »So interessiert mich, wann ihr das erste Mal von Mr. Triple-B erfahren habt«, wandte sich der Maulwurf an Felix.

»Bei Alex ist die Frage besser aufgehoben«, gab sich Felix bedeckt.

Der Maulwurf richtet seinen fragenden Blick an mich.

»Puh, das ist schon einige Tage her. Da wurde ich entführt, nachdem mir Sabrina irgendwas in den Kaffee gemischt hatte. Mich brabbelte Mr. Triple-B dann an, ich wäre sein Meisterspion und so. Keine Ahnung was er von mir wollte. Er hat mich auch noch ein paar Mal entführen lassen, bis er mir diesen komischen Chip implantiert hat.«

»Welchen Chip?« unterbrach mich unser Gastgeber.

»Na den Spy-Chip, zum Standorte aufzeichnen«, mischte sich Felix in das Gespräch ein.

»Jetzt verstehe ich, wie es gelaufen ist. Du hattest den Chip in dir, als du zu Besuch kamst. So haben sie mich also ausfindig gemacht.«

»Genau so war es. Der Rest der Geschichte ist ja eigentlich klar: Ich hab den Chip entfernt, wir machten uns Sorgen um dich und sind hier her gefahren. Dann hat Alexander diesen Mr. Triple-B getroffen und wurde direkt von seinem Mundgeruch überwältigt. Also begannen wir ihn zu jagen, um der Rest der Welt diesen Gestank zu ersparen«, verkündete Felix in gelangweiltem Tonfall.

»Hey Felix, was ist mit dir denn plötzlich los?« fragte

Karin.

Diese hielt sich bisher aus dem Gespräch heraus, um ihre Aufmerksamkeit den Köstlichkeiten auf ihrem Teller zu widmen. Jetzt schien sie sich allerdings Sorgen um unseren Kameraden zu machen.

»Was soll mit mir schon los sein? Ich bin müde und war schon lange nicht mehr im Internet. Außerdem habe ich keine Lust die ganze Geschichte in allen Details hier noch mal dar zu legen. Mit etwas Glück führt Alex aber Tagebuch und veröffentlicht den Kram irgendwann, damit es jeder nachlesen kann.«

»Nein, ich schreibe kein Tagebuch. Das will ich meiner Nachwelt lieber ersparen. Allerdings hätte Andreas die Erlebnisse sicherlich in seinem Buch verarbeitet. Der arme Kerl, ich hätte zu gerne sein fertiges Werk gelesen.«

Mit einem Seufzer dachte ich an diesen komischen Kauz. Obwohl unsere Lebensgewohnheiten verschiedener nicht sein konnten, hatte ich ihn irgendwie lieb gewonnen. Das Schicksal von Andreas war definitiv noch ein Grund, Mr. Triple-B in den Arsch zu treten.

»Ja, das Schicksal von Andreas war tragisch«, bekräftigte der Maulwurf meine Aussage.

»Ich fürchte so lange Mr. Triple-B hier auf der Erde ist, wird es noch mehr tragische Schicksale geben«, wandte Felix in völlig unterkühltem Ton ein.

»Du meinst damit aber nicht Melanie?« ganz aufgeschreckt schaute ich meinen Kollegen an.

»Nein, deine Prinzessin werden wir schon noch befreien. Nachdem wir den Drachen getötet haben wird sie wieder in deinen Armen liegen. Du kannst dann glücklich und zufrieden bis an dein Lebensende mit ihr zusammen leben.«

»Melanie ist gefangen? Soll ich euch bei der Befreiung helfen. Ich könnte ein paar meine Jungs entbehren, wenn ihr wollt«, bot der Maulwurf seine Hilfe an.

»Nein, danke«, lehnte Felix das Angebot ab, »wir packen das gut alleine. Deine Soldaten werden hier dringender gebraucht. Allerdings steht morgen noch eine große Aufgabe an, daher würde ich gerne so langsam aufbrechen.«

»Kein Problem Felix, ich bin gleich mit dem Essen fertig«, versicherte ich meinem Gegenüber.

Bei diesen Worten schob ich mir die letzte Gabel Hummerfleisch in meinen Mund.

»Ich schließe mich der Aufbruchstimmung an. Immerhin komme ich dann endlich mal unter die Dusche«, verkündete Karin.

»Gut, wenn ihr gehen wollt, gerne. Geht mit meinem Dank und den besten Wünschen. Ach ja und Alexander, ich freue mich schon auf deinen nächsten Besuch. Komme doch einfach die nächsten Tage vorbei, wenn du dich erholt hast und hier wieder alles normal läuft.«

»Das mache ich ganz bestimmt. Immerhin gibt es noch eine Menge offener Fragen. Die wollte ich Mr. Triple-B wegen seinem Mundgeruch nicht stellen«, scherzte ich.

Wir erhoben uns und gingen zurück zum Ausgang. Ich blickte nach oben auf die dunkle Videowand. Diese war noch außer Betrieb, da die Invasion des Maulwurfhügels ihre Spuren hinterlassen hatte. Allerdings waren bereits zahlreiche Techniker bei der Arbeit. Sie verlegten Kabel, tauschten Platinen am Steuerpult und vermittelten den Eindruck, dass schon bald wieder alles wie gewohnt laufen würde.

»Kann ich noch irgendwas für euch tun?« fragte der Maulwurf zum Abschied.

»Du könntest unseren Wagen volltanken«, erwiderte Felix trocken.

»Das lässt sich machen, ich habe ohnehin gerade einen Tanklastzug bestellt, um die ganzen Notstrom-Aggregate zu versorgen«, erklärte uns der Maulwurf.

»Cool, dann muss ich nicht mit dem gepanzerten Lieferwagen zur Tankstelle fahren. Da schauen die Leute immer so komisch, wenn ich komme«, meinte Felix mit einem Grinsen.

»Euch helfe ich doch immer gerne. Jetzt wünsche ich euch noch einen guten Heimweg«, versicherte uns der Maulwurf.

Nachdem wir uns gebührend von unserem Gastgeber verabschiedet hatten, packten wir unsere Ausrüstung und machten uns auf den Weg zurück an die Oberfläche. Den Weg vom Aufzug zum Innenhof hätte ich mittlerweile blind gefunden. So oft war ich ihn mittlerweile gegangen. Außerdem hatte ich den schmalen Sitz an der Türe des Lieferwagens zu schätzen gelernt. Hier war es schön kuschelig. So kuschelig, dass ich meinen Kopf an die Schulter von Felix legte und sofort einschlief. Erst als mich dieser sanft weckte, schreckte ich hoch.

»Wo sind wir?« fragte ich.

»Am Bahnhof, es ist Zeit umzusteigen«, klärte mich Karin auf.

Müde kletterte ich aus dem Lieferwagen und ging die paar Schritte zu Karins Auto. Felix winkte uns zum Abschied zu und verschwand mit seinem Fahrzeug in der Dunkelheit. Wir setzten unsere Heimreise im gemütlichen Kleinwagen fort. Die Fahrt ging gut voran, weshalb Karin das Auto schon bald am Straßenrand abstellte.

»Wir sind da, Zeit aus zu steigen«, verkündete sie.

»Wo sind wir denn?« fragte ich im Halbschlaf, »Eigentlich dachte ich du bringst mich direkt vor die Haustüre.«

»Bei dir Zuhause sind noch Leute unterwegs, denen du Nachts lieber nicht begegnest. Daher habe ich mein Gästezimmer für dich vorbereitet«, klärte mich Karin auf.

Ich nickte ihr einfach zu. Irgendwie war ich zu müden, um

nachzudenken. Daher lief ich wortlos hinter Karin her, die mich in ihr trautes Heim führte. In meinem Zimmer ange-kommen, schaute ich mich um. Am Waschbecken entdeck-te ich eine unbenutzte Zahnbürste sowie Zahnpasta. So beschloss ich zumindest meine Zähne zu putzen, bevor ich todmüde ins Bett fiel.

Zurück in den Alltag

Selbst in fremder Umgebung schlief ich diese Nacht wie ein Stein. Allerdings wurde ich früher geweckt als gewünscht, als die Sonne mein Nasenspitze kitzelte. An Schlaf war nicht mehr zu denken. Müde reckte ich mich im Bett, bis ich schließlich unter der Decke hervor kroch. Um den letzten Schlaf zu vertreiben, wusch ich mir das Gesicht am Waschbecken. Anschließend nahm ich das Gästezimmer von Karin genauer in Augenschein. Dabei fiel mir der Fernseher ins Auge. Mich packte die Neugierde, denn ich hatte schon lange keine Nachrichten mehr gesehen. So schaltete ich kurzerhand das TV-Gerät ein. In schneller Folge wechselte ich die Programme durch, bis ich bei einem Nachrichten-Sender hängen blieb.

Schockiert blickte ich auf die gezeigten Bilder. Ununterbrochen flimmerten Schreckensnachrichten über den Bildschirm. Es wurde von Bürgerkriegen berichtet, die zwischen eigentlich befreundeten Fraktionen aufgeflammt waren. Ebenso ging es auf den Finanzmärkten seit letzter Woche nur noch bergab. Dazu kamen noch viele Naturkatastrophen, die völlig unvorbereitet viele Menschen ins Verderben rissen. Ich konnte mich an keinen Tag erinnern, an dem der Weltuntergang näher schien. Mr. Triple-B hatte wohl ganze Arbeit geleistet, auch wenn mir nicht einleuchtete, was er damit bezwecken wollte. Vielleicht war es aber auch die pure Lust an Zerstörung, die ihn antrieb. Mir lief erneut ein kalter Schauer den Rücken runter, als ich mich an seinen Blick erinnerte. Dieser hatte sich fest in mein Gedächtnis eingebrannt. Er diente mir als Warnung vor der Entschlossenheit dieses Kerls und als Warnung, dass der Kampf noch nicht zu Ende war. So zeigte sowohl meine Erinnerung als auch die Bilder im Fernsehen, was für ein

Zerstörungspotential dieser Besessene in sich barg. Zum Glück hatten wir Mr. Triple-B vorerst aus dem Maulwurfhügel vertrieben.

Sicherlich würde aber noch einige Zeit vergehen, bis in der Welt wieder Normalität eingekehrt war. Ich erinnerte mich an all die Bildschirme, die der Maulwurf stets im Blick hatte. Viel beschäftigt lenkte er die Geschicke der Menschheit. Selbst wenn wir bisher keinen ausgiebigen Plausch halten konnten, ich war einfach beeindruckt von seiner Weisheit. Daher wollte ich ihn möglichst bald besuchen. Allerdings sollte ich ihn ein paar Tage verschonen, bis sein Büro vollständig eingerichtet war. Bei der vielen anstehenden Arbeit des Aufbaus würde er sicherlich keine Zeit für mich entbehren können. Meine Gedanken schweiften ab, als ich darüber sinnierte, was wohl der beste Tag für einen erneuten Besuch im Maulwurfhügel sein konnte. Dabei wollte ich das Wochenende aussparen, denn ich hoffte inständig, es zusammen mit Melanie verbringen zu können. Ich zuckte zusammen. Melanie! Auf einmal wurde mir wieder bewusst, warum ich in fremder Umgebung schlafen musste. Mir stand noch eine ganze Menge Arbeit bevor. Diese ließ auch nicht lange auf sich warten, denn schon klopfte Karin an die Türe.

»Guten Morgen Alex! Bist du schon wach?« drang es von draußen an meine Ohren.

Ich schaltete den Fernseher ab, bevor ich antwortete: »Schon eine ganze Weile, du kannst gerne rein kommen.«

Die Tür öffnete sich und Karin betrat mein Zimmer. Überrascht musterte sie mich.

»Du hast ja immer noch die Uniform an«, bemerkte sie, bevor ihr der Grund für mein Aussehen einfiel: »Ach stimmt, dir fehlen sicherlich die Wechselkleider.«

»Nein, viel mehr ist die Uniform zu meiner zweiten Haut geworden, ein Leben ohne sie kann ich mir gar nicht mehr vorstellen«, scherzte ich.

»Kein Problem, du kannst ja deine Straßenkleider einfach drüber ziehen. In jedem Fall solltest du endlich wieder an deinen Kleiderschrank kommen. Daher treffen wir uns um zehn Uhr mit Felix vor deiner Haustüre.«

»Na dann haben wir ja noch ein wenig Zeit.«

»Zumindest für ein gemütliches Frühstück sollte es reichen. Ich hab auch schon alles gerichtet.«

Ich folgte meiner ehemaligen Schreibtisch-Nachbarin in die Küche, wo mich der Geruch von frisch gebrühtem Kaffee sowie ein Korb mit aufgebackenen Brötchen begrüßte. Der reichlich gedeckte Tisch regte meinen Appetit an, weshalb ich direkt die Einladung von Karin annahm und mich setzte. Ich griff zu frischen Brötchen, Marmelade und Honig, während mir Karin die Tasse mit Kaffee füllte. Genussvoll nahm ich das Frühstück zu mir, denn es war eine gefühlte Ewigkeit her, dass ich so stilvoll den Morgen begonnen hatte. Einzig störend dabei war der Zeitdruck, den ich Karin deutlich anmerkte. Sie bediente sich an den Corn-Flakes, die sie mit Joghurt übergoss. Nachdem sie ihre Schüssel ausgelöffelt und die Tasse leer getrunken hatte, verschwand sie sogleich im Bad. Ich schaute auf die Uhr und beschleunigte meine Biss-Geschwindigkeit. Immerhin wollte ich noch ein zweites Brötchen zu mir nehmen, um für die anstehende Aufgabe ausreichend gestärkt zu sein. Als Karin wieder aus dem Bad zurück kam, spülte ich hastig den letzten Bissen meines zweiten Brötchens mit dem Rest meines Kaffees nach unten.

»Wir müssen los!« rief Karin aus dem Flur.

Ich ließ alles stehen und liegen, um ihr ins Treppenhaus zu folgen. Mit schnellem Schritt machen wir uns auf den Weg zum Parkplatz am Straßenrand. Wir fuhren quer durch die Stadt, um das Auto in einer Seitenstraße abzustellen.

»Vor deiner Haustüre mag ich nicht wirklich parken, da

könnten uns die falschen Augen erspähen«, klärte mich Karin auf.

Sie ging an den Kofferraum und holte einen schweren Rucksack heraus.

»Was hast du denn alles eingepackt?« wollte ich wissen.

»Da sind die Überrest von unserem Besuch im Mauswurfhügel drin.«

»Ach, hat dir der Maulwurf den Rest des Buffets als Vesper eingepackt?« fragte ich irritiert.

»Nein, ich meinte damit eher die anderen Reste. Ein paar Keksdosen und so ein Kram«, klärte mich Karin auf.

»Warum hat den denn nicht Felix dabei? Der ist doch Experte für das ganze Zeug.«

»Der kommt mit dem Bus, daher hat er mir gestern den Rucksack mit gegeben.«

»Gut, das verstehe ich. Nur, wozu brauchen wir überhaupt die Keksdosen? Will Felix meine Wohnung in die Luft sprengen?« fragte ich kritisch.

»Bei Felix weißt man nie«, meine Karin mit einem breiten Grinsen. Kurz darauf fügte sie mit ernster Mine an: »Nein, darum geht es nicht. Nur werden wir nach der Aktion hier noch nicht fertig sein.«

Da mir dieser Einwand durchaus einleuchtete, sah ich von weiteren Fragen ab. So machten wir uns auf den Weg. Wir begegneten Felix zwei Hausecken später, denn auch er war ein ganzes Stück zu früh aufgebrochen. Wir nutzten die Gunst der unbeobachtete Stunde für eine kleine Besprechung.

»Hauptproblem ist, dass die ganze Sache schnell gehen muss«, gab Felix zu bedenken und fügte noch hinzu: »Sie dürfen keine Möglichkeit haben ihre Kollegen zu informieren.«

»Weißt du denn, wo die Kollegen sitzen? Sonst könnten wir doch zuerst bei denen vorbei gehen«, schlug ich vor.

»Nein Alexander, leider weiß ich es nicht. Genau genommen weiß ich noch nicht einmal ob es welche gibt. Sie könnten Melanie theoretisch auch bei dir Zuhause gefangen halten. Nur kann ich mir das kaum vorstellen«, erläuterte uns Felix.

»Na toll, wir gehen also dem großen Unbekannten entgegen«, äußerte Karin ihren Unmut.

»Nicht ganz. Wir kennen immerhin die Wohnung. Das ist unser großer Vorteil. Außerdem gehen solche Gangster immer ähnlich vor. Vermutlich haben sie zwei Kerle an der Türe abgestellt und der Rest wartet im Wohnzimmer«, gab Felix zum Besten.

»Dann sollte es ja nicht allzu schwer sein. Wir gehen rein, erledigen die Wachen und verhören den Chef.«

»Du hast ja schon ganz schön was gelernt, Alexander. Genau so machen wir das. Nur dürfte es schwieriger werden als es sich anhört. Je nach Befehl werden die Jungs an der Türe schon auf dich schießen, wenn du nur den Schlüssel ins Schloss steckst. Vielleicht schießen sie aber auch gar nicht auf dich, sondern sagen direkt ihrem Chef Bescheid. Die Sache ist heikel, am liebsten würde ich durch ein Fenster oder den Schornstein rein gehen.«

»Das wird gar nicht so einfach. Zum Einen wohne ich im dritten Stock und zum anderen führt der Schornstein durch die Nachbarwohnung. Hast du nicht noch einen anderen Plan, Felix?«

»Eigentlich wollte ich mich als Fensterputzer ausgeben und mit einer mobilen Hebebühne bei dir vorfahren. Jedoch bekommt man am Sonntag keine Steiger gemietet.«

Felix verlangsamte seinen ohnehin nicht allzu schnellen Schritt und dachte nach. Bis zu meinem Wohnhaus war es nicht mehr weit. Es musste also dringend ein Plan her. Plötzlich sprang mein Kollege mit einem Satz nach vorne, um triumphierend seinen Einfall zu verkünden.

»Ich hab's! Karin, du gibst dich als Putzfrau aus. Die haben ja oft einen eigenen Schlüssel und kommen durchaus auch am Sonntag.«

»Was ist dann, wenn sie mich direkt erschießen und nicht lange fragen was oder wer ich bin?« wandte diese ein.

»Das werden wir schon zu verhindern wissen«, versicherte ihr Felix.

Um gleich darauf jedoch noch auf ein Problem zu sprechen zu kommen: »Viel wichtiger ist jetzt erst einmal, dass du aussiehst wie eine Putzfrau.«

»Wie sieht denn eine Putzfrau aus? Ich hatte nie eine«, musste ich zugeben.

Allerdings kannte sich Karin auf diesem Gebiet wohl ganz gut aus: »Ich hab während dem Studium ab und an bei meinen Nachbarn den Babysitter gegeben. Das war zwar ein scheiß Job, aber die Leute hatten richtig viel Geld. Dementsprechend gut war halt die Bezahlung. Außerdem gab es da natürlich auch eine Putzfrau. Die war ganz normal angezogen, hatte aber ihr eigens Putzzeug dabei. So einen Wischmob mit Eimer, meine ich.«

»Tja, irgendwann ist halt auch die kleinste Erfahrung für etwas gut. Allerdings frage ich mich, wo wir das Putzzeug am Sonntag her bekommen sollen«, gab ich zu bedenken.

»Du wirst doch wohl einen deiner Nachbarn kennen?« wollte Felix von mir wissen.

Ich überlegte kurz, bevor ich antwortete: »Bei mir nicht, aber im Haus nebenan. Ich weiß nur nicht wie die heißen, die Frau schaut halt jeden Tag eine Stunde aus dem Fenster.«

»Solange du mir sagen kannst, welche Wohnung das ist, bekommen wir das schon hin.«

Da wir mittlerweile um die Ecke in meine Straße eingebogen waren, zeigte ich mit dem Finger auf das Fenster, in dem ich die alte Dame bisher immer gesehen hatte. Wir blieben vor der mehrstöckigen Wohnanlage stehen. Die Blicke von Felix wechselten ein paar Mal vom Fenster zur Klingelanlage, bevor er schließlich einen Knopf drückte. Tatsächlich erschien nach kurzer Zeit die alte Dame im Fenster und fragte uns nach dem Grund der Störung.

»Wunderschönen guten Morgen! Verzeihen sie die Störung, doch wollten wir hier bei Alex, also ich meine Herr Thiersen, einen Großputz machen. Allerdings hat er keinen Wischmob und ich kann ohne einfach nicht arbeiten. Er meinte sie sind eine sehr freundliche Nachbarin und helfen uns mit Sicherheit aus«, brachte Felix seine erfundene Erklärung vor.

»Aber natürlich, Herr Thiersen ist so ein guter Mensch, dem helfe ich natürlich gerne. Kommt doch rein, ich gebe euch den Mob. Bringt ihn aber heil wieder zurück, wir bekommen nächstes Wochenende Besuch, da muss ich vorher putzen.«

Schon surrte der Türöffner. Wir betraten die Wohnung und wurden sogleich mit Wischmob, Eimer und Putzmitteln ausgerüstet. Somit konnten wir uns an die Umsetzung des Plans machen. So bedankten wir uns herzlich bei der alten Dame und versprachen die Ausrüstung nach dem Großputz umgehen zurück zu bringen. Kurz darauf waren wir aus der Türe und standen im Nachbarhaus. Wir postierten uns vor meiner Wohnungstüre. Ich gab Karin den Schlüssel, die sich flach vor die Türe legte, um vor einem eventuellen Kugelhagel geschützt zu sein. Sie reckte ihren Arm nach oben und schob den Schlüssel bewusst geräuschvoll ins Schloss. Da von der anderen Seite keine Reaktion erfolgte, sprang sie auf die Füße.

Bei betreten der Wohnung erfolgte die erste Überraschung: Es standen keinerlei Wachen im Flur. Genau genommen waren nirgendwo Spuren von Eindringlingen zu erkennen.

Dennoch hieß es vorsichtig zu sein, weshalb sich Karin weiterhin als Putzfrau gab. Sie stellte Mob und Eimer im Flur ab und ging zum Putzschrank in der Küche. Diesen erreichte sie allerdings nicht, denn bei Betreten des Raumes entdeckte sie den Attentäter, der gemütlich am Tisch saß. Aus sicherer Entfernung beobachtete ich, wie er sich gerade einen Löffel Haferflocken in den Mund schob. Seine Waffe hatte er auf dem Tisch abgelegt, neben Milch und Müsli. Ganz in seine Mahlzeit vertieft schien er zunächst gar nicht auf Karin zu reagieren. Diese zögerte kurz und überlegte, was sie anstellen sollte. Sie entschied sich für die offensive Tour und sprach den Kerl an.

»Was wollen Sie denn hier?« fragte Karin.

Der Attentäter blickte langsam von seinem Frühstück auf und warf ihr einen verächtlichen Blick entgegen.

»Ich Frühstücke gerade. Dabei hasse ich es beim Frühstück gestört zu werden. Mach deinen Job und lass mich in Ruhe!«

»Dann lass die Hosen runter. Mein Job besteht nämlich aus mehr als nur zu putzen«, behauptete Karin.

Ich schüttelte den Kopf und schaute Felix an. Was zum Geier wollte Karin damit bezwecken? Der Attentäter war dagegen alles andere als irritiert.

»Da höre ich mich nicht nein sagen«, ließ der Kerl verlauten.

Er stand auf und öffnete seinen Gürtel. Bevor er jedoch die Hose ausziehen konnte, trat ihm Karin kurzerhand in die Weichteile. Zumindest war das ihr Plan. Dieser ging jedoch nicht auf, da ihr Fuß auf massiven Stahl traf.

»Was bist denn du für eine Sado-Maso-Schlampe. Dir werde ich Manieren beibringen«, drohte der Attentäter.

Er warf sich auf Karin und hielt sie gekonnt am Boden. Während er mit einer Hand jegliche Gegenwehr unterband, machte sich die andere Hand an ihrer Hose zu schaffen. Weit kam der Kerl allerdings nicht, denn Felix beendete die versuchte Vergewaltigung mit einem kräftigen Tritt in seine Rippen. Die Wucht der Attacke warf ihn gegen der Küchenschrank, vor dem er schmerzverzerrt und nach Luft hechelnd liegen blieb. Karin rollte sich von dem Kerl weg um sich in Sicherheit zu bringen. Anschließend rappelte sie sich auf und lief mir entgegen. Ich nahm sie in den Arm und beruhigte sie.

»Es ist vorbei, der Kerl wird dir nicht mehr gefährlich. Außerdem hast du deinen Job wunderbar erledigt«, versicherte ich ihr.

Ich reichte ihr ein Taschentuch, mit dem sie ihre Tränen abwischte. Anschießend schob ich sie liebevoll ins Wohnzimmer. Immerhin sollte sich Karin beruhigen und was Felix mit dem Kerl in der Küche anstellte wäre da sicherlich nicht förderlich gewesen. Nachdem ich die Türe geschlossen hatte, versuchte ich mich ein wenig in Smalltalk. Eine Kurze Zeit schien das auch ganz gut zu funktionieren, da wir uns recht ausführlich über das Wetter unterhielten. Plötzlich sprang Karin jedoch auf.

»Dieses Schwein kommt mir nicht davon!« entfuhr es ihr.

Schon war sie aus der Türe. Ich hastete ihr hinter her, konnte sie aber nicht mehr aufhalten. In der Küche angekommen schlug und trat sie auf den Attentäter ein, bis er reglos am Boden liegen blieb. Entsetzt blickte ich auf Felix, der keine Anstalten machte einzuschreiten.

»Ich habe schon alle Informationen, die wir brauchen. Lass Karin ruhig machen, ihr wird das gut tun.«

»Worauf warten wir dann noch, lass uns Melanie befreien.« brachte ich meinen Tatendrang zum Ausdruck.

»So schnell geht das leider nicht. Wir müssen uns erst noch um den Kerl hier kümmern. Ich will nicht, dass der in deiner Wohnung randaliert«, dämpfte Felix meine Euphorie.

»Was hast du mit ihm vor?«, wollte ich wissen.

»Das Übliche: Als Obdachloser unter einer Brücke able-gen. Ich kenne da eine gute Stelle. Wir müssen aber mit dem Auto dort hin fahren. Um kein Aufsehen zu erregen sollte der Wagen aber vor der Haustüre stehen«, erklärte Felix den Plan.

Er zog Karin liebevoll aber bestimmt weg von dem reglo-sen Körper am Boden. Ich nahm sie in meine Arme, um weitere Gewaltausbrüche zu verhindern.

»Jetzt hast du es dem Kerl aber ganz schön gezeigt. Dieser Bösewicht wird sich in Zukunft von dir fernhalten«, versicherte ich ihr.

»Wie wäre es, wenn ihr das Auto holen geht und ich halte Wache bei unseren Gast hier«, schlug Felix vor.

Karin, die ihre Fassung wieder erlangt hatte, schien da allerdings anderer Meinung zu sein.

»Da es mein Auto ist, kann ich es auch holen gehen. Das bekomme ich schon hin. Ein kleiner Spaziergang an der frischen Luft wird mir gut tun.«

»Mir soll das nur Recht sein«, versicherte uns Felix.

Ich hatte ebenfalls keine Einwände. Viel mehr nutzte ich die Zeit, um meinem Kleiderschrank einen Besuch abzu-statten. So sehr ich die Uniform zu schätzen gelernt hatte, es tat gut wieder in gemütlicher Freizeitkleidung zu stecken. Gut gelaunt ging ich in die Küche hinüber. Dort begrüßte mich Felix, der dem Attentäter ein paar Löcher in die Kleidung gerissen hatte.

»Gut, ich bin hier fertig, wir können gleich los«, begrüßte er mich.

Wir schnappten uns den Kerl und trugen ihn durch das Treppenhaus nach unten. Kaum traten wir aus der Haustü-re, fuhr Karin vor. Während ich neben dem Attentäter auf der Rückbank platz nahm, stieg Felix vorne ein. Die Fahrt brachte ich mit einem mulmigen Gefühl hinter mich. So frage ich mich, was wohl passieren würde, wenn der Kerl neben mir zu sich kam. Ich schaute mich im Auto um, in der Hoffnung einen schweren Gegenstand zu finden, den ich ihm an den Kopf werfen konnte. Dies war allerdings gar nicht nötig, denn schon parkte Karin den Wagen. Felix zerrte den Kerl aus dem Auto. Ein kurzes Stück trugen wir den regungslosen Körper eine halb zugewachsene Treppe nach unten. Meine Blicke schweiften umher, da ich sicher sein wollte, nicht beobachtet zu werden. Tatsächlich war keine Menschenseele unterwegs. Wir legten den Attentäter auf ein verlassenes Matratzen-Lager unter der Brücke. Von Weitem sah er wirklich wie ein Obdachloser aus, der sich schlafen gelegt hatte. Zurück am Straßenrand blickte ich noch einmal nach unten auf die Szene. Immer wieder erstaunt über die Ideen von Felix schüttelte ich den Kopf. Dieser Kerl war wirklich verrückt. Allerdings kam mir genau in diesem Moment ein unschöner Gedanke.

»Gerade frage ich mich was wohl passiert, wenn der Kerl Verstärkung ruft oder seinen Chef informiert«, wandte ich mich an Felix.

»Ohne Handy wird das ganz schön schwierig werden, ich habe nämlich den Akku kurzgeschlossen. Das wird er nicht verwenden können.«

»Du denkst aber auch wirklich an alles«, lobte ich mein Gegenüber.

»Genau, daher denke ich auch an Melanie. Wir sollten aufbrechen, es ist ein ganzes Stück zu fahren.«

»Wohin soll die Reise gehen?« wollte Karin wissen.

»Du musst vorne rechts ab und dann immer in Richtung Schnellstraße«, verkündete Felix.

Bereitwillig steuerte Karin den Wagen durch den Verkehr, bis wir schließlich vor einem unscheinbaren Haus in einem der Außenbezirke hielten.

»Die haben sich ja gut versteckt«, kommentierte Karin mit

einem Fingerzeig auf das Haus.

»Das kannst du wohl sagen«, stimmte ich ihr zu.

Doch Felix belehrte uns eines Besseren.

»Ihr glaubt doch nicht wirklich ich würde direkt bei denen vor der Türe parken?« stimmte er uns auf den anstehenden Spaziergang ein.

»Stimmt auch wieder, Felix, das hätte ich mir eigentlich auch denken können. Schließlich bin ich jetzt schon ein paar Tage mit dir unterwegs«, gab ich zu.

»Merke es dir einfach für das nächste Mal, dann hast du heute immerhin was gelernt«, bemerkte Felix.

»Eigentlich hoffe ich ja, dass es kein nächstes Mal gibt«, äußerte ich meine Hoffnung, bald wieder zum Alltag zurück zu kehren.

»Das wird sich zeigen. Jetzt müssen wir aber erst einmal Melanie unbeschadet da raus holen. Schwer zu sagen, was uns dabei erwartet«, teilte uns Felix seine Einschätzung der Lage mit.

»Wie ich dich kenne hast du aber sicherlich einen Plan?« fragte ich.

»Klaro: Wir laufen gemütlich um den Block und schauen uns ein wenig um.«

Mit diesen Worten stieg Felix aus dem Auto. Wir folgten ihm die Straße hinunter und übten uns dabei in Smalltalk. Immer wieder sah sich Felix unauffällig um. An einer Kreuzung blieb er plötzlich stehen.

»Wo müssen wir nochmal hin?« fragte er uns.

Irritiert schaute ich ihn an. Woher sollte ich denn wissen, wo wir hin wollten? Felix gab doch die Richtung vor, da machte es wenig Sinn, uns zu fragen. Karin dagegen schien sofort verstanden zu haben, um was es ging.

»Ich glaube wir müssen hier rechts ab. Wie heißen denn die Straßen?« stieg sie ins Gespräch mit ein.

»Nein, das ist die Leanderstraße, da müssen wir auf keinen

Fall hin. Rechts kann also nicht sein«, antwortete Felix.

Er ging auf die andere Straßenseite und schaute sich dort alle Schilder an. Dabei wanderte sein Blick immer wieder dezent auf ein Eckhaus.

»Vermutlich hast du doch recht, Karin. Die Leanderstraße kommt mir bekannt vor«, Felix deutete an dem Eckhaus vorbei und ergänzte: »Dort unten kommt eine Bäckerei, wie sie es geschrieben haben.«

»Dann kann es ja nicht mehr weit sein. Ich hoffe das Essen ist schon fertig, ich bekomme nämlich so langsam Hunger«, gab Karin zu bedenken, als wir uns wieder in Bewegung setzten.

Schön gemütlich passierten wir das verdächtige Haus, um möglichst viel Zeit für Beobachtungen zu haben. Auf Höhe der Eingangstüre zog Felix plötzlich sein Handy aus der Tasche und machte im vorbeigehen ein Foto von der Klingel. Nach dieser Aktion dämmerte mir endlich, was es mit diesen Haus auf sich haben musste. So sah also das Gefängnis von Melanie aus. Im Gegensatz zu den bisherigen Bauwerken in denen die Schergen von Mr. Triple-B wohnten, war das sehr unauffällig. Doch nicht nur mir kam das Gebäude so gar nicht nach Gefängnis vor, Felix schien diese Meinung zu teilen.

»Irgendwas stimmt hier nicht. Ein Eckhaus kann keine Gangster-Bude sein. Außerdem sieht es aus als würde es ganz normal bewohnt werden«, äußerte er seine Zweifel.

»Vor allem ist es recht schlicht, zumindest im Vergleich zu Ivans Anwesen«, urteilte ich.

»Das muss nichts heißen, Ivan lebte eben gerne großspurig. Allerdings steht hier nur ein Name an der Klingel, für so ein großes Haus ist das schon ungewöhnlich«, erwiderte Felix.

»Ob ungewöhnlich oder nicht, wie kommen wir jetzt weiter?« wollte Karin wissen.

»Ganz einfach«, meinte Felix, »ich werde dort klingeln und dann sehen wir wer dort wohnt.«

»Dann solltest du dir aber einen guten Grund für die Störung ausdenken«, meldete ich meine Zweifel an diesem Plan an.

»Das werde ich, mach dir darum keine Sorgen.«

Mit diesen Worten marschierte Felix zurück zum verdächtigen Eckhaus. Wir folgten ihm mit schnellen Schritten, wobei ich mich fragte, wie sich Felix gewaltfrei Zutritt zum Haus verschaffen wollte. Ich kam allerdings nicht dazu meine Frage in Worte zu fassen, denn schon standen wir vor dem verdächtigen Gebäude. Ohne zu Zögern drückte Felix den Klingelknopf. Kurz darauf drang eine Stimme aus der Sprechanlage.

»Ja, wer ist da?« hörten wir eine schwer verständliche Stimme durch den optisch sehr alt wirkenden Lautsprecher.

»Guten Tag Herr Denglar. Ich weiß das ist eine ungewöhnliche Bitte, doch müsste ich dringend auf Toilette und wollte fragen, ob das bei ihnen möglich wäre.«

»Am Ende der Straße geht es in den Wald, gehen Sie doch dorthin«, empfahl die Stimme.

»Ich bitte Sie, ich kann doch nicht einfach die Natur beschmutzen. Das wird die Geister ärgerlich stimmen. Ich möchte nicht mein Leben lang verfolgt und geplagt werden. Daher möchte ich Sie eindringlich bitten mir zu helfen.«

»Also gut, aber ziehen Sie die Schuhe vor der Wohnungstür aus.«

Ein Summen bestätigte den Erfolg von Felix Überredungskünsten. Er öffnete die Türe, warf einen Blick ins Treppenhaus und winkte uns dann herbei.

»Schaut euch den Keller etwas genauer an«, wies er uns an.

Während er die Treppe nach oben nahm, huschten wir möglichst unauffällig die Treppe nach unten in die Dunkelheit. Aus Vorsicht trauten wir uns nicht, das Licht einzuschalten. Daher bedienten wir uns der Taschenlampe unserer Handys. Im Schein der kleinen Leuchten suchten wir den Keller ab. Dabei bestätigte modriger Geruch unsere optischen Eindrücke: Der Keller war mit allerlei Kisten und Kartons gefüllt. Selbst nach genauer Untersuchung der gesamten Anlage fand sich absolut kein Hinweis auf einen versteckten Raum, der als Gefängnis herhalten könnte. Ich tastete die Wände ab, auf der Suche nach versteckten Türen, fand jedoch keinen Hinweis auf irgendwelche verdächtigen Aktivitäten in dem Haus. Enttäuscht traten wir den Weg nach oben an, wo Felix bereits auf uns wartete. Gemeinsam verließen wir das Haus, um zum Auto zurück zu kehren. Dort angekommen informierte Karin unseren Freund über den Befund.

»Also im Keller haben wir nur alte Kisten gefunden. Da war wirklich kein Hinweis auf irgendwelche illegalen Machenschaften«, fasste sie unsere Eindrücke zusammen.

»Verdammt, der Kerl hat uns verarscht und wir sind drauf rein gefallen. Dieses Haus ist zu hundert Prozent ein ganz normales Wohnhaus«, zog Felix seine Resümee.

»Na toll und was machen wir jetzt?« wollte ich wissen.

Ich rang mit einem Kloß im Hals, denn somit war die Befreiung von Melanie in weite Ferne gerückt, wenn wir überhaupt noch eine Chance hatten sie jemals zu finden. Immerhin war dieser Attentäter in meiner Wohnung die einzige Möglichkeit an Informationen zu kommen. Wenn wir jetzt aber zurück zur Brücke fuhren, war dieser sicherlich schon verschwunden. Ich ließ den Kopf hängen und spürte, wie eine Träne meine Wangen hinunter lief. Karin klopfte mir auf die Schulter.

»Komm schon Alex, wir werden Melanie befreien«,

versuchte sie mir Mut zu machen.

»Das werden wir ohne Zweifel«, ließ Felix verlautbaren, »wir müssen jetzt nur auf Plan B umsteigen.«

Ich schluckte und rang um Fassung.

»Plan B? Warum hast du nicht gleich gesagt, dass es einen Plan B gibt?« brach es aus mir heraus.

»Ich war davon überzeugt, ihn nicht zu benötigen. Außerdem hat er einige Nachteile gegenüber dem ursprünglichen Plan«, klärte uns Felix auf.

»Wie sieht dein Plan B denn überhaupt aus?« wollte Karin wissen.

»Ich habe unserem Freund einen Chip verpasst, mit dem ich seine Bewegungen in Echtzeit verfolgen kann. Sobald er sich auf den Weg zu seinem Chef macht, bekomme ich eine Nachricht und kann schauen wohin er unterwegs ist.«

»Warum zum Geier fahren wir dann quer durch die ganze Stadt? Wir hätten uns einfach gemütlich in den Park setzten können und abwarten was der Kerl anstellt«, beschwerte sich Karin.

»Nicht ganz, denn so kommen wir erst zu seiner Basis, nachdem er seinen Chef informiert hat. Das wollte ich eigentlich vermeiden«, erläuterte Felix.

»Für mich hört sich das jetzt nicht nach einem allzu großem Nachteil an«, meinte ich.

»Du solltest das nicht unterschätzen, Alex. Wir verlieren dadurch einen großen Überraschungsmoment. Das kann entscheidend sein. Wobei das keine Rolle spielt. Es ist nun einmal so, uns bleibt wohl nur übrig abzuwarten und Tee zu trinken.«

»Ich kenne ein gutes Café, lasst uns dort hin gehen«, schlug meine Kollegin vor.

Auch wenn mir nicht allzu sehr nach einer Tasse Kaffee war, stimmte ich mangels alternativen Vorschlägen zu. Da der Vorschlag bei Felix ebenfalls auf Zustimmung stieß, machten wir uns auf den Weg. Sicher lenkte Karin den Wagen in die Innenstadt, wo sie zielstrebig einen öffentlichen Parkplatz ansteuerte. Gerade als wir uns auf der Terrasse nieder gelassen hatten, um ein wenig die Sonne zu genießen, da machte sich das Mobiltelefon von Felix bemerkbar. Es signalisierte den Eingang einer Nachricht. Nach einem Blick auf das Display bestätigte Felix meine Vermutung.

»Der Kerl geht gerade los. Für eine gemütliche Tasse Kaffee reicht es aber in jedem Fall. Immerhin muss er erst am Ziel ankommen, bevor wir etwas unternehmen können«, erklärte er.

Auch wenn ich lieber gleich aufgebrochen wäre, um die Verfolgung aufzunehmen, so konnte ich meine Einwände nicht vorbringen, da gerade in diesem Moment die Bedienung an unseren Tisch trat. Während Karin eine Latte Macchiato und Felix eine heiße Schokolade bestellte, blieb mir nicht viel Zeit über meine Wünsche nach zu denken. So wählte ich, was mir als erstes in den Sinn kam: einen Eiskaffee. Kaum waren unsere Wünsche aufgenommen, verschwand die freundliche Bedienung wieder im Inneren des Cafés.

»Ich weiß nicht, ob ich jetzt wirklich die Ruhe habe um einen Kaffee zu trinken«, gab ich zu bedenken.

»Überstürztes Handeln bringt uns nicht weiter. Daher solltest du deinen Eiskaffee ganz in Ruhe genießen«, beruhigte mich Felix.

»Gut, ich werde es versuchen. Wobei mir das sicherlich schwer fallen wird«, gab ich sichtlich nervös zu.

Tatsächlich schien zunächst eine halbe Ewigkeit zu vergehen, bis unsere Bestellung ausgeführt wurde. Ungeduldig tippelte ich dabei auf den Tisch, unfähig der Unterhaltung zwischen Karin und Felix zu folgen. Viel zu sehr kreisten meine Gedanken um Melanie. Ich konnte es nicht erwarten, sie wieder zu sehen. Ich konnte die Ungewissheit nicht ertragen, dass ihr vielleicht doch etwas zugestoßen war. Am liebsten wäre ich sofort aufgesprungen, um den Attentäter zu verfolgen. Zunächst wurde jedoch unsere Bestellung an den Tisch gebracht. Ich schnappte mir die Tasse und hätte sie am liebsten in einem Zug leer getrunken. Allerdings hielt ich mich dann doch an die Empfehlung von Felix und legte nach jedem Schluck bewusst eine kleine Pause ein. Auch wenn das kühle Getränk ganz hervorragend schmeckte, wollte sich bei mir keine Entspannung einstellen. Zu sehr war mein Kopf mit dem Attentäter beschäftigt, den ich unbedingt zur Rechenschaft ziehen wollte. Meinen Begleitern schien solche Hektik jedoch fremd, so schlürften die Beiden genüsslich an ihren Getränken. Sie wirkten, als ob sie im Urlaub wären. Zu allem Überfluss verschwendeten sie außerdem noch eine Menge Zeit mit kleinen Gesprächen über Wetter, Land und Leute, die ich allenfalls als banal eingestuft hätte. So war mein Glas, trotz längerer Pausen schon längst leer, als Felix endlich den letzten Schluck aus seiner Tasse nahm.

Nachdem wir bezahlt hatten, musste ich mich zusammen nehmen, um nicht gleich auf zu springen. Statt dessen spielte ich den entspannten Kerl und erhob mich als letzter von meinem Platz. Damit war es mit der Gemütlichkeit aber auch vorbei, denn mit schnellen Schritten ging ich zum Auto. Leider brachte mir der Vorsprung nicht viel, denn Karin hatte den Autoschlüssel.

»Was verbreitest du denn so eine Hektik?« fragte mich die Fahrerin.

»Also ich kann Alexander schon verstehen. Immerhin geht es um die Rettung seiner Familienplanung«, nahm mich Felix in Schutz.

»Ich weiß ja nicht, warum ihr Beiden so entspannt seid, aber wir machen hier keinen Sonntagsausflug. Ein bisschen mehr Engagement wäre sicherlich nicht schlecht«, kommentierte ich das Verhalten meiner Kameraden.

»Keine Sorge, Alexander, wir wollen nur die Ruhe vor dem Sturm genießen. Wenn es darauf ankommt, sind wir natürlich voll dabei«, beruhigte mich Karin.

Damit parkte sie aus und lenkte den Wagen nach Felix Anweisungen durch die Stadt.

Schließlich verkündete dieser: »Okay, er scheint an seinem Ziel angekommen zu sein. Zumindest bewegt er sich gerade innerhalb eines Gebäudes und das ist nicht weit weg von hier.«

So brachte Karin nur drei Querstraßen weiter den Wagen zum stehen. Da Felix die Gegend erst ein wenig kennen lernen wollte, legten wir zunächst eine Runde um den Block zurück. Dies stellte sich als recht zeitaufwendig heraus, denn wir waren in einem der Außenbezirke unterwegs. Ausgiebig ließen wir unsere Blicke über das weitläufige Gelände schweifen. Der vermutete Aufenthaltsort unserer Zielperson stellte sich dann auch als ehemaliger Bauernhof heraus. Die vielen Sträucher und Bäume rings um, ermöglichten dabei vielfältige Blicke auf das Anwesen, ohne direkt aufzufallen. Allerdings konnte ich auch bei genauerem Hinschauen nichts Auffälliges an dem Gebäude erkennen. Im Gegensatz zu Felix, der uns auf dem Rückweg zum Auto seine Einschätzung mitteilte.

»In dem Haus ist mehr los als es scheint. Das ist mehr ein Hauptquartier denn eine Außenstelle. Ohne Ausrüstung gehe ich da nicht rein«, verkündete er.

»Jetzt sind wir aber schon hier, können wir nicht wenigstens einen Blick ins Haus werfen? So schlimm kann das doch gar nicht sein«, drang ich auf schnelles Handeln.

»Nein Alexander, ich werde hier keine Experimente machen. Vor allem nicht, weil jeder Fehler tödlich sein kann. Wir holen jetzt die passende Ausrüstung, so viel Zeit muss sein.«

Widerworte ließ Felix nicht zu, weshalb wir sogleich quer durch die Stadt fuhren, um einige Zeit später in der bekannten Tiefgarage am Bahnhof zu parken.

»Wartet hier, ich bin gleich zurück.«

Felix stieg aus und verschwand kurz darauf in der Dunkelheit. Dabei fragte ich mich, ob Felix auch hier unten wohnen würde. Immerhin war ich noch nie bei ihm Zuhause und kannte auch seine Adresse nicht. Dies schien von Felix jedoch beabsichtigt zu sein, denn er tauchte immer nur auf, wenn er es für notwendig sah. Außerdem wünschte er nicht, dass wir ihn in die Dunkelheit begleiteten. Keine Ahnung welches Geheimnis sich dort hinten im alten U-Bahn Schacht verbarg. Eines Tages sollte ich ihn mal danach fragen, vielleicht hatte ich ja Glück und er würde mir Einblick in sein Versteck geben. Zunächst hatte ich jedoch andere Prioritäten. Ich wollte Melanie befreien, so schnell es ging. Daher war ich froh, als sich Felix mit einer großen Sporttasche in der Hand näherte. Nachdem er seine Taschen im Kofferraum verstaut hatte, ging es wieder in Richtung Außenbezirk. Wir stellten unser Auto auf einem nahe gelegenen Wanderparkplatz ab, wobei Felix zunächst die Ausrüstung sortierte. Ganz ungeduldig ging ich auf und ab, weshalb ich gar nicht darauf achtete, was Felix von der Sporttasche in seinen Rucksack packte. Schließlich war er fertig und reichte mir den Rucksack.

»Hier, nimm du den Rucksack, dann komme ich einfacher ran, wenn es brenzlig wird.«

»Na gut, wenn wir dafür endlich Melanie befreien«, gab ich zurück.

»Keine Sorge, damit geht es jetzt los. Auf der Seite gibt es eine alte Treppe, die direkt in den Keller führt. Dort versuchen wir unser Glück«, teilte uns Felix das weitere Vorgehen mit.

Geduckt bewegten wir uns von Gebüsch zu Gebüsch und achteten stets darauf, vom Haus aus nicht gesehen zu werden, bis wir schließlich den Kellereingang erreichten. Wie erwartet war die Türe verschlossen. Dieses Problem löste Felix wie üblich mit seinem getunten Laserpointer. Ich zog die Türe auf und trat in den Durchgang.

»Seid vorsichtig und achtete auf jedes Geräusch«, mahnte uns Felix an, als wir den Keller betraten.

Im Schein meiner Stirnlampe wagte ich die ersten Schritte in das Gewölbe. Hinter mir folgte Felix, während Karin als Nachhut die Türe von Innen schloss. Wir wollten schließlich nicht durch eine offen stehende Türe auf uns aufmerksam machen.

»Die Besitzer hier mögen wohl kein Licht«, kommentierte ich Dunkelheit des Kellers.

»Wir sind vermutlich im alte Kartoffel-Lager, daher muss es hier dunkel sein«, klärte uns Felix auf. Ein paar Schritte weiter wurde er gleich noch eine Warnung los: »Pass auf, Alex, da ist eine Lichtschranke am Boden.«

»Wo denn?« wollte ich wissen.

Noch während ich meine Frage stellte, verriet ein leises Klick-Geräusch nichts Gutes. Scheinbar hatte ich die Lichtschranke bereits durchschritten und damit eine Falle ausgelöst. Aus Ritzen im Boden strömte ein geruchloses Gas und füllte den Raum. Von hinten spürte ich einen Zug am Rucksack. Ich fragte mich noch, was hier wohl vor sich ging, kam mit meinen Gedanken allerdings nicht weit, da ich das Bewusstsein verlor.

Ich erwachte auf einer harten Liege. Mit großer Anstrengung öffnete ich die Augen, um in den Raumes zu starren. Irritiert blickte ich auf die Decke. Weiter starrte ich auf die Decke. Wo war nur die Dunkelheit? Noch ein letztes Mal starrte ich an die Decke. Der Raum war definitiv erleuchtet. Entgegen der Dunkelheit, die fehlte, waren aber immerhin meine Kopfschmerzen da. So schloss ich die Augen wieder, um meinen brummenden Schädel zu schonen. Erst als sich mein Kopf etwas beruhigt hatte, öffnete ich erneut die Augen. Ich blickte an die Decke, die unspektakulär mit weißer Tapete versehen war. Dabei bemerkte ich, dass der der Raum von Sonnenlicht durchflutet wurde. Er musste demnach große Fenster besitzen. Im Gegensatz zu meinem bisherigen Verlies, handelte sich hier definitiv nicht um einen Kellerraum. Doch wo war ich dann?

Mühevoll versuchte ich mir auszumalen, was passiert sein könnte. Allerdings verhinderte immer noch ein stechender Schmerz in meinem Kopf jegliche Gedankengänge. So schloss ich meine Augen erneut, um mich noch einen Moment auszuruhen. Nach einem kurzen Nickerchen war der Schmerz dann endlich verschwunden. Daher wagte ich es und setzte mich langsam auf. Meine Blicke schweiften durch den Raum, der durch große, vergitterte Fenstern erleuchtet wurde. Die Wände waren kahl und ließen keine Rückschlüsse zu, welchem Zweck dieser Raum üblicherweise diente. Darüber wollte ich im Moment aber gar nicht mehr weiter nachdenken, da ich an der gegenüberliegenden Wand eine weitere Liege entdeckte. Auf dieser lag, regungslos, eine Frau. Mein Herz begann zu hüpfen, als ich einen näheren Blick auf das Mädel warf. Ich wollte es erst gar nicht glauben, doch dort drüben lag Melanie. Auf einen Schlag war sowohl meine Müdigkeit als auch der Schmerz vergessen.

Schnell sprang ich von der Liege hinüber zu meinem Schatz. Ich nahm ihre Hand und war überglücklich, als ich ihren Puls spürte. Zärtlich fuhr ich ihr über die Wange, in der Hoffnung sie könnte dadurch sanft geweckt werden. Tatsächlich stellte sich ein kleiner Erfolg ein, denn mit einem beherzten Seufzer drehte sich Melanie auf die Seite. Da ich sie nicht gewaltsam wecken wollte, beschloss ich zunächst den Raum etwas genauer in Augenschein zu nehmen, bis meine Geliebte wach wurde. Dabei gab es jedoch nicht viel zu entdecken, denn außer den beiden Liegen und einem Tisch im Eck war der Raum leer. Es gab auch keine Lüftungsschächte durch die man hätte fliehen können. Ebenso wies der Teppichboden keinerlei Besonderheiten auf. So wandte ich mich den Fenstern zu. Zu meiner Verwunderung ließen sie sich öffnen, was mich der Freiheit allerdings nicht näher brachte. Das Gitter war nämlich zu engmaschig, um einen Fluchtversuch zu ermöglichen. Meine Blicke schweiften vom vergitterten Fenster nach draußen. Nach dem Stand der Sonne schätzte ich die Tageszeit auf den frühen Nachmittag.

Aus Gewohnheit griff ich in meine Tasche, um meine Vermutung mit der Uhr meines Handys abzugleichen. Allerdings befand sich dieses nicht an seinem gewohnten Ort. Sicherlich wurde es mir abgenommen, um eine Kommunikation mit der Außenwelt zu unterbinden. Nur stellte sich mir die Frage, warum meine Gefangenschaft so angenehm gestaltet wurde. Immerhin musste ich meine Zeit nicht auf kaltem Steinboden in einem dunklen Keller zubringen. In meine Gedanken versunken blickte ich aus dem Fenster, als plötzlich die Türe geöffnet wurde. Schnell drehte ich mich um und erblickte eine hübsche Frau in weißer Arztkleidung, die den Raum betrat.

»Gut, sie sind wieder bei Bewusstsein. Wie geht es Ihnen?« fragte sie mich.

Ich fühlte mich ertappt, da der Blick aus dem Fenster zur Planung meiner Flucht diente.

»Ich, ähm, ich bin ganz in Ordnung«, erwiderte ich etwas zögerlich.

»Sie sehen blass aus, eine Stärkung wird Ihnen gut tun. Wenn es recht ist, lasse ich das Essen bringen.«

»Ja, das wäre gut. Ach und was ist eigentlich mit meiner

Begleitung? Geht es ihr gut?« fragte ich und zeigte auf Melanie.

»Um ihre Frau Gemahlin müssen Sie sich keine Sorgen machen. Sie wird sicherlich bald aufwachen. Ich werde dann gleich zwei Portionen liefern lasse, dann können Sie gemeinsam speisen.«

»Ja, sehr gerne«, nahm ich das Angebot gerne an.

Während die Ärztin verschwand, spürte ich meinen Magen rumoren. Immerhin hatte ich seit dem Frühstück nichts mehr gegessen, da war es wirklich an der Zeit für eine Stärkung. Allerdings fragte ich mich, wozu dieser Service wohl gut sein sollte. Ich fühlte mich irgendwie so gar nicht wie ein Gefangener. Gut, von diesen vergitterten Fenstern mal abgesehen. Vielleicht war ich aber auch gar nicht gefangen, sondern Felix hatte uns bereits befreit und zur Erholung hier her gebracht. Zugetraut hätte ich es ihm zwar, doch sprach der Blick aus dem Fenster dagegen. Die Landschaft ließ eindeutig darauf schließen, dass ich mich noch in dem ehemaligen Bauernhof befand. Mein Blick streifte durch den Raum, bis er sich an Melanie fest saugte. Vielleicht könnte sie etwas Licht ins Dunkel bringen, schließlich dürfte sie schon längere Zeit hier sein. Ich ging hinüber zu meiner Liebsten und setzte mich auf die Kante ihrer Liege. Erneut strich ich über ihre Wange, woraufhin sie ihre Augen öffnete. Zur Begrüßung küsste ich ihre Hand.

»Alexander, bist du es?« fragte sie.

Dabei wirkte sie, als wüsste sie nicht ob es nur ein Traum war oder ob ich wirklich neben ihr saß.

»Ich bin bei dir. Es ist alles gut«, beruhigte ich sie.

Ich half ihr dabei sich aufzurichten. Als sie neben mir auf der Liege saß, begann sie direkt mich mit Vorwürfe zu überhäufen.

»Alexander, du hättest mich ruhig warnen können! Was da

in deiner Wohnung auf mich wartete war sehr unangenehm. Außerdem hast du dir ganz schön Zeit gelassen um endlich hier aufzutauchen.«

»Weißt du Melanie, ich musste noch eben kurz die Welt retten, sonst wäre ich schon viel früher bei dir gewesen. Jetzt sollten wir aber die Vergangenheit zurück lassen. Es ist schön wieder mit dir zusammen zu sein.«

»Ach Alexander, ich habe dich so vermisst.«

»Ich dich auch.«

Zum Beweis drückte ich ihr einen Kuss auf die Wange. Wir umarmten und küssten uns herzlich, bis unsere traute Zweisamkeit durch die Lieferung des Essens gestört wurde.

»Verzeihung, ich wollte sie nicht unterbrechen«, entschuldigte sich der Kellner.

Er stellte seinen Wagen in den Eingangsbereich und verschwand anschließend ohne weitere Worte. Melanie nahm am Tisch platz, während ich den Wagen durch den Raum schob. Ich deckte den Tisch und wir genossen gemeinsam die vorzügliche Gemüsesuppe. Kaum waren wir mit dem Essen fertig, da öffnete sich erneut die Türe. Diesmal betrat jedoch weder die freundliche Ärztin noch der Kellner den Raum. Statt dessen sprach mich ein düster drein blickender Soldat an.

»Der Chef will dich sprechen«, verkündete er in harschem Befehlston.

»Wer ist denn der Chef?« wollte ich wissen.

»Du bist nicht hier um Fragen zu stellen. Also beweg deinen Arsch und komm mit!«

Ich stand auf und ging zur Türe, wobei mir Melanie folgte.

»Du bleibst mal schön hier!« fuhr der Kerl meine Liebste an, »hier geht es um eine Besprechung zwischen echten Männern.«

Ich umarmte sie und flüsterte ihr dabei ins Ohr: »Ich

komme gleich wieder, mach dir keine Sorgen um mich.«

Anschließend wandte ich mich dem Soldaten zu und folgte ihm durch das Haus. Bei dem längeren Weg durch Flure und um diverse Ecken begegneten uns keinerlei Personen. Das Anwesen schien wie ausgestorben zu sein. Es waren noch nicht einmal Geräusche aus irgendwelchen Zimmern zu hören. Immer mehr frage ich mich, was es mit diesem Gebäude auf sich hatte. Eigentlich konnte ich mir nur vorstellen, dass Felix die Gangster vertrieben hatte und mir jetzt einen Streich spielen wollte, indem er mich von diesem Soldaten durch das Haus führen ließ. Meine Anspannung stieg ins Unermessliche, als wir im fahl beleuchteten Keller zielstrebig auf eine schwere Metalltüre zu steuerten. Voller Spannung erwartete ich hinter dieser Türe auf Felix zu treffen. Jedoch wurde meine Hoffnung enttäuscht, denn das genaue Gegenteil trat ein. Beim Betreten des Raumes erblickte ich Mr. Triple-B, dessen boshafter Blick mir kalte Schauer den Rücken runter jagte.

»So sehen wir uns wieder, Alexander«, drang seine dumpfe Stimme zu mir.

Ich bekam Gänsehaut am ganzen Körper. Diese Stimme war wie tausend Nadelstiche ins Herz. Unfähig etwas zu erwidern, blieb mir nichts übrig als seinen Ausführungen zu lauschen.

»Sicher fragst du dich, warum du hier bist. Sicher fragst du dich auch, warum es dir hier so gut geht. Nun ich will dich nicht länger auf die Folter spannen.«

Mr. Triple-B machte eine kurze Pause um sich über sein eigenes Wortspiel zu amüsieren: »Auf die Folter spannen, ja das mache ich eigentlich sehr gerne«, ließ er mit einem hämischen Lachen verlautbaren. »Bei dir mache ich jetzt aber eine Ausnahme. Dich spanne ich nicht auf die Folter. Zumindest noch nicht.«

Erneut folgte ein boshaftes Lachen, das mir einen kalten

Schauer den Rücken hinunter jagte. Ich duckte mich, als könnte ich mich vor seinen Worten verstecken.

Mein Gegenüber schien mein Verhalten überhaupt nicht zu interessieren, er fuhr mit seinem Monolog fort.

»Nun, du bist hier weil ich dir ein Angebot machen will. Du warst mein Meisterspion und du sollst wieder mein Meisterspion werden. Du wirst für mich arbeiten und ich werde dich an meiner Macht teilhaben lassen. Bei mir wird es dir gut gehen, ich biete dir reichlich von Allem.«

Ich starrte mein Gegenüber an und fragte mich, was er von mir wollte. Hat er mir gerade wirklich das Angebot gemacht erneut für ihn zu arbeiten? Erneut angebrüllt zu werden, ohne zu wissen warum? Erneut ein nerviges Mädel an der Backe zu haben, die ständig mit mir schlafen will? War das wirklich, was mir der Kerl da gerade anbot? Glaubte er wirklich, ich könnte es annehmen?

»Warum dieses Angebot? Was soll das bringen?« brach es schließlich aus mir heraus.

»Du bist ein guter Krieger und ich kann gute Krieger gebrauchen. Gemeinsam werden wir die Welt erobern und ich werde dich gebührend belohnen. Solltest du mein Angebot allerdings ablehnen, so warten unzählige Qualen auf dich.«

»Bekomme ich denn wenigstens noch etwas Bedenkzeit?« versuchte ich Zeit zu schinden.

Ich blickte mich im Raum um, in der Hoffnung eine Möglichkeit zu Flucht zu finden. Dabei bemerkte ich die vielen technischen Gerätschaften, die hier aufgebaut waren. Ebenso stand die Soldaten der Leibgarde in den Ecken des Raumes. Sie beobachten mich sehr genau. Jeder kleine Schritt konnte hier tödlich sein. Die Chance auf eine Flucht war nicht wirklich vorhanden. Bedenkzeit gab es auch keine, wie mein Gegenüber verkündete.

»Für was brauchst du Bedenkzeit. Mein Angebot besteht,

nimm es an oder leide«, vernahm ich von Mr. Triple-B.

»Es geht hier immerhin um eine Entscheidung, die den weiteren Verlauf meines Lebens prägen wird. Da wäre es schon gut ein wenig darüber nachdenken zu können«, brachte ich vor.

Ärgerlich blitzten mich die Augen meines Kontrahenten an: »Nein, du entscheidest dich jetzt!«

»Ich kann mich nicht spontan entscheiden. Zumindest mit Melanie muss ich darüber reden«, versuchte ich weiter Zeit zu schinden.

In Gedanken malte ich mir aus, was wohl passieren würde, wenn ich das Angebot meines Gegenüber ablehnte. Sicherlich ließ er mich direkt in die Folterkammer führen. Was dort auf mich wartete konnte ich trotz einschlägiger Erfahrungen in diesem Bereich nur erahnen. Das Angebot anzunehmen war jedoch keine Option. Oder doch? Warum sollte ich nicht zum Schein darauf eingehen? Bei nächster Gelegenheit konnte ich dann ja fliehen. Vielleicht war es mir ja sogar möglich die Pläne von Mr. Triple-B zu sabotieren, wenn ich sein persönlicher Berater wurde. Auf der anderen Seite hatte ich jedoch keine Ahnung, was überhaupt auf mich zukommen würde.

So fügte ich schließlich noch hinzu: »Zumindest sollte ich wissen welcher Posten für mich vorgesehen ist.«

»Deine Fragen sind unnütz. Entscheide dich jetzt für den wahren Weg oder mach dich auf einen langen, qualvollen Tod gefasst.«

Bei diesen Worten meines Gegenüber fühlte ich mich an die Situation bei meinem Chef erinnert, als es um meine Beförderung ging. Dort hatte ich mich unter Druck setzten lassen und am Ende zugestimmt, obwohl es nicht meiner Überzeugung entsprach. Im Gegensatz zu heute hatte ich damals allerdings ausreichend Bedenkzeit und wusste dazu noch, was mich erwartete. Hier war meine Zukunft bei einer Zusage mehr als ungewiss, daher blieb mir keine andere Wahl, ich musste hart bleiben.

»Auch wenn ich ungern eine voreilige Entscheidung treffe, so habe ich wohl doch keine Wahl«, wandte ich an Mr. Triple-B.

»Wenn ich das richtig verstanden habe, bist du dabei. Sehr gut, etwas anderes hätte ich auch gar nicht erwartet«, ließ dieser verlauten.

»Falsch, das war keine Zusage. Ich werde an diesem krummen Ding hier nicht mitarbeiten.«

Bei meiner Aussage funkelten die Augen meines Gegenüber vor Wut.

»Diese Entscheidung wirst du schon bald bitter bereuen. Geh zurück und genieße die letzten Minuten ohne Qualen«, schrie er mich an.

Auf einem Wink hin schubste mich der Soldat aus dem Raum. Unsanft schleifte er mich zurück in mein Gefängnis und stieß die Türe lautstark hinter mir zu. Sogleich fiel mir Melanie um den Hals.

»Alexander, was haben sie mir dir angestellt?«

»Eigentlich nicht viel. Mr. Triple-B wollte mich anheuern. Mehr war es nicht.«

»Mr. Triple-B? Wer ist das denn?«

»Das ist der Chef hier. Der wollte mit mir zusammen die Welt erobern.«

»Mit dir zusammen? Kann ich gut verstehen, du bist halt ein wirklich taffer Kerl.«

»Danke für das Kompliment. Leider bin ich mir nicht sicher wie lange ich das noch bin.«

»Warum, was hast du angestellt?« fragte Melanie mit besorgter Mine.

»Ich habe das Angebot ausgeschlagen. Ich kann einfach nicht mit dem Bösen in Person zusammen arbeiten. Das hat Mr. Triple-B allerdings ganz schön verärgert. Daher sollten wir hier auf schnellstem Wege verschwinden.«

»Aber warum denn? Hier ist es doch ganz gemütlich.«

»Weißt du Melanie, ich erkläre dir das, wenn wir draußen sind. Gerade habe ich keine Zeit dafür, ich muss mir nämlich einen Fluchtplan ausdenken.«

Ich hastete hinüber zum nächsten Fenster und prüfte das Gitter, jedoch ohne Erfolg. Das Eisen war fest in der Wand verankert, diese Möglichkeit zur Flucht war definitiv versperrt. Auch die Türe ließ sich mit den mir zur Verfügung stehenden Mitteln nicht öffnen. Hecktisch huschten meine Blicke durch den Raum. Fester Fußboden, massive Decke, Gitter vor den Fenstern, eine verschlossene Türe. Ich konnte einfach keine Möglichkeit zur Flucht ausmachen. Außerdem mussten jeden Moment die Schergen von Mr. Triple-B hier eintreffen. Was uns dann erwartete wollte ich mir gar nicht vorstellen. Auch wenn ich so etwas schon einmal mitgemacht hatte, dürfte es diesmal ein ganzes Stück schlimmer werden. Was auch immer das bedeuten würde. Damals hat mich Felix immerhin befreit, bevor es richtig unangenehm wurde. Bei diesem Gedanken schoss mir plötzlich die Frage in den Kopf, was mit diesem Kerl wohl los war. Ob er auch gefangen wurde und vielleicht im Raum nebenan gemeinsam mit Karin sein Dasein fristete? Wo auch immer sich die Beiden herum trieben, ich hätte in diesem Moment alles gegeben, sie zu sehen. Der Hoffnung beraubt ließ ich mich auf meine Liege fallen. Melanie setzte sich neben mich und nahm mich in den Arm.

»Es wird alles gut werden, gib die Hoffnung nicht auf. Immerhin sind wir zusammen.«

»Deine Zuversicht möchte ich haben.«

Gerade als ich meinen Mund geschlossen hatte, flog die Türe mit einem lauten Knall aus den Angeln. Felix betrat den Raum und äscherte ohne Vorwarnung die gegenüberliegende Liege mit seinem Plasmagewehr ein. Anschlie-ßend zog er eine große Metallkugel aus dem Rucksack, die er an einer Teleskopstange an die Decke hielt. Er betätigte einen Auslöser woraufhin Blitze aus der Kugel in den Raum schossen. Auch wenn mich keiner der Blitze berühr-te, Kribbelte es am ganzen Körper, während sich meine gesamte Haarpracht in Richtung Decke reckte. Schon ein paar Sekunden später war der Spuk dann auch schon wieder vorbei. Felix verstaute die Kugel in seinem Ruck-sack während er sich uns zu wandte.

»Ihr seid gerade gestorben. Jetzt brauche ich nur noch eure Schuhe«, meinte er.

Ganz perplex schaute ich Felix an. Was wollte er bitte schön mit meinen Schuhen? Melanie stellte sich diese Frage allerdings nicht und reichte unserem Befreier ihre Fußbekleidung. So folgte ich ihrem Beispiel und hob mir die Frage für später auf. Wobei ich sie gar nicht mehr stel-len musste, denn nach kurzer Manipulation seiner Waffe, fackelte Felix unser Schuhwerk mit einer Stichflamme aus dem Plasmagewehr ab. Die verkohlten Schuhe stellte er fein säuberlich in die Überreste der Liege, die aus einem Aschehaufen bestanden.

»Schnell, lasst uns verschwinden«, verkündete er anschlie-ßend.

So schnell wir konnten, liefen wir hinter Felix her, der uns zwei Ecken weiter aus einer Hintertür führte. Wir schli-chen der Hauswand entlang, um bei nächster Gelegenheit in einem Gebüsch zu verschwinden.

»Hey Felix, was war das denn für eine Aktion?« brach es aus mir heraus, als ich uns in Sicherheit wähnte.

»Das erkläre ich dir wenn wir im Auto sitzen«, war die knappe Antwort unseres Befreiers.

Dieser warf sich auf den Boden und robbte auf dem Bauch durch die angrenzende Wiese. Wir folgten ihm und waren heil froh, als wir einige Bäume und Sträucher weiter wieder aufrecht gehen konnten. Einem Waldweg folgend liefen wir mit einen ordentlichen Umweg zurück zum Wanderparkplatz. Dabei musste ich feststellen wie schmerzhaft der Waldboden war, wenn man ohne Schuhe unterwegs war. Jedoch nahm ich diese Leiden gerne in Kauf, denn sie bedeuten meine Freiheit. Was mich im Heim von Mr. Triple-B an Schmerzen erwartet hätten wollte ich mir in diesem Fall auch gar nicht vorstellen. So überwog die Vorfreude auf Zuhause, die noch verstärkt wurde, als uns Karin auf dem Parkplatz begrüßte.

»Hallo zusammen, schön euch alle zu sehen. Ich war ja erst skeptisch, als mir Felix seinen Plan erzählte, doch scheint es funktioniert zu haben.«

»Natürlich hat mein Plan funktioniert. Was anderes war ja wohl nicht zu erwarten«, gab sich Felix selbstbewusst.

»Ja, wir sind frei, auch wenn ich noch nicht so ganz nachvollziehen kann, was hier vor sich ging«, musste ich zugeben.

»Weißt du Alex, das ist eine komplizierte Geschichte. Die erzählte ich dir lieber mal in Ruhe bei einer Tasse Tee.«

»Dann lade ich dich morgen einfach zu mir ins Büro ein. Zumindest wenn du in deiner Abteilung einige Zeit abkömmlich bist.«

»Na klar, Felix wird die Fehlzeit ohnehin durch Überstunden reinholen«, meinte Karin.

»Abgemacht, ich freue mich schon auf einen gemütlichen Plausch morgen. Ach und ich freue mich auf die Aussicht aus deinem Büro«, versicherte mir Felix.

»Wunderbar, dann ist ja alles geklärt. Könnt ihr uns dann bitte so schnell es geht nach Hause bringen? Ich würde nämlich gerne die letzten Stunden des Wochenendes mit meinem Schatz verbringen. Der hat mir sicherlich ganz schön viel zu erzählen«, meldete sich Melanie zu Wort.

Mir gefiel die Idee gut, den Abend bei Melanie zu verbringen, denn meine Wohnung war in keinem vorzeigbaren Zustand. Außerdem wusste ich nicht, ob heute Nacht nicht doch noch ein Auftrags-Killer bei mir vorbei schauen würde. Daher stimmte ich dem Vorschlag zu und nahm demonstrativ auf der Rückbank des Wagens Platz. Auch die Anderen bestiegen das Auto, um den Weg in die Stadt an zu treten.

Während der Hinweg eine gefühlte Ewigkeit in Anspruch genommen hatte, kam mir der Rückweg wie ein Katzensprung vor. Kaum war Karin los gefahren, parkte sie das Auto auch schon an der Straße vor Melanies Wohnung. Vor dem Aussteigen wandte sich Felix mir zu.

»Oh, Alex, ich hab ganz vergessen dir Schlüssel und Handy zurück zu geben. Die wirst du morgen brauchen«, sagte Felix.

Er reichte mir die beiden Gegenstände hinüber. Ich nahm meine gesammelten Besitztümer entgegen, bedankte mich für den Taxi-Service und stieg aus. Wir winkten Karin und Felix zum Abschied, bis das Auto um die nächste Ecke verschwand.

»Ich glaube, jetzt muss ich erst einmal duschen gehen«, meinte ich zu Melanie.

»Das ist eine hervorragende Idee, ich komm mit«, verkündete diese.

So begannen wir unseren Abend also mit einem gemeinsamen Ausflug ins Badezimmer. Nachdem wir unserem Reinlichkeitsbedürfnis ausgiebig nachgekommen waren, widmeten wir uns der Küche, denn nach so einem erlebnisreichen Tag brauchen wir ein ordentliches Abendessen, die Gemüsesuppe vom Mittag war schließlich schon längst verdaut. Da es allerdings möglichst schnell gehen sollte, gab es Spaghetti mit Käse-Sahne-Soße, die wir bei sommerlichen Temperaturen auf dem Balkon genossen. Es tat richtig gut nach so einem turbulenten Wochenende den Tag gemütlich ausklingen zu lassen. Außerdem tat es richtig gut die Zeit gemeinsam mit Melanie verbringen zu können. Als Folge des gemütlichen Tagesabschlusses hatte ich jedoch viel zur früh mit großer Müdigkeit zu kämpfen. Da morgen dann auch wieder der Alltag auf mich wartete, beschloss ich mich schlafen zu legen. Melanie folgte meinen Vorbild, da auch sie am nächsten Morgen früh raus musste. So beendeten wir gemeinsam diesen Tag.

Die erholsame Nachtruhe wurde am nächsten Morgen viel zu früh von einem mir unbekannten Geräusch unterbrochen. Ich schreckte auf und benötigte einen kurzen Moment um zu realisieren wo ich war. Nachdem Melanie den Wecker abgestellt hatte, drehte sie sich zu mir.

»Ist mit dir alles in Ordnung, Schatz?«

Ich schüttelte mir den Schlaf aus dem Kopf, bevor ich antwortete: »Ja, alles Bestens. Ich hatte nur einen schlechten Traum.«

»Der ist ja jetzt zum Glück vorbei. Komm lass uns Frühstücken, das vertreibt die Müdigkeit.«

Nach der morgendlichen Stärkung ging es ins Büro. Heute allerdings untypisch ohne Anzug. Auch wenn ich große Bedenken dabei hatte, mit unpassender Kleidung die Chefetage zu betreten, so blieb mir doch keine andere Wahl. Alternativ hätte ich nämlich vor Arbeitsbeginn noch einmal bei mir Zuhause vorbei fahren müssen. Das hätte aber ganz schön viel Zeit verschlungen. Da ich jedoch einzig Felix als Besucher erwartete, nahm ich das Risiko der schlechten Kleidung auf mich. Ich huschte aus dem Aufzug direkt in mein Büro. Dort beschloss ich, zum Mittag in die alt gewohnte Kantine zu gehen. Diese gefiel mir ohnehin besser als das mit Luxus vollgestopfte Restaurant der Manager. Stolz über diesen hervorragenden Plan setzte ich mich gut gelaunt an meinen Rechner, um die

eingegangenen Mails zu lesen. Dabei stach mir eine besonders erfreuliche Nachricht ins Auge. So wurde ich darüber
informiert, dass die nächste Manager-Tagung aus organisa-
torischen Gründen um eine Woche nach Hinten verschoben wurde. Da ich dort einen Vortrag halten sollte,
entspannte die Verschiebung meinen Alltag enorm. Ich
warf direkt einen Blick auf meinen Kalender, denn immerhin stand noch ein Besuch beim Maulwurf aus. Gegen
Ende der Woche schien mir ein geeignetes Zeitfenster,
denn bis daher sollte dieser sein Büro wieder eingerichtet
haben. Außerdem hatte ich dann genügend Zeit, im Alltag
anzukommen. Bis dahin stand jedoch ein Plausch mit Felix
an, auf den ich mich schon sehr freute. Allzu lange wurde
meine Geduld auch nicht strapaziert, denn schon klopfte es
an der Türe. Ich öffnete und begrüßte Felix mit einer herzlichen Umarmung.

»Setz dich Felix! Willst du was trinken?«

»Hast du Wasser da?« fragte Felix.

Er machte es sich auf dem großen Ledersofa bequem,
während ich ihm ein Glas sowie eine Flasche Mineralwas-
ser auf den Tisch stellte. Ich nahm ihm gegenüber auf
einem Sessel Platz.

»Wie war deine Nacht?« begann Felix die Unterhaltung.

»Oh, sehr ruhig und erholsam. Wobei ich froh war, bei
Melanie zu übernachten. Wer weiß schon, was für unange-
nehmer Besuch bei mir vorbei geschaut hätte?«

»Keine Sorge, es wird niemand mehr zu dir kommen. Das
gebe ich dir gerne schriftlich«, versicherte mir Felix.

»Wirklich? So ganz traue ich dem Frieden nicht. Was
macht dich denn so sicher?« brachte ich meine Zweifel
vor.

»Ganz einfach, für Mr. Triple-B und seine Schergen bis du
nicht mehr am Leben. Daher werden sie sich auch nicht
mehr um dich kümmern.«

»Das hast du gestern schon irgendwie erwähnt, was nicht heißt, dass ich es verstanden hätte.«

»Eigentlich ist das ganz einfach: Mr. Triple-B hat Melanie und dich mit Wanzen und Chips zur Überwachung voll gestopft. Bewegung, Herzschlag, alles haben die aufgezeichnet. Diese ganzen Kram habe ich gegrillt, als ich den Raum betreten habe.«

»Ach das war die komische Kugel mit den Blitzen«, erinnerte ich mich.

»Genau, dafür war die da. Zusammen mit dem Aschehaufen und euren verkohlten Schuhen sieht es aus, als währt ihr von einem Assassine zur Strecke gebracht worden«, klärte mich Felix auf.

»Bist du dir sicher, dass uns Mr. Triple-B diese Geschichte abnimmt?«

»Absolut, in Geheimdienstkreisen ist das sogar ganz üblich. Sobald ein Agent in feindliche Hände fällt, wird er liquidiert, bevor er Geheimnisse ausplaudern kann. Da dich Mr. Triple-B als Top-Spion sieht, zweifelt er nicht daran.«

»Woher kennst du dich denn so gut beim Geheimdienst aus?«

»Ach, ich hab halt, ähm, Fernsehen bildet eben. Schau dir mal ein paar Agenten-Filme an. Da steckt immer eine Menge Wahrheit dahinter.«

»Der Aussage stimme ich jetzt nur unter Vorbehalt zu. Viel wichtiger ist jedoch zu wissen, dass ich wieder zum Alltag zurück kehren kann.«

»Etwas Besseres kannst du nicht machen«, versicherte mir mein Gegenüber mit einem freundlichen Lächeln.

»Davor würde mich aber noch interessieren, was in diesem verdammten Bauernhof vor sich ging.«

»Ganz einfach: Du hast eine Falle ausgelöst, die den Raum mit Betäubungsgas flutete.«

»Nur, warum bist du dann nicht gefangen genommen worden, Felix?«

»Das ist einfach, ich hatte eine Gasmaske eingepackt. Das war einer der Gründe, warum ich unbedingt Ausrüstung holen wollte.«

»Hatte Karin dann auch eine Maske dabei oder wie ist die raus gekommen?«

»Nein, aber mir blieb noch genug Zeit sie aus dem Keller zu tragen. Bei dir ist mir das nicht mehr gelungen, du warst schon weg, als ich zurück kam.«

»Die müssen aber verdammt schnell gewesen sein.«

»Kann man so sagen, mir scheint als hätten die nur auf dich gewartet. Beschweren musst du dich aber nicht, immerhin ging es dir dort drin ja wohl ganz gut«, grinste mich Felix an.

»Stimmt auch wieder. Wir haben sogar eine Suppe zu essen bekommen. Mr. Triple-B war wohl der Meinung seinen zukünftigen Mitarbeiter gut versorgen zu müssen«, meinte ich.

Die gute Laune meines Gegenüber wandelte sich in eine nachdenkliche Mine.

»Mr. Triple-B? Hattest du etwa noch einmal Kontakt zu ihm?«

»Ja, der hat mich zu sich gerufen. Er wollte mir anbieten, für ihn zu arbeiten, weil ich ja so ein harter Krieger sei. Ich habe natürlich abgelehnt und kurz bevor er mich zur Folter abführen wollte, bist du aufgetaucht.«

»Verdammt, der muss ja super Arrogant sein.«

»Sind das nicht alle Bösewichte? Die halten sich doch immer für etwas ganze Besonderes.« merkte ich an.

»Trotzdem war das ganz schön leichtsinnig. Immerhin hielt er dich für einen Meister-Spion. Du hättest ihn dort unten locker ermorden können.«

»Wohl eher nicht. Er hatte seine Leibwache dabei. Die

haben sehr genau aufgepasst, was ich anstelle. Überlebt hätte ich einen Angriff auf Mr. Triple-B nicht.«

»Da hast du allerdings Recht. Die Soldaten von der Leibwache sind schon harte Jungs. Ich hätte nicht gedacht, dass die meine Antimaterie-Granate überleben.«

»Die waren wirklich abgefahren. Dabei frage ich mich, woher dieser Kerl seine ganze Technik nimmt. Fliegt mit einem U.F.O. umher, hat eine üble Leibwache, schützt sich mit Energiefeldern und stürmt den Maulwurfhügel mit Klon-Kriegern.«

»So ganz bin ich mir da auch nicht sicher. Mich würde es aber nicht wundern, wenn er irgendwie Zugang zu außerirdischer Technologie hätte«, gab Felix zu bedenken.

»Vielleicht hat er aber auch nur Zugang zu so Leuten wie dir. Deine Ausrüstung ist ja auch nicht normal, zumindest wenn ich an deine Waffen denke.«

»Ach, das ist eigentlich ganz unspektakulär. Ich kenne halt ein paar Leute an der Uni. Wir treffen uns ab und an zum basteln und da kommen meistens ganz nette Sachen heraus. «

»Warum hat dann das Militär noch keine solchen Dinger?« wollte ich wissen.

»Keine Ahnung, vielleicht sind sie einfach nicht kreativ genug, vielleicht haben sie auch schon solche Waffen, halten sie aber geheim«, erwiderte Felix.

»Ich kann ja bei meinem nächsten Besuch mal den Maulwurf fragen, der sollte das ja wissen«, bemerkte ich.

»Selbst wenn er es weiß, würde ich nicht darauf wetten, dass er es dir erzählt. Der Kerl gibt sich freundlich, aber ich wäre da vorsichtig.«

»Das habe ich schon bei unserer Siegesfeier bemerkt. Du scheinst den Maulwurf nicht allzu gut leiden zu können?«

»So schlimm ist es jetzt auch nicht. Nur sammelt der Maulwurf jede Information, die er finden kann. Er ist von

Natur aus neugierig. Ich mag das nicht, es gibt mir das Gefühl verfolgt zu werden.«

»Dafür setzt er seine Informationen zum Wohl der Menschheit ein. Daher findet ich es nicht schlimm, dass er Daten sammelt«, nahm ich den Maulwurf in Schutz.

»Dazu müsste er aber nicht versuchen gerade mich zu überwachen. Ich weiß schon was ich tue. Wobei ich die Arbeit vom Maulwurf jetzt auch nicht schlecht machen will. Immerhin hat er mir schon den einen oder anderen Gefallen getan.«

»Ehrlich, der Maulwurf hat dir geholfen?« fragte ich mein Gegenüber.

»Klar, die zwei Wochen bis zu deiner Berufung ins Management hat der Maulwurf organisiert. Genauso hat er die Lieferung einer riesigen Ladung von unsinnigem Kram an dich storniert. Du hattest das Zeug unter Drogen bei einem Shopping-Kanal im Fernsehen bestellt.«

Ich schaute Felix irritiert an. Drogen und ich? Das passte überhaupt nicht zusammen. Außerdem konnte ich mich an überhaupt nichts erinnern.

»Schau mich nicht so an,« meinte mein Gegenüber, »du bist damals nicht ohne Grund im Krankenhaus aufgewacht. Die Schergen von Mr. Triple-B hatten dir ganz schön übles Zeug eingeflößt.«

»Du machst mir Angst. An das Krankenhaus kann ich mich tatsächlich noch erinnern. Was davor passiert ist, weiß ich einfach nicht.«

»Tja, da ist es gut, wenn man Freunde hat«, grinste mich Felix an.

»Das kannst du wohl sagen. Ich werde mich beim Maulwurf auf jeden Fall bedanken, wenn ich ihn das nächste Mal besuche.«

»Du wolltest doch in den Alltag zurückkehren. Willst du da wirklich wieder beim Maulwurf vorbei schauen?«

»Ach, irgendwie gehört ein Besuch beim Maulwurf mittlerweile zu meinem Alltag. Es ist wie wenn ich einen guten Freund besuche.«

»Na, ihr habe ja auch schon einiges zusammen erlebt. Sag ihm Grüße von mir, wenn du ihn siehst.«

»Das werde ich gerne tun. Davor will ich aber noch eine Sache los werden: Du siehst heute wirklich gut aus, Felix. Ich habe dich selten so fit und gut gelaunt erlebt.«

Mein Gegenüber lächelte mich an: »Danke Alex, mir hat das Wochenende einfach gut getan. Es war super mal wieder so richtig was zu erleben. Jetzt genieße ich es aber auch, wieder ein ganz normales Leben zu führen.«

»Wie auch immer ein normales Leben bei dir aussehen mag. So wirklich vorstellen kann ich mir das ehrlich gesagt nicht.«

»Stimmt schon, ich meine 'normal' in meinem Sinne. Das unterscheidet sich grundlegend vom üblichen Verständnis«, gab Felix zu bedenken.

»Dann will ich lieber gar nicht weiter fragen, was für dich Alltag bedeutet. Solange aber genug Zeit für den ein oder anderen Besuch bei mir bleibt, ist alles in Ordnung«, meinte ich.

»Das wird sich schon einrichten lassen. Alleine der Aussicht wegen, komme ich gerne vorbei, auch wenn ich hier oben Gefahr laufe, lauter Personen zu begegnen, die unheimlich Arrogant auftreten und sich für etwas Besseres halten als diese kleinen Menschen unter ihnen.«

»Ich hoffe du meinst damit jetzt nicht mich«, kommentierte ich diese Aussage.

»Noch nicht, aber warte mal ab, das Verhalten der anderen Manager könnte ansteckend sein«, gab Felix mit einem Augenzwinkern zurück.

»Das ist ein Grund mehr uns regelmäßig zu treffen. Dann kannst du mein Verhalten ganz genau beobachten und mich warnen, sollte ich überheblich werden.«

»Ich will nichts versprechen, wer weiß was für Geschichten das Leben schreibt. Bevor die Geschichte allerdings ein böses Ende nimmt, sollte ich so langsam wieder zurück in die Werkstatt. Ich muss dringend noch den Laptop von Herrn Berlaid flicken, sonst tickt der aus.«

Mit diesen Worten trank Felix sein Glas aus und erhob sich. Wir verabschiedeten uns herzlich, bevor er den Weg zurück in seine Abteilung antrat. Mit einem Seufzer der Erleichterung ließ ich mich auf meinen Schreibtischstuhl fallen. Ich konnte und sollte also wieder zu meinem Alltag zurückkehren. Nur ob das nach all meinen Erlebnissen wirklich möglich war? Darüber sollte ich mir jetzt aber keine Gedanken machen, das würde die Zeit zeigen.

Lieber setzte ich mich mit meinem Rechner auseinander. Schließlich gab es noch eine Präsentation zu erstellen. Das war noch ein gutes Stück Arbeit, denn die Ablage von meinem Vorgänger war immer noch sehr chaotisch. So widmete ich den Rest des Tages meinem Vortrag. Ich sammelte allerlei Informationen zusammen und erstelle die ersten Folien. Bis in den Abend hinein saß ich vor dem Rechner, schon alleine, weil ich den Besuch beim Maulwurf mit gutem Gewissen antreten wollte. Außerdem erwartete mich Zuhause noch einige Arbeit. Schließlich musste ich das Chaos beseitigen, das der Attentäter hinterlassen hatte.

Müde inspizierte ich mein Heim, um einen wichtigen Entschluss zu fassen. Mit einem lauten Gähnen entschied ich, die Unordnung für heute unberührt zu lassen. Ich bahnte mir lediglich einen Weg zu meinem Schreibtisch, denn ich wollte zum Abschluss des Tages noch einen Blick auf die Geschehnisse in der Welt werfen. Das Internet zeigte mir dann auch vorwiegend erfreuliche Nachrichten. Viele Konflikte der letzten Tage waren bereits abgeklungen. Der Maulwurf hatte eindeutig seine Arbeit schon wieder aufgenommen und das wohl auch sehr erfolgreich. Beruhigt schaltete ich meinen Rechner aus, in der Gewissheit, durch unser schnelles Eingreifen das Schlimmste verhindert zu haben. Die Welt war wieder in guten Händen. Dennoch blieb ein ungutes Gefühl zurück als ich mich schlafen legte. So ganz traute ich dem Frieden nicht. Ob Felix wirklich Recht hatte? Konnte ich einfach in den Alltag zurückkehren? Musste ich wirklich keinen unerwünschten Besuch befürchten? Unruhig wälzte ich mich im Bett hin und her, bis ich schließlich einschlief.

Meine Sorgen waren jedoch unbegründet, denn die Nacht blieb ruhig. Daher erwachte ich am nächsten Morgen voller Tatendrang. Ja, es gab viel zu erledigen. Nicht nur in meiner Wohnung, sondern auch bei der Arbeit. So verging dieser Tag viel zu schnell. Den Abend widmete ich meiner Küche, wobei Zweifel in mir aufkamen, ob ich das Chaos tatsächlich bis zum Ende der Woche beseitigen konnte. Da ich den Maulwurf aber auf jeden Fall noch diese Woche besuchen wollte, legte ich eine Sonderschicht in meiner Wohnung ein. Es ging aber nicht nur bei mir in der Wohnung voran, auch bei der Arbeit konnte ich Erfolge verzeichnen. So hatte ich zwei Tage später alle Informationen für meinen Vortrag zusammen. Tatsächlich konnte ich am Donnerstag mit gutem Gewissen in Richtung Industriegebiet aufbrechen.

Freudig betrat ich am späten Nachmittag das alte Fabrikgelände. Ich überlegte kurz, welchen Weg ich wählen sollte. Ich steuerte dann das Nebengebäude an, da die Türe in die Fabrikhalle wieder in den Angeln hing. Die Leute vom Maulwurf schienen ihre Arbeit sehr gut zu machen, denn es waren tatsächlich keine Spuren mehr von der Invasion zu sehen. Daher drückte ich voller Vorfreude die Klingel, immerhin war ich mir sicher, unten war auch schon wieder alles in bester Ordnung.

»Hallo Alexander, ich habe dich schon erwartet, komm doch rein«, begrüßte mich eine Stimme aus dem Lautsprecher.

Wie gewohnt erreichte ich das unterirdische Büro über die fahrende Metallplatte. Verwundert bemerkte ich, dass keine Wachen mehr vor der Eingangstüre postiert waren. So betätigte ich selbst den Türöffner und erblickte das mir bekannte Bild: Vor einer großen Videowand saß der Maulwurf um die Geschicke der Welt zu lenken. Dabei gab es überraschend wenige Warnhinweise auf die er hätte reagieren müssen.

»Du kommst zu einem guten Zeitpunkt. Gerade ist alles Ruhig, setzte dich doch schon mal, ich komme gleich«, begrüßte mich mein Gastgeber.

Ich nahm auf einem der bequemen Sessel Platz, während der Maulwurf noch einige Schalter betätigte und Anweisungen in sein Mikrofon sprach. Kurz darauf ließ er sich gut gelaunt auf die Couch fallen.

»Das mit dem Wiederaufbau ging ja wirklich fix, ich bin erstaunt wie fleißig deine Leute sind. Man sieht wirklich nichts mehr von dem unliebsamen Besucher«, begann ich das Gespräch.

»Weißt du Alexander, was anderes könnte ich mir gar nicht leisten. Es muss weiter gehen und zwar möglichst schnell«, gab der Maulwurf zu bedenken.

»Das stimmt auch wieder. Außerdem scheinst du in nächster Zeit keinen Überfall zu erwarten, immerhin stehen am Eingang keine Wachen mehr.«

»Das hat eher den Grund, dass wir jeden Mann unten in der Kaserne brauchen. Da herrscht immer noch das Chaos pur. Die Invasionsarmee ist zwar besiegt, doch haben die eine enorme Verwüstung hinterlassen.«

»Ich schwärze Freunde von mir nur ungern an, doch hat da

auch Felix mitgewirkt. Du solltest ihm das aber nicht übel nehmen, das war für uns die einzige Möglichkeit zu fliehen«, offenbarte ich meinem Gegenüber.

»Keine Sorge, das war mit Felix sogar abgesprochen. Ihr solltet für Ablenkung sorgen und das hat hervorragen funktioniert. Außerdem vertraut ich in solchen Dingen ganz auf ihn. Er zerstört Dinge nicht einfach, dazu handelt er viel zu bedacht«, lobte mein Gegenüber unseren Einsatz.

»Gut, dann hoffe ich du nimmst ihm auch seine sarkastische Ader nicht übel, die beim Festessen voll zur Geltung kam.«

»Nein, warum sollte ich ihm böse sein? Das ist einfach seine Art. Ich habe dich nicht aus Spaß um Hilfe gebeten. Felix misstraut Fremden und beobachtet seine Umgebung sehr genau. Außerdem kann er die Folgen seiner Handlungen sehr gut abschätzen. Daher halte ich ihn für eine sehr mächtige Persönlichkeit«, gab der Maulwurf zu.

»Wirklich? Ich würde Felix nicht als mächtig bezeichnen. Wenn er nicht gerade einen Krieg führt, ist er eigentlich ganz umgänglich. Meiner Meinung nach wäre eher Mr. Triple-B ein Kandidat für den mächtigsten Menschen der Welt. Zumindest bevor wir ihn vertrieben haben war er das«, schätze ich die Lage ein.

»Nein, der war nie sonderlich mächtig. Er ist arrogant, hochmütig und strebt nach Macht. Je höher man dabei kommt umso tiefer kann man fallen. Er hat nie die Konsequenzen seines Handelns bedacht, daher ist er sehr tief gefallen. Mächtig war er nie, denn er hat für seine Taten büßen müssen. Felix dagegen handelt nur, wenn er abschätzen kann was für Folgen ihn erwarten.«

»Du meinst also, mächtig ist, wer sich seiner Ohnmacht bewusst ist«, versuchte ich die Aussage des Maulwurfs zusammen zu fassen.

»Nicht ganz. Ich würde eher sagen, mächtig ist, wer die

Konsequenzen seines Handelns nicht fürchten muss.«

»Na ja, genau darum mache ich mir bei größeren Entscheidungen durchaus Gedanken über die Auswirkungen, die mich erwarten.«

»War das auch so, als du entschieden hast dein Leben mit Melanie zu teilen?«

»Oh, jetzt hast du mich aber genau auf dem falschen Fuß erwischt. Wobei das gar keine wirkliche Entscheidung war, in die Sache bin ich einfach so rein gerutscht.«

»Dennoch hast du es zugelassen, ohne zu wissen was auf dich zukommt. So gibt es sehr viele Dinge im Leben, von denen man einfach nicht weiß welche Auswirkungen unser Handeln hat. Wir fällen im Leben praktisch permanent Entscheidungen, wissen aber nur bei den Wenigsten was sie bewirken, da uns einfach Informationen fehlen. Es heißt nicht umsonst: Wissen ist Macht.«

»Jetzt verstehe ich was du meinst. Je mehr Informationen man hat, umso besser kann man die Folgen seiner Handlungen abschätzen. Daher hat man mehr Freiheiten. Man kann mehr Dinge tun, ohne Konsequenzen erwarten zu müssen.«

»Fast richtig, denn Konsequenzen wird dein Handeln immer haben. Wichtig ist nur, wie diese Aussehen. Die Reaktionen auf dein Handeln können dich durchaus voran bringen.«

»Demnach sind Manager einfach mächtiger, weil sie üblicherweise mehr Wissen besitzen als ein einfacher Arbeiter.«

»Auf der anderen Seite sind sie in ihren Entscheidungen stark eingeschränkt. Immerhin kann die Geschäftsführung nicht machen was sie will. Sie müssen die Interessen des Unternehmens vertreten, um erfolgreich zu sein. Daher würde ich nicht unbedingt behaupten, ein Manager wäre mächtiger als ein gewöhnlicher Arbeiter«, gab der Maulwurf zu bedenken.

»Ist das der Grund, warum du dich nicht als allzu mächtig bezeichnest?« fragte ich.

»Genau Alexander, du hast es verstanden.«

»Um ehrlich zu sein, noch nicht ganz«, gab ich zu, um gleich darauf eine Erklärung nach zu schieben: »Du hast dort hinten eine große Videowand über die sehr viele Informationen bei dir zusammen laufen. Du solltest also die Folgen deiner Handlungen gut abschätzen können. Außerdem gibt es niemanden, der dir irgendwelche Interessen aufzwingt.«

»Ich kann mir aber noch nicht einmal aussuchen, ob ich bei einem Notfall eingreife oder nicht. Die Konsequenzen währen einfach fatal und für mich nicht tragbar«, meinte mein Gegenüber.

»Irgendwie hast du damit auch wieder recht. Also gut, ich werde deine Aussage dann einfach mal akzeptieren«, meinte ich, auch wenn ich mit den Worten des Maulwurfs nicht ganz einverstanden war.

»Sehr schön, dann hoffe ich deine Frage vom ersten Besuch beantwortet zu haben. Zumindest so gut es möglich ist.«

»In jedem Fall habe ich genügend Anregungen zum Nachdenken bekommen, danke dafür. Jetzt hattest du aber noch einige Fragen zur Invasion von Mr. Triple-B. Deswegen bin ich eigentlich her gekommen.«

»Ja, da ist mir noch einiges unklar. Das hat aber Zeit. Ich sollte mich so langsam wieder meiner Arbeit zuwenden. Komm doch einfach nächste Woche noch einmal vorbei, dann können wir uns der Invasion von Mr. Triple-B widmen.«

»Ich komme immer wieder gern bei dir vorbei. Selbst als gestresster Manager sollte ich da den einen oder anderen Abend erübrigen können.«

»Dann freue ich mich schon auf ein Wiedersehen«, versicherte mein Gegenüber.

»Ich hoffe nur, Mr. Triple-B wird uns genügend Zeit dazu lassen. Laut Felix wird sich der nämlich nicht so schnell geschlagen geben.«

»Da muss ich Felix zustimmen, er wird wiederkommen. Jetzt kenne ich jedoch den Feind, weshalb ich die Zeit nutzen kann.«

»Hast du schon einen Notfallplan für einen erneuten Angriff?« wollte ich wissen.

»Nein, so weit sind wir noch nicht. Wenn unten in der Kaserne aufgeräumt ist, werden wir beraten was zu tun ist«, versicherte mir der Maulwurf.

»Lass mich wissen, wenn ich irgendwas für dich tun kann. Für das Wohl der Menschheit setze ich mich gerne ein.«

»Danke für das Angebot, Alexander, doch hast du schon mehr als genug für diese Welt getan. Du kannst dir also mit guten Gewissen ein wenig Ruhe gönnen. Es liegt eine harte Zeit hinter dir, daher hast du dir redlich verdient wieder in den Alltag zurück zu kehren. Ich sollte das jetzt ganz dringend auch tun und mich um das Wohl der Menschheit kümmern.«

Mit diesen Worten machte sich der Maulwurf auf den Weg zurück an seinen Arbeitsplatz. Das war auch höchste Zeit. So blinken auf diversen Monitoren rote Lichter auf, die das Eingreifen meines Gastgebers forderten. Ich schaute dem Maulwurf noch kurz bei seiner Arbeit zu, bevor ich den Weg nach draußen antrat. Dabei überkam mich ein seltsames Gefühl. Hier unten waren keinerlei Spuren mehr von dem Angriff zu sehen. Es war, als hätte es nie eine Invasion gegeben. Die Monitore, die Arbeitsweise des Maulwurfs, alles war wie immer. Selbst der Weg nach Hause gestaltete sich wie gewohnt. Es ging nicht in einem gepanzerten Lieferwagen, sondern mit dem Bus nach

Hause. So blieb mir auf dem Rückweg noch genügend Zeit für ein paar Gedanken. Tatsächlich gefiel mir sehr gut, dass sich der Maulwurf durch die Geschehnisse der letzten Woche nicht aus der Ruhe bringen ließ. Selbst Mr. Triple-B konnte ihn nicht einschüchtern. Diesem Vorbild wollte ich folgen. Ja, es war Zeit wieder in den Alltag zurück zu kehren. Ich freute mich auch schon darauf, denn es war ein schöner Alltag der mich erwartete.